吟剣詩舞道和歌集

Supported by
日本財団
THE NIPPON FOUNDATION

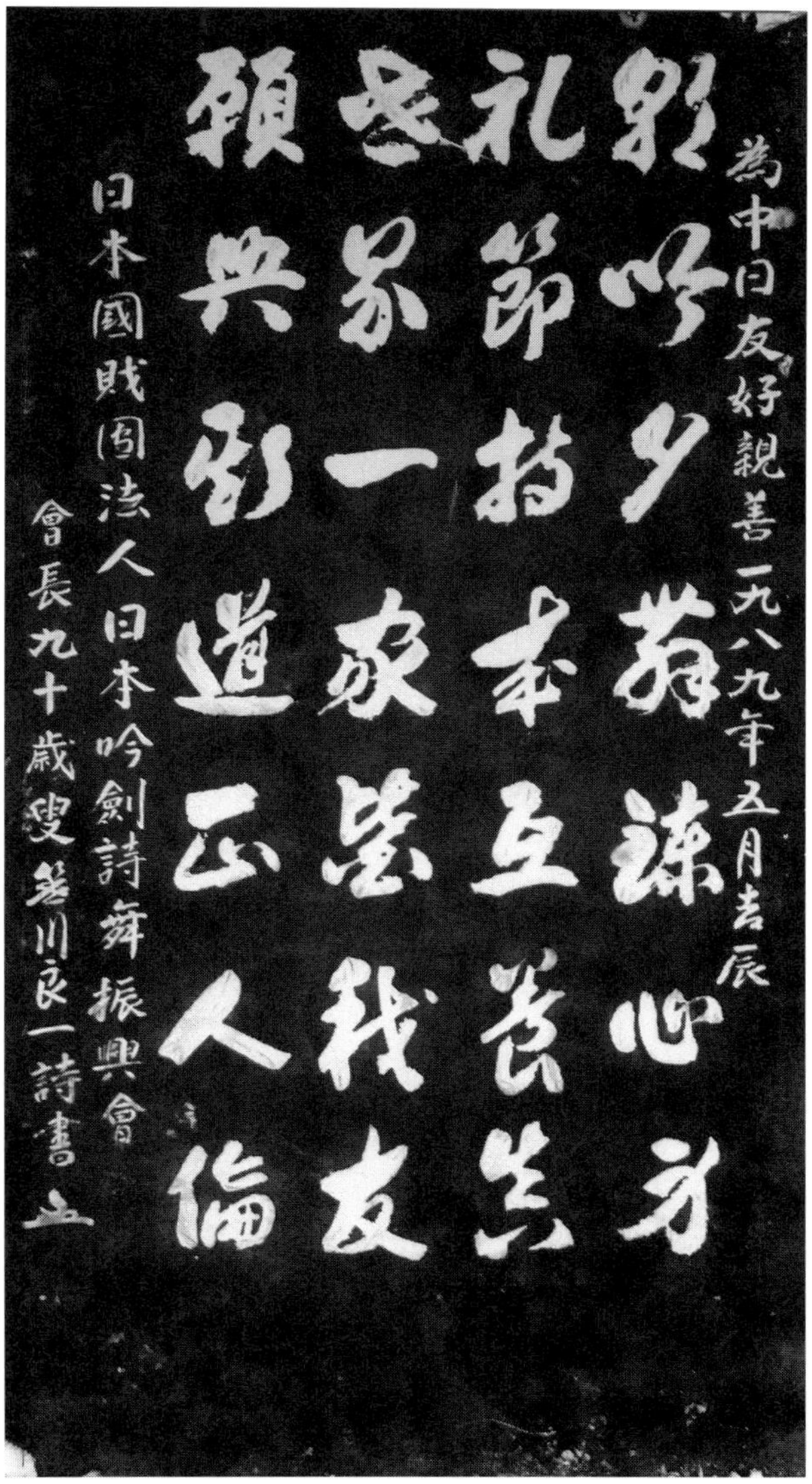
為中日友好親善 一九八九年五月吉辰
日本國財團法人日本吟劍詩舞振興會
會長九十歲叟 笹川良一詩書

刊行にあたって

公益財団法人
日本吟剣詩舞振興会会長　沼崎富

日本吟剣詩舞振興会は、日本の伝統芸道である吟詠・剣舞・詩舞の普及振興と日本文化の高揚に寄与することを目的とする財団法人として、日本船舶振興会（現・日本財団）および笹川良一氏より私財の基本財産出損により、昭和四十三年（一九六八）十月、文部大臣（現・文部科学大臣）の認可を受けて発足致しました。法人設立にあたっては、全国の各流宗家・各会派の会長や各団体の代表から懇望され、笹川良一氏が初代会長に就任されました。

その設立方針としては、

・団体の行なう吟剣詩舞に関する協力および援助
・吟剣詩舞に関する研究
・指導者の養成並びに研究会および講習会等の開催
・発表会およびコンクールの開催
・吟剣詩舞指導者の表彰
・会誌および図書の発行
・その他、目的を達成するために必要な事業

を主な活動方針と定めました。

設立翌年の昭和四十四年には、『全国青少年吟詠コンクール予選』が開始され、その後、昭和五十二年には、一般の部を含めた『全国吟詠コンクール』に拡充されるまで、財団の年中行事となりました。

その間、昭和五十一年には、長年に渡り懸案となっておりました吟詠の統一教本、『吟剣詩舞道漢詩集』（絶句編）が刊行されました。また昭和五十五年には、『吟剣詩舞道漢詩集』（律詩・古詩編）が、昭和五十八年には、『吟剣詩舞道漢詩集』（続絶句編）がそれぞれ刊行されて行きました。

そして、それらの漢詩を吟ずるうえで、特に発音・発声は大変重要なものであり、吟詠・剣舞・詩舞の素材となる詩歌は、短文・少句によって作者の繊細にして深遠なる心が表現されておりますので、それだけに、一語一語が正しいアクセントによって明確に発声することがより大切であることから、昭和五十二年には『吟剣詩舞道アクセント付き漢詩集』（絶句編）が、昭和五十六年には、『吟剣詩舞道アクセント付き漢詩集』（律詩・古詩編）が、昭和六十一年には、『吟剣詩舞道アクセント付き漢詩集』（続絶句編）が順次刊行されました。これらにより、年々改善改革が加えられ、全国統一されたルールによる各種吟詠コンクールが確立され、半世紀にわ

たり今日まで実施されてまいりました。そして、さらに平成二十四年には、幼少年向けテキストとして、『はじめての吟詠』を刊行致しました。

その間、NHK・Eテレや同局FMラジオで吟剣詩舞の放映・放送をされておりました中の、和歌の部門の資料が年々多くなってきたこともあり、それを参考に和歌の教本を制作してみたらどうかとの意見等をいただき、この度、徳田寿風財団副会長兼吟詠専門委員会委員長はじめ、委員の皆様方のご協力を仰ぎ、早速、編集に取り組みはじめました。まずこれまで蓄えてまいりました多くの資料の中から、百七十八首を選出し、吟詠専門委員会の委員の皆様方と協議を重ね、小倉百人一首同様に、きりのよい百首にしぼり込むことを決定致しました。各歌にはそれぞれ漢詩同様にアクセントを付記することとし、各和歌の右脇に表示致しました。

この度取り上げた和歌の数々は、各流各会派においてもよく詠じられてきたものを選択し、また和歌の朗詠には馴染みの少ない方々、そして一般の方々にも、正しいアクセントによる読み方と、懇切丁寧な説明と詳細な解説による、これまでにはなかった内容豊富な絶好の教本となることと思われます。今後、漢詩の部門の他にも、和歌の世界にもより関心を広げていただき、日本が独自に作り上げた三十一文字(五・七・五・七・七)の美しい言葉のリズムに想像力を膨らませ、味わっていただくことを関係者一同心より願っております。

日本で最も古い和歌集と言われているものは、八世紀、奈良時代後期に作られた『万葉集』であります。また平安時代になりますと、貴族が中心となり詠まれた、日本最初の勅撰和歌集(天皇が命じて編纂した歌集)である『古今和歌集』、そして鎌倉時代前期には、『新古今和歌集』が編纂されております。

そして、江戸時代までは武士階級などへ広がり、明治時代・大正時代に入りますと、西欧文化や詩の影響を受け、革新的な変化が興り、新しい作風を生み出して行きました。また、大正時代の終わり頃から昭和時代の初め頃にかけて、短歌の定型に捕われない「自由律短歌」や、文語ではなく口語で詠む「口語短歌」の運動が興ってまいりました。

このように時代の流れに沿って、奈良時代から昭和時代まで順次掲載させていただきました。そして、この度『吟剣詩舞道和歌集』の刊行にあたり、日本財団におかれましては、三カ年にわたるご助成をいただきましたことに対し、厚く御礼申し上げますと共に、本歌集の監修に携わっていただきました東京大学大学院総合文化研究科准教授・青山英正先生をはじめ、その他ご協力いただきました諸先生方に対し、衷心より感謝御礼申し上げまして、刊行に際しての私のご挨拶とさせていただきます。

監修者挨拶

総監修者　青山英正

和歌は日本古来の文学である。発生は七世紀頃と考えられ、それ以来実に千三百年以上も日本列島の人々はこの五音と七音とからなる調べに言葉をのせてきた。和歌に由来するこのリズムは現代日本語にも依然として染みついていると言ってよく、Jポップの歌詞や暗記の語呂合わせなどにも、しばしばこのリズムが息づいている。そして、和歌は古来より声に出して読み上げられるものでもあった。歌会では口頭で歌が披露され、人々は折に触れて名歌や秀歌を口にした。このように和歌は本来的に身体性を伴っており、だからこそ音の響きや調べが何よりも重視されたのである。

現代生活において、和歌や短歌を読む機会は少ない。また、たとえ読んだとしても、わざわざ声に出して読み上げることはほとんどないと言ってよいだろう。しかし、言葉と身体とがすっかり乖離してしまったわけではなく、むしろ現代の若者はヒップホップやダンスなどを通じて、言葉のリズムを感じ、言葉にあわせて身体を動かすことの楽しさをよく知っている。

本書を監修するにあたり私の念頭にあったのは、そうした若者が、千三百年間の日本語の粋《すい》である和歌や短歌を朗詠し、それにあわせて舞った時に何を感じるか、といったことであった。五七五七七という言葉の器は魔法で作られたかのようで、この小さな器に広大な風景も微細な心情も、目に見えない時間さえも盛り込むことができる。また、絶妙にアンバランスな形をしているこの器は、無限の変化に富んだ調べを生み出す楽器でもある。歌人たちは、この楽器で言葉の多彩な音色を響かせながら、四季の美、人を思う気持ち、人間の寂しさなど、いつの世にも変わらないメッセージを伝えようとしてきた。それを現代の若者たちはどのように受け止め、どのように声と身体で表現するのだろう。

和歌は、漢詩と比べて詠まれている内容がシンプルで、一見して意味の取れるものが多い。しかしその分、朗詠の際にはかえってイメージを膨らませにくいということもあったのではないかと想像する。本書は、これまでに吟詠の世界でよく詠じられてきた歌を中心に、音の響きが心地よい歌、情景を思い浮かべやすい歌、感情移入しやすい歌百首を、吟詠専門委員の方々と協議しながら厳選した。そのうえで、中世和歌がご専門の浅田徹先生、近代短歌がご専門の松澤俊二先生にも監修に加わっていただき、さらに各時代の和歌・短歌の専門家の先生方に、歌意はもちろんのこと、朗詠する方々が歌の情景を思い描くための手助けとなるような作者の人となりや詠歌の事情などについて詳説していただいた。お力添えくださった方々には心より御礼を申し上げたい。

この教本の刊行を機に、和歌・短歌の朗詠がますます盛んになり、一人でも多くの方々が和歌や短歌に親しみを持つようになっていただければ監修者としてこのうえない喜びである。また同時に、これまで興味の対象が文学にあった方々や、身体で何かを表現することにあった方々など、様々な背景を持つ方々が、この教本を入り口に吟剣詩舞道という新たな世界の扉を開いてくれることも願ってやまない。

総監修者

青山英正（アオヤマ　ヒデマサ）

１９７２年、東京都生まれ。東京大学大学院総合文化研究科准教授。早稲田大学第一文学部卒業、東京大学大学院総合文化研究科博士課程満期退学。博士（学術）。明星大学人文学部教授を経て２０２４年より現職。

監修者

浅田徹（アサダ　トオル）

１９６２年、山口県生まれ。お茶の水女子大学教授。早稲田大学第一文学部卒業、同大学院博士課程満期退学。国文学研究資料館助教授、お茶の水女子大学准教授を経て、２０１１年より現職。

松澤俊二（マツザワ　シュンジ）

１９８０年、群馬県生まれ。名古屋大学大学院博士後期課程を経て、博士（文学）。現在、桃山学院大学社会学部准教授。

執筆者

甲斐温子	静岡大学教育学部講師
榎戸渉吾	早稲田大学大学院博士後期課程
吉井祥	皇學館大学助教
藤原美佳	伊勢物語研究者
野口美渚	お茶の水女子大学大学院博士後期課程
木村香子	お茶の水女子大学大学院博士後期課程
穴井潤	奈良大学文学部専任講師
青山英正	東京大学大学院総合文化研究科准教授
松澤俊二	桃山学院大学社会学部准教授
永井泉	大阪公立大学・大谷大学非常勤講師
加藤美奈子	就実短期大学教授
石上真理	東北大学大学院文学研究科日本学専攻博士後期課程
見尾久美恵	川崎医療短期大学講師
古澤夕起子	同志社女子大学非常勤講師

『吟剣詩舞道和歌集』凡例

総監修者　青山英正

一、概要

・本書は、吟剣詩舞道で和歌を詠ずる際の参考に供するために、これまで吟剣詩舞道において詠じられてきた和歌・短歌を中心に百首を選んだものである。

二、構成・配列

・「万葉集の歌」「古今和歌集の歌」「新古今和歌集の歌」「その他室町時代以前の歌」「江戸時代の歌」「近代の歌」の六部構成とした。

・各部内の配列は、「万葉集の歌」「古今和歌集の歌」「新古今和歌集の歌」については出典内の配列順に従った。「その他室町時代以前の歌」「江戸時代の歌」については、おおむね出典の成立年代順とし、出典を同じくする場合は出典内の配列順に従った。「近代の歌」については作者の生年順（推定を含む）とし、同じ作者の歌については加えて出典の成立順とした。さらに出典も同じくする場合は出典内の配列に従った。

・それぞれの歌については、冒頭に見出しとして初句と作者名を掲げ、次いでアクセント記号付きの歌本文と出典を配した。解説は、【出典】【現代語訳】【作者】【語釈】【解説】【備考】【参考文献】の各項で構成した。

三、初句・作者名

・当該歌の初句、およびその作者の最も一般的な呼称を記した。

・初句および作者名の漢字には、すべて現代仮名遣いによる読み仮名とアクセント記号を付した。

四、歌本文

・読みや表記は、原則として出典に従いつつ、吟剣詩舞道における標準の読み方も考慮した。ただし、読みやすさに配慮して漢字を平仮名にひらくなど適宜表記を変えた箇所がある。

五、出典

・『万葉集』の歌については、歌集名に加えて巻数および歌集内の各歌に振られた歌番号（旧国歌大観番号）を記した。

・『古今和歌集』『新古今和歌集』のほか室町時代以前の撰集や歌集については、歌集名に加えて部立《ぶだて》名と歌番号（新編国歌大観番号）を記した。部立とは歌集内の部門のことで、春・夏・秋・冬・恋・雑《ぞう》などからなり、それぞれさらに上中下や序数（一・二・三……）を用いて分類される場合もあるが、それらはたとえば「春歌上」を「春上」、「恋歌五」を「恋五」といった具合に略記した。

・右記以外の出典については、書名に加えて伝本名・巻数・章名・成立年・所蔵機関名・使用した底本等、出典を特定するための情報を適宜記した。

例　『万葉集』巻一・一五
　『古今和歌集』春上・六
　『平家物語』覚一本・巻九・忠教（忠度）最期
　正岡子規『竹の里歌』（俳書堂、一九〇四年）

六、現代語訳

・読者が歌の意味を容易に理解できるよう、逐語訳を原則としつつ適宜意訳をまじえた。

七、作者

・作者の最も一般的な呼称と生没年（西暦）を記した後、本名・号・通称、人生・職業歴・社会的地位・文学的地位・作風・人間的エピソード・おもな著書その他の作品などを紹介し、作者の人となりが分かるようにした。

・複数の歌が収録されている作者につい

ては原則として初出の歌にのみ記したが、二番目以降の歌にも、その歌にまつわるエピソードを【作者】欄に記した場合がある。

・生年ないし没年が未詳の場合、「生年未詳」「没年未詳」とし、次のように記した。

例　紀貫之（生年未詳～九四六）

・生没年が未詳の場合、概括的な時代区分（＋前期・中期・後期）を用いて次のように記した。

例　小野小町（平安時代前期の人）

・時代区分はおおよそ次のような基準に従った。

飛鳥時代
奈良時代
平安時代前期（古今集成立以前）
平安時代中期（後拾遺集成立以前）
平安時代後期
鎌倉時代（一一八五年以前）
南北朝時代
室町時代前期（一四六六年以前）
室町時代後期
江戸時代前期（十七世紀）
江戸時代中期（十八世紀）
江戸時代後期
明治時代
大正時代

八、語釈

・難語句・掛詞・本歌取りなど、歌の意味を理解する上で特に重要と思われる語句や技巧を取り上げ、解説を加えた。

九、解説

・吟剣詩舞道における表現の参考にするために、詠歌事情とその歌の見どころについて解説した。すなわち、歌の生まれた背景、原典の歌題や詞《ことば》書《が》き、作者の意図、その歌の詠まれた季節・場所などを紹介し、加えて歌としての特徴、歌の文学的・社会的評価などを述べ、またその歌の醸し出す雰囲気などにも触れた。

十、備考

・異訓・異文・異伝や、解釈をめぐる異説などがある場合、この欄に記した。後世における受容や影響など、その歌と作者に関する特記すべきエピソードがある場合も、適宜この欄に記した。

十一、参考文献

・注は極力付けず、学説の紹介も最小限にとどめた。

・参考文献は各解説の末尾にまとめて掲出した。ただし、辞典類や文法解説書類は掲出せず、複数の解説において参照された『古今和歌集』『新古今和歌集』等の注釈書は巻末に一括して掲載した。

・参考文献の表記については以下の通り。

a）書名・雑誌名は『　』、論文名・篇名は「　」とした。
b）出版年は西暦を使用した。
c）雑誌論文は、雑誌名とその号数、出版年月を記載した。
d）単行本所載の論文は、編者名・書籍名・出版社・出版年を記載した。
e）単行本は著者名と書籍名・出版社・出版年を記載した。

十二、用字・表記

・漢字は原則として通行の字体を用いた。

・解説文は現代仮名遣いとしたが、引用文は原則として原文の仮名遣いに従った。

・送り仮名は原則として現在の本則に従った。

・固有名詞を中心に、難読の漢字には多めに読み仮名を振った。

・数字は漢数字で表記した。位取りは、「十」は使用し、「百」「千」は使用しないこととした。「万」以上は位取りした。ただし、歌番号やカタカナで表記される単位の場合は「十」を使用しなかった。また、kmやmなどの記号は使用せず「キロ」および「メートル」のように表記した。

例　十月二十五日　一一九五年　一一四八人　三万六四八九個　六五番歌　四二キロ　六三パーセント

・和暦を使用した場合は、年号の後ろの（　）内に西暦を入れた。（　）内に括弧を入れる場合は、〈　〉を用いた。

例　延喜四年（九〇四）　『近世和歌史』（大正十二年〈一九二三〉）

・歌集名は適宜略称を用いた。

例　『古今和歌集』→『古今集』

アクセントの重要性

公益財団法人
日本吟剣詩舞振興会会長　沼崎富

朗詠に於ける発音・発声の重要性は、衆目の認めるところであります。吟詠・剣舞・詩舞の素材となる詩歌は、短文・少句によって作者の繊細にして深遠な心が表現されております。それだけに一語一語正しいアクセントによって明確に発声することが大切であります。

吟詠は民謡ではありません。民謡が或る特定地方の生活の歌であるのに対し、吟詠は特定地方の歌としてではなく、日本人の歌として発生し、民族の歌として発展してまいりました。民族の歌である以上、民族の正しい言葉、則ち、共通語のアクセントに基づく表現が極めて大切な条件となります。そうでなければ的確な詩心表現も不可能であります。

［アクセントの表示例］

例①　ワタツミの（わたつみの）
ワは低く、タツミのは高い。通称、平《へい》板型《ばんがた》のアクセントと言う。

例②　オウミの（近江の）
オが高く、ウミのが低い。通称、頭高《あたまだか》型《がた》と言う。

例③　キたるらし（来たるらし）
キが低く、タが一字高く、るらしは低い。通称、中一高型《なかいちだかがた》と言う。

例④　ナツ（夏）
ナは低く、ツは高く発音し、平板と同じ。通称、尾高型《おだかがた》と言う。この尾高の語では、次ぎに助詞がくる場合は、ナツは、ナツに、と言うように次の助詞は低く発音し、中一高と同じ。ただし、この型の語でも、次の助詞として、「の」がくる場合は、下がらないと言う特例がある。

例⑤　イマだ（未だ）
平板と頭高の二様のアクセントがあることを示す。

例⑥　ミワタせば（見渡せば）
ワタの中二字が高い中二高《なかにだか》と、ワタせの中三字が高い中三高《なかさんだか》があることを示す。

例⑦　シキノ・ミコ（志貴皇子）
続けて発音する場合は中三高となる。「シキノ」と「ミコ」を区切って発音する場合は平板と頭高。三字以上の熟語は、一語の場合と二語に分ける場合とでアクセントが異なるケースが多い。そこで、こうした熟語については、一語で発音する場合と、二語に分けて発音する場合との二様を示した。句切りのところには「・」を入れた。

例⑧　カグヤマ（香具山）
鼻濁音は、その語の右に○印をもって示した。グが鼻濁音であることを示す。

目次

万葉集の歌

古今和歌集の歌

新古今和歌集の歌

その他室町時代以前の歌

江戸時代の歌

近代の歌

○○一

わたつみの
わたつみの

テンジテンノウ
天智天皇

わたつみの
わたつみの
トヨハタクモニ
豊旗雲に
イリヒサシ
入り日さし
こよいの ツクヨ
こよひの月夜
さやけかりこそ
さやけかりこそ

【出典】『万葉集』巻一・一五

【現代語訳】大海原に豊かにたなびく旗雲に、入日が強くさして、今夜の月はまさしくあかるくさわやかであってほしい。

【作者】天智天皇（六二六〜六七一）　第三十八代天皇。名は葛城皇子《かずらきのみこ》、通称を中大兄皇子《なかのおおえのみこ》。諡号は天命開別天皇《あめみことひらかすわけのすめらみこと》。舒明天皇と皇后宝皇女（後の皇極・斉明天皇）の間に生まれる。皇后は倭姫王《やまとひめのおおきみ》。同父母の妹に間人皇女《はしひとのひめみこ》（孝徳皇后）が、弟に大海人皇子（天武天皇）が、皇子女に、鸕野讃良皇女《うののさららのひめみこ》（持統天皇）、阿倍皇女（元明天皇）、大友皇子、川島皇子、志貴皇子らがいる。出生を伝える資料には『日本書紀』と『上宮聖徳法王帝説』がある。舒明天皇の大殯《おおもがり》の記事に、「東宮開別皇子、年十六にして誄《しのひこと》したまふ。」（日本書紀）とあるによれば、生年は推古三十四年（六二六）。一方、『上宮聖徳法王帝説』によれば、二十一歳で蘇我蝦夷《えみし》、入鹿《いるか》らを滅ぼしたとされ、生年は推古三十三年（六二五）。一年の差が生じる。

天智天皇の政治上の大願は、日本の近代化、すなわち、随・唐を規範とする、新しい中央集権国家の確立、天皇を中心とした皇親政治の体制の確立にあった。そのための一歩として、皇極天皇四年（六四五）六月、藤原鎌足らと計り、蘇我氏の専横を除くべく、蘇我蝦夷・入鹿の父子を倒し、大化改新を断行する。以降、孝徳天皇、斉明天皇（皇極天皇の重祚《ちょうそ》）の二代の天皇の政治を輔《たす》け、斉明天皇が没した六年後、近江に都を遷し、ようやく天皇の位に就いている。天智天皇の治世においては、その皇太子時代より、様々な政治的事件が巻き起こり、朝鮮半島における白村江の戦では大敗を喫すなど、安定した時代とは言い難いものであった。しかし、文化的な側面に目を向けると、父舒明天皇の時代より本格的に歌われ始めた和歌が、天智朝に最初の高まりを見せ、数々の作品が誕生している。天智自身の作は、万葉集に短歌三首と長歌一首を残す。和歌のみならず、上代の漢詩集である『懐風藻《かいふうそう》』序文には、「旋《しばしば》文学の士を招き、時に置醴《ちれい》の遊を開きたまふ。此の際に当りて、宸翰《しんかん》文を垂らし、賢臣頌《しょう》を献《たてまつ》る。雕章《ちょうしょう》麗筆《れいひつ》、唯《ただ》に百篇のみに非ず。（天皇は文学の士を招き、折々に詩宴を開いた。この詩宴に当たっては、天皇自ら文章を臣下に示し、賢臣たちは天皇へ頌詩〈徳を褒め称える詩〉を献上した。美しく飾った詩が多く作られた。）」とあり、天智朝において漢詩文が隆盛を誇ったことが伝えらえる。

天智十年（六七一）正月、大友皇子を太政大臣に任じ、同年九月不予。十月に大海人《おおあまの》皇子が出家し吉野に隠棲すると、十二月に崩御した。その後に起きた、古代最大の内乱である壬申の乱では、大友皇子と大海人皇子が皇位継承をめぐって激しく争った。この時、近江朝において作られた多くの作品も灰燼に帰したという（懐風藻）。敗れた大友皇子は自縊。勝者である大海人皇子は天皇として即位し（天武天皇）、都を飛鳥の地へと遷した。かくして、百官が競って和歌や漢詩文を作った、かつての華やかな文芸の宮、近江大津宮は荒れ果てることとなる。

【語釈】＊わたつみの…海神の意で、転じて海原そのものを指す。＊豊旗雲《とよはたくも》…旗のように長く大きくたゆたう雲。「豊」は美称であり、同時に雲が豊かに広がる様を表す。＊入り日…夕日。＊さやけかりこそ…「さやけかり」は、原文では「清明」と書かれている。対象の清らかさに触れたことによる、さわやかで明るい感じを表す形容詞。「こそ」には、希求を表す終助詞（～してほしい）や、強意の係助詞や断定の終助詞などの諸説ある。ここは、さやかにあってくれ、という強い希求の気持ちを込めた表現と解した。

【解説】当該歌は、「中大兄の三山の歌」との題詞を持つ三首の歌群の内の末尾の一首。

香具山は　畝傍《うねび》ををしと
耳梨と　相争ひき　神代よ
り　かくにあるらし　古も
然にあれこそ　うつせみも
妻を　争ふらしき（巻一・
一三）

（香具山は畝傍山を取られるのが惜しいと、耳梨山と争った。神代の昔から、このように争ってきたらしい。古からそうであったからこそ、今の世の人も妻争いをするらしい。）

香具山と耳梨山とあひし時
立ちて見に来し印南国原
（巻一・一四）

（香具山と耳梨山とが争ったとき、出雲の阿菩の大神が立って見に来た、印南の国原であるよ。）

長歌一首、反歌二首から成るこの歌群は、長歌と第一反歌において、香具山、耳成（梨）山、畝傍山の大和三山の妻争いを描く。三山の性別については諸説あるが、畝傍山を女性、香具山、耳成山を男性とみる説が穏当であろう。従来は、中大兄皇子（天智天皇）の感慨の背後には、自身の体験（中大兄皇子は、実弟の大海人皇子の妻であった額田王を迎えている）もあったかとする見方があったが、今日では積極的には採られない。第一反歌にあたる一四番歌は、『播磨国風土記』に載る大和三山の伝承をふまえたもの。出雲国の阿菩大神《あぼのおおかみ》が、大和国の三山が諍いを起こしていることを聞きつけ大和の地にやってきたところ、すでに争いが収まったことを知り、その場に鎮まった、今にその地を「神阜《おか》」という、とある。

斉明天皇七年（六六一）正月六日、白村江の戦いにおける百済救済のため、天皇一行が乗り込んだ船が難波港から出港する。一連の歌は、航海の途中、播磨国印南野《いなみの》に停泊した際の歌とする説がある。その地に至り、皇子は先の播磨国の伝承に思いを致し、大和三山の和歌を詠んだのであろうか。三首目の「わたつみの…」は、前の二首とは趣が異なる歌。瑞祥としての豊かな雲がたなびくなか、落ちてゆくまぶしい入り日のその荘厳な光景を前に、清く明るい月の出を願った歌である。第五句「さやけかりこそ」にこもる、明るい月夜への確信と強い願望は、航海の安全を願い、予祝をするものである。

印南野を出た天皇一行は、同月十四日、伊予国熟田津《にきたつ》に到着する。この時に詠まれたのが、額田王の次の歌である。

熟田津に舟乗りせむと月待
てば潮もかなひぬ今は漕ぎ
いでな（巻一・八）

（熟田津の地で、舟に乗り込もうと月の出を待っていると、月も出て潮も満ちてきた。今こそ漕ぎ出そう。）

百済救済のため、熟田津からいよいよ北九州へ出発する際、月も出て、潮も満ち、まさに今、出発の時が来たと高らかに宣言した歌である。

【備考】古写本には、原文を「渡津海乃　豊旗雲尓　伊理比弥之　今夜乃月夜　清明己曽」とするものもある。この本文によれば、第三句は「入り日見し」。ここでは一般に知られた本文で掲出した。第五句の「清明己曽」には、「まさやかにこそ」、「すみあかくこそ」、「きよくてりこそ」等の訓もある。

（甲斐温子）

〇〇二

あかねさす
あかねさす

ヌカタノオオキミ
額田王

あかねさす
あかねさす

ムラサキノ　ユき　シメノ　ユき
紫野行き　標野行き

ノモリは　ミずや
野守は見ずや

キミが　ソデフる
君が袖振る

【出典】『万葉集』巻一・二〇

【現代語訳】（あかねさす）紫草の生い茂る野原の、標野の中を行き来して、野守が見やしないでしょうか、あなたが袖を振るのを。

【作者】額田王（飛鳥時代の人）　初期万葉を代表する女性歌人の一人。天智朝を中心に活動した。大海人皇子（後の天武天皇）との間に十市《とおち》皇女が生まれ（日本書紀）、十市皇女と大友皇子（天智天皇の息）の間には葛野《かどの》王が生まれている（『懐風藻』葛野王伝）。

伝記資料に乏しく、系譜等不明な部分が多い。生没年はともに未詳であるが、葛野王伝の記述から遡ることで、その生年が推測されている。一方、葛野王の年齢解釈には諸説あることから、十市皇女の夫である大友皇子、また皇女の異母弟である高市《たけち》皇子の年齢等から推算する論もある。前者によれば、舒明天皇（天智、天武天皇の父）二年（六三〇）ごろ、後者によれば六年（六三四）ごろに生まれたか。『万葉集』中の王の作で最も制作年次の新しいものは持統五年（六九一）の弓削《ゆげの》皇子との贈答（巻二・一一二）で、没年はこれ以降。活動期間の長い歌人である。『日本書紀』に、「天皇（天武）初メ娶シテ鏡王ノ女額田姫王ヲ、生リ十市皇女ヲ。（天皇初め鏡王の女《むすめ》額田王を娶《め》して、十市皇女を生《なせ》り。）」とあるによれば、父親は鏡王（出自等未詳）。「姫王」は「女王」に等しく、皇女（内親王、天皇の女《むすめ》）から二〜五世の身分を指す（『令義解』『職員令』）。同時代の歌人に鏡王女が居り、両者を姉妹とみる説、同一人物とみる説等もあるが、定説に至ったものはない。出生の地についても同様で、近江説と大和説がある。後者は大和国平群《へぐり》郡額田を出生地とするもの。この地を占有した額田部連《むらじ》は、宮廷の儀礼等に関わる出雲系の豪族である。

王の歌は、『万葉集』中に長歌三首、短歌十首（重出一首）が残る。専ら宮廷を活躍の場とした歌人で、天智天皇が内大臣藤原鎌足に春秋の優劣について問うた際の歌（巻一・一六）や、近江遷都に際し三輪山へ別れを惜しんだ歌（巻一・一七〜一八）、天智天皇の殯宮《ひんきゅう》や葬送に際しての歌（巻二・一五一）等がある。宴席等における集団の気持ちを詠出したものや、天皇に代わって作歌を行ったものもあり、柿本人麻呂等に代表されるいわゆる宮廷歌人の先蹤に位置付けられる。天智朝の終焉とともに宮廷での作家活動は途絶え、持統朝に一首、前掲の弓削皇子（天武天皇皇子）との贈答が残るのみである。大海人皇子、中大兄皇子の両者に嫁し、壬申の乱を経、天武朝に一人娘である十市皇女に先立たれるなど、その人生は激動のものであった。

【語釈】＊あかねさす…枕詞。あかねは茜草科の植物。根は朱色の染料となる。「さす」は光や色を発する意で、「あかねさす」とは茜色に照り映えること。紫草の根が赤味を帯びていることなどから、「紫」にかかる。ほか、「日」「昼」などにもかかる。＊紫野…むらさきの生えた野。むらさきは、紫草科の多年草。夏に小さな白い花が咲く。その根は赤く、薬用や紫色の染料として用いられる。正倉院文書（豊後国正税帳）に「紫草園」とあるほか、各国で交易作物として栽培された。ここの「紫野」も人によって管理された畑を指す。＊標野…縄などによって標《しめ》を張り、人の立ち入りを禁じた野。占有地。直前の「紫野」を指す。＊野守は見ずや…「野守」は「標野」の番人。「見ずや」の「や」には、反語、疑問などの説があるが、ここは疑問と解した。野守に見られることへの不安を含む表現。＊君が袖振る…袖を振る行為は、愛情を示す所作。袖を振っている「君」は、歌の贈答相手である大海人皇子を指す。

【解説】天智七年（六六七）五月五日、天皇は蒲生野《がもうの》に御狩をし、大皇弟大海人皇子以下、諸王・諸臣が悉くこれに同行した（日本書紀）。五月五日の狩は薬狩《くすりがり》と呼ばれ、薬草や鹿《ろく》茸《じょう》（鹿の袋角。強壮薬となる。）を採取する宮廷行事の一つである。当該歌の題詞、「天皇（天智）、蒲生野に遊猟したまふ時、額田王の作る歌」によれば、天智天皇の妃である額田王もこの薬狩に従駕した。一方、王のこの歌は、天智天皇ではなく、大海人皇子に向けて詠まれたものである。皇室の直轄地で、人目をはばからない様子で手を振る大海人皇子に対し、王が、野守に見られたら大変と案ずるのは、袖を振るという行為が愛情を示す所作となるためである。大海人皇子は、天智天皇の実弟で、額田王の前夫。二人の間には十市皇女が生まれている。この時はすでに、王は兄の天智天皇に嫁していた。当該歌の次には、大海人皇子の返歌が載る。

紫草《むらさき》のにほへる妹《いも》を憎くあらば人妻ゆゑに我恋ひめやも（巻一・二一）

（紫の匂いたつように美しいあなたを、好きではなかったら、人妻と知りながら私はどうしてあなたに心惹かれたりするでしょうか。）

「むらさきの」は、王の歌の表現を受けたもの。男女の歌の贈答や問答では、相手の歌に詠みこまれた語彙を一部取り込んだ歌を返す。「にほふ」は、「丹穂ふ」で、「穂」とは表面に現れることを言う。色が鮮やかに照り映える、との意で、王の美しさを表現しており、下の句の「人妻ゆゑに我恋ひめやも」に至るまで、一首全体が王への思いを直截的に伝えるものとなっている。

かつては、この蒲生野の贈答歌を以て、王と大海人皇子との間に恋愛関係を見出す向きがあったが、今日では、薬狩の宴席で披露された座興の歌とする解釈が通説となっている。人々が集う宴の席での、「野守は見ずや、君が袖振る」との王の呼びかけに対し、「君」の役を受けたのは、他ならぬ前夫の大海人皇子であった。宴席の一同には、王と大海人皇子の関係は周知のものであったであろうから、「人妻ゆゑに我恋ひめやも」の返しは、一層の盛り上がりを見せたことと想像される。なお、王と大海人皇子の贈答は、一見すると恋愛関係にある男女のやりとりの歌であるが、『万葉集』では「相聞《そうもん》」ではなく、「雑歌《ぞうか》」に分類されている。「相聞」とは、本来的には個人の日常で交わされた歌を指し、恋歌が多くを占める。一方、「雑歌」には、儀礼や宴席などのハレの場の歌が主に収められる。王と大海人皇子の贈答が、「雑歌」に分類されたのは、薬狩の宴席という公の場の歌で披露されたためであろう。

（甲斐温子）

〇〇三

春《ハル》過《ス》ぎて。

持統天皇《ジトウテンノウ》

春《ハル》過《ス》ぎて。
夏《ナツ》来《キ》たるらし　白《シロ》たへの《たえの》
衣《コロモ》干《ホ》したり
天《アメ》の香具山《カグヤマ》。

【出典】『万葉集』巻一・二八

【現代語訳】春が過ぎて、夏が来たらしい。真っ白な衣が干してあることだ、天の香具山に。

【作者】持統天皇（六四五〜七〇二）　第四十一代天皇。名は鸕野讃良《うののさらら》皇女。諡号は高天原広野姫天皇。天智天皇の第二皇女で、母は蘇我石川麻呂の女の遠智娘《おちのいらつめ》。叔父にあたる天武天皇の皇后。天智元年（六六二）に草壁皇子が生まれる。

持統天皇の生涯は波乱に満ちたものであった。大海人皇子が、天智天皇不予に際し吉野に隠棲すると、持統も共に吉野に入っている。天智崩御の翌年、大海人皇子は甥にあたる大友皇子の近江朝に反旗を翻した（壬申の乱）。壬申の乱に勝利した翌天武二年（六七三）に、飛鳥浄御原宮《あすかきよみはらのみや》で天武即位と共に皇后となる。

天武天皇と鸕野讃良の悲願は、二人の子である草壁皇子の即位であった。当時は皇位継承のルールが未整備の状態にあり、特に天武自身が戦によって皇位を勝ち取った天皇であるだけに、安定した皇位継承のための制度作りが急がれた。天武八年（六七九）、かつて兵を挙げた吉野の地に赴き、草壁と同世代の有力な皇子たちとの間に、嫡子草壁を皇位継承者と認め、互いに助け合うことを誓わせている（吉野の盟約）。この時、鸕野讃良は、参集した皇子らに対し、自ら産んだ子のごとく慈しむことを誓っている（日本書紀）。

朱鳥元年（六八六）、天武が病で崩御した。既に草壁は皇太子の座にあり、即位が望まれたが、何らかの事情によって叶わなかったとみえ、皇后である鸕野讃良が称制（天皇が在位していない時、皇族が天皇に代わり政治を行うこと）を執ることとなった。三年後、草壁は即位することなく二十八歳で薨《こう》じ、天武と持統の皇統の継続ははやくも暗礁に乗り上げた。

持統の次なる悲願は、草壁の嫡子である軽皇子の即位である。軽皇子が幼少のため、持統四年（六九〇）、自ら正式に皇位についた。「持統（血統を維持する）」の漢風諡号は、その意をよく伝えよう。始まりの地である吉野には強いこだわりを見せ、在位期間を中心に、頻繁に行幸している。政治家としても優れた手腕を発揮し、藤原宮の造営や、浄御原令の施行など、律令に基づく近代的な国家体制の完成をめざした。古代を代表する歌人である、柿本人麻呂の活躍も持統朝を中心としており、文化を主導した天皇でもある。

　持統十一年（六九七）、文武天皇（軽皇子）が即位すると、自らは太上天皇となる。大宝元年（七〇一）八月、大宝律令が完成し、翌二年（七〇二）の施行を見とどけると、五十八歳でその激動の人生を終えた。天皇として初めて火葬され、遺骨は天武の陵に合葬された。

　『万葉集』に、短歌三首、長歌二首が残る。当該の一首のほかは、天武崩御時の挽歌（巻二・一五九、一六〇、一六一）と、その八年後の命日に夢の中でくり返し詠んだという歌（巻二・一六二）で、専ら天武天皇に関するものである。

【語釈】＊夏来たるらし…香具山に夏が来たことをいい、香具山をほめた表現。「来たる」は「来到る」の意で、遠くからやってくること。「らし」は根拠に基づいた推量表現。終止形。ここでは下の「衣干したり天の香具山」が夏の到来を思う根拠となっている。＊白たへの…「たへ（栲）」は楮《こうぞ》の繊維で織った布で、「白たへ」は白い布の意。「しろたへの」は衣類にかかる枕詞であるが、ここは単に白妙のような（真っ白な）、という意で、下の「衣」にかかる。＊衣干したり…「たり」は存続。衣を干した光景が今まさに眼前にある。＊天の香具山…香具山は、藤原宮からおよそ一キロ東に位置する。「天の」は、天界から下った聖なる山の意。

【解説】初夏の濃い緑に覆われた香具山に、真っ白な妙が干してある。そのまぶしい光景によって、夏の到来に気づく、目にも鮮やかな歌である。「白妙」は、神事に仕える女性の斎衣、あるいは雪等とする説もあるが、定説には至っていない。作歌の時期は不明であるが、「藤原宮に御宇天皇の代」（＝持統天皇代）との題が立てられた歌群の冒頭に置かれており、この配列によれば、持統天皇が即位してまもなくの作であろうか。藤原宮は、持統天皇が造営した宮。『万葉集』には、宮の造営の際の、「藤原の役民の歌」（巻一・五〇）、新都を賛美した、「御井の歌」（巻一・五二）などが残る。藤原宮は四方を山々に囲まれた地に営まれ、香具山もその景観の内にあった。

　天皇が季節の推移を詠む背景には、暦の施行があった。本来であれば、切れ間なく移り変わる季節を、人工的に定めた月の運行に沿って春・夏・秋・冬の四季に明確に区分することは、言うまでもなく中国の暦法の影響を受けたものである。日本における暦の導入は、欽明朝以降とされ、近代化が進んだ天武・持統天皇代に確立したという。時間や暦等の秩序の管理・運行、およびそれに基づく統治は、天子の権威を示すものである。夏の到来を宣言するかのようなこの歌は、近代的な天皇の権威の発現と見ることもできるだろう。

　『万葉集』において、季節の推移を詠んだ歌は実は少ない。当該歌のほかには、志貴皇子、柿本人麻呂の次の歌がある。

岩そそぐ垂水の上の早蕨《さわらび》の萌え出づる春になりにけるかも（巻八・一四一八・志貴皇子）

（岩の上に流れ落ちる滝のそばの早蕨が、芽を出す春になったことだ。）

ひさかたの天の香具山この夕《ゆふべ》霞たなびく春立つらしも（巻十・一八一二・柿本人麻呂）

（天の香具山は、この夕べに、霞がたなびいている。いよいよ春が立つらしい。）

【備考】『新古今和歌集』（夏・一七五）では、「春過ぎて夏来にけらし白妙の衣ほすてふ天の香具山」となっている。「来にけらし」は「来にけるらし」（来たらしい）の意。夏の到来を告げる歌として、夏歌の巻頭に置かれている。『新古今集』の歌の形で『百人一首』にも採られ、今日まで広く愛唱されている。

【参考文献】直木孝次郎『持統天皇』（吉川弘文館、一九六〇年）。

（甲斐温子）

〇〇四

東の《ヒンガシの》

柿本人麻呂《カキノモト・ノ・ヒトマロ》

東の《ヒンガシの》
野に《ノに》かぎろひの《かぎろいの》　立つ見えて《タつミえて》
かへり見《かえりミ》すれば
月《ツキ》かたぶきぬ《かたぶきぬ》

【出典】『万葉集』巻一・四八

【現代語訳】東の野辺にかげろうが立つのが見え、振り返ると、月は西に傾いていってしまった。

【作者】柿本人麻呂（飛鳥時代の人）　生没年ともに未詳。柿本朝臣《あそみ》人麻呂。『万葉集』のほかには一切の記録がなく、後世に「歌聖」と仰がれるほどの影響の大きさに比して、伝記的な部分のほとんどが不明である。身分の低い下級官人であったと思われる。孝徳朝ないしは斉明朝に生まれ、奈良遷都の前後に没したかとされる。柿本氏は、奈良地方の豪族和珥《わに》氏（春日氏）と同族。天武十三年（六八四）の「八色《やくさ》の姓《かばね》」の制定に際し、旧来の臣《おみ》から朝臣となった。天武朝には、柿本佐《さ》留《る》（猨）との人物が見え、壬申の乱の功臣として小錦下（従五位相当）を授けられている（日本書紀）。人麻呂との関係は不明であるが、近親者かと思われる。人麻呂自身の立場については、舎人《とねり》説・後宮官人説等があるが、いずれも定説には至ってない。

　人麻呂の作歌は、短歌六十四首、長歌十八首。宮廷にあって、専門的な歌人として仕えた。年代の明らかな歌は少ないが、天武九年（六八〇）の歌があることから、その時期には既に宮廷に出仕していたらしい。壬申の乱時点は十九歳前後で、その際の体験が後の高市皇子挽歌（巻二・一九九〜二〇一）等の歌には反映されているようである。ほか、年次のわかるものに、大宝二年（七〇二）の、持統・文武両天皇の行幸に従駕する形で紀伊国に赴いた際の歌がある。宮廷歌人としての活動には、行幸従駕等における作歌だけでなく、皇族の死とその後の儀式（殯《ひん》・葬《そう》）に際しての「挽歌《ばんか》」（人の死に関して詠まれる歌）の詠作もある。早い時期ものに、持統三年（六八九）に没した草壁皇子（日並皇子尊）の挽歌（巻二・一六七〜一六九）が、遅い時期のものには、次代の文武朝に没した明日香皇女の挽歌（巻二・一九六〜一九八）がある。持統朝の十年間を中心に、文武朝まで活動したと思われる。

　『万葉集』の巻二には臨終の歌とされる作がある。題詞に、

「石見《いわみ》の国に在りて死に臨む時に、自ら傷《いた》みて作る歌」(巻二・二二三)とあることから、官人として石見国《いわみのくに》(島根県西部)に赴任し、その地で死んだと解されてきた。しかし、今日では、人麻呂の作歌をそのまま伝記的資料として扱うことは一般的でない。人麻呂の晩年の動行については、依然不明のままと言えよう。

【語釈】＊野にかぎろひの…「かぎろひ」は光り輝くものの意で、陽炎を指すことが多いが、ここは結句「月かたぶきぬ」とある関係から、東の空に輝く曙の光と解する。ほか、野火とみる説もある。＊かへり見すれば…振り返って見れば、の意。＊月かたぶきぬ…朝日の光が照り始めるとともに、月が西に傾き、沈んでいく様を言う。

【解説】当該歌は、「軽皇子《かるのみこ》、安《あ》騎《き》野に宿ります時に、柿本朝臣人麻呂が作る歌」との題詞のある、長歌一首、反歌四首の歌群のうちの一首である。軽皇子は草壁皇子の子。草壁皇子は、天武・持統両天皇の子で、皇太子のまま即位することなく薨じた。そのために、幼い軽皇子は、両天皇の血統を継ぐ唯一の皇子として、体制側の期待を一身に背負っていた。当該歌群は、持統六年(六九二)冬、十歳となった軽皇子が安騎野に遊狩をした際、人麻呂が詠んだ作である。

やすみしし 我が大君 高照《たかて》らす 日の皇子 神ながら 神さびせすと 太敷《ふとし》かす 都を置きて こもりくの 泊瀬《はつせ》の山は 真木《まき》立つ 荒き山路を 岩が根 禁樹《さえき》押しなべ 坂鳥の 朝越えまして 玉かぎる 夕さり来れば み雪降る 安騎の大野に はたすすき 小《さ》竹《さ》を押しなべ 草枕 旅宿りせす 古《いにしえ》思ひて(巻一・四五)

(わが大君の、高く照り輝く日の御子が、神の御心のままに、神らしく振舞われるべく、立派に営まれている都を後にして、泊瀬の山は、真木の立つ荒々しい山道だが、岩や道を遮る木々を押し靡かせ、坂鳥のように朝早く越えて行かれ、玉がほのかに光るような夕方には、雪の降る安騎の大野に、すすきや小竹を押し伏せ、旅寝をなさるよ。父皇子の昔を偲ばれて。)

安騎《あき》の野に宿る旅人うちなびき眠《い》も寝《ね》らめやも古《いにしえ》思ふに(四六)

(今夜、安騎の野に宿る旅人は、くつろいで寝ることなどできようか、往時を思うと。)

ま草刈る荒野にはあれどもみち葉の過ぎにし君の形見とそ来し(四七)

(ま草を刈る荒れ野ではあるが、黄葉のように過ぎ去った亡き皇子の形見の地として、私は来たのだ。)

東の野にかぎろひの立つ見えてかへり見すれば月かたぶきぬ(四八)

日並《ひなみし》のみこの尊《みこと》の馬並《な》めてみ狩立たしし時は来向かふ(四九)

(日並皇子尊が、馬を並べて御狩に立たれた、その時が今まさに到来した。)

この遊狩には、かつて父草壁皇子が皇太子時代に行った安騎野での遊狩を軽皇子に再現させることで、次期皇太子としての軽皇子の存在を、広く周知させる政治的な意図があった。長歌は、「やすみしし 我が大君 高照《たかて》らす日の皇子 神ながら 神さびせすと…」と最大級の賛辞から歌い起され、神たる皇子の安騎野への道のりを描く。安騎野の地では、人々(皇子)は「古」を思い寝ることができない。この「古」が指すものと、眠れぬ理由は次歌で明らかとなる。安騎野の地は、黄葉のようにはかなく薨去した皇太子草壁の形見の地であり、「古」は、かつて草壁皇子の生きた時代であった。三首目では、眠れぬ夜が明け、「ま草」(萱や薦)の生える荒涼とした安騎野に、東の空から曙光が注がれる。振り返ってみれば、西の空には月が傾きかけていた。四首目にみえる、「日並皇子尊」は、日(天皇)に並ぶ皇子の意であり、草壁皇子のための特別な尊称である。夜明けとともに「日」が立ち、草壁皇子のイメージと一体化した軽皇子が、正当な後継者として狩に出立するのである。

持統十一年(六九七)二月、軽皇子は十五歳で皇太子となり、八月一日、文武天皇として即位した。

【備考】万葉仮名の原文は、「東野炎立所見而反見為者月西渡」。上句の訓《よ》みは、古くは「あづま野のけぶりの立てるところ見て」であったものを、江戸時代、賀茂真淵によって「東の野にかぎろひの立つ見えて」と改められた。真淵の訓は広く受け入れられてきたものの、「炎」を「かぎろひ」と読むことについては、訓詁上の問題が指摘されている。今日では、旧い訓を再評価する形で、「東の野らにけぶりの立つ見えて」(『万葉集』岩波文庫、二〇一三年)との訓が示され、軽皇子が狩に出で立つ朝、狩猟のための煙火が立ち上る情景を詠んだものと解されている。

【参考文献】高松寿夫『柿本人麻呂』(コレクション日本歌人選1、笠間書院、二〇一一年)。

(甲斐温子)

〇〇五

天離《アマザカ》る　柿本人麻呂《カキノモトノヒトマロ》

天離《アマザカ》る
鄙《ヒナ》の長道《ナガチ》ゆ　恋《コ》ひ来《ク》れば
明石《アカシ》の門《ト》より
大和島《ヤマトシマ》見《ミ》ゆ

【出典】『万葉集』巻三・二五五

【現代語訳】（あまざかる）鄙からの長い道のりを、都を恋しく思いながら上ってくると、明石海峡からはるかに大和の山々が見える。

【作者】前出（〇〇四参照）。

【語釈】＊天離る…「鄙」にかかる枕詞。天から遠く離れている意。＊鄙の長道ゆ…「鄙」は都から離れた地方のこと。「ゆ」は経由を現す語で、「～を通って」の意。＊明石の門…淡路島と兵庫県の間の明石海峡。＊大和島見ゆ…明石海峡から故郷である大和の方を見やると、生駒山や葛城連山が見える。その山々とその奥にある大和の地を含め、「大和島」と表現している。「見ゆ」は、「見る」に自発の助動詞「ゆ」が付いたもの。自然と目に映ずる、の意。

【解説】『万葉集』の巻三に、「柿本朝臣人麻呂が羇旅《きりょ》の歌八首」（巻八・二四九～二五六）とあるうちの一首。「羇旅」とは、旅のこと。人麻呂が長田王に随って九州の筑紫へ下った折のものといわれる。

三津の崎波をかしこみ隠り江の舟公宣奴嶋尓（二四九　＊下二句には定訓がない。）
（御津の崎の波をかしこんで、奥まった入り江の「舟公宣奴嶋尓」。）

玉藻刈る敏馬《みぬめ》を過ぎて夏草の野島の崎に舟近付きぬ（二五〇）
（少女たちが玉藻を刈る敏馬を過ぎて、夏草の生い茂る野島の崎に船が近づいた。）

淡路の野島の崎の浜風に妹が結びし紐吹き返す（二五一）
（淡路の野島の崎の浜風に、妻が私の旅立ちにあたって結んでくれた着物の紐を吹き返らせている。）

荒たへの藤江の浦にすずき釣る海人とか見らむ旅行く我を（二五二）
（荒拷《あらたえ》の藤衣ではないが、藤江浦で鱸を釣っている海人だと、人は見るのではないだろうか。旅人のこの私を。）

稲日野も行き過ぎかてに思へれば心恋しき加古の島見ゆ（二五三）
（印南野《いなみの》も通り過ぎ難い思いでいると、心惹かれる可古の島が目に入る。）

燈火《ともしび》の明石大門《おおと》に入らむ日や漕ぎ別れなむ家のあたり見ず（二五四）
（明石海峡に船がさしかかる日には、大和とも漕ぎわかれることになるのだろうか。わが家のあたりをみることもなく。）

天離る鄙の長道ゆ恋ひ来れば明石の門より大和島見ゆ（二五五）

飼飯《けひ》の海の庭良くあらし刈り薦《こも》の乱れて出づ見ゆ海人の釣舟（二五六）
（飼飯の海は穏やかであるらしい。刈り取った薦のように、あちこちから漕ぎ出して来るのが見える。漁夫の釣り船が。）

右の歌群は、瀬戸内海周辺の上り下りの旅情を詠んだもので、八首すべてに経過する土地の名称が読み込まれている。前半四首が、御津―敏馬―野島―藤江と、瀬戸内海を西へ向かう旅程である。二五一番歌にみえる、「妹が結びし紐」とは、旅立ちに際して、妻が夫の着物の紐を結んだもの。道中の無事を祈る呪的な儀礼である。

　後半四首のうち、当該歌は帰路における詠。都から鄙へと遠ざかる、直前の二五四番歌とは対をなしている。ともに明石海峡を基点としながら、前歌では都を離れる悲しみを「家のあたり見ず」とうたい、一方の当該歌では、帰郷の喜びを「大和島見ゆ」と詠みあげている。

　明石海峡が畿内と畿外との境界であったことは、二五四番歌で、明石海峡を越えることと、大和との別れを同時に歌うことからもうかがえる。この時、人麻呂は「家のあたりが見えない」ことをことさらに嘆いている。船上からどれほど目を凝らしても、大和の自宅が見えるはずもないのだが、『万葉集』の旅の歌には、同様の歌が複数みえる。

海原の沖へに灯しいざる火は明かして灯せ大和島見ゆ（巻十五・三六四八）
（海原の沖の方で明かりを灯して漁をしているその漁り火を、もっと明るく灯してくれ。私の故郷の大和島を見たいのだ。）

ぬばたまの夜渡る月ははやも出でぬかも海原の八十島の上ゆ妹があたり見む（三六五一）
（夜を照らしつつ渡る月は早く出ないものか。出たら多くの島々を越えた先の妻のいるあたりを見よう。）

右二首は、遣新羅使《けんしらぎし》として朝鮮半島に派遣された官人たちの歌である。古代における「旅」は、今日における旅行とは異なり、常に命の危険を伴い、孤独と不安に満ちたものであった。それゆえに、つねに故郷を思い、またそこに残してきた家族や友人の身を案じ、道中の無事を強く願う。外海へ乗り出す使人らの不安は、一層大きなものであったことは想像に難くない。右の歌は、海上で暴風に遭った使人らが、九州に漂着し、その海岸で詠んだものである。どれほど火を燃やしたところで、またどれほど明るい月が出たところで、決して九州から畿内は見えない。しかしながら、故郷や妻を「見たい」と歌うことは、それが非現実的なものであればあるほど、見知らぬ土地での孤独や不安を強く表出できる。人麻呂は、明石海峡という境界を越える際、「漕ぎ別れなむ家のあたり見ず」と歌うことで、故郷への強い思いと不安を表現したのであろう。

　当該の、「天離る…」の歌は、その反対に、待ち望んだ故郷への帰途、船が畿内の入り口である明石海峡に差し掛かり、大和の山々が目に映る瞬間を詠む。「見ゆ（所見）」とは動詞の「見る」に自発の助動詞「ゆ」のついたもの。意識的に見ずとも、自然と目に映る様子を言う。「明石の門より大和島見ゆ」は、一見ごく当然の帰結を言った単純な表現にも思える。しかし、旅の途上では、どれほど目を凝らしても「見る」ことのできなかった懐かしい大和の地が確かに目の前にあり、それが自然と視界に入る喜びと安堵を内包するのである。

（甲斐温子）

〇〇六 近江《オウミ》の海《ウミ》　柿本人麻呂《カキノモト・ノ・ヒトマロ》

近江《オウミ》の海《ウミ》
夕波千鳥《ユウナミ・チドリ》
汝《ナ》が鳴《ナ》けば
心《ココロ》もしのに
いにしへ《いにしえ》思《オモ》ほゆ《おゆ》

【出典】『万葉集』巻三・二六六

【現代語訳】近江の海の夕波にさわぐ千鳥よ、おまえが鳴くと、心もうちしおれんばかりに、昔が思い出されるよ。

【作者】前出（〇〇四参照）。

【語釈】＊近江の海…琵琶湖。近江国は現在の滋賀県。＊夕波千鳥…夕べの波間に群れてたわむれる千鳥。「千鳥」は、水辺に住むチドリ科の鳥。「夕波千鳥」は人麻呂の造語。＊汝が鳴けば…「汝」は親愛の情のこもる二人称。立ち騒ぐ千鳥に呼びかけている。＊心もしのに…心も消えんばかりに。「も～に」の表現で、「も～するばかりに」との意を表す。「しの」は、うちしおれる様を言う。＊いにしへ思ほゆ…「いにしへ」は太古のことばかりではなく、近い過去についても言う。ここは、天智天皇の宮のあった近江朝の時代を指すか。「ゆ」は、自発の助動詞で、千鳥の声を聞くと、自然と「いにしへ」が思われる、の意。

【解説】夕暮れの琵琶湖で、波打ち際に遊ぶ千鳥の鳴き声を聞いていると、「いにしへ」のことが思い起こされる、と感慨を詠んだ歌である。題詞には、「柿本朝臣人麻呂の歌一首」とあるのみで、いかなる背景で詠まれた歌であるかはわからない。しかし、「近江の海」で思い起こされる「いにしへ」とは、天智天皇朝、近江大津宮時代のことであろう。

人麻呂は、荒廃した近江朝の宮を繰り返し歌に詠んでいる。そのうち、「近江荒都歌」（巻一・二九～三一）と呼ばれる次の歌群は、壬申の乱とその後の遷都で荒廃した、かつての宮を訪れた人麻呂が、荒れ果てた宮址にかつての繁栄を想い、その感慨を詠んだものである。

玉だすき　畝傍《うねび》の山の　橿原《かしはら》のひじりの御代ゆ　生《あ》れまし　神のことごと　つがの木の　いや継ぎ継ぎに　天の下知らしめししを　天にみつ　大和を置きて　あをによし　奈良山を越え　いかさまに思ほしめせか　天ざかる　鄙にはあれど　石《いわ》走る　近江の国の　楽浪《ささなみ》の　大津の宮に　天の下　知らしめしけむ　天皇《すめろき》の　神の尊《みこと》の　大宮は　ここと聞けども　大殿は　ここと

言へども 春草の 繁く生ひたる 霞立ち 春日《はるひ》の霧《き》れる ももしきの 大宮所 見れば悲しも(巻一・二九)

(畝傍の山の、橿原の地に宮を置かれた神武天皇の時代から、お生まれになった神としての天皇様が、次々に天下をお治めになったが、その満ち栄えた大和を後にして、奈良山を越えて、一体どのようにお思いになって、都から遠く離れた辺鄙な土地にもかかわらず、近江の国の大津の宮で天下をお治めになったのであろうか。神である天皇の治める宮はここだと聞くけれども、大殿はここだと人は言うけれども、いまはもう春草がおい茂り、霞がかかって春の日差しもかすんでいる。大宮の跡地を見ると、悲しく思われることだ。)

反歌

楽浪《ささなみ》の志賀の唐崎幸くあれど大宮人の舟待ちかねつ(三〇)

(志賀の唐崎は昔と変わらず、無事であるのに、かつての大宮人の船はいくら待ってもくることはない。)

楽浪の志賀の大わだ淀むとも昔の人にまたも逢はめやも(三一)

(志賀の大わだが、どんなに淀んでも、昔の人にまた逢うことができようか、いやできない。)

近江大津宮荒廃の原因の一つとなった壬申の乱は、天智天皇崩御後に起きた、古代最大の内乱である。大友皇子とその叔父にあたる大海人皇子が皇位をめぐって争い、大海人皇子が勝利し天武天皇として即位すると、都は飛鳥の地へと移った。人麻呂が再び近江の旧都を訪れたのは持統朝のことと思われ、壬申の乱から少なくとも十五年ほどの時間が経過していた。

近江荒都歌の長歌の前半は、天智天皇が神武天皇以来の大和の地を離れ、辺境の地である近江に都を置いたことを言い、後半にそのかつての近江宮の荒廃ぶりを描き、「見れば悲しも」とうたう。近江荒都歌には、中国古代の殷《いん》王朝が滅亡した後、殷の王族の一人である箕子《きし》が、かつての殷都を見て詠んだとされる、「麦秀の歌」(『史記』等)の影響が指摘されている。

反歌に歌われる志賀の唐崎は、かつて大宮人たちが舟遊びをした場所。往時の賑やかさは消え、ただ自然のみが変わらずそこにある。「大和田」とは、おだやかな入江を言う。「淀むとも」の解釈は、「大和田」を擬人化し、そんなに人待ち顔(=よどむ)をしても、懐かしい人にはもう会えないのだ、とする説が一般的。一方、大和田のよどんだ水を、時間の経過を阻止しようと努力する様子と捉え、そのようなことをしても、全ては過ぎ去っていくのであり、水も時も、流れを止めることは不可能であると嘆いた歌とする説もある。

なお、当該の「おうみのうみ…」の歌の上句は、「み」、「な」の音が繰り返され、その物悲しい内容とは対照的に、軽快な調子をもつ。こうした声調上の効果は、この歌が長らく愛唱される理由のひとつかもしれない。

【参考文献】高松寿夫『柿本人麻呂』(コレクション日本歌人選1、笠間書院、二〇一一年)。

(甲斐温子)

〇〇七　田子の浦ゆ《タゴのウラゆ》

山部赤人《ヤマベノ・アカヒト》

田子の浦ゆ《タゴのウラゆ》
うち出でてみれば《うちイでて　みれば》
ま白にぞ《まシロにぞ》
富士の高嶺に《フジの　タカネに》
雪は降りける《ユキは　フりける》

【出典】『万葉集』巻三・三一八

【現代語訳】田子の浦から眺めのよいところに出てはるかに見渡すと、真っ白に、富士の高い嶺に雪が降り積もっていることだ。

【作者】山部赤人（奈良時代中期の人）　生没年ともに未詳。山部宿禰《すくね》赤人。『万葉集』には「明人」の表記もみえる（巻十七・三九一五題詞）。『万葉集』のほかに資料はなく、家系や経歴、官職等不明。下級の官人と思われる。山部氏は、旧くは連《むらじ》であったが、天武十三年（六八四）、「八色《やくさ》の姓《かばね》」の制定に際し、真人《まひと》、朝臣に次ぐ宿禰の姓を授けられている（日本書紀）。「山辺」と表記するのは平安時代以降で、本来の書き方ではない。

『万葉集』に、短歌三十七首（異伝一首を含む）、長歌十三首が残されている。挽歌《ばんか》三首のほかは全て雑歌《ぞうか》。そのほとんどが年次不明であるが、制作年次の明らかなものを挙げれば、神亀元年（七二四）十月の聖武天皇の紀伊国行幸から、天平八年（七三六）の吉野行幸までの歌がある。笠金村《かさのかなむら》らとともに、聖武朝を中心に活躍した宮廷の専門的歌人の一人。天皇の行幸に従駕した際の和歌を多数詠んでいる。

聖武天皇（首《おびと》皇子）は、文武天皇の嫡子。文武は、天武天皇と持統天皇の間に生まれた草壁皇子の子（軽皇子）である。天武・持統の直系皇子として政治的にきわめて重要な立場にあり、生誕時よりその即位が待ち望まれた。それゆえに、文武以降、元明・元正天皇の二代の女性天皇を経た後の神亀元年の聖武の即位は、その特別な意義を広く知らしめられるべきものであった。赤人は宮廷つきの専門歌人として、和歌の詠作によってその一翼を担ったのである。聖武の吉野行幸に従駕した折の「吉野賛歌」（巻六・九二三～九二七）等はその例である。柿本人麻呂の影響が色濃い一方、自然の清らかな美しさの描写を得意とした歌人でもあり、その歌風は、「清廉」、「格調正順」等と評されてきた。なかでも富士山を詠んだ歌は赤人を代表する歌であり、その影響は平安朝から近代のアララギ派の歌人にまで及ぶ。

赤人の地理的な作歌活動の範囲には、大和のほか、摂津、播磨、紀伊、伊予、そして東国の駿河、下総がある。個人としてか地方官としてか、行幸従駕の外にも各地に赴き、各国の景を詠んでいたらしい。

【語釈】＊田子の浦ゆ…「ゆ」は通過をあらわす格助詞。田子の浦を通過して、の意。田子の浦は駿河国（静岡県）の海岸の辺りか。＊うち出でてみれば…「うち」は接頭語。ぱっと視界の開けた場所に出てみると、の意。＊雪は降りける…「ける」は詠嘆の助動詞。上の、「ま白にぞ」の「ぞ」を受け連体形となっている（係り結びの法則）。係り結びは、強調表現の一種。ここは、「ま白に」の部分を強く言ったもので、富士の峰の雪の白さ、またその印象の鮮やかさを強調している。

【解説】題詞に、「山部宿祢赤人、富士の山を望る歌一首、并せて短歌」とある、長歌・短歌（反歌）のうちの一首。長歌は次の通り。

天地の 分れし時ゆ 神さびて 高く貴き 駿河なる 富士の高嶺を 天の原 振り放《さ》け見れば 渡る日の 影も隠らひ 照る月の 光も見えず 白雲も い行きはばかり 時じくそ 雪は降りける 語り継ぎ 言ひ継ぎ行かむ 富士の高嶺は（巻一・三一七）

（天と地が分れた神代の昔から、神々しく高く貴い、駿河国の富士の高嶺を、大空遥かにふり仰いで見やると、空を渡る太陽の光も隠れ、照る月の光も見えず、白雲もその霊威に遮られて行くことをためらい、時間を超越したかのように、いつも雪が降り積もっていることだ。語り伝え、言い伝えてゆこう。この富士の高嶺のことを。）

赤人が東国へ旅した折、初めて富士山を見た時の詠である。駿河国の海岸を抜け、開けた視界の先に飛び込んできた富士の山は、高く、神々しい霊峰であった。その圧倒的な霊威への感動は、赤人が、「天地の　分れし時ゆ　神さびて高く貴き」と、天地の開闢から語り起こしたことによってもうかがい知れよう。続けて、空を渡る日の光も隠れ、照る月の光も見えず、白雲も進行をためらうほどに大きく聳え立つ富士、との畳みかけるような描写は、時に観念的とも評されるが、一方で全身をもって歌い上げたような躍動感と重々しさとが込められる。

長歌後半と反歌において描かれるのは、その山頂に積もる雪である。「時じくそ」とは、時を選ばず、の意。赤人の歌に続く高橋虫麻呂の歌にも、

富士の嶺《ね》に降り置く雪は六月《みなづき》の十五日《もち》に消《け》ぬればその夜降りけり（巻三・三二〇）

（富士の嶺に降り積もった雪は、真夏の盛り、六月の十五日に消えてしまうと、その夜のうちにまた降るということだ。）

と詠まれている。旧暦の六月は、現代の暦（太陽暦）に置き換えれば、おおよそ八月に当たる。富士山の雪は、夏の盛りでも消えることのない万年雪として、強く印象付けられるものであった。森羅万象は季節の運行に従って、移ろい、変化してゆく。天子でさえも避けることのできない、絶対的な自然の節理の中にあって、真夏でも雪を頂き、悠々と時の概念を超越する富士の山は、まさしく畏敬の対象であった。赤人の反歌は、そうした富士山の光景と、それを見た感動と衝撃とを、「ま白にぞ」というただ一句をもって、詠いあげるのである。

【備考】万葉仮名の原文は、「田児之浦従　打出而見者　真白衣　不盡能高嶺尓　雪波零家留」。『新古今和歌集』（冬・六七五）にも載り、そこでは、「田子の浦に打ち出でてみれば白妙の富士の高嶺に雪は降りつつ」とある。末尾の句の「つつ」は、反復・継続の意の接続助詞。雪が次々に降り積もっていく景色を眺めているかのような、時の経過を感じさせる幻想的な雰囲気が加わる。こちらの形で『百人一首』にも採られ、今日まで広く愛唱されている。

（甲斐温子）

〇〇八

あをによし《あおによし》

小野老《オノノオユ》

あをによし《あおによし》

奈良《ナラ》の都《ミヤコ》は　咲《サ》く花《ハナ》の

にほふがごとく《におうがごとく》

今《イマ》盛《サカ》りなり

【出典】『万葉集』巻三・三二八

【現代語訳】（あをによし）奈良の都は、咲く花のにおいたつように美しく、今真っ盛りであるよ。

【作者】 小野老（生年未詳～七三七）　当該歌の題詞には、「大宰少弐《だざいのしょうに》小野老朝臣」とある。大宰少弐は大宰府の次官。従五位下相当で、定員は二名。老は、養老三年（七一九）正月に従五位下、天平元年（七二九）三月に従五位上に昇っている。前年の神亀五年（七二八）ごろ、大宰少弐《しょうに》として、大宰帥《そち》である大伴旅人《たびと》の下にあった。天平十年（七三八、天平九年とする説もある）大宰府で卒した。極位極官は、大弐従四位下。同年には、老の遺骨を送る骨送使が遣わされている（周防国正税帳）。小野氏は、もと臣。天武十三年（六八四）の「八色《やくさ》の姓《かばね》」の制定時、朝臣を授けられている（日本書紀）。朝臣は、最上位の真人《まひと》に次ぐ姓《かばね》。

当時の大宰府には、大伴旅人を中心とした歌壇（筑紫歌壇）が形成されるが、小野老もその構成員の一人であった。筑紫歌壇と言えば、「令和」の元号の出典となった「梅花の宴」（巻五・八一五～八四六）があるが、当該歌もまた、歌壇を構成する官人らによる、宴席歌群（三二八～三三五番歌）のうちの一首。

【解説】 に詳述するが、奈良の都の、満開の花のごとき繁栄ぶりを礼賛した当該歌は、遠い筑紫の地にあって、都から赴任した官人らに望郷の念を抱かせるに十分であった。

なお、大宰府赴任以前の老は、長屋王首班体制の発足時、中納言大伴旅人、右大弁笠朝臣麻呂（出家し満誓と号す、『万葉集』に七首の歌が載る）らとともに、右少弁として体制に名を連ねている（『続日本紀』養老四年十月）。長屋王は、天武天皇の孫、高市皇子の息。政治の主導者として辣腕をふるうも、藤原氏の排斥に遭い、自刃という不遇の運命を辿った（長屋王の変）。他方、文化的側面に目を向ければ、学芸に秀でた人物を厚遇し、自らも和歌や漢詩を作り、佐保の自邸に官人たちの集う文学サロンを築いた人物でもある。今日、その邸宅跡からは多数の木簡が出土している。

小野老の歌は、『万葉集』に三首載る。当該歌以外の歌は次の通り。

梅の花今咲けるごと散り過ぎずわが家の園にありこせぬかも（巻五・八一六・少弐小野大夫）

時つ風吹くべくなりぬ香椎《かしい》潟《がた》潮干の浦に玉藻刈りてな（巻六・九五八・大弐小野老朝臣）

八一六番歌は、「梅花の宴」のうちの一首。九五八番歌は、直前に置かれた旅人の歌の題詞によってその作歌事情が窺い知れる。すなわち、「冬十一月、大宰の官人等香椎廟を拝み奉り訖《お》へて、馬を香椎の浦に駐《とど》めて、各懐《おもい》を述べて作れる歌」とあり、これもまた筑紫歌壇の一員としての作歌である。なお、九五八番歌には「大弐」とあるが、この「冬十一月」は、神亀五年（七二八）、あるいは天平元年（七二九）と考えられ、当時は少弐。後に極官を補記したものであろう。

【語釈】＊あをによし…「奈良」にかかる枕詞。原文には「青丹吉」とあり、奈良山近辺でアヲニ（緑青）が産出すること褒めていったものか。＊咲く花の…ここでの、「花」は必ずしも桜に限定されるものではなく、奈良の都に咲いていた様々な花の総称と思われる。＊にほふがごとく…「にほふ」は、「丹穂ふ」で、「穂」は表に現れる意。色が鮮やかに照り映えることを言う。ここは、原文に「薫如」とあるように、芳香のすばらしさをも示唆すると思われる。

【解説】天平期の大宰府には、大宰帥大伴旅人を中心に、官人たちによって歌壇が形成されていた。当該歌はそうした筑紫歌壇の官人たちによる宴席歌群（巻五・三二八～三三五）のうち冒頭の一首。作者小野老は、帥につぐ少弐の地位にあり、歌壇の中でも主要な位置を占めていた。著名となった「梅花の宴」にも列席している。

　さて、当該歌は内容からみるに、あたかも奈良の地で詠まれたようにみえるが、実際は大宰府での作である。小野老が公務で奈良へ上り、帰任した折に宴会の席上で披露したものかといわれている。帝都賛美の代表ともいうべき詠として古来著名である。「咲く花のにほふ」という比喩を通して、奈良の都の繁栄する様子を寿いだ、華やかな一首であるが、その背後にあるのは、辺境の筑紫の地で遠い都を偲ぶ、官人たちの望郷の念である。そのことは、これに続く宴席歌群の詠によって顕然としよう。

やすみしし わが大君の敷きませる国の中には都し思ほゆ（巻三・三二九・防人司佑《つかさのじょう》大伴四綱《よつな》）

（我らが天皇の支配されている、この国々のなかでは、やはり奈良の都が、切に偲ばれるものだ。）

わが盛りまたをちめやもほとほとに奈良の都を見ずかなりなむ（巻三・三三一・大伴旅人）

（私の若い盛りはもう二度と戻ってくることはあるまい。もうこのまま、奈良の都を見ることなく終わってしまうのだろうか。）

「西の都」と呼ばれ、繁栄を誇った大宰府にあっても、官人たちの心はつねに奈良の都にあった。老による帝都礼賛歌は、筑紫歌壇の官人たちの望郷の思いを引き出す縁として、宴席歌群の冒頭に据えられているようにも思われる。

（甲斐温子）

〇〇九

君待つと《キミマつと》

額田王《ヌカタノオオキミ》

君待つと《キミマつと》
我が恋ひをれば《アがコいおれば》
我がやどの《ワがやどの》
すだれ動かし《すだれウゴかし》
秋の風吹く《アキのカゼフく》

【出典】『万葉集』巻四・四八八

【現代語訳】あなたのお出《い》でを待って、恋しく思いつづけていると、我が家の戸口のすだれを動かして、秋の風が吹くことです。

【作者】前出（〇〇二参照）。

【語釈】＊君待つと…「君」は、敬愛の意を込めた二人称。あなた。上代においては、多く女性から男性へ用いる。ここは、天智天皇を指す。＊我が恋ひをれば…「我が」の訓は、「あが」「わが」両訓ともあるが、下に「恋ふ」が接続する場合は、「あが」と読む。「あ」「わ」には使い分けがあり、前者は一人称単数を表し、後者は、一般性、複数性を有するとされる（「わご大君」など）。「恋ひをる」は、動詞「恋ふ」の連用形に、「〜しつづける」の意を添える補助動詞「居《お》る」が付いた形。恋しく思いつづけていること。

【解説】題詞に、「額田王の、近江天皇を思ひて作りし歌一首」とある。近江天皇は、近江大津宮で政を行った天智天皇を指す。額田王が、天皇の来訪を待ち焦がれて詠んだこの歌は、巻四の「相聞《そうもん》」の部に収録されている。「相聞」とは、「消息《しょうそく》のやりとり」を意味する漢語であり、その部立に収められる歌のほとんどは恋愛に関する男女の和歌である。

　額田王には、前夫の大海人皇子との間に交わした蒲生野での贈答歌（巻一・二〇、二一）があった。そこでは、「君が袖振る」（二〇）、「むらさきのにほへる妹」（二一）、「人妻ゆゑに我恋ひめやも」（二一）等々の、いかにも恋歌らしい直截的な表現がちりばめられるが、実際は宮廷行事の宴席で披露された座興の歌とみえ、公的な歌々を収める「雑歌」の部立に収録されている。多くの人々が集う賑やかな宴席で披露された右の贈答に対し、「君待つと…」の歌は、静かで独白的である。

　この、秋の長夜に夫の来訪を一人待つ妻、という構図は、中国の閨怨《けいえん》詩の発想である。「閨怨」とは、夫の帰りを閨《ねや》（寝室）の中で待つ妻の嘆きのこと。例えば次の漢詩は、遠方の夫を想い、一人部屋に居る妻を詠んだ、六世紀の中国の漢詩集『玉台新詠』に載る作である。「蘭室」は、香を焚きしめた部屋の意で、婦人の居室のこと。

清風動㆓帷簾㆒
晨月燭㆓幽房㆒
佳人処㆓遐遠㆒
蘭室無㆓容光㆒
（『玉台新詠』・巻二・張華・情詩五首）

（清風帷簾《いれん》を動かし、晨月《しんげつ》幽房を燭《て》らす。佳人遐遠《かえん》に処《お》り、蘭室《らんしつ》に容光《すがた》無し。）

（清らかな風が帷の簾を動かし、明け方の月が奥深い静かな部屋を照らしている。佳人〈夫〉は遠方に居り、部屋にはその姿が見えない。）

次の楽府《がふ》は、簾が動くたびに夫が来たのかとはっとする、留守居の妻の心を描いたもの。王の和歌により近い発想である。

簾動憶㆓君来㆒
雷声似㆓車度㆒
（『玉台新詠』・巻六・鼓吹曲・有所思）

（簾動けば君が来るかと憶《おも》ひ、雷の声すれば車の度《わた》るに似る。）

（簾が動くとあなたが訪れて来たのかと思い、雷鳴にあなたの乗った車が来たのかと疑う。）

さらに、次に挙げる『万葉集』の二首は、簾を動かして部屋に吹き込む風に恋人の来訪を重ねたものである。

息の緒にわれは思へど人目多みこそ吹く風にあらばしばしば逢ふべきものを（巻十一・二三五九・旋頭歌）

（命をかけて私はあなたを想っているけれど、人目が多いので。私がもし吹く風であったなら、たびたび会えるのに。）

玉垂の小簾《おす》のすけきに入り通ひ来ねたらちねの母が問はさば風と申さむ（巻十一・二三六四・旋頭歌）

（玉垂の小簾の隙間から入って通ってきてくださいな。母親が尋ねたときには、風だと答えましょう。）

当該歌の簾も、「玉垂の小簾」（巻十一・二三六四）とあるような、珠を糸に貫いて作ったものであろうか。

王の歌の次には、鏡王女《かがみのおおきみ》の歌が置かれている。内容の上から、王の歌を受けて詠まれたものと思われる。

風をだに恋ふるはともし風をだに来むとし待たば何か嘆かむ（巻四・四八九）

（風の音さえも恋しく思うあなたがうらやましい。風の訪れさえも、期待して待つことができたのなら、何を嘆くことがありましょう。）

鏡王女は、旧くは額田王の姉妹かとされた歌人。王女の墓が舒明天皇陵内に置かれていることから、舒明天皇の血縁者とみる説もある。いずれにしても、両者は懇意な関係であったのであろう。鏡王女は藤原（中臣）鎌足の妻。天智天皇との相聞の贈答があり、それによれば、はじめは天皇の寵愛を受け、その後に鎌足に嫁したらしい。

妹が家も継ぎて見ましを大和なる大島の嶺に家もあらましを（巻二・九一・天智天皇）

（あなたの家をずっと眺めていたい。大和のこの大島の嶺に、私の家があればよいのに。）

秋山の木の下隠り行く水の吾こそまさめ思ほすよりは（同・九二・鏡王女）

（秋山の木の下をひそかに流れていく水のように、私こそ一層深く想っております。あなたが想ってくださるよりは。）

以上の関係性を総合すれば、夫である天智天皇の来訪を待ち続ける額田王に対し、かつて寵愛を受けた鏡王女が、「風をだに恋ふるはともし」（待つことができるだけでうらやましい）と、その複雑な胸中を和歌に詠んで応じたこととなろう。類想のものに、以下の歌がある。

秋山のしたひが下に鳴く鳥の声だに聞かば何か嘆かむ（巻十・二二三九）

（秋山の紅葉の陰でなく鳥のように、せめてあの人の声だけでも聞けたら、何を嘆くことがあるでしょうか。）

【備考】王と鏡王女の二首は、巻八の秋の相聞の冒頭にも重出している（巻八・一六〇六、一六〇七）。

（甲斐温子）

〇一〇

銀も《シロカネも》

山上憶良《ヤマノウエノオクラ》

銀も《シロカネも》
金も《クガネも》玉も《タマも》　何せむに《ナニせんに》
まされる《まされる》宝《タカラ》
子にしかめやも《コにしかめやも》

ナニせんに（もある）
しかめやも（もある）

【出典】『万葉集』巻五・八〇三

【現代語訳】銀も金も宝玉も、どうして優れた宝である子どもに及ぶだろうか。及びはしないのだ。

【作者】山上憶良（六六〇～七三三？）　飛鳥時代後期から奈良時代前期にかけて活躍した貴族・歌人。姓は臣《おみ》。生年は、天平五年（七三三）作の「沈痾自哀文《ちんあじあいぶん》」（『万葉集』巻五）に「是《こ》の時に年七十有四」とあり、逆算すると斉明六年（六六〇）となる。大宝元年（七〇一）正月に遣唐使の少録に任じられ、翌年に渡唐した。この時無位無姓。在唐中に日本への郷愁を詠んだという歌が残る（『万葉集』巻一・六三）。時に四十二歳。

帰国後、和銅七年（七一四）正月に正六位下から従五位下。霊亀二年（七一六）に伯耆守《ほうきのかみ》に任じられる。養老五年（七二一）正月、退朝後に東宮《とうぐう》（後の聖武天皇）に侍する。神亀三年（七二六）ごろ、筑前守として筑紫に下向したと見られる。

天平四年（七三二）末ごろから五年初めに、大宰府に就任した大伴旅人らといわゆる「筑紫歌壇」を形成し、旺盛な作歌活動を展開した。天平四年頃、帰京か。同五年、病床で詠んだ一首（『万葉集』巻六・九七八）を最後に足跡が途絶える。この年中に老齢と重病により没したと見られる。

憶良の文学活動は、大きく筑前守以前と以後に分けられる。筑前守以前の作品は唐での望郷歌や七夕の歌などで特別な題材の歌はないが、筑前守以後、大伴旅人との交流を深める中で、貧困や老い、病、死と正面から向き合う特徴的な作品を制作するようになった。こうした特異な主題に見合う様々な表現上の工夫が試みられ、特に長歌（六句よりも長い歌）に特色ある作を残した。漢文・漢詩・和歌をそれぞれ組み合わせた作品など、多様な形をとりつつ展開された。総じて、漢文ではこの世の理を論理的に確認し、和歌では理論では割り切れない人間の情愛や妄執を表現するのが特色。

著作には『万葉集』の編纂資料とも目される『類聚歌林《るいじゅうかりん》』がある。ただし現存はせず、『万葉集』の内部にその内容の片鱗を見せるのみ。なお、いわゆる「秋の七草」の由来は憶良の「秋の野の花を詠みし歌」二首（『万葉集』巻八・一五三七〜一五三八）である。

【語釈】＊銀…シロカネ。「か」は古くは清音に発音した。＊金…クガネ。コガネは平安時代以後の形らしい。銀・玉と合わせて仏教の七宝として尊ばれていたが、当時はもっぱら輸入に頼っていた。天平勝宝元年（七四九）に初めて陸奥国《むつのくに》から金が発見された記事が『続日本紀《しょくにほんぎ》』に見える。＊何せむに…「何の役にも立たない」といった気持ちのこもった「どうして」の意。＊まされる宝…「まされる宝」は「子」と同格。「まされる宝、すなわち子ども」。＊しかめやも…「しか」は「及ぶ」意の動詞「しく」の未然形。動詞「む」の已然形「め」に疑問の助詞「や」で反語表現となる。「も」は感動の意を表す終助詞。

【解説】漢文の序文・長歌・反歌（長歌に付随する短歌）からなる「子等《こら》を思《おも》ひし歌」中の一首で、本歌は反歌に当たる。漢文序では「衆生を平等に思うことは、我が子を思うことと同じである」という、衆生に対する至高の愛を示す釈迦如来の言葉を引用しながら、それを逆手に取り「釈迦如来すら子を愛するのだから、ましてや我々凡人が子への愛をいかんともし難いのは当然だろう」と説く。仏教では忌避されるはずの肉親への愛情を、釈迦ですら捨てられなかったと述べて、自身の子を思う気持ちを正当化しているのである。

　長歌は

瓜食《うりは》めば　子《こ》ども思《おも》ほゆ
栗食《くりは》めば　まして偲《しの》はゆ
いづくより　来《き》たりしもの
そ　まなかひに　もとなか
かりて　安眠《やすい》し寝《な》さぬ

（瓜を食べると子どものことが思われる。栗を食べるとまして偲ばれる。子どもたちはいったいどのような前世からの縁で生まれて来たのだろうか、その面影が眼の前にむやみにちらついて、安らかに寝させてくれない。）

と歌う。瓜や栗を食べるたびに慕わしく思われ、また安眠をも妨げる子どもという存在の不思議さを歌っている。夜もおちおち眠らせてくれない子への愛は、まさに苦しみであろう。反歌である本歌では、それなのにそうした子が金銀宝玉よりも大事に思われると述べている。子への愛情を歌い上げた歌であるが、憶良はそこに何の苦しみも持たなかったわけではあるまい。「まなかひに　もとなかかりて安眠し寝さぬ」子は、苦悩の源でもあるのである。本歌は、漢文序や長歌と合わせて鑑賞することで、子を愛する喜びではなく、子を愛する苦しみを述べた作品であると理解することができよう。

【備考】本歌の文脈を巡っては、諸説がある。上二句を主語とし、「に」を詠嘆の終助詞と捉え、第三句を述語と見る説（「銀も金も宝玉も何になるだろうか」）や、第四句を上三句の述語と見る説（「銀も金も宝玉もどうして優れた宝と言えよう」）、「何せむに」で切り、「まされる宝」を主語、結句をその述語とし、「どんな優れた宝も子に及ぼうか」とする説などがある。諸説乱れているが、本書では、第三句「何せむに」を下の「子にしかめやも」と呼応すると見て、一首を切らずに一連のものとして解釈した。ただし、声を長くして歌う場合や、第三句を繰り返して歌う誦詠法（『琴歌譜《きんかふ》』や神楽《かぐら》歌・催馬楽《さいばら》などに認められる誦詠法）によるならば聞き手は様々に解釈する可能性があるとの指摘もある。この指摘は誦詠の仕方によって解釈の変わることを示唆している。本歌は誦詠者の解釈が如実に反映される歌と評価できよう。

（榎戸渉吾）

○二一

わが」。ソノ」に
わが園に

オオトモノ・タ」ビト
大伴旅人

わが」。ソノ」に
わが園に
ウメのハナ」チる　ひさかたの
梅の花散る　ひさかたの
アメ」よ・り　ユキの
天より雪の
ナガれク」るか・も
流れ来るかも

【出典】『万葉集』巻五・八二二

【現代語訳】我が園に梅の花が散る。広い天から雪が流れてきたのだろうかなあ。

【作者】大伴旅人（六六五～七三一）　奈良時代前期から中期にかけて活躍した貴族・歌人。姓はもと連《むらじ》、天武十三年（六四八）十二月に宿禰《すくね》を賜った。淡等・多比等とも。父は大納言・大伴安麻呂《おおとものやすまろ》、母は巨勢郎女《こせのいらつめ》。『万葉集』を編纂した家持《やかもち》は、旅人五十四歳のときの子である。

和銅三年（七一〇）正月、正五位上左将軍として元明天皇に拝賀したことが見える。中《ちゅう》務《む》卿《きょう》や征隼人持節大将軍《せいはやとじせつだいしょうぐん》などを歴任。神亀元年（七二四）二月に正三位に至る。同四年末から五年初めに大宰帥《だざいのそち》となり九州に下向する。軍事を司る家柄であったことや実戦・外交経験からの人事であったというが、藤原氏が隆盛を極めていた中での大宰府下向は旅人に割り切れない思いを抱かせた。着任後まもなく妻の大伴郎女《おおとものいらつめ》が病死、神亀六年（七二九）二月には長屋王事件が勃発、さらに天平二年（七三〇）には重病を患うなど、憂愁を深めた。同年冬には大納言に任じられ上京。同三年正月には従二位に叙せられた。同年七月に六十七歳で没。

旅人が歌人として主に活躍したのは大宰帥時代である。亡き妻を思う歌をはじめ、望郷の歌など自己の感情を素直に表現した歌がある一方で、神仙思想・老荘思想・仏教思想など漢詩文を学ぶことで得た知識・教養を反映した作も多い。琴が夢に娘子となって現れ旅人と歌を詠み交わしたとする漢文や歌を創作したり（『万葉集』巻五・八一〇～八一一）、旅先の仙女と見紛う娘子と出会い歌のやり取りをしたという設定で漢文と歌を作ったりするなど（『万葉集』巻五・八五三～八六三）、虚構の世界に遊ぶ作もある。「酒を讃《ほ》めし歌」（『万葉集』巻三・三三八～三五〇）などは一見享楽的に見えるが、老いて妻を亡くし、筑紫にあって遠く都から離れ、望郷の思いが強かった旅人のどうしようもない所在なさや寂寥感が込められていよう。

【語釈】＊ひさかたの…天・

雨・月・空・雲・日・光などに掛かる枕詞。語義や掛かり方は未詳。『万葉集』では一字一音の仮名書き以外は「久堅」「久方」と表記されており、遠く堅固なものの意や極めて遠い彼方にあるものの意から「天」に接続すると考えられていたようである。＊雪の流れ来る…雪を「流れ来る」と言った例は『万葉集』にはなく、特殊な表現。漢語「流雪」に着想を得て作り出した表現であろう。白い梅の花片が散っているのを雪に見立てて言っている。＊かも…「かなあ」というように、詠嘆的に疑問の意を表す助詞。

【解説】天平二年（七三〇）正月十三日（現行暦では二月四日）、大宰帥であった大伴旅人邸で開かれた宴会で歌われたとされる「梅花歌三十二首」中の一首。八番目に当たる歌。元号「令和」の典拠となったことで著名な漢文の序文がある。本歌の作者表記は「主人」で、宴会の主催者である旅人の歌であることが知られる。梅は『万葉集』に一一〇首以上詠まれた花で、中国原産だが奈良遷都後に輸入され、貴族の観賞用に栽培されていたらしい。貴族たちの間で「みやびたる花」（『万葉集』巻五・八五二）と認識され、大陸伝来の文雅の花として重んじられた。当該歌に「雪の流れ来るかも」とあるとおり、彼らが愛でたのは白梅であった。紅梅は平安時代以降の文献に見えるようになり、『枕草子』には「濃きも薄きも、紅梅」と真っ先にあげられるようになった。なお、日本古来の花である桜の花は、『万葉集』では四十首を数えるにすぎない。

　外国との玄関口である大宰府に勤める官僚などを集めて開かれた宴会において舶来の花である梅をテーマに集められた一首であることや、「梅花歌三十二首」の漢文序が王羲《おうぎ》之《し》の「蘭亭序《らんていのじょ》」を下敷きにして書かれていることに加え、梅の花を雪に見立てる漢詩の趣向で歌を詠んでいること、「流雪」といった漢語の訓読語を用いていることなど、歌の枠組みの面でも内容の面でも中国の渡来文化への意識を前面に押し出した作である。散る梅や流れ来る雪に旅人の亡妻への悲傷の思いを読み取る論もあるが、少なくとも歌の表現からはそうした思いは読み取れない。ここでは亡妻のことを積極的に持ち込まず、漢風を意識した高尚な趣向や、「ひさかたの」を用いて無限に広がる天空を表現しつつ、次から次へとどこからともなく現れてくる雪のように美しく散る梅の景を素直に味わいたい。

【備考】元号「令和」の典拠となったのは本歌の漢文序の「時《とき》に初春《しょしゅん》の令月《れいげつ》にして、気《き》淑《よ》く風和《かぜやわら》ぐ」の箇所。「折りしも初春の良き月であり、大気は快く、風は穏やかである」といった意味で、この宴会の時節の良さを讃《ほ》めたもの。「令月」「風和ぐ」が「令和」という元号の元になった。先にこの序文が王羲之「蘭亭序」をふまえたものであることは述べたが、張衡《ちょうこう》「帰田賦《きでんのふ》」もこの漢文の典拠の一つとして数えられる。「帰田賦」は六世紀中国で編まれた『文選《もんぜん》』に収載されている作品。『文選』は早くから日本に伝わり、当時の日本人たちの教養の基盤となった書物である。元号の典拠としてもしばしば使われた。「時に初春の令月にして、気淑く風和ぐ」が下敷きにした「帰田賦」の文言は、「仲春《ちゅうしゅん》の令月《れいげつ》、時和《ときやわら》ぎ気清《きす》む」の箇所。「仲春」は旧暦二月のことで、春真っ盛りのうるわしい月、時節はやわらか、気は清らか、そんな気持ちの良い時節に美しい自然に囲まれながらのびのびと俗世を離れて暮らすことが人間にとって本来の生き方であることを、この賦は説いている。

（榎戸渉吾）

〇一二

いわばしる
いはばしる

シキノミコ
志貴皇子

いわばしる
いはばしる

タルミの　ウエの
垂水の上の

さわらびの
さわらびの

モエイずる
萌え出づる

ハルに
春に

なりにけるかも（もある）

なりにけるかも
なりにけるかも

【出典】『万葉集』巻八・一四一八

【現代語訳】 ほとばしる滝のほとりのさわらびが芽を出すような春になったのだなあ。

【作者】 志貴皇子（生年未詳～七一六） 飛鳥時代から奈良時代の初めにかけて活躍した皇族・歌人。天智天皇の第七皇子。母は越道君伊羅都売《こしのみちのきみのいらつめ》。皇子の子孫には詩歌に優れた王が多く、海上女王《うなかみのおおきみ》や榎井王《えのいのおおきみ》、春日王《かすがのおおきみ》、湯原王《ゆはらのおおきみ》らは『万葉集』に計数十首を残している。光仁天皇（白壁王）の父でもある。

天武八年（六七九）五月に天武天皇が吉野に行幸した際、鸕野讚良《うののさらら》皇后（後の持統天皇）や諸皇子たちと一致団結する成約を交わした。いわゆる吉野の盟約である。持統三年（六八九）には撰善言司《せんぜんげんじ》に任じられる。これは、皇族や皇族の子弟の修養に役立てるために、『善言』という名の良い話を集めた集を作る役であったと思われる。総裁的立場とはいえ、志貴皇子にはそれだけの素養があったということだろう。

大宝三年（七〇三）に近江国の鉄穴（所在地不明）を賜る。時に四品《しほん》。和銅元年（七〇八）正月に三品《さんぼん》、霊亀元年（七一五）正月に二品《にほん》に叙され、同二年（七一六）八月に死去した（ただし、『万葉集』には霊亀元年とある）。志貴皇子が死去した際の「笠金村《かさのかなむら》歌集」所載の挽歌が『万葉集』に収められている（巻二・二三〇）。

壬申の乱以後皇統が天智天皇系から天武天皇系に移ったことで皇位継承とも無縁であり、『万葉集』に佳作の短歌六首を残しているように、政治よりも文化の道に生きた人であった。しかし、紀橡姫《きのとちひめ》との間に生まれた第六王子である白壁王が光仁天皇に即位したことにより、天皇の父となる。光仁天皇の即位に伴い、宝亀元年（七七〇）十一月、御春日宮天皇《かすがのみやにあめのしたしらしめししすめらみこと》と追尊され、また田原天皇とも称された。これは山陵の名（田原西陵）にちなむもので、所在地は奈良市矢田原町。光仁の田原東陵とは約二キロメートル離れている。

【語釈】 ＊いはばしる…原文は「石激」で、古くは「いはそそく」と読まれていた。賀茂真淵が「いはばしる」と改めて以後、この読み方が定着した。岩の上を勢い良く走り流れる意。＊垂水…滝の意。大阪府吹田市豊津の地名とする説もあるが、普通名詞と見て良い。＊さわらび…「さ」は接頭語。名詞・動詞・形容詞の上に置く。語調を整える語で、実質的な意味はあまりない。和歌などの韻文にはよく用いられるが、散文には例が少ない。「わらび」はコバノイシカグマ科ワラビ属の多年草シダ。今日、春の山菜としてゼンマイと同様に食用される。前述のように本来「さ」にはあまり意味はないが、平安時代以降「早蕨」の字が当てられ、若い蕨を言うようになった。＊萌え出づる春に…この句は八音節になり、一見字余りのように思われるが、句の中に母音音節「出づる」の「い」を含むので、許容される字余りとなる。このように、『万葉集』の字余りには法則性があることが知られている。

【解説】本歌は『万葉集』巻八の巻頭歌にあたる。巻八は計二四六首の長短歌を春夏秋冬の四季に分類した巻。この四季による分類は、後世『古今和歌集』をはじめとする勅撰集において普遍的に採用された和歌分類法である。このように詩歌を春夏秋冬に分類するのは、はやく中国の類書（詩文を事項別に分類・編集した書物）である『芸文類聚《げいもんるいじゅう》』等に見えており、『万葉集』巻八の分類方針は、こうした中国の書物を参考にしたものと見られる。本歌が巻八の巻頭に置かれたのも漢詩集における漢詩の配列に学んだものであろう。

　一首は、ほとばしり落ちる滝のほとりに芽を出したわらびに目を向けて、春の訪れを喜んだ歌である。全体を切れ目なく歌い下ろすのは志貴皇子の歌の特徴で、明るくリズミカルな調子を生み出している。そうした諧調が快さや気品の高さを感じさせよう。

　本歌の題詞（歌の前に置かれた作者や作歌時期、事情等を記した漢文）には「志貴皇子の懽《よろこ》びの御歌《みうた》一首」とある。単なる春の到来の喜びだけにとどまらない広がりを感じさせることから、封戸《ふこ》（朝廷から支給された土地）の増加や位階昇進などの慶事があった時の喜びを比喩で述べたものかとも推測されているが、「さわらびの萌え出づる春」という具体的な表現は何らかの比喩とは考えづらい。本歌で春の到来を感じさせる景物として描かれている「さわらび」は、平安時代以後、多く「萌ゆ」を伴ってやはり春の訪れを告げる風物として喜びを込めて詠まれたが、『万葉集』では他の歌に詠まれることはなく、奈良時代においては春の景物として定着することはなかったようである。それだけに本歌は、明るい調子と相まって形式化されない具体性と清新さを感じさせる一首となっている。

【備考】第一句の原文は「石激」。「石」を「いは」、「激」を「はしる」と訓読みしているのである。しかし、『万葉集』の平安時代末期の古写本である『類《るい》聚古集《じゅこしゅう》』は第一句の原文を「石灑」としている。語釈ではかつて第一句を「いはそそく」と読んでいたことを述べたが、実は、「激」も「灑」も「そそく」（液状のものが盛んに降りかかる意）と読める文字である。古来「石激」を「いはそそく」と読んできたので、その訓にひかれて文字を「石灑」に改めたのが類聚古集の本文であると推測されている。

　『万葉集』はすべて漢字で書かれているため、平安時代にはどう読むのかわからない歌や、原文とはかけ離れた本文で伝承されている歌が生じた。そのため、『類聚古集』の例のように、口頭で伝えられていた本文が実際の原文の文字に影響して、『万葉集』の本文を改変してしまうという現象が少なからず発生していたのである。

　なお、本歌は少し歌句を変えて『新古今和歌集』にも載る。

（榎戸渉吾）

○一三　春の野に《ハルのノに》

山部赤人《ヤマベノアカヒト》

春の野に《ハルのノに》
すみれ摘みにと《すみれ　ツみにと》
来し我ぞ《コし　ワレぞ》
野をなつかしみ《ノを　なつかしみ》
一夜寝にける《ヒトヨ　ネにける》

【出典】『万葉集』巻八・一四二四

【現代語訳】春の野に「すみれを摘みに」とやって来た私は、この春の野に心ひかれたので、ここで一晩泊まってしまったのだ。

【作者】前出(〇〇七参照)。

【語釈】＊すみれ…スミレ科の多年草植物の総称。濃い紫色の花を付けるスミレを指すが、白色で内側に紫色の筋が目立つ花を付けるツボスミレやその他のスミレ属の草を含めて「すみれ」と呼ぶ。茎や根を食用とした。『万葉集』には他に三首に見られる。＊来し我ぞ…「来し」の「し」は過去の助動詞。「ぞ」は係助詞。第五句の「寝にける」に連体形で結ぶ。「ぞ」は原文「来師吾曽」に従えば「そ」と清音が本来。この係助詞は『万葉集』の時代には清音でも濁音でも言われ、揺れがあった。ここでは一般に知られた形で掲出している。

＊なつかしみ…「なつかし」は対象に強くひかれる心情のこと。魅力を感じて離れがたく、近くにいたいと思うさまを言う。「み」は「なつかし」のミ語法。ミ語法は、形容詞の語幹に「み」をつけて、「～ので」という理由を表す語法のこと。「～を＋形容詞語幹＋み」の形を多くとる。ここでは「心ひかれたので」と訳出した。

【解説】本歌は「山部宿禰赤人の歌四首」中の一首。四首はそれぞれ異なった植物(すみれ・山桜花・梅の花・春菜)を歌う。本歌は『万葉集』の中で最も早くすみれを詠んだ歌である。

　食用にするためにすみれを摘みに春の野にやってきたが、その春の野の美しさに思わずそこで一晩過ごしてしまったという、春の野の美しさを表現した歌。春の野原の気持ちよさを捉え、そこで一晩寝てしまったと表現する点がユニークである。「すみれ」を女性の比喩と捉え、寓意があるとする説もあるが、好ましい春の景を詠んだものと素直に理解するべきだろう。

　春の若菜摘みは春先の伝統的行事として古くから行われており、本歌もそうした行事を背景にした歌だろう。ただし、若菜を摘むのは一般に女性であったらしい。「すみれ摘みにと来し我ぞ」とは言っても、それのみが目的というわけではなかっただろう。若菜摘みを名目に、野遊びを兼ねてやって来たものと思われる。花が咲き、鳥が鳴く春の明るくのどかな野原は、長い冬を過ごして来た人々にとって、身も心も解き放たれたような喜びがあったのである。「野をなつかしみ」とあるように、本歌はすみれの花ではなく、春の野原に焦点を当てている。作者に去り難い思いを抱かせたのはすみれではなく、春の野原全体ののどかで明るい雰囲気であった。

作者が実際に野宿をしたのかを問題にする論もあるが、「秋田苅る仮廬《かりほ》」（『万葉集』巻十・二一〇〇）というように、当時は出作《でづく》りなどのため、野外に雨露をしのぐ粗末な仮小屋が設けられることがあった。ここは、そうした野外での出作り小屋などで一夜を明かしたことを「野をなつかしみ一夜寝にける」と表現したのだろう。そうした実際をふまえ、一首の中に耽美的な情緒が見事に構成されていることを味わうことが、この一首の理解には肝要だろう。

春の野への愛着を詠んだ歌は平城京遷都後（七一〇年以後）に多く詠まれた。神亀四年（七二七）に詠まれた「ま葛延《くずは》ふ　春日《かすが》の山《やま》は　うちなびく　春《はる》さりゆくと　山峡《やまがい》に　霞《かすみ》たなびき　高円《たかまと》に　鶯鳴《うぐいすな》きぬ　もののふの　八十伴《やそとも》の男《お》は　雁《かり》がねの　来継《きつ》ぐこのころ　かく継《つ》ぎて　常《つね》にありせば　友《とも》並《なめ》めて　遊《あそ》ばむものを……」（『万葉集』巻六・九四八）はその一例。「葛が這い広がっている春日の山では『草木ゆらめく春が来た』と山の間に霞がたなびき、高円では鶯が鳴いている。宮廷につかえる官人たちは、北に向かう雁が次々とやってくるこの頃、このように春の兆しが続いて、いつもなら友だちと一緒に遊ぼうものを……」と、春の野外に心ひかれる思いを詠んでいる。

【備考】本歌が「山部宿禰赤人の歌四首」中の一首であることを【解説】で述べた。実は本歌はその四首のうち一番目の歌なのか二番目の歌なのかが定まっていない。写本によって、この歌の置かれる位置が異なるのである。

今日『万葉集』の校訂本文を作成する際に底本として用いられる西本願寺本では、本歌は一番目に配列されている。しかし、西本願寺本以外の数種の本には、本歌が二番目に配列されている。具体的には、紀州本・陽明本・広瀬本といった本である。これらは西本願寺本よりも新しい時代に書写された本であるが、部分的に西本願寺本よりも古い、つまり、より古い『万葉集』の姿を残していると考えられる本であり、そうした本が本歌を四首中二番目に配列していることは等閑視できない。稿者としてはこれらの記述を重んじ、本歌は四首中二番目に配列すべきだと考えるが、現行の『万葉集』の校訂本・注釈書には一首目に配列するものも少なくない。

なお、本歌は人口に膾炙《かいしゃ》した歌であったらしく、『古今和歌集』の仮名序に引用され、『源氏物語』にも二箇所、「野をなつかしみ明かしつべき夜を」（真木柱）、「野をむつまじみ」（椎本）のように引歌《ひきうた》がされている。

（榎戸渉吾）

○一四　春の園《ハルの　ソノ》

大伴家持《オオトモノヤカモチ》

春の園《ハルの　ソノ》
紅《クレナイ》にほふ《におう》　桃の花《モモのハナ》
下照る《シタデる》道に《ミチに》
出で立つ《イでタつ》をとめ《おとめ》

【出典】『万葉集』巻十九・四一三九

【現代語訳】春の園は紅色に匂い立つ。そこの桃の花の下の、照り輝く道に出《い》で立っているおとめよ。

【作者】大伴家持（七一八？〜七八五）　奈良時代中期〜末期頃の貴族・歌人。大伴旅人の子。弟に書持《ふみもち》がいる。『万葉集』に数多くの歌を残した坂上郎女《さかのうえのいらつめ》は叔母。家持は坂上郎女に歌の指導を受けており、さらに娘の坂上大嬢《さかのうえのおおいらつめ》を妻とするなど、両者の関係は深い。父・旅人とは家持十四歳のときに死別した。

天平十年（七三八）に内舎人《うどねり》、天平十七年（七四五）に従五位下、同十八年に越中守として越中に赴任。五年後、少納言となり帰京した。天平勝宝六年（七五四）に兵部少輔《ひょうぶしょうふ》、同七年には難波に下って防人《さきもり》の検校《けんぎょう》に当たり、防人たちの歌を収集した。天平宝字元年（七五七）兵部大輔《ひょうぶたいふ》、同年右中弁。しかし、同二年には因幡守《いなばのかみ》に任じられ、左遷される。これは、親しかった橘奈良麻呂《たちばなのならまろ》や橘《たちばなの》古麻呂《こまろ》、歌友の大伴池主《おおとものいけぬし》らが杖死（杖で打たれて死ぬこと）した、いわゆる橘奈良麻呂の乱と無関係ではなかっただろう。翌三年、因幡で最後の歌（『万葉集』の終焉歌、巻二十・四五一六）を残した。

万葉以後の家持は浮き沈みが激しく、天平宝字六年（七六二）信部大輔《しんぶたいふ》として帰京するも、藤原仲麻呂《ふじわらのなかまろ》政権の転覆をはかり逮捕、同八年には薩摩守となる。長い地方生活を経て、仲麻呂失脚後の宝亀元年（七七〇）民部少輔《みんぶしょうふ》として帰京、さらに同年に道鏡が失脚すると左中弁兼中務大輔《さちゅうべんけんちゅうむたいふ》となり、二十余年ぶりに昇叙を受け、正五位下となる。諸官を歴任して天応元年（七八一）に右京大夫兼春宮大夫《うきょうのたいふけんとうぐうたいふ》となり、延暦四年（七八五）四月に中納言従三位兼春宮大夫陸奥《みちのくの》按察使《あんさつし》鎮守府将軍と見え、同年八月に没した。没時はおそらく任地・多賀城にいたと思われる。年は六十八歳。武人の名門・大伴家の家名を挽回しようとして政争に巻き込まれることが多く、官人としては晩年近くまで不遇で、死後も謀反事件に連座して大同元年（八〇六）まで官の籍を除名されていた。『万葉集』中最も歌数が多く(四七〇首以上)、『万葉集』の編者と目されている。

家持の作歌活動は、越中赴任以前、越中守時代、帰京以後の三期に分けられる。越中赴任以前は家持の青年時代で習作的作品が多く、恋愛歌、自然詠が中心。後に妻となる坂上大嬢をはじめ、笠女郎《かさのいらつめ》、紀女郎《きのいらつめ》といった女性たちと詠み交わした歌が多いが、聖武天皇皇子の安積親王《あさかのみこ》が亡くなったときの挽歌なども見られる。越中守時代は二十九歳後半から五年間。越中国に赴任し、国守としての自覚を持つと同時に、初めて接した北陸の風土に刺激を受け、題材も広がり歌境に著しい進展を見せた。部下であり歌友であった大伴池主とも親密な交流をなした。帰京以後は、少納言となって上京してから『万葉集』最後の歌が詠まれるまでの八年足らずの期間。歌数は少ないが、宴会での歌が多い。万葉の叙情の深まった極致ともいうべき独自の歌境を樹立した。

【語釈】＊春の園…題詞にある漢語「春苑」の訓読語。ここは、家持のいる国司の館の庭園を指す。＊紅にほふ…紅の色が美しく照り映える意。「にほふ」は、色彩についてつやめき出す、あるいは照り映える様を示す語で、鮮やかな色の場合に言う。転じて、香る意にも用いられた例が『万葉集』中にも少数ある。嗅覚的な意味の用法が本格化するのは平安時代以降。

【解説】天平勝宝二年(七五〇)三月一日(現行暦の四月十一日)の暮れ方に「春苑の桃李の花を眺《なが》嘱めて作りし歌二首」中の一首。秀歌として著名な歌だが、実は解釈が定まらず様々な問題を抱える歌でもある。主な問題点として、二句切れか三句切れかという点があげられる。すなわち、「紅にほふ」を終止形とするか、「桃の花」に続く連体形とするか、という問題である。本書では、桃の花だけでなく春の園全体が「紅にほふ」ているのだと捉え、「春の園は紅色に匂い立つ」と二句切れで解釈した。春の園全体が紅色に照り映えている様子をまず提示し、ここで区切ったうえで、一転、桃の花の樹下にいるおとめが浮かび出てくるという趣だと解したい。「紅にほふ」は桃の花の形容と捉えても矛盾はないが、春の花園全体を覆う華やかな印象を表す表現だと見たほうが、歌に奥行きと広がりが出てこよう。題詞にある「眺嘱《ちょうしょく》」は漢語で、高いところから遠くを眺める様を言う表現。夕暮れになり、春真っ盛りの春の園は全体が紅色に照り輝いており、作者はそれを高所から眺めながら桃の木の下に立つおとめを発見したのである。

こうした本歌の春苑・桃花・おとめの趣向は中国詩に学んだものであることが先学によって指摘されているが、ペルシャやインドに端を発し、シルクロードを通って日本に伝来した正倉院の「鳥毛《とりげ》立女《りゅうじょ》屏《びょう》風《ぶ》」などの「樹下美人図」の構図を連想させることが指摘されている。「おとめ」が単数か複数かという議論もあるが、当該歌とこうした絵画の類似性を考えた時、「おとめ」は一人であると見るのが良いだろう。「おとめら」と複数であることを明示していないのも、この見解を裏付ける。この歌が詠まれた当時、妻の坂上大嬢も越中にいた。豊麗な美女を思わせる「おとめ」に、家持は来越したばかりの愛妻の姿を重ね合わせてもいたのであろう。

（榎戸渉吾）

○一五

ますらをは《ますらおは》　大伴家持《オオトモノ・ヤカモチ》

ますらをは《ますらおは》
名《ナ》をし立《タ》つべし　後《ノチ》の世《ヨ》に
聞《キ》き継《ツ》ぐ人《ヒト》も
語《カタ》り継《ツ》ぐがね

【出典】『万葉集』巻十九・四一六五

【現代語訳】立派な男子たるものは名をこそ立てなければならない。後の世にそれを聞き継いだ人も語り継いで行くように。

【作者】前出(〇一四参照)。

【語釈】＊ますらを…もとは立派な勇ましい男子を表す表現だったが、次第に官僚男性の意や風流・風雅な士の意味を含むようになった。「ますらを」の表現が想起する雄々しい武人の像は皇族や貴族にとって目指すべき到達目標・理想像であった。＊名をし立つべし…「し」は強調の副助詞。助動詞「べし」はここでは義務の意を表す。〜なければならない。＊語り継ぐがね…「がね」は動詞の連体形につき、意志の表現に続いて目的や理由を表す。〜になるように。〜するように。ここでは、上二句の「名を立てなければならない」に続いて、その目的として「語り継いで行くように」と述べている。

【解説】本歌は「勇士の名を振《ふ》るふことを慕《ねが》ひし歌」の反歌。勇士としての名声を上げることを願う歌で、左注には山上憶良の「士《をのこ》やも空《むな》しくあるべき万代《よろづよ》に語《かた》り継《つ》ぐべき名《な》は立《た》てずして」(『万葉集』巻六・九七八)の歌に後から合わせて詠んだ歌と言う。憶良の歌は天平五年(七三三)に詠まれた辞世の歌で、本歌は天平勝宝二年(七五〇)の作なので、十七年の時を経て詠まれたことになる。このようにある歌について後の人が新たに歌を作って合わせることを「追和《ついわ》」と言い、大伴旅人や憶良、家持といった大伴家に関する人々の間でよく行われた。新たに加えられた歌は、もとの歌の世界を共有し、広げる効果を有する。本歌のように長い年月を経て詠まれる場合もあれば、それほど時間をおかずに詠まれる場合もあった。

さて、本歌の長歌は

ちちの実の　父のみこと
ははそ葉の　母のみこと
おほろかに　心尽して　思
ふらむ　その子なれやも
ますらをや　空《むな》しくあるべ
き　梓弓《あずさゆみ》　末振り起し　投
矢持ち　千尋《ちひろ》射《い》わたし　剣
太刀　腰に取り佩《は》き　あ

しひきの　八《や》つ峰《お》踏み越え　さしまくる　心障《さや》らず　後の世の　語り継ぐべく　名を立つべしも
（ちちの実の父君もははの実の母君も通りいっぺんな気持ちでお心を尽して思ってくださっている、そんな子であるはずがあろうか。立派な男子というものはなすところなくこの世を終わって良いはずがない。梓弓の弓末を振り立て、投げ矢で千尋の先までも射渡し、剣の太刀を腰に帯びて、あしひきの峰々を踏み越え、ご任命下さったお心に背くことなく、後の世の人の語り継ぐに値する立派な名を立てなければならないよ。）

と歌う。

「ちちの実」の実態は不明だが、「ははの実」はブナ科の落葉樹のことで、両者とも同音で「父」「母」にかかる枕詞。「みこと」は最高の敬意をこめる表現。そうした父母が「おほろかに」、すなわち「いい加減に」心を尽して思うような子ではない、と述べている。「その子なれやも」の「や」は反語で「も」は詠嘆。「いい加減に思うような子であろうか。いや、そうではない」と言うのである。「その子」は親の立場から見て自身、すなわち家持自身を言っている。次の「ますらをや　空しくあるべき」は憶良歌の「士やも　空しくあるべき」を踏まえた表現。「空しく」は死ぬことの婉曲表現で、「ますらおたるものなにもなさずして死んでしまって良いはずがない」と述べる。「梓弓」以下は武人としての雄々しい姿を描写しており、力強く弓を引き絞る様や、手で投げる矢で千尋（一ヒロは約一・五～一・八メートル）までも射抜き、剣の太刀を腰に帯びた姿で沢山の峰々を踏破する力強い様子を描く。次の「さしまくる」の「さし」は指名する意で、「まくる」は任命する意の「まく」の連体形。「心障らず」は心に背くことなくの意で、ここは任命の意の通りに任務を遂行することを言う。そうして力強く任務を完遂することで、「後の世の語り継ぐべく　名を立つべしも」、つまり後世の語り草となるような功名を立てなければならない、と決意を述べているのである。

本歌は、このような長歌の反歌として置かれた歌である。先の長歌の「ますらをや　空しくあるべき」、「後の世の　語り継ぐべく　名を立つべしも」を承け、これらを強調するような歌となっている。憶良の歌は、「立名」こそが男子たるものの本懐であったとする中国官人たちの思想に基づいたものであり、一官人としての功績と名声とが語り継がれてほしいと願うものであった。一方、家持は「ますらを」の意識から、父祖以来武臣として朝廷に仕えてきた名門の名を汚さず継承して行きたいというのが発想の根本にある。同じ「語り継ぐべき名」と言っても、その内実は相当に異なるのである。つまり、憶良歌は官人としての名声の向上を願うのに対し、家持歌は武人の家としての矜持を示していきたいと述べている。憶良の歌は辞世の歌であったと先に述べたが、「名」の内実が異なる悲嘆のこもった辞世の歌を力強い決意を歌い上げる歌と転換したのは、越中で国守として公務遂行中の自覚のなさしめるところであったからだろう。

【備考】「勇士の名を振るふことを慕ひし歌」（『万葉集』巻十九・四一六四～四一六五）は、天平勝宝二年（七五〇）の晩春三月九日に、出挙《すいこ》の政のために旧江村《ふるえむら》を訪れた際の歌四組七首（四一五九～四一六五）中の二首。出挙の政とは、春に公の稲を農民に貸し付け、秋に収穫後利息をつけて返済させる制度のこと。奈良時代の国家の重要な財政政策であった。家持は越中国守として、出挙の実情視察のために郡内を巡行したのである。旧江村は富山県氷見《ひみ》市神代のあたりにあった村。

（榎戸渉吾）

○一六 春の野に《ハルのノに》

大伴家持《オオトモノヤカモチ》

春の野に《ハルのノに》
霞たなびき《カスミ　たなびき》　うら悲し《うらガナし》
この夕影に《この　ユウカゲに》
うぐひす鳴くも《うぐいす　ナくも》

【出典】『万葉集』巻十九・四二九〇

【現代語訳】春の野に霞がたなびいて、もの悲しい。この夕方の光の中でうぐいすが鳴いているよ。

【作者】前出(○一四参照)。

【語釈】＊うら悲し…「うら」は、心・思いの意。上二句「春の野に霞たなびき」の春の情景からおのずから湧いてきたもの悲しい気分を言う。＊夕影…夕方の薄い光のこと。＊うぐひす鳴くも…「うぐひす」は、今日のウグイスと同じ鳥を指す。『万葉集』では夏のホトトギス、秋の雁に続いて三番目に多く詠まれている。ウグイスが和歌の素材になったのは柿本人麻呂の頃であったと思われるが、当初は序詞や恋情の比喩として使われるのみで、その鳴き声やウグイスそのものを美的対象としたわけではなかった。これが、一時代後の山部赤人に至り、可憐な鳴き声を待ち望む憧れや、春を告げる鳥という見方が定着し始め、後世まで一貫した。大伴旅人邸で開かれた梅花の宴での歌には「うぐひすの待ちかてにせし梅が花散らずありこそ思ふ子がため」(『万葉集』巻五・八四五)のように、梅とうぐいすの取り合わせが詠まれている。

【解説】本歌は『万葉集』巻十九の巻末に位置する歌で、天平勝宝五年(七五三)二月二十三日(現行暦の四月一日)に詠まれた「興《きょう》に依《よ》りて作りし歌」二首(『万葉集』巻十九・四二九〇～四二九一)中の一首。続く二十五日に詠まれた四二九二番歌とともに近代になって窪《くぼ》田空穂《たうつぼ》・折口信夫《おりくちしのぶ》らによって「絶唱」と評された。四二九二番歌は一日置いているが、「うら悲し」(四二九〇)、「心悲しも」(四二九二)と哀愁の気持の持続が見られる。

「絶唱」と評される所以は、その特殊な造形にある。本歌はまず上二句に視覚的な景を置き、下二句に視覚と聴覚とを結合させた景を置く。それを繋ぐ第三句には気持ちの表現を置いている。これは他に類を見ない構成であり、例えば本書○○六の柿本人麻呂の「近江《おうみ》の海夕波千鳥《ちどり》汝《な》が鳴けば心もしのにいにしへ思ほゆ」(『万葉集』巻三・二六六)は三句までが景、下二句が気持ちの表現となっている。このように、通常は下の句に情を表す表現を置くのである。本歌の特殊性はまずはこうした点からうかがえよう。

　さらに、上二句の「春の野に霞たなびき」の景と第三句「うら悲し」の情とは、連用中止法で接続されている。連用中止法とは、接続助詞を使わず述語の連用形を用いて二つの事態の並立をする方法。「天高く、馬肥ゆる」の類。春の野に霞がたなびいているのがなぜ悲しいのか、何ら論理的関係を持っていないのである。第三句は下二句「この夕影にうぐひす鳴くも」を修飾していると見る説もあるが、終止形で切れていると見るほうが穏当だろう。「うら悲し」き情がとりとめなく春の景の中に宙吊りにされているのである。これによって、春の穏やかな夕べの中に、独りはっきりとした理由もなく憂いを帯びた作者の姿が浮き彫りにされてくる。

　この歌を高く評価した窪田空穂は、『万葉集評釈』にて以下のように述べている。本歌の本質を突いた優れた評であるため、引いておく。

> 　冬が過ぎ、春の景色が整って来ると、その美しく和やかな環境に刺激されて、反対に、孤独感ともいうべき哀愁が感じさせられるので、これは青年期より壮年期へかけて、誰しも持たされる共通の感傷である。家持はそれのやや強い人で、この歌の内容をなすものは、その感傷気分である。これは従来の家持の歌について廻っているもので、彼としては少しも珍しくないものであるが、この歌はその扱い方において、従来とは趣の一変しているものである。この歌の「うら悲し」は、彼一人の気分としてのものとはせず、人間共通の感のごとく、突き放して、客観的なものとし、その気分を醸し出す大自然と一体なものとし、それを言うことによってこれをあらわしているものである。すなわち家持自身の感情としては一部もいわない形において、遺憾なく彼の全感情をあらわすという、矛盾を遂行しているのである。

【備考】先に本歌「興に依りて作りし歌」二首中の一首であると述べた。もう一首についてもここで述べておく。まず、本文は以下の通り。「我がやどのいささ群竹《むらたけ》吹く風の音のかそけきこの夕《ゆうべ》かも」（『万葉集』巻十九・四二九一）。「我が家の庭の少しばかりの竹林に吹く風の音のかすかなこの夕暮れであるよ」といった意味。

　「我がやど」は、ここでは草木が植えてある自宅の庭を指す。家持は「我がやど」をよく歌に詠んでいる。「いささ」は「いささか」の意と見る説、イを五十と見て数多い意とする説、イを斎の意ととり、「清らかな」の意と見る説があるが、ここでは「いささか」の意でとり、「少しばかり」と訳した。「かそけき」はかすかな意の形容詞「かそけし」の連体形。ただし、『万葉集』中に「かそけし」の例はない。家持独自の用語で、他には「夕月夜《ゆうづくよ》　かそけき野《の》辺《へ》に」（『万葉集』巻十九・四一九二）の例があるのみ。光や色、音などが知覚できるかできないか程度のはかない様を言うものと思われる。

　わずかばかりの竹の葉擦れの音に聞き入ることは、言外に周囲の静寂と孤独で感傷に浸る作者の姿をおのずから浮かび上がらせる。一首目の「夕影」に対して音だけが聞こえてくる「この夕」は、少し時間が経過して周囲が暗闇に閉ざされていることを感じさせよう。二首に共通するのは、このように内面と外面とを研ぎ澄まされた感覚だけが繋いでいるということである。外界に感応する内面という付置が人間存在の根源的な不安を表現しているのである。

【参考文献】窪田空穂『万葉集評釈』Ⅷ（『窪田空穂全集』第十九巻、角川書店、一九六七年）。

（榎戸渉吾）

○一七 うらうらに《うらうらに》

大伴家持《オオトモノヤカモチ》

うらうらに《うらうらに》
照れる《テれる》春日に《ハルヒに》
ひばり《ひばり》上がり《アがり》。
心《ココロ》悲しも《カナしも》
ひとりし《ひとりし》思へば《オモえば》

【出典】『万葉集』巻十九・四二九二

【現代語訳】うららかに照っている春の日にひばりが飛び上がり、心悲しいものよ。一人で思っていると。

【作者】前出（○一四参照）。

【語釈】＊うらうらに…うららかに。空が明るく晴れて日がのどかに照っている様。『万葉集』中ここだけで用いられた語。平安時代以後は『枕草子』や『源氏物語』などに例が多い。＊ひばり…スズメ目ヒバリ科の小鳥。田畑や草原などに巣を作り、三、四月に空中高くのぼってさえずる。ひばりは『古事記』に「ひばりは　天《あめ》に翔《かけ》る　高行《たかゆ》くや　速総別《はやぶさわけ》　雀《さざき》取らさね」という歌謡がある他は、『万葉集』には他に二例（巻二十・四四三三、四四三四）にしか見られない。しかも、これらの例は本歌より後に詠まれた、本歌を意識して作られた家持の歌である。このように、奈良時代にひばりが歌に詠まれることは稀であった。八代集にも例が少なく、歌語として定着するのは中世以降であった。

【解説】春の穏やかな昼下がり、ひばりが高く飛び上がるのを一人見て憂愁を深めたことを述べた歌。前にも述べたとおり、本歌は『万葉集』巻十九の巻末に位置する歌で、天平勝宝五年（七五三）二月二十三日に詠まれた「興《きょう》に依《よ》りて作りし歌」二首に続く、「二十五日に作りし歌」。前の二十三日に作られた二首とは題詞や左注が別になっており、歌の質の相違もあるとして三首を一連と見ない説もあるが、夕べの春愁から昼下がりの春愁に移りながらも同じ歌境にある作として考えて良いだろう。一首目の「うら悲し」から本歌の「心悲しも」を「ひとりし思へば」と自覚的に深めて三首をまとめ上げているのである。

本歌には、本歌詠作の事情を語る左注がある。本文を掲げれば以下のとおり。

春日遅遅トシテ、鶬鶊正ニ啼ク。悽惆之意、非レバレ歌ニ難キレ撥ヒ耳。仍チ作リ二此ノ歌一ヲ、式テ展ベキ二締緒一ヲ。

（春日遅遅《しゅんじつちち》として、鶬鶊《うぐいす》正《まさ》に啼《な》く。悽惆《せいちょう》の意《こころ》、歌《うた》に非《あらざ》れば撥《はら》ひ難《がた》きのみ。仍《すなわ》ち此《こ》の歌《うた》を作《つく》り、式《もち》て締緒《ていしょ》を展《の》べき。)

(春の日はのどかに、今まさに鶬鶊が鳴いている。悲しみの情は歌でなければ払うことができない。そこでこの歌を作り、憂鬱を払うのである。)

「春日遅遅」は春ののどかなさま。「鶬鶊」は鶯であってひばりではない。「鶬鶊」は春の代表として挙げられており、ひばりとは直接関わらない。「春日遅遅として鶬鶊正に啼く」は、『詩経』(紀元前十~六世紀頃までの詩を集めた中国最古の詩集)に見える「春日《しゅんじつ》遅遅《ち》たり　蘩《はん》を采《と》ること祁祁《きき》たり　女心傷悲《じょしんしょうひ》す　殆《ねが》はくは公子《こうし》と同《とも》に帰《ゆ》かん」(国風・豳《ひん》風《ぷう》・七月)に基づく表現。『詩経』の詩は女性が悲しみにくれていることを詠むが、家持の「悽惆の意」は男女を問わない春愁となっている。「鶬鶊」とひばりとの異なりといい春愁の内実の異なりといい、『詩経』を踏まえながらも漢詩句そのままではなく家持なりに捉え直された春景を構成しており、それと同じ雰囲気の中で発想されたのが本歌の上三句なのである。

その上三句の景は、下二句の情に連用中止法で接続されている。これは先の第一首「春の野に霞たなびきうら悲しこの夕影にうぐひす鳴くも」の構成に近い(詳しくは〇一六を参照)。しかし、第一首では霞のたなびく夕方の景が「うら悲し」の情と親和的であるのに対して、本歌は春の昼下がりの穏やかな景と「心悲しも」の情とは対立的であり、外界が明るければ明るいほど内面の暗さが際立つ趣である。そうした憂愁を払うために、家持は歌を作らざるを得なかったのである。「此の歌を作り、式て締緒を展べき」と左注に言う所以である。

その憂いの中心は言うまでもなく「心悲しも」であり、その条件句となっているのが「ひとりし思へば」である。「ひとりし思へば」の表現は『万葉集』中本歌にしか用いられない。『万葉集』では独りあることは恋や別れ、死等の悲しみの対象が明示されるのが常套であるが、本歌は少なくとも表現のうえではそうした対象を指し示す言葉を一切入れず、そのために人間の生の本源的な悲哀を感じさせるものとなっている。ここに、まさに春愁と言うべき感傷的浪漫的な情緒をたたえた「絶唱」が生まれたのである。

【備考】先に一連の三首(四二九〇~四二九二)は近代に至り、家持の最高傑作「絶唱三首」と評価されたことを述べた。この歌を最初に評価したのは歌人・窪田空穂《くぼたうつぼ》であり、大正四年(一九一五)に出た『万葉集選』での評価がもとになって、この秀歌三首が広く歌壇や学界に浸透していったものと見られる。大正十年代には民俗学者でもあり国文学者でもあり、また歌人でもあった折口信夫《おりくちしのぶ》、国文学者・久松潜一《ひさまつせんいち》といった人々によって高く評価された。また詩人・萩原朔太郎《はぎわらさくたろう》も、時代は昭和に下るが、この歌の近代性を指摘し高く評価している。本歌は、歌人・学者・詩人らの新しい感性によって、こうして大正から昭和にかけて秀歌として評価されてきたのである。以来、揺るぎない定評の上に立って、家持のこの三首の叙情がどのように形成されたのか、その表現や歴史的背景を通しての研究が積み重ねられてきており、さらには『万葉集』という一つの書物の中で本三首がいかなる位置を占めるのかについて研究が重ねられてきたのである。

(榎戸渉吾)

〇一八

チチハハが。
父母が

ハセツカベノ・イナマロ
丈部稲麻呂

チチハハが。
父母が
カシラかきナで サくあれて
頭かき撫で 幸くあれて
イいしケトバぜ
言ひし言葉ぜ
ワスれかねつる
忘れかねつる

【出典】『万葉集』巻二十・四三四六

【現代語訳】父母が私の頭を撫でながら「無事でいなさい」と言った言葉が忘れられないよ。

【作者】丈部稲麻呂（奈良時代の人） 壱岐・対馬および北九州沿岸に配された国境警備兵である防人《さきもり》の一人。駿河国の人。伝は未詳。丈部氏は『万葉集』巻三に、天平元年（七二九）に公務に従事している間に自殺した摂津国の史生丈部竜麻呂《しじょうはせつかべのたつまろ》がおり、その上司である大伴三中《おおとものみなか》が詠んだ挽歌の表現から、丈部氏を宮廷の警護・雑使を担当した軍事的部民であったとする説がある。なお、東海道では遠江国・駿河国・伊豆国・甲斐国・相模国・武蔵国・上総国・下総国・常陸国などに丈部氏がおり、さらに、東山道・北陸道・山陰道などにも有姓・無姓の丈部氏がいたらしい。

防人は、『日本書紀』に大化二年（六四六）の改新の詔に設置のことが見えるが、実際には天智二年（六六三）の白村江の戦い敗戦後、西海の防衛強化に伴い本格的に整備されたと思われ、同三年に烽《すすみ》（のろし）と水城《みずき》（大宰府付近防衛のための施設）とともに置かれている。東国から人員を派遣して防人の任に就かせるのは当初からの慣行らしい。員数は二〇〇〇人であったとするのが通説。任期は三年だったが、規定が遵守された形跡は乏しい。度重なる停止と復活を経て、平安時代初頭に全廃された。

【語釈】＊頭かき撫で…出発の際に父母が作者の頭を撫でてくれたことを指す。聖武天皇が藤原房前《ふじわらのふささき》ら節度使を送る際の御製（『万葉集』巻六・九七三）にも「かき撫《な》でそ　ねぎたまふ　うち撫《な》でそ　ねぎたまふ」とある。「撫づ」はいたわりいとおしむ際の動作。＊幸くあれて…「さきくあれと」と同じ。「さきく」は無事に・平穏に、の意。＊言葉ぜ…「けとば」は「ことば」と同じ。「ぜ」は係助詞の「ぞ」。第五句の「忘れかねつる」に連体形で結んでいる。

【解説】丈部稲麻呂は若い防人なのだろう。旅立ちの際に両親が自分を労ってかけてくれた言葉が忘れられないと言い、両親の愛情に思いをはせた歌。純真な気持ちがうかがわれる。

このように、父母をしのぶ情を詠むことは、『万葉集』においては防人歌以外にはあまり見られず、防人歌の大きな主題の一つである。例えば、他には「水鳥の発《た》ちの急ぎに父母に物言《は》ず来《け》にて今ぞ悔しき」(『万葉集』巻二十・四三三七)、「たらちねの母を別れてまこと我《われ》旅の仮廬《かりほ》に安く寝むかも」(『万葉集』巻二十・四三四八)などの例があげられる。前者は「水鳥が飛び立つように慌ただしい出立で、父母にものも言わず来てしまって今になって悔やまれるよ」と、旅立ち前の慌ただしさを水鳥が水面から飛び立つ際の様子にたとえて述べたもの。父母と言葉らしい言葉をかわさずに来てしまったことの後悔の気持ちを詠む。後者は、「母と別れて、本当にこの私は旅の仮小屋で安らかに寝られるだろうか。寝られるとは思えないなあ」と旅先で母親と別れて寝ることの不安を詠んだ歌。作者は母親っ子だったのだろうか、いかにも頼りなさげな様子である。いずれも肉親との離れがたい思いを詠んでいるが、こうした歌とくらべて本歌は「幸くあれて言ひし言葉」とあるように、より直接的に父母の愛情を詠んでいる。強制的に徴集されて見知らぬ土地へ向かう作者にとって、出立の折にかけてくれたこの言葉と頭に残る手の感触は、不安に満ちた旅を慰めるものであったろう。

【備考】本歌は、天平勝宝七年(七五五)に部領使守《ことりづかいのかみ》の布勢人主《ふせのひとぬし》が集め、大伴家持に進上した歌であることが、歌の左注からわかる。布勢人主は、天平勝宝二年(七五〇)に正六位上で判官として入唐し、同六年、つまり歌を進上した前年四月に帰朝、七月には従五位下、駿河守に任じられた。天平宝字三年(七五九)に右少弁となり、その後上総守、式部大輔《しきぶのたいふ》などを歴任、神護景雲三年(七六九)に出雲守となった。

防人歌は、このように大伴家持が部領使を通じて収集させたもので、『万葉集』巻二十に載る天平勝宝七年に難波に集結した防人たちの作八十四首が大部分をしめている。「拙劣歌」として『万葉集』に載せられなかった歌が八十二首もあった。別に、巻十四所収の防人歌五首(三五六七~三五七一)、巻二十所収の昔年の防人歌八首(四四二五~四四三二)、大原今城《おおはらのいまき》が伝誦していたという昔年相替の防人歌一首(四四三六)がある。防人となって地元の家を離れるという特殊な環境で詠まれたものばかりで、内容も、【解説】で述べたように、父母を思う歌や家族との別れを悲しむ歌、強制された旅の不安を詠んだものが中心である。

従来、防人歌の作者は班田農民であり、貧民階級に属していた一般防人兵士と考えられてきたが、近年、作者表記の検討から、この説は見直されつつある。例えば、本歌とは別の防人歌だが、「国造丁《こくぞうてい》長下《ながたのしも》の郡《こおり》の物部秋持《もののべのあきもち》」(『万葉集』巻二十・四三二一)というように、防人の地位・役職などを記した肩書きと作者名を記載している(なお、本歌の作者表記は防人の名前だけである)。こうした肩書きから、各国の防人集団には「国造丁—助丁—主帳丁—(火長)—上丁」といった上下関係が存したことがわかり、防人歌はこの序列に従って順序良く配列されているのである。作者表記の検討は、地方においてある程度の身分に属する上層階級の歌が多く含まれる可能性を示唆している。つまり、防人歌は、従来言われていたように、いわゆる庶民の歌ではなく、地方の官人らの手によるものと考えられるのである。

(榎戸渉吾)

〇一九　新しき《アラタしき》

大伴家持《オオトモノ・ヤカモチ》

新しき《アラタしき》

年の《トシの》初めの《ハジめの》　初春の《ハツハルの》

今日降る《キョウ・フる》雪の《ユキの》

いやしけ《いやしけ》吉事《ヨゴト》。

【出典】『万葉集』巻二十・四五一六

【現代語訳】　新しい年の初めの初春の今日降っている雪のように、ますます重なれ、良い事よ。

【作者】前出(〇一四参照)。

【語釈】＊新しき…訓みは「あらたしき」。あたらしいさまで、「新しき年の初め」で新しい年の初め、つまり新年の元旦を言う。「あたらし」は平安時代以後の形。＊初春…正月。春の初めの月のこと。＊いやしけ吉事…「いや」は「いよいよ」の意の副詞。「しけ」は絶えることなくしきりに重なる意の「しく」の命令形。「吉事」はめでたいことの意。「いやしけ吉事」で、「いよいよしきりに重なってくれ、良い事よ」と述べている。

【解説】まるで降りしきる雪のように良いことが続けて起こるように祈念した歌。『万葉集』巻二十の巻末歌、すなわち、『万葉集』最後の歌である。また、年次がわかる歌の中で最も新しい歌でもある。題詞は「三年春正月一日、因幡《いなば》の国《こく》庁《ちょう》に於《お》て、饗《きょう》を国郡《こくぐん》の司《つかさ》等に賜《たま》ひて宴《えん》せし歌」。天平宝字三年(七五九)正月一日(現行暦の二月二日頃)に、因幡の国の国庁(国司が政務を執った役所)で国司や郡司たちをもてなした宴会での歌である。因幡国庁は鳥取県鳥取市国府町中郷の地がその跡に擬せられており、近くに因幡万葉歴史館もある。

当時家持は四十二歳、因幡守であり、国の規定(儀制令《ぎせいりょう》)により公の飲食物を用いて部下達をもてなす必要があった。元日には役人皆が朝堂に集い、天皇を拝賀する慣例であり、地方でもそれに準じて国守が国郡司らと共に朝賀の儀式を行った。その後、国守は宴席の場を設けたのである。このため、この宴会は天皇の意思の実現という意味合いも含まれており、それゆえ題詞にも「賜ひ」と表現したものと思われる。

家持は、この九年前の天平勝宝二年(七五〇)にも正月の宴席の場で「あしひきの山の木末《こぬれ》のほよ取りてかざしつらくは千年寿《ちとせほ》くとぞ」(『万葉集』巻十八・四一三六)という歌を詠んでいる。「ほよ」はヤドリギ科のホヤを指し、冬枯れの中に鮮やかな緑の葉を見せるホヤの姿を歌いながら、千年の寿命を願っている。また、この翌年の天平勝宝三年（七五一）には朝賀の儀の後の歌と見られる「新《あらた》しき年の初めはいや年に雪踏み平《なら》し常かくにもが」（『万葉集』巻十九・四二二九）を詠んでいる。雪が沢山積もっていたために詠んだ歌と左注にあり、「新しい年の初めは、これからも毎年、雪を皆で踏みならしこうして集まりたいものだね」と将来に渡って変わらない新年を迎えることをあらかじめ祝っている。このように、家持は度々新年に未来への希望を歌っている。

　本歌は「新しき年の初め」「初春」と表現が重複しているようだが、これはこの年は元旦が立春に当たるという大変めずらしい年であったのを反映している。新年の雪は、かつて家持も末席に侍して応詔歌（天皇の勅命に応じて詠んだ歌）を賜った天平十八年（七四六）正月の元正太上《げんしょうだいじょう》天皇の御在所での雪かきの宴で、葛井諸会《ふじいのもろあい》が「新《あらた》しき年の初めに豊《とよ》の年しるすとならし雪の降れるは」（『万葉集』巻十七・三九二五）と詠んだように、瑞祥であった。「豊の年しるすとならし」は「豊年であることを示しているようです」の意。新年に雪が降っているのは豊作の年のしるしであるようだ、と述べている。家持の本歌は、そうした珍しい日に瑞祥が見え、未来への希望を見出した歌なのである。

【備考】先に述べたように、本歌は『万葉集』の締めくくりの歌である。そもそも、『万葉集』は雄略天皇・舒明天皇の歌から始まる。このように、『万葉集』が古代の帝王の歌から始まり瑞祥を喜ぶこの歌で終わるのは、「いやしけ吉事」と言《こと》挙《あ》げすることによって、その祝言《しゅうげん》性を、『万葉集』が千年万年にも渡って伝わる集となれという願いに転ずる意図があったものと思われる。

　この点について、江戸時代前期の僧であり『万葉集』の注釈書を著した学者でもあった契沖《けいちゅう》（一六四〇～一七〇一）は『万葉代匠記』（初稿本）で以下のように述べている。

そもそも此集《このしゅう》、はじめに雄略・舒明両帝の、民をめぐませたまひ、世のをさまれることを、よろこびおぼしめす歌より次第に載《のせ》て、今此歌《このうた》をもて一部をととのへたることは、此集をすべていはひて、いくひさしくつたはりて、よをさめ民をみちびく、たすけとなれとなるべし。

（そもそもこの集〈＝『万葉集』〉は、はじめに雄略・舒明両天皇の、民に情けをかけ、世の中が治まることをお喜びになる歌から次第に歌を載せて、今この歌をもって一組として整えているのは、この集をすべて祝って、幾年も長く伝わって、世の中を治め民を導く助けとなれ、というのである。）

　本歌を『万葉集』という書物の最後に位置する歌と考えた時、「いやしけ吉事」の願いは、未来へと続くものであると同時に、『万葉集』が紡いできた雄略天皇以来の歴史を祝福し、寿ぐものであったと思われるのである。

（榎戸渉吾）

○二〇

春《ハル》立《タ》てば

素性法師《ソセイホウシ》

春《ハル》立《タ》てば
花《ハナ》とや見《ミ》らむ《らん》　白雪《シラユキ》の
かかれる枝《エダ》に
うぐひすの《うぐいすの》鳴《ナ》く。

【出典】『古今和歌集』春上・六

【現代語訳】 **立春になったので、花と見ているのだろうか。白雪がかかっている枝で、鶯が鳴いている。**

【作者】 素性法師(平安時代前期の人)　俗姓は良岑《よしみね》。『古今集』に三十六首入集(第四位)しており、当時の有力歌人の一人である。『古今集』歌人で六歌仙の一人である僧正遍照《そうじょうへんじょう》(遍昭とも。良岑宗貞《よしみねのむねさだ》)の子。六歌仙とは、『古今集』仮名序に「近き世にその名聞こえたる人」として挙げられた六人のことで、六歌仙が活躍した時期を「六歌仙時代」という。『古今集』の撰歌範囲は約一〇〇年にわたり、「よみ人知らず時代」「六歌仙時代」「撰者時代」の三つに区分される。素性法師は、「六歌仙時代」から「撰者時代」にかけて活躍し、二つの時代の橋渡し役を担った。三十六歌仙(平安中期に藤原公任《ふじわらのきんとう》が撰んだ、三十六人の名歌人)の一人。清和天皇の御代、左近将監として殿上に仕えた。その後、出家。『大和物語』には素性の兄にあたる遍照の長男が、父遍照によって「法師の子は法師なるぞよき」と無理に出家させられたことが書かれている。素性の出家も遍照の意向が大きいかもしれない。出家後は、遍照とともに雲林院《うりんいん》に住んでいた。寛平八年(八九六)の宇多《うだ》天皇の雲林院行幸の日に、権律師となる。その後、大和石上の良因院《りょういんいん》に住む。昌泰元年(八九八)十月、宇多上皇の大和宮滝御幸に召され、住居に因んで良因朝臣と呼ばれ、和歌を献じている。

宇多・醍醐《だいご》朝に、歌合《うたあわせ》の歌や屏風歌《びょうぶうた》を詠進している。歌合とは、左右二組に分かれて和歌の優劣を競う遊びであり、屏風歌とは、屏風に描かれた絵にもとづいて詠まれた歌のことである。どちらも、皇族や権門貴紳(権勢のある家の者)に歌を請われるものであり、これらを詠んでいることは、素性が当時の専門歌人(和歌を詠むプロ)として活躍していたことを示している。延喜九年(九〇九)十月二日以降の足跡が記録に見えないため、まもなく没したと考えられる。素性が亡くなった際に、その死を悼む哀傷歌《あいしょうか》を、紀貫《きのつら》之《ゆき》と凡河内躬恒《おおしこうちのみつね》が詠んでいる(『貫之集』『躬恒集』所収)。貫之も躬恒も『古今集』撰者で当代を代表する専門歌人であり、交流が深かったことや、素性が歌人として仰がれていたことが窺える。素性の和歌には、父遍照に見られる自然への慕情を継承しつつも、撰者たちに通ずる理知的な歌風が見られる。

【語釈】＊春立てば…立春になったので。＊花とや見らむ…花と見ているのだろうか。「や」は疑問を表す係助詞。「見らむ」は動詞「見る」の語幹(「見」)と推量の助動詞「らむ」の連体形。「らむ」は係助詞「や」の結びになっている。＊かかれる…動詞「かかる」の命令形(已然形とする場合も)に存続の助動詞「る」の連体形が付いた形で、「かかっている」という意味。＊うぐひす…今の鶯と同じ。初春に鳴くため、春告げ鳥とも呼ばれ、その鳴き声が待ち望まれた。

【解説】出典である『古今集』には、詠歌状況を説明する詞書《ことばがき》に「雪の木に降りかかれるをよめる」(雪が木に降りかかっているのを詠んだ歌)とある。

この木は何の木だろうか。古典和歌には、鶯が留まる木は梅という、約束事がある。「梅が枝《え》に来《き》ゐるうぐひす春かけて鳴けどもいまだ雪は降りつつ」(古今集・春上・五・読人しらず)、「山風《やまかぜ》に香《か》をたづねてや梅の花にほへる里にうぐひすの鳴く」(新勅撰集・春上・三五・貫之)など、鶯は梅との取り合わせでよく詠まれた。元号「令和」の出典となったことで有名な、天平二年(七三〇)正月十三日に大伴《おおともの》旅人《たびと》邸で開かれた梅花の宴では、梅と鶯を取り合わせた歌が「うぐひすの音聞くなへに梅の花我家《わぎえ》の園《その》に咲きて散る見ゆ」(万葉集・巻五・八四一・高氏老)、「我が宿《やど》の梅の下枝《しづえ》に遊びつつうぐひす鳴くも散らまく惜《お》しみ」(同・八四二・高氏海人)など七首ある。この取り合わせには、中国文学の影響がある。この表現が、平安時代に定着していった。王朝人はこうした発想の型を共有し、それに基づいて和歌を詠んでいた。ここでも鶯が雪を白い花と思って留まっているのは、早春に花を咲かせる白梅の木であろう。

梅は舶来のものであり、先進的な中国文化とともに日本に入り、貴族の庭に植えられ、鑑賞された。『万葉集』で詠まれた木の花で最も多いのが萩、次が梅で一二〇首程ある。『万葉集』には桜よりも多く歌が採られているが、『古今集』の時代になると、春の花の主役は梅から桜に交替する。しかし、梅は他に先駆けて咲く早春の花として愛され続け、和歌においても詠まれ続ける。なお、単に「梅」という場合は、普通、白梅を指す。紅梅は平安時代中期頃に伝来したと考えられており、紅梅の場合は紅梅である旨が記されることが多い。

この歌では、鶯が枝にかかった雪を、白い梅の花と見間違えている。このように、ある景物を別の景物に見なす表現を「見立て」という。見立てのポイントは、たとえるものとたとえられるものとが、ある共通点を持ちつつ、別の属性にあるところにある。ここでは白い雪を白い梅の花に見立てている。雪と梅とは全く別のものであり、常識的に考えれば、見間違えることはない。しかし、そう詠うことで、両者の共通点である白が際立つ。この見立てもまた中国文学の影響によって生まれた技巧である。『万葉集』から見えるが、平安時代の『古今集』において高度に発達した。当時としては新しい歌風で詠まれた歌なのである。

鶯は、その声が春の象徴であり、春告げ鳥とも呼ばれる。その声を待望する和歌が、多く詠まれた。「春やとき花やおそきと聞きわかむうぐひすだにも鳴かずもあるかな」(古今集・春上・一〇・藤原言直)、「春来《き》ぬと人はいへどもうぐひすの鳴かぬかぎりはあらじとぞ思ふ」(古今集・春上・一一・壬生忠岑《みぶのただみね》)、「うぐひすの谷より出づる声なくは春来ることをたれか知らまし」(古今集・春上・一四・大江千里)など多く見られ、当時の人々は春の到来を鶯の声を聞くことで実感していた。

まだ冬の名残である雪が残る寒さの中、春の象徴である鶯が、雪のかかる梅の木に留まって鳴いている。その声を聞いていると、春を迎えた喜びに胸が高鳴り、雪さえも梅の花のように思われてくる。そのため、鶯が鳴いているのを、雪と梅の花を見間違えたからだろうと推し量ってしまう。人間の迎春への期待を鶯に投影させ、雪さえも花と見違える、春へのときめきを詠い出しているのである。

【参考文献】三木雅博「素性」(『一冊の講座　古今和歌集』有精堂、一九八七年)。

(吉井　祥)

○二一　君《キミ》がため

光孝天皇《コウコウテンノウ》

君《キミ》がため
春《ハル》の野《ノ》に出《イ》でて
若菜《ワカナ》つむ
わが衣手《コロモデ》に
雪《ユキ》は降《フ》りつつ

【出典】『古今和歌集』春上・二一

【現代語訳】あなたのために、春の野に出て若菜を摘む私の衣の袖に、雪は降りかかっていて。

【作者】光孝天皇（八三〇～八八七）　第五十八代の天皇（八八四～八八七年在位）。「小《こ》松《まつ》の帝」ともいう。名を時康といい、第五十四代天皇である仁明《にんみょう》天皇の皇子。母は、藤原北家魚名流の総継《ふさつぐ》の娘沢子。仁明天皇の後継は、藤原冬嗣《ふゆつぐ》の娘順子が産んだ文徳《もんとく》天皇から、その子の清和《せいわ》天皇、陽《よう》成《ぜい》天皇で継承されていたため、もともとは皇統から外れた存在であった。貞観十一年（八六九）には皇籍を離れ臣下の姓を賜る願いを出しているが、許可されなかった。中務《なかつかさ》卿《きょう》、式部卿を歴任し、常陸太守・大宰帥・上野太守を兼任、二十二歳で三品、四十一歳で二品、五十三歳で一品に叙せられる（「品」は皇族の位）。親王時代から音楽や和歌に秀でた文化人であった。

元慶八年（八八四）、十七歳の陽成天皇が突然退位する。この退位の理由には病気が挙げられているが、実際には、臣下が殴り殺される事件が起きたためと見られている。しかし、陽成天皇が殴り殺したという確証がないこと、事件から退位までに時が経っていることから、陽成天皇及びその母藤原高子《たかいこ》と、当時の権力者藤原基経《もとつね》との確執を要因とする見方もある。この陽成天皇の退位に伴い、藤原基経ら臣下の要請により、光孝天皇が五十四歳で即位する。以後、平安時代の皇位は光孝天皇の皇統が受け継がれる。ただし、この皇統は、はじめから確立が意図されていたわけではない。光孝天皇は即位直後に、斎宮（伊勢神宮に奉仕する皇女）・斎院（賀茂神社に奉仕する皇女）の任に付いていた皇女を除く全ての子供に源氏賜姓し、臣籍に下しており、これは自らの系統が皇位を継承しないことを表明していることになる。在位中は、父仁明天皇の治世を継承するなど自らの皇位の正当性を示し、政務にも積極的であった。和歌を振興し、平安初期に漢詩文に押され衰退していた和歌文学の復興に関与し、後の『古今集』編纂の機運を生み出した。五十八歳で死去し、その子の宇多天皇が即位する。高齢での即位、その後の皇統の継承など、数奇な人生を辿る。そのせいか、平安後期の歴史物語である『大鏡《おおかがみ》』や、中世の『古事《こじ》談《だん》』『徒然草《つれづれぐさ》』には、事実とは思われないものの、清貧さや人徳など、即位するにふさわしい人物であることを示す逸話が載る。

【語釈】＊君…敬愛の意をもって相手を呼ぶ対称。＊春の野に出でて…春の野原に出て。＊若菜…初春に摘む菜のこと。＊衣手…着物の袖のこと。和歌によく用いられる表現。＊降りつつ…「つつ」は反復・継続の接続助詞で「…し続けている」という意味になる。「つつ」で終わることで言いさしの形になり、余韻が生まれている。

【解説】『古今和歌集』では詞書に、「仁和《にんな》の帝、親王《みこ》におましましけるときに、人に若菜賜ひける御歌」（光孝天皇が親王でいらしたときに、ある人に若菜をお贈りになって詠み添えられた御歌）とある。若菜摘みは、平安時代になると初春の年中行事の一つとなる。万病邪気を払うために、新春に野に出でて若菜を摘み、吸い物や粥に入れて食べる。民間に行われていた春の若菜摘みは、一つは中国伝来の行事に、もう一つは正月の子《ね》の日の行事と習合して正月七日の宮廷行事に取り入れられた。子の日は七種とは限らなかったが、七日は七種の若菜を食べ、今の七草粥に繋がっている。

当該歌は、白い雪と若菜の緑の対比が視覚的にも美しい。若菜と雪は、それぞれ春と冬の象徴的な景物であり、一首の中で両者を詠み込むことで二つの季節が交錯する。王朝人は、このような季節の移ろうさまに、鋭敏な感受性を発揮してみせた。この歌でも、冷たい冬の空気と、暖かな春の息吹の混在するさまを感じさせ、季節の推移が美しく表現されている。

また、この歌の「雪」には単に冬の名残を表すだけではなく、別の効果がある。冷たい雪にさらされながら苦労して手に入れた物であることを詠うことで、相手に自分の真心を示すのだ。今は贈り物をする際に、「つまらないものですけれど」など謙遜を口にすることが多いが、当時は、このように自らの苦労を詠い込み、贈り物に価値を付加するような歌を添えていたようである。例えば「朝露にしとどに袖を濡らしつつ君がためとぞ若菜摘みつる」（古今和歌六帖・二三〇三・紀貫之）という当該歌によく似た歌があるが、ここでは露に袖を濡らしながら若菜を摘んだことを詠っている。同じく『古今集』に所収された「濡れつつぞしひて折りつる年の内に春はいくかもあらじと思へば」（春下・一三三・在原業平《ありわらのなりひら》）も、藤の花を人に贈る際に添えた歌であり、雨に濡れながら無理に折ったものであることを表明することで付加価値をつけ、暮れゆく春を惜しむ気持ちを相手と共有しようとする思いを一層際立たせる。当該歌でも、相手の長寿を願う若菜に添え、相手に自身の心遣いを伝えることで、相手への思いの深さをより感じさせている。

「君がため」と詠う歌には、「君がため浮沼《うきぬ》の池の菱《ひし》摘むと我が染めし袖濡れにけるかも」（万葉集・巻七・一二四九）、「君がため山田の沢にゑぐ摘むと雪消《ゆきげ》の水に裳《も》の裾《すそ》濡れぬ」（万葉集・巻十・一八三九）のように、相手のために苦痛に耐える姿が見える。苦難を乗り越えて相手のために尽くすことが詠われる当該歌は、後世、天皇の仁徳を伝える歌として享受されるようになる。

【参考文献】久保田淳編『百人一首必携』（別冊國文學第十七号、學燈社、一九八二年十二月）、徳原茂実「和歌史上における光孝天皇の位置」（『武庫川女子大学紀要　文学部編』第三十四集、一九八六年二月）、樋口健太郎・栗山圭子編『平安時代天皇列伝』（戎光祥出版、二〇二三年）、渡辺護「「君がため」とうたう意味」（『岡山大学文学部紀要』第十三号、岡山大学文学部、一九九〇年）。

（吉井　祥）

○二二　ときはなる《ときわなる》

源宗于《ミナモトノムネユキ》

ときはなる《ときわなる》
松の緑も《マツのミドリも》　春くれば《ハルくれば》
今ひとしほの《イマひとしおの》
色まさりけり《イロまさりけり》

【出典】『古今和歌集』春上・二四

【現代語訳】常に変わらないはずの松の葉の緑色も、春が来ると、さらに一染めしたように、よりいっそう色が深くなるのだなあ。

【作者】 源宗于（生年未詳～九三九）　光孝天皇の孫で、是忠親王の子。寛平六年（八九四）に従四位下となり、源姓を与えられ臣籍に入る。以後丹波権守《ごんのかみ》・摂津権守・相模守・右京大夫などを歴任し、天慶二年（九三九）十一月二十三日に没す。三十六歌仙の一人。『二十一代集才子伝』には、「和歌の声聞く、頗《すこぶ》る群を出で」と評されているが、勅撰和歌集に採られた歌の数自体は、それほど多くない。『古今集』には六首入集。

人物像を窺うことのできる史料はほとんど伝わっていないが、平安時代の歌物語の一つである『大和物語』には登場人物の中でも比較的多く登場しており、昇進できずに不遇をかこつ話や、色好み的な一面を見せる恋の話、三男がばくち打ちの憎まれっ子であった話などが載る。『小倉百人一首』に「山里は冬ぞ寂しさまさりける人目も草もかれぬと思へば」が採られている。

【語釈】 ＊ときはなる…「常磐」から来た語で、常に変わらぬ大岩のように、永久に変わらないこと。常緑樹の葉が一年中色を変えないこと。＊春くれば…春が来ると。＊ひとしほ…染め物を染め汁に一度入れること。副詞的に用いて、「より一層」「さらに一段と」の意。＊まさりけり…「まさる」は（数量や程度などが）増すこと。ここでは色が濃くなること。「けり」は、はっと気付いたことを表す助動詞。

【解説】 早春の色鮮やかな光景を詠った歌。白い雪が解け、春になると、景色は色彩を取り戻す。その一つに緑色がある。

古代における色彩語の「みどり」は扱いが難しく、「あを」との比較対照によって様々に論じられてきた。両者とも示す色相の範囲が現代よりも広く、「みどり」が青・萌黄・藍などを含む一方、「あを」は古くは青・緑・紫、さらに黒・白・灰色までも含んでいた。平安時代になると、色彩語「みどり」が青と黄の中間色の緑色を表す語として多用されていく。

和歌において「みどり」は草木の葉の色を指す例が多い。『古今集』では、この歌の次に「わがせこが衣はるさめ降るごとに野べのみどりぞ色まさりける」（春上・二五・紀貫之）の歌を載せ、春の緑の歌群をつくっている。「みどりなるひとつ草とぞ春は見し秋はいろいろの花にぞありける」（古今集・秋上・二四五・よみ人しらず）では、緑一色でただ一種類の草だと春は見ていたが、秋になったら色とりどりの様々な花であったと気が付いたと、春の緑と秋の多彩な色合いを対にさせている。草木が芽吹く春には、緑色のイメージがあった。冷たい冬を乗り越えた、待望の春を感じさせる色であっただろう。

そんな春では、四季を通じて変わらないはずの松の葉も、より一層鮮やかな緑色になるのだと、はっと気付いたという。「松のみどりも」といっているからには、他の木々にも当然、春の色合いが訪れていることを示している。それに加えて、不変であるはずの松の緑色までも、変化があったという。思わぬところに春の到来を感じ、その喜びを詠っているのである。

「色まさる」という語は、以前より色が深くなることであるが、より美しくなることの意も含んでいる。先にも挙げた「わがせこが衣はるさめ降るごとに野べのみどりぞ色まさりける」（古今集・春上・二五・紀貫之）や、「秋をおきて時こそありけれ菊の花うつろふからに色のまされば」（同・秋下・二七九・平貞文）など、色が変化し、より美しくなる際に用いられている。当該歌でもより一層松の葉の色は深く、美しくなったということを示していると考えられる。新しい一年を生き抜く、瑞々しい生命力を感じさせる。春を迎えた人間側の喜びが、そう見せるのであろう。

この歌はもともと、宇多朝に行われた寛平《かんぴょうの》御時《おおんとき》后宮《きさいのみやの》歌合《うたあわせ》に、春の歌として出された歌である。歌合とは、右方と左方の二組に分かれ、題に合わせて歌を番《つが》えて競う遊びである。文献上、宇多朝の頃から確認され、平安時代に隆盛した。色鮮やかなこの歌は、歌合のような晴の場にふさわしい。『古今集』撰者の一人である紀貫之は、『古今集』でこの歌を収載した後、『新撰和歌《しんせんわか》』においてもこの歌を撰んでいる。『新撰和歌』は、貫之が『古今集』の中から秀歌と思う歌を撰び編んだものであるため、彼はこの歌を高く評価していたようである。平安中期の歌集である『古《こ》今和歌六帖《きんわかろくじょう》』にも「みどり」題で採られ、藤原公任撰の、朗詠に適した漢詩の句や和歌を集めた『和漢朗詠集《わかんろうえいしゅう》』にも、「松」題で所収されている。貴族たちに親しまれ、受け継がれた歌であった。

（吉井 祥）

○二三

人《ヒト》はいさ　紀貫之《キノ・ツラユキ》

ヒトは　いさ　ヒトはいさ（もある）
人はいさ
ココロもしらず　ふるさとは
心もしらず　ふるさとは
ハナぞ　ムカシの
花ぞ昔の
カに　においける
香ににほひける

【出典】『古今和歌集』春上・四二

【現代語訳】人については、さあ、心もわからない。昔なじみのこの奈良の里では、花が昔の香のまま匂っていることだ。

【作者】紀貫之（生年未詳～九四六）　生年については、貞観十三年（八七一）頃と見る説がある。没年については、天慶九年（九四六）説と天慶八年（九四五）説がある。父紀望行《きのもちゆき》は『古今集』に一首採られている。母は未詳だが、内教坊の妓女とする説がある。紀氏は古代においては武人の名門であったが、時代とともに衰退し、父望行は六位の下級官人であったと見られる。しかし、紀氏の家系からは和歌をたしなむ人物が多く出ている。

　三十六歌仙の一人。『古今集』の撰者の一人で仮名序の作者でもある。『古今集』撰者であった時（延喜五年〈九〇五〉）、貫之は宮中の書籍を管理する御書所預《ごしょどころあずかり》であった。その後は、延喜六年二月越前権少《ごんのしょう》掾《じょう》、同七年二月内膳典膳、十年二月少内記、十三年四月には大内記となる。内記は詔勅や勅旨を起草するのが仕事で、貫之の文才が評価されての起用であろう。十七年正月従五位下加賀介、翌年二月美濃介になる。美濃から帰京後の延喜二十一、二年は散位（無官）であったようだ。延長元年（九二三）六月大監物《だいけんもつ》、同七年九月右京亮《うきょうのすけ》、同八年正月土佐守となる。この土佐赴任中に醍醐天皇、宇多法皇、また、庇護者であった藤原定方《さだかた》や藤原兼輔《かねすけ》が他界する。承平五年（九三五）二月に帰京。この帰京の船旅を仮名で綴ったのが『土佐日記』である。貫之に該当する前国守に仕える女房に仮託して書かれている。日記文学の嚆矢《こうし》（最初）として位置づけられる作品で、掛詞を用いた言葉遊びが多用されており、貫之の大和言葉や仮名文字への関心の高さが窺える。帰京後、しばらくはまた無官となり、当時の権力者である藤原忠平《ただひら》、藤原実頼《さねより》、藤原師輔《もろすけ》ら摂関家に不遇を訴える。天慶三年（九四〇）三月玄蕃頭《げんばのかみ》、五月朱雀院別当に再任、同六年正月従五位上に昇進。同八年三月に木工権頭《もくのごんのかみ》となり、これが最終官となった。官人としての出世には苦労があったようだ。

歌人としては、『古今集』撰者としての名声もあり、専門歌人（当時の歌のプロ）としてめざましく活躍していた。歌合のための和歌や賀宴に飾る屏風歌などを権力者たちから請われ、数多く作っている。死後も評価は高く、その後の勅撰和歌集である『後撰集《ごせんしゅう》』『拾遺集《しゅういしゅう》』でも、最も多く歌が採られている歌人であり、歌聖として仰がれ続ける。

【語釈】＊人は…人については。＊いさ…副詞で、下に「しらず」を伴って、「さあ、どうであろうか」の意を表す。＊心もしらず…「しらず」の主語は作者で、「私は、人の心を、知らない」という関係。＊ふるさとは…昔なじみの里は。具体的には奈良の初瀬《はつせ》。奈良のことも「旧都」として「ふるさと」というため、ここでは両方の意味で用いられている。＊花…梅の花。＊にほひける…「にほふ」は、もともとは目で見た色の美しさを表し、視覚に関する語であったが、やがて嗅覚に関する「香る」の意にも用いられるようになった。

【解説】出典である『古今集』の詞書に「初瀬にまうづるごとに宿りける人の家に、ひさしく宿らで、ほどへてのちにいたれりければ、かの家の主《あるじ》かくさだかになむやどりはあるといひいだして侍りければ、そこにたてりける梅の花を折りてよめる」とある。「初瀬」とは、奈良県桜井市初瀬にある長谷寺《はせでら》。観音信仰で有名で、平安時代には女性も含め貴族たちが熱心に参詣した。長谷寺参詣は、『蜻蛉日記《かげろうにっき》』『枕草子』『源氏物語』『更級日記《さらしなにっき》』など、多くの平安文学作品に登場する。貫之には、長谷寺参詣のたびに、泊まらせてもらっていた家があった。その家に長らく泊まらないで、しばらく経ってから訪れたところ、その家の主から「このようにあなたが泊まる家はちゃんとあるのですよ」と言われた。そこで、貫之が庭先に立っていた梅の花を折って、この歌を詠んだという。

梅の特徴は香りにあり、「梅が香《か》を袖に移してとどめてば春は過《す》ぐとも形見《かたみ》ならまし」（古今集・春上・四六・よみ人しらず）、「梅の香の降り置ける雪にまがひせば誰《たれ》かことごと分《わ》きて折らまし」（古今集・冬・三三六・紀貫之）など、その芳香が詠まれ続けた。当該歌でも梅の香りが漂っている。

和歌の中の「人」は、具体的には家の主であるが、「人」と表現したことで、人間一般の意味も含む。人の心は昔のままかどうかわからないけれど、梅の花は昔のままの香りで美しく咲いていると詠い、変わりやすい人の心と、変わらない自然を対比してみせている。

貫之の歌を集めた『貫之集』の雑部には、家の主からの返歌「花だにも同じ昔に咲くものを植ゑたる人の心知らなむ」がある。貫之の歌に対して、「花でさえも昔と同じように咲いているのだから、その花を植えた人の心が変わっていないことも知ってほしいものです」と、切り返している。相手の歌の揚げ足を取り、切り返す遣り取りが、当時の贈答歌の常套であった。日常の中で生まれた、会話の応酬のような歌であるが、庭先の梅のもとにいる男性（貫之）と家の主との遣り取りは、一枚の絵のようであり、場面設定は物語的である。この歌は、平安時代においては貫之の代表作としての評価を得なかったようで、他の文献に引かれていないのだが、『百人秀歌』『詠歌大概』など、藤原定家撰の撰集や名歌撰に引かれて有名になった。物語的な和歌を好んだ定家の好みに適っていたのであろう。『小倉百人一首』にもこの歌が採られており、現代の我々にとって貫之といえばこの歌であろう。

この家の主について、昔から男性か女性かという議論がされてきた。詞書にある「いひいだす」とは、内から外にいる人に向かって言う言葉であるため、簾《すだれ》の中にいる女性が外にいる男性に言葉を伝えているように感じることから、女性であるとし、歌の中の「心」も愛情の意が含まれていて、相手をからかっているのだという説がある。しかし、決め手となるものがないため、読者それぞれの想像に委ねられている。

【参考文献】和歌文学会監修・田中登著『紀貫之』（コレクション日本歌人選５、笠間書院、二〇一一年）。

（吉井　祥）

○二四　見渡せば《ミワタせば》

素性法師《ソセイホウシ》

見渡せば《ミワタせば》　ミワタせば（もある）
柳桜を《ヤナギサクラを》
こきまぜて《こきまぜて》
都ぞ春の《ミヤコぞハルの》
錦なりける《ニシキなりける》

【出典】『古今和歌集』春上・五六

【現代語訳】見渡すと、柳の葉と桜の花とをまぜあわせて、都は春の錦であるなあ。

【作者】前出（○二〇参照）。

【語釈】＊見渡せば…見渡すと。＊柳桜を…柳と桜を。＊こきまぜて…（二種以上のものを）まぜあわせて。「こき」は接頭語。＊都ぞ春の錦なりける…都は春の錦であるなあ。「錦」は金糸銀糸にさまざまな色糸を用いて華麗な文様を織り出した、厚い地の絹織物。中国から奈良時代に渡来し、高級な織物として一部の貴族たちに用いられた。美しく華やかなものを例える際にも用いられる。ここでは青々とした柳の葉と満開の桜が織りなす爛漫とした都の景色が錦に見立てられている。「ける」は助動詞で、今まで気付かずにいた事実に、初めて気付いて驚き詠嘆する意を表し、係助詞「ぞ」の結びで連体形になっている。

【解説】『古今集』の詞書に「花ざかりに京を見やりてよめる」とある。どこか小高い所から春爛漫の平安京を見下ろして詠まれた歌である。桜は古来、人々を魅了してきた花である。上代の『万葉集』では、山に自生する桜が詠まれることがほとんどだったが、平安時代になると都の花としても親しまれるようになる。この歌でも都の桜が詠われている。桜が詠まれる和歌は、平安時代から急増する。『古今集』では、春の歌一三四首のうち桜の歌が半数を超えている。『古今集』の桜の歌群は、大きく「咲く桜」と「散る桜」に分かれるが、この歌は「咲く桜」に属している。『古今集』の歌風として、移ろうものに鋭敏な感受性を発揮するというところがあり、「世の中にたえて桜のなかりせば春の心はのどけからまし」（古今集・春上・五三・在原業平）のように、咲く桜を見てもいつ散ってなくなってしまうのだろうと、もの思いに駆られる（そう詠うことで桜の花の美しさを表現する）ものだが、この歌は、桜の花が咲く風景をおおらかに称賛するもので、優雅で格調高い趣がある。

柳は、勅撰和歌集のほとんどが春部に柳の歌群を置いていることからもわかるように、春の景物として詠み込まれた。春のまだ浅いときから色を日ごとに濃くしていき、人々の目を引く。『万葉集』の「浅緑《あさみどり》染め掛けたりと見るまでに春の柳は萌えにけるかも」（万葉集・巻第十・一八四七）では、柳の若葉を枝に掛ける緑の糸と表現する様が鮮やかであり、「青柳の糸よりかくる春しもぞみだれて花のほころびにける」（古今集・春上・二六・紀貫之）は、青々とした柳の細やかな葉が風にたなびく様が印象的であり、「浅緑糸よりかけて白露を玉にもぬける春の柳か」（古今集・春上・二七・僧正遍照）は、柳の浅緑と白露の白との対比が美しい歌である。この歌でも柳の緑色が活きている。

一方、桜の色はどうであるか。我々が桜というと、薄紅色のソメイヨシノを想起するが、当時の桜はヤマザクラである。そのため、和歌の中では、白を強調させる形で雪や霞など、白いものによく見立てられる。しかし、「桜色に衣は深く染めて着む花の散りなむのちの形見に」（古今集・春歌上・六六・紀有朋）の歌があるように、真っ白というよりは、薄紅がかった白色として当時の人も捉えていたと思われる。実際、現在咲くヤマザクラを見ると、白から淡紅色までの色合いである。奈良県の吉野山のヤマザクラを上空から撮影した風景を見ると、薄紅から淡紅がかった白まで、濃淡のある様が窺える。ここでも柳の緑と桜の淡紅白、それぞれの濃淡の織りなす景色が錦に見立てられて詠われていると捉えたい。

『古今集』の四季部の配列は、季節の移り変わりの順になっており、立春、残雪、鶯、春の野、若菜、霞、春の緑と並べられた後に、柳の歌群が登場する。その後、春が深まり、桜の咲く頃になり、再びこの柳が詠み込まれた当該歌が登場する。色のコントラストや、都を錦にたとえるスケールの大きさが目を引き、深い印象を残す歌だが、柳が桜とともに詠まれることは、和歌全体で見れば実は珍しい。当時としても鮮烈な印象を与え、その後もこの歌を超えるような表現は生まれがたかったと思われる。

また、この歌は、「春の錦」という表現に眼目がある。「錦」に見立てられる植物は、普通、紅葉である。「竜田河もみぢ乱れて流るめり渡らば錦なかや絶えなむ」（古今集・秋下・二八三・よみ人しらず）、「たがための錦なればか秋霧の佐保の山べを立ちかくすらむ」（古今集・秋下・二六五・紀友則）、「霜のたて露のぬきこそ弱からし山の錦の織ればかつ散る」（古今集・秋下・二九一・藤原関雄）など、古今集に七首見え、当時から既に定着した表現であった。ここでは秋の錦が紅葉であるならば、柳と桜の織りなす風景こそが春の錦だと表現している。結句の「ける」には、そのことに気付いた感動が現れている。「春の錦」という表現や眺望を詠うことについては漢詩の影響がある。しかし、春の色とりどりの花を「錦」とする漢詩はあるが、桜と柳とを錦という先例は見出されないことが指摘され、この歌の無二の魅力となっている。

素性法師の曾祖父は平安京を築いた桓武《かんむ》天皇である。その血筋に連なる者として、美しい春の平安京を眺望し、賛美する思いもあったのではないだろうか。

【参考文献】佐田公子『古今和歌集論—和歌と歌群の生成をめぐって—』（笠間書院、二〇一六年）。

（吉井　祥）

○二五

久方の《ヒサカタの》

紀友則《キノトモノリ》

久方の《ヒサカタの》
光のどけき《ヒカリ のどけき》
春の日に《ハルのヒに》
しづ心なく《しずゴコロなく》
花の散るらむ《ハナの チるらん》

【出典】『古今和歌集』春下・八四

【現代語訳】光が穏やかに注ぐ春の日に、どうして落ち着いた心もなく桜の花は散っているのだろうか。

【作者】紀友則（平安時代前期の人）　宮内少輔であった紀有朋の子。紀貫之とは従兄弟の関係。『三十六人歌仙伝』によると、寛平九年（八九七）土佐掾《じょう》、同十年少内記、延喜四年（九〇四）大内記。『後撰集』から、長く官途に恵まれなかったことが窺える（雑一・一〇七八、一〇七九）。三十六歌仙の一人。

『古今集』撰者の一人だが、同集の哀傷歌部に、紀貫之と壬生忠岑《みぶのただみね》が友則の死を悼む歌が収められているため、編纂途中で亡くなったと考えられる。『古今集』中第三位の四十六首入集。宇多天皇の御代である寛平期に、『是貞《これさだの》親《み》王家歌合《このいえのうたあわせ》』『寛平御時菊合《かんびょうのおおんとききくあわせ》』『寛平御時后宮歌合《かんびょうのおおんとききさいのみやのうたあわせ》』などで活躍し、当時の有力な歌人の一人であった。『古今集』編纂においては、大内記（内記は詔勅や勅旨を起草する職掌。文才のある者がなる。）として撰者の中では筆頭格であった。紀貫之が撰者になれたのは、友則の影響であろう。

【語釈】＊久方の…「光」にかかる枕詞。「久方の」自体の用例としては、「天《あま》（あめ）」「月」「雲」などにかかることが多く、「光」にかかる例は珍しい。＊のどけき…形容詞「のどけし」の連体形。静かで穏やかな様。＊しづ心なく…「しづ心」とは「静心」で、落ち着いた心。桜の花を、心を持った人間であるかのように擬人化している。「しづこころ」か「しづごころ」かは不明。『日本国語大辞典第二版』では、濁音で立項している。＊花の散るらむ…「花」は桜。「の」は主格。「らむ」は現在推量の助動詞。この句は【備考】の通り、解釈が分かれている。

【解説】詞書に「桜の花の散るをよめる」（桜の花が散るのを詠んだ歌）とある。

桜は、古来、人々の関心を得てきたが、和歌においては特に平安時代から多く詠まれるようになった。その詠まれ方は、満開の桜に春の喜びを感じるというより、愛する桜花の移ろいに心を動かされるというものであった。「世の中に絶えて桜のなかりせば春の心はのどけからまし」（古今集・春上・五三・在原業平《ありわらのなりひら》）、「ことならば咲かずやはあらぬ桜《さくら》花《ばな》見る我さへにしづ心なし」（古今集・春下・八二・紀貫之）のように、桜の花に魅了されるがゆえに、人々は花の散ることに心穏やかではいられなかった。

当時の桜はヤマザクラで、今の私たちが桜として思い浮かべるソメイヨシノよりも白い色をしている。白い花びらが散る様は、「桜散る花のところは春ながら雪ぞ降りつつ消えがてにする」（古今集・春下・七五・承均《そうく》法師）のように雪に見立てられた。紀貫之の名歌「桜花《さくらばな》散りぬる風のなごりには水なき空に浪《なみ》ぞたちける」（古今集・春下・八九）では、空に舞い上がる桜の花びらを白浪に見立てている。白い花びらが散る様は、桜の美しさを表現する常套手段となった。当該歌でも、明るい光の降り注ぐ中、白い花びらが散り乱れている情景が表現されている。

そのせわしなく散る様を詠うにあたり、当該歌では、桜を擬人化しているわけであるが、花に直接呼びかけているというよりも、自問自答しているような詠み方をしている。その点が余情を生んでいる。また、「ひさかたの」「ひかりのどけき」、「春のひに」というように「ひ」の音を三回、「はるの日に」「はなの散るらん」というように「は」の音を二回、さらに全体で「の」を四回重ねることで、のどやかなで流麗な雰囲気や調べがつくられている。穏やかな春の情景と、せわしなく散る桜の花を対比させ、桜が散るのを惜しんだ歌である。

【備考】この歌の下の句の解釈は、「らむ」の解釈と関わり、大きく二通りに分かれている。まず、「どうして〜だろう」という解釈である。事態A「光のどけき春の日なり」と、事態B「しづ心なく花の散る」とが矛盾する事態であり、「らむ」は、その矛盾が共存する事態を推量しているとする。「のどけし」と「しづ心なし」に様態の齟齬があるため、「どうして」とその原因・理由を推量していると考えるのである。もう一つは、「らむ」は「しづ心なく」を推量しているのだという解釈である。「らむ」は視覚内の推量を表し、眼前の事実である「花の散る」の原因・理由を「しづ心なく」と推量しているとする。すなわち、「落ち着いた心がないので桜の花が散っているのであろう」という意味である。ただし、前者の方が優勢であり、今回も前者でとった。

平安中期の私撰集である『古今和歌六帖』では、四〇三三番と四一九六番で重出した形で載っており、第二句が「光さやけき」である。はっきりとして明るい光が降り注いでいる描写となる。

鎌倉初期に活躍した藤原定家は、この歌を高く評価したようで『百人秀歌』『秀歌大体』『定家八代抄』等に撰んでいる。『小倉百人一首』にも採られ、現代でも人気の高い歌である。

（吉井　祥）

○二六　春雨《ハルサメ》の　大伴黒主《オオトモノクロヌシ》

春雨《ハルサメ》の
降《フ》るは涙《ナミダ》か　さくら花《バナ》
散《チ》るを惜《オ》しまぬ
人《ヒト》しなければ

【出典】『古今和歌集』春下・八八

【現代語訳】春雨が降るのは(世の人々の)涙なのだろうか。桜の花が散るのを惜しまないなどという人は誰一人としていないのだから。

【作者】大伴黒主(平安時代前期の人)　地方豪族、地方歌人。生年は未詳、近江国志賀郡大友郷に住んだ一族とみられ、没年は延喜(九〇一～九二三)末頃かと推定される。『古今集』の仮名序において、「近き世にその名聞《きこ》えたる人」として挙げられる人物(六歌仙)のうちの一人ではあるが、経歴不詳のため、後世様々な伝説が生まれている。他の六歌仙と異なり、『百人一首』には採られていない。勅撰集には、『古今集』四首(異伝を含む)、『後撰集』三首、『拾遺集』二首、『続後拾遺集』『新千載集』各一首が採られている。なお、「大伴」は「大友」が正しく、大伴氏とは別族だが、『古今集』以下の諸集は「大伴」と記す。

　詠作年次の分かる黒主の歌は二首あり、一つは寛平九年(八九七)の醍醐天皇の即位に際して献上された、

近江のや鏡の山を立てたればかねてぞ見ゆる君が千歳は
(近江国には鏡の山を立てていますので、今から鏡に映って見えています。わが君の御代がいつまでも続くことは。)
(『古今和歌集』巻二十・一〇八六)

という風俗歌である。「鏡の山に立てた」という空間的な壮大さと、その鏡に「君が千歳」という無限の時間が映っていると詠み込んで、めでたくおおらかに天皇の御代を寿いでいる。もう一つは、延喜十七年(九一七)に詠まれた

ささら浪まもなく岸を洗ふめりなぎさ清くは君とまれとか
(さざ波が絶え間なく岸を洗っているようです。渚がきれいであったなら、法皇が留まってくださると思ってのことでしょうか。)

という歌である。宇多法皇の度重なる石山行幸により、近

江の守が「民疲れ国ほろびぬべし」と嘆くのをどこからか耳にした法皇は、行幸の準備を他の国々に命じて徴収させ、石山参詣をした。近江の守は面目を失うも、挨拶もせずそのまま法皇を帰らせてしまうわけにはいかないため、帰路にある打出の浜に立派な行在所《あんざいしょ》を整え準備をし、黒主だけをそこにおいて外に隠れていた。法皇が通り過ぎる時に、「どうしてここに控えているのか」という問いかけに応える形で献上された歌が、「ささら浪…」である。法皇に留まってほしいと願う気持ちを自分や近江の守に帰着させるのではなく、打出の浜自体が法皇に留まってほしいと願っているという、雄大な発想で詠まれている。歌により法皇の機嫌を取ることができたというこの話は、『大和物語』一七二段、『石山寺縁起』五段に伝えられている。

　黒主の歌風について、『古今集』仮名序では「大伴黒主は、そのさま卑し。いはば、薪負へる山人の、花の蔭に休めるがごとし」、つまり、歌の姿がいやしい、言うなれば、薪を背負った山暮らしの人が美しい花の蔭で休んでいるようなものだ、と評されている。ひどい言い回しであるが、黒主が近江の地方豪族・地方歌人であることが影響し、このように見下された評価となっているのであろう。

【語釈】＊春雨の…春雨が。春雨は花を散らすものとして詠まれることもあるが、ここでは涙に見立てられる。＊降るは涙か…降るのは涙であろうか。「か」は疑問の係助詞。＊人し…「し」は強意の副助詞。＊なければ…形容詞「なし」の已然形に接続助詞「ば」がついて、「ので」「から」といった原因・理由を示す。

【解説】『古今集』では「題知らず」として、散る桜を詠んだ一連の歌の終わりの方に配置されている。二句切れの歌。言葉も表現技巧も素朴であるが、春雨がしとしとと降るさまを、桜の花が散るのを惜しむ世の人々の涙なのだ、と捉えるスケールの大きな歌となっている。その雄大さ故に、『俊《とし》頼髄脳《よりずいのう》』（平安末期の歌学書・源俊頼著）では、「風情あまりすぎたるやうなる歌（情趣の表現が過大な歌）」と評されてしまう。しかし、『古今和歌集両度聞書《りょうどききがき》』（東常縁《とうのつねより》より受けた『古今和歌集』の講釈〈古今《こきん》伝授《でんじゅ》〉を連歌師の宗祇《そうぎ》が整理した注釈書）では、「心は世界皆以て花ををしむ心、切也。されば其涙春雨ともなりて、あまねきにやといふ義なり」と、花を惜しむ気持ちは皆共通するもので、切実なものである、だからこそ花を惜しむ涙が春雨となって広く降るのだろうか、と解釈し、春雨に喩えられた涙を自分一人の涙とせず、広く一般化した点を評価している。『両度聞書』にある評価のように、この歌の眼目は春雨に見立てる涙を自分の涙として自分一人の詠嘆に終わらせなかったことにあり、「散るを惜しまぬ人しなければ」と一般論化してしまうことがこの歌の特徴である。スケールの大きな表現は、先に見た「ささら浪…」の歌にも共通するものである。

【備考】黒主の伝説について『古今和歌集目録』には、猿丸大夫の第三子、大友皇子の孫の与太王の子、陰陽師、といった伝承が見られる。『無名抄』（鴨長明著の歌論書）の「黒主神になる事」では、志賀郡のくろぬし明神は黒主が神になったのだと書かれる。この他、能『草子《そうし》洗《あらい》小町《こまち》』や歌舞伎『六歌《ろっか》仙容彩《せんすがたのいろどり》』では、小野小町を歌盗人と貶める悪人として造形されている。

【参考文献】阿部好臣「黒主」（『一冊の講座』編集部編『一冊の講座　古今和歌集』日本の古典文学4、有精堂、一九八七年）、新井幸恵「大伴黒主攷―六歌仙の一人としての黒主」（『日本文学文化』第十二号、二〇一三年二月）。

（藤原美佳）

○二七　霞立《カスミタ》つ

在原元方《アリワラノモトカタ》

霞立《カスミタ》つ
春《ハル》の山べ《ヤマベ》は　遠《トオ》けれど
吹《フ》きくる風《カゼ》は
花《ハナ》の香《カ》ぞする

【出典】『古今和歌集』春下・一〇三

【現代語訳】霞が立っている春の山辺は遠いけれど、そこから吹いてくる風は花の香りがする。

【作者】在原元方（平安時代前期の人）　生没年未詳。在原棟《むね》梁《やな》の子。在原業平《なりひら》の孫。『古今集』に十四首入集し、巻頭歌（**【備考】**参照）の作者として知られる。中古三十六歌仙（平安時代末期に藤原範兼《のりかね》が撰んだ三十六人の名歌人）の一人であるが、詳細はわかっていない。『勅撰作者部類』によると、位階は六位。下級官人であった。戒仙《かいせん》という、比叡山に住む僧侶で紀貫之や紀友則と交流を持っていた人物と、同一人物とする説がある。

【語釈】＊霞立つ…霞が立っていること。霞は、春の景物。＊山べ…山辺。山の麓。＊吹きくる風…吹いてくる風。＊花の香ぞする…「花」は春に咲く種々の花。「する」はサ変動詞「す」の連体形で、係助詞「ぞ」の結び。

【解説】遠くに眺める山の麓は、霞によって隠されている。しかし、山から吹いて来る風には、花の香りがし、隠れて見えないはずの花の存在を感じることができた。その感動を詠った歌である。

当時の「山べ」は「いざ今日は春の山べにまじりなむ暮れなばなげの花の蔭《かげ》かは」（古今集・春下・九五・素性法師）「宿《やど》りして春の山べに寝たる夜《よ》は夢の内にも花ぞ散りける」（古今集・春下・一一七・紀貫之）に見えるように、花が咲き、人々はそこで自然と融合し、心を遊ばせる場所であった。都会に暮らす者にとっては、憧れの地である。しかし、その憧れの地は、今、霞に隔てられて見えない。そんなときに、吹いてきた風に花の香りを感じ、春の訪れに心をときめかせる。その喜びを表現している。山は遠いが、香りは風によって近くに感じるという奥行きのある景が設定されている。遠い山べの花の香りが匂ってきたというのはもちろん事実ではあり得ないが、風によって心でそのように感じたのであろう。山べに咲く花を実際に見たいという願望と、山べから吹き来る風によって嗅覚的には実現できたことへの驚きと喜びを感じさせる。

出典である『古今和歌集』の配列では、この前の一〇二番歌で、

春霞色のちくさに見えつるはたなびく山の花の影かも
（山に立つ春霞が色とりどりに見えるのは、その山に咲く花の姿が映っているからだろうなあ。）

とあり、霞の向こうに花の色を想像している。一〇三番歌にあたる当該歌では、香りから霞の向こうの花の存在を感じさせる趣向で、一〇二番歌が視覚で春を感じているのに対し、一〇三番歌は嗅覚で春を感じているという配列の工夫が見られる。花の香りを風が運んでくる趣向は、「花の香《か》を風の便《たよ》りにたぐへてぞうぐひすさそふしるべにはやる」（古今集・春上・一三・紀友則）にも見られる。平安貴族たちが好んだ優雅な表現であった。

当該歌の花は何であろうか。「花」を桜ととる説もあるが、「花」は一つに定められるものではなく、春に咲く様々な種類の花を指していると解釈したい。『古今和歌集』の配列においても、桜の歌を集めた歌群とは別立てで「咲く花」を集めた歌群があり、当該歌はそこに並べられている。

この歌がもともと披露されたのは、寛平御時后宮歌合《かんぴょうのおおんときききさいのみやのうたあわせ》である。寛平は宇多天皇の御代のことで、后宮とは、その母の班子女王のことと考えられる。母の名を冠しているものの、実質的な主催者は、宇多天皇であった。宇多天皇は和歌を好み、その御代では歌合が多く行われている（歌合は文献上、宇多朝から見られる）。当時の歌合では、歌の作者がその場にいるわけではなく、歌を提出するのみであった。作者は、紀貫之や紀友則、素性法師など、当時の実力を持った歌人たちが名を連ねている。彼らは身分的には決して高くないが、和歌において評価され、和歌をつくる職人のような存在であった（専門歌人と呼ぶ）。この歌合に歌が選ばれたことは、この時点で歌人として元方が評価されていたことを示している。

『古今和歌集』より前につくられた『新撰万葉集《しんせんまんようしゅう》』という歌集にもこの歌がとられ、七言絶句の漢詩の翻案（菅原道真作か）が収められている。

花々数種一時開
芬馥従風遠近来
嶺上花繁霞泛灎《はんえん》
可憐百感毎春催
（花々《はなばな》数種《すうしゅ》一時《いっとき》に開《ひら》く　芬《ふん》馥《ぷく》風《かぜ》に従《したが》ひて遠近《おちこち》に来《きた》る　嶺上《れいしょう》花《はな》繁《おおく》して霞《かすみ》泛灎《はんえん》たり　憐《あわ》れむ可《べ》し百感《ひゃっかん》の春毎《はるごと》に催《もよお》すことを）

（たくさんの花が、数種類、一斉に咲いたようだ。そのかぐわしい香りが風にのってあたりに漂ってきた。遠くの峰の上では花がたくさん咲き、霞が美しく光り輝いている。なんと感動することだ、春になるたびにこうした美しい光景に万感の思いが生まれることに。）

和歌の下句「吹きくる風は花の香ぞする」に承句「芬馥《ふんぷく》風に従《したが》ひて遠近《をちこち》に来《きた》る」、上句「霞立つ春の山べは遠けれど」に対して転句「嶺上花繁《おほく》して霞泛灎《はんえん》たり」が対応している。比較すると、和歌の方が遠近の対比性や、視覚と嗅覚との対比性が際立っている。この対比こそが、この和歌の眼目であろう。

この歌は、平安中期につくられた『古今和歌六帖』という歌集にも「春の風」題の項目に採られている。この歌集は当時の作歌の手引き書のような存在であったので、この歌が貴族たちに親しまれたことが窺える。西行《さいぎょう》の言談を蓮阿《れんあ》が筆録したものとされる『西《さい》行上人談抄《ぎょうしょうにんだんしょう》』でも、『古今和歌集』の秀歌の例として挙げられている。

【備考】元方は、次の歌を詠んだことでも有名。

ふるとしに春立ちける日よめる
年の内に春はきにけりひととせを去年《こぞ》とやいはん今年とやいはん
（古今集・春上・一）

年内立春という十二月の内に立春の日が来たことへの感慨を詠った歌。『古今集』巻第一春歌上部で最もはじめに置かれた歌（巻頭歌）であり、『古今集』全体の中でも巻頭歌に位置付けられる。

【参考文献】久保木哲夫『平安時代私家集の研究』（笠間書院、一九八五年）、半澤幹一・津田潔『対訳新撰万葉集』（勉誠出版、二〇一五年）。

（吉井　祥）

○一二八

ハナのイロは
花の色は

オノノコマチ
小野小町

ハナのイロは
花の色は

うつりにけりな　いたずらに
うつりにけりな　いたづらに

わがミ　ヨにふる
わが身世にふる

ながめせしまに
ながめせしまに

【出典】『古今和歌集』春下・一一三

【現代語訳】花の色は色あせてしまったなあ。咲いた甲斐もなく。しとしとと長雨が続いた間に。何の甲斐もなく、我が身がこの世に生きながらえて、ぼんやりとわびしく物思いにふけて時を過ごしている間に。

【作者】小野小町（平安時代前期の人）　美人の代名詞として取り上げられる有名な人物であるが、歌以外に確実なことは分かっていない。小町の実作と考えられる歌は、『古今集』の十八首（伝本によって一首少なくなる）と『後撰集』の四首（詞書の説話化や古今集での詠みぶりと異なるため、小町歌ではない歌を含む可能性が指摘されている）の計二十二首とみなされている。『古今集』には安倍清行《あべのきよゆき》（八二五～九〇〇年）との贈答歌（五五六・五五七番歌）、小野《おのの》貞樹《さだき》（生没年未詳。六国史から八四九～八六〇年にかけて官歴のあることが確認できる）との贈答歌（七八二・七八三番歌）、文屋康秀《ふんやのやすひで》（生没年未詳。『古今和歌集目録』には八六〇～八八〇年にかけての官歴が挙げられる）への返歌（九三八番歌）、『後撰集』には僧正遍照《そうじょうへん》（八一六～八九〇年）との贈答歌（一一九五・一一九六番歌）が見られる。これら贈答歌の相手から、小町の活躍時期は、仁明《にんみょう》朝（八三三～八五〇年）の終わり頃から文徳《もんとく》朝（八五〇～八五八年）にかけてと推定される。

小町の出自について、平安時代末期の『古今和歌集目録』（藤原仲実《ふじわらのなかざね》著）には「出羽《でわ》国郡《ぐん》司《じ》の女《むすめ》」とある。諸氏系図の集大成である『尊卑分脈《そんぴぶんみゃく》』（洞院《とういん》公定《きんさだ》原撰）に、小野篁《たかむら》（八〇二～八五三）の四人の子の一人として小野良真《よしざね》があげられ、良真の二人の女子のうちの一人に「小町」と注されているが、小町の活躍時期から篁の孫とするのは計算が合わない。群《ぐん》書類従《しょるいじゅう》所収の『小野氏系図』も良真を小町の父とし、「良真（一本当澄、又常澄）、出羽守」としているが、良真、当澄、常澄についての実在は確かめられていない。小野氏出身の女性なのであろうが、それ以上のことは不明である。

六歌仙唯一の女性である

小町は、『古今集』仮名序に「小野小町は、いにしへの衣通姫《そとおりひめ》の流《りゅう》なり。あはれなるやうにて強からず。いはば、よき女の悩めるところあるに似たり。強からぬは、女の歌なればなるべし」と評される。衣通姫はその美しさが衣を通して輝くばかりであることからそう呼ばれる古代の美人で、その名は『古事記』と『日本書紀』に見られる。それぞれで伝承が異なり、『古事記』では允恭《いんぎょう》天皇の娘で、同母兄木梨軽皇子《きなしのかるのみこ》と禁忌を犯して恋愛結婚をしたとされる。『日本書紀』では允恭天皇の皇后・忍坂大中姫《おしさかのおおなかつひめ》の実妹で、天皇の強い熱意により入内し、寵愛された妃として描かれる。衣通姫は実姉の皇后を慮り、允恭天皇の宮から離れたところに住まうも、天皇は遊猟にかこつけて衣通姫のもとへ通っていた。しかし、その頻度の多いことを皇后がいさめたため、回数を減らさざるを得なくなり、会うことは稀になったという。衣通姫の伝承は記紀で異なるが、平安時代に読まれていたのは『日本書紀』であることより、仮名序のいう「衣通姫」というのは、『日本書紀』に描かれる、天皇の訪れを待つ衣通姫の姿ということになる。小町の歌には抒情性豊かな恋の歌が多く見られるが、その姿勢は男性の心に従うしかない受け身のもので、仮名序で評されるように、男性からの訪れをひたすら待つ女性の系列に属するものなのである。

【語釈】＊花の色はうつりにけりな…「花の色」の「花」は、色を愛でられるべき花。「花」に感情移入し、「我が身」を重ねる。「うつる」は色があせる。「にけり」の「に」は完了を表す助動詞、「けり」は過去を表す助動詞。「にけり」で「…てしまった」となる。「な」は詠嘆を表す終助詞。この歌はここで一度区切れる（二句切れ）。＊いたづらに…何の甲斐もなく。無駄に。倒置法で一・二句目にかかると同時に、四・五句目にもかかる。＊世にふる…この世に生きながらえる。「ふる」は掛詞で、時を過ごす意味の「経《ふ》る」と、「降る」を掛ける。＊ながめせしまに…「ながめ」は掛詞で、ぼんやりと外を眺めつつわびしく物思いにふけることを意味する「眺め」と「長雨」を掛ける。「せ」は「…する」を意味する動詞、「し」は過去を表す助動詞。「せしまに」で「…した間に」となる。

【解説】『古今集』でこの歌は「題知らず」として、散る桜の歌の中に位置している。『百人一首』にも採られ、広く親しまれている歌ではあるが、注釈書ごとに齟齬や対立が多く見られ、すぐに理解するのは難しい。目立つ争点は、「いたづらに」の語はどこにかかるのか、「花の色」は小町自身の容貌を喩えた表現か否か、というものである。

平安和歌における「いたづらに」という語は、自然に対して人間に関することを表現する文脈で用いられるという特徴がある。そこから導かれた「いたづらに」の解釈は、「花の色」には小町自身の容色が暗示されており、容色が空しく衰えたことをいう、というものである。小町伝説の発端の一つとなった歌と見なされる理由はここにある。

しかし、小町が生きた時代を考慮し、『万葉集』の表現に目を向けると、新たな解釈が見えてくる。『万葉集』には、心を持たないはずの自然の景物を主語とする歌に「いたづらに」という語が詠み込まれた歌は五例あり、うち四例には「見る人なしに」という句も共通し、うち三例が「いたづらに」「見る人なしに」花が咲き散る歌となっている。『万葉集』のこの用例を踏まえ、小町の歌から一旦「わが身世にふる」の句を外し、まずは自然の景物を主語とする歌として解釈すると、「花の色は色あせてしまったなあ、咲いた甲斐もなく（人に愛でられることもなく）、長雨によって」となる。これがこの歌の基本である。

そこへ、花に感情移入した小町は、「わが身」も、「（世にふる）ながめ」をしている間に「いたづらに」なった、と花と自分自身に重なるものを見出す。花も我が身も、ともに同じ音の言葉、「ながめ（長雨／眺め）」により「いたづらに」なってしまった、と。この気づきが一首の眼目であり、それこそがこの歌の見どころである。

【備考】近年発表された室田知香論考は、この歌についての個々の注釈書の特徴や問題点が整理され、和歌表現史における特徴も検討された上で歌の解釈が示されている。非常に有益であるため、参考にした。

【参考文献】室田知香「小町「花の色は…」注釈史考」（古代中世文学論考刊行会編『古代中世文学論考』第四十五集、新典社、二〇二一年）。

（藤原美佳）

○二九

わがヤドの　よみビトシらず
わが宿の　よみ人知らず

わがヤドの
わが宿の
イケの　フジナミ　サきにけり
池の藤波　咲きにけり
ヤマほととぎす
山ほととぎす
いつか　キ　ナかん
いつか来鳴かむ

【出典】『古今和歌集』夏・一三五

【現代語訳】私の家の庭の池のほとりの藤の花が咲いたなあ。ほととぎすはいつになったら来て鳴くのだろうか（早く来てほしい）。

【語釈】＊宿…家の前の庭。『万葉集』では、「宿」を「屋前《やど》」と表記して「屋（建物）の前の庭」を意味する用例が多く見られることから、この歌でも同様に考える。＊池の藤波…池のほとりの藤の花。池は庭園に設けられている。「藤波」は藤の花房が風に揺れなびく様子から波に見立てた表現。「池」との縁語による。＊咲きにけり…「に」は完了を表す助動詞、「けり」は詠嘆を表す助動詞。＊山ほととぎす…山にいるほととぎす。ほととぎすは夏鳥で、藤の花、卯の花、橘の花などの咲く時期に山から里に移って鳴くと言われている。『万葉集』では四月にも五月にも鳴くものとして詠まれ、『古今集』では「五月待つ山ほととぎす」（一三七）、「五月来《こ》ば鳴きもふりなんほととぎす」（一三八）のように、五月になってから山から里へ出て来るものとして詠まれる。＊いつか…「いつになったら…するだろうか」と疑問を表す。気持ちとしては、「早く…すればよい」「早く…したい」という希望が込められている。＊来鳴かむ…「む」は推量の意味を表す助動詞。

【解釈】『古今集』巻三の巻頭を飾る「題知らず」の歌。『古今集』での夏という季節はこの歌から始まる。ほととぎすは五月になるのを待って鳴くと捉える『古今集』で、藤の花とほととぎすを一首の中に詠む歌は、この歌と一二〇番歌の二首のみである。ほととぎすは四月、五月にも鳴く鳥であるとする『万葉集』では、藤の花とほととぎすを組み合わせる歌は五首見られる（一五〇首余りの「ほととぎす」の歌が詠まれる『万葉集』において、藤の花と組み合わせる用例数が五首と少ないのは、藤の花の時期が短いためである）。

『万葉集』において、藤の花とほととぎすは深い結びつきがあるものとして詠まれる。例えば、

藤波の咲きゆく見れば時鳥《ほととぎす》

鳴くべき時に近づきにけり
（藤の花が咲くのを見ると、ほととぎすが鳴くのにふさわしい時に近づいているのだなあ。）（四〇四二）

には、咲きゆく藤の花を見て、ほととぎすが鳴くべき季節が近づいていることを知る発想が見られる。また、

藤波の茂りは過ぎぬあしひきの山時鳥などか来鳴《き》かぬ
（藤の花の盛りが過ぎてしまった。それなのにほととぎすはどうして来て鳴かないのか。）（四二一〇）

のように、藤の花盛りがすぎても時鳥が来て鳴かないことを嘆く歌からは、ほととぎすを藤の花の咲く時に来る愛すべき鳥として捉えていることが確認できる。『万葉集』に見られる藤の花とほととぎすの深い結びつき以外にも、この歌には『万葉集』と表現の重なりが見られる。下の句の「山ほととぎすいつか来鳴かむ」という表現は、『万葉集』の「朝霞たなびく野辺にあしひきの山ほととぎすいつか来鳴かむ」（一九四〇）という歌に一致する。『万葉集』のこの歌では、朝霞がたなびく野辺で、ほととぎすはいつ来て鳴くだろうか、と待ち遠しく思う気持ちが詠まれる。このように、この歌には「山ほととぎすいつか来鳴かむ」という気持ちと、「藤」と「ほととぎす」の結びつきを詠む点で『万葉集』の歌との共通点が見られる。しかし『古今集』では、「池の藤波咲きにけり」と「藤の花が咲いたなあ」という詠嘆による感動の表出を詠んだ直後に「山ほととぎすいつか来鳴かむ」とほととぎすの訪れを待ち望む気持ちを続けることで、ほととぎすは藤の花が咲けば来なくてはならないはずの鳥として捉えられている。藤とほととぎすの結びつきがさらに強くなっている点に、『万葉集』との相違が見られる。

池のほとりに咲いた藤の花を見て「池の藤波咲きにけり」と詠嘆の語を伴って表出した感動は、そのままほととぎすがやって来るはずの季節になった、という気付きの表れであった。晩春から初夏にかけて咲く藤の花と、五月になるのを待ってから鳴く夏鳥のほととぎすを待ち望む気持ちを同時に詠むことで、春から夏へと移り変わる季節のはざまを一首の中に表現しているのが、この歌の見どころである。まさに『古今集』において夏歌の巻頭を飾るにふさわしい歌である。

【備考】「よみ人知らず」の歌ではあるが、『古今集』ではこの歌の左側に、「この歌は、ある人が言うことには、柿本人麻呂の歌である」という注が添えられている。この注は左注と呼ばれ、作者や詠作事情や異文などの二次的・補足的な内容を記した、無視はしないけれども、本文としては採用しなかったことを述べるものである。柿本人麻呂の歌というのは伝承で、歴史的事実と認めることはできないが、『柿本集』にも出ており、『古今和歌六帖』（四二三六）にも作者を人麻呂としている。なお『新撰和歌』『柿本集』『古今和歌六帖』では、五句目は「いまやきなかむ（今来て鳴くだろうか）」とある。『和歌体十種』（平安時代中期歌学書）において、直体（感想などを交えず、比喩など特別な修辞法を用いずに詠んだ歌）の例の一つにこの歌も挙げられている。

『古今集』に見られる、藤の花とほととぎすの二つを詠み込んだもう一首、凡河内《おおしこうちの》躬恒《みつね》の「わが宿の池の藤波咲しより山ほととぎす待たぬ日ぞなき」（一二〇）は、当該歌を本歌とした最初の例である。

【参考文献】窪田空穂『古今和歌集評釈』上巻（新訂版、東京堂出版、一九六〇年）。

（藤原美佳）

○三○

さつき　マつ
さつき待つ

よみビトシらず
よみ人知らず

さつき　マつ
さつき待つ

ハナタチバナの　カを　かげば。
花橘の　香をかげば

ムカシの　ヒトの
昔の人の

ソデの　カぞする
袖の香ぞする

【出典】『古今和歌集』夏・一三九

【現代語訳】五月になるのを待っている橘の花の香りをかぐと、まさに(橘の花に香りを移した)昔の人の袖の香りがする。

【語釈】＊さつき…さつきは陰暦五月の名称。＊花橘…花の咲いている橘。橘の花。橘の花は香りが高い。端午の節句では、菖蒲草《あやめぐさ》とともに、冠や髪、薬玉《くすだま》を飾るのに用いられた。＊かげば…かぐと＊昔の人…昔、世にあった人。いにしえの人。＊袖の香ぞする…「袖の香」は橘の花に香りを移した人の袖の香り。「ぞ」は強意を表す係助詞。

【解説】『古今集』では「題知らず」として、夏歌の五首目に置かれている。香りを詠んだ歌として広く知られている一首であるが、具体的に解釈しようとすると、「さつき待つ」とはどういうことか、「花橘の香」と「袖の香」はどう関係するのか、「昔の人」とはどのような人のことか、と不明瞭なことが多く、いろいろと難しい歌である。

現在広く流布している諸注釈は、軒並み「さつき待つ花橘」を「五月になるのを待って咲く橘の花」、「昔の人」を「昔親しく付き合った人」つまり元恋人だとする。花の香りをかぐためには、花は咲いた状態であるのがふさわしいために、通行の解釈はあえて「咲く」という語を追加し、花橘の香りが元恋人の袖の香りを思い出させる、とする。それに対し、「さつき待つ花橘」は「五月の節句を待つ橘の花」、「昔の人」は「誰ともしられぬ古人」の意味で理解する説が提示されている。「さつき待つ花橘」という表現を素直に解釈すれば、「五月になるのを待っている橘の花」となる。「五月の節句を待つ」という説ならば、五月になるのを待つ理由がより具体的に解釈できる。また、「昔の人」を「昔親しく付き合った人」とする解釈は、『伊勢物語』六十段の影響によるもので、この歌単体の解釈としては、「昔の人」は「誰ともしられぬ古人」の意味で理解するのが妥当だと思われる。

このような判断から、「さつき待つ」は「五月の節句を待つ」、「昔の人」は「誰ともしられぬ古人」とする説に沿って解説を進めることにする。

五月の節句（端午の節句）は中国から伝来した習俗で、五月五日に薬玉をひじにかけると、邪気をはらい、悪疫を除き、寿命をのばす効果があるとされていた。日本では菖蒲とよもぎの葉などを編んで玉のように丸くして薬玉を作り、これに五色の糸を垂らし、花を挿して飾りとした。橘の花もあやめ草（菖蒲）とともに、端午の節句に冠や髪、薬玉を飾るものとして用いられ、『万葉集』にも、「…ほととぎす　鳴く五月には　あやめぐさ　花橘を　玉に貫《ぬ》き　かづらにせむと…」（四二三）と詠まれている（かづらは髪飾りのこと）。また、『新撰万葉集』には、「五月《さつき》待つ野辺《のべ》のほとりの菖蒲草《あやめぐさ》」（五五）とあり、五月の節句に使うあやめ草に対して、「五月待つ」の語を冠していることから、この歌の「さつき待つ花橘」についても同様に、端午の節句に用いられる日を待っている橘の花と解釈できる。

「花橘の香」と「袖の香」の関係について、『万葉集』で袖が花とともに詠まれる場合、花が袖に触れたり、袖に花をしごき入れたりすることで、その香りや色が袖に染みつくと詠まれる。『古今集』でも同様に、「折りつれば袖こそにほへ梅の花」（三二）、と梅の花を手折ったために花の香りが人の袖に染み付いたことが詠まれる。また反対に、人の袖が花の香りに移ったと詠む、

色よりも香こそあはれと思
ほゆれ誰が袖触れし宿の梅
ぞも

（色よりも香りこそがすばらしいと思われる。いったい誰の袖が触れて、その袖の香りを移していった宿の梅なのだろう。）（三三）

という歌もある。これは香（薫物）の文化の発達を背景として生まれた発想で、『万葉集』には見られなかったものである。人の袖の香りが花に移るというのは非現実的であるが、歌に詠まれる「花」と「袖」は、花の香りが袖に染み付いた、あるいは袖の香りが花に染み付いた、と互いに強く関係する。橘の花の香りをかいで「昔の人の袖の香ぞする」と詠むこの歌も、和歌表現史を踏まえれば、「昔の人の袖」が橘の花に触れて香りを移したのだ、と理解できる。

橘の花に香りを移した「昔の人」は、わざわざ自らの袖の香りを移すために橘の花に触れたわけではない。この「昔の人」とは、端午の節句の飾りにするために橘の花を摘み、それに袖を触れる人として、あるいは花橘を飾った薬玉を持つ人として思い描かれる、名も知らないいにしえの人のことである。花橘や菖蒲草などを冠や髪、薬玉に飾ることは、古くから端午の日の恒例として繰り返されてきた。端午の節句を待つ橘の花の香りをかぎ、「昔の人の袖」が移した香りだと詠むこの歌は、昔から今へと続く端午の節句は、現在の自分だけでなくいにしえの人も行ってきたのだ、と遠い昔を思いやる歌なのである。

【備考】　この歌は『伊勢物語』六十段にも見られ、心変わりをした元の妻に対して詠みかける歌として利用されている。『伊勢物語』六十段は次のような話である。

夫が宮廷勤めに忙しく、自分を顧みてもらえなかった妻が、誠実に愛そうという人に誘われ、夫のもとを去って地方に行った。宇佐神宮への勅使として下ることになった男は、元妻が道の途中の自分を接待する役の地方官人の妻になっていると聞き、強引に要求して宴席に呼び出し、酒の肴に出されていた橘の実を手に取って、「さつき待つ」の歌を詠みかける。橘の香をかぐと昔親しんだ人の袖の香りがなつかしくかおってくる、というその歌のことばに、その人物が元夫であることを思い出した元妻は、尼になって山寺に入り、人々の前から姿を消した。

この六十段はこの歌を利用し、橘に寄せて「昔の人（元妻）の袖の香ぞする」と言うために作られた物語である。それゆえに、場面設定に合うよう、本来は橘の花の香りを詠んだ歌であるのを、橘の実を手に取って詠んだ歌としている。本来は「誰ともしられぬ古人」であった「昔の人」を、昔は自分の妻であったことを喩えた表現へと変えた『伊勢物語』六十段の影響は大きく、『源氏物語』でこの歌が引用される場合にも、『伊勢物語』六十段同様、花橘あるいは橘が「昔の人」を思い出させるものとして詠まれている。同じ「さつき待つ」という歌であっても、『古今集』のように和歌の表現史の中で捉えるか、『伊勢物語』六十段の影響と捉えるか、その出典の違いによって歌の味わい方が分かれるところである。

【参考文献】大谷雅夫「昔の人の袖の香ぞする」（岩波書店編『文学』第五巻五号、二〇〇四年九月）。

（藤原美佳）

○三二

ナツのヨは
夏の夜は

キヨハラノ　フカヤブ
清原深養父

ナツのヨは
夏の夜は

まだ　ヨイながら。
まだ宵ながら

アけぬるを
明けぬるを

クモの　いずこに
雲のいづこに

ツキ　ヤドるらん
月宿るらむ

【出典】『古今和歌集』夏・一六六

【現代語訳】夏の夜はまだ宵のままで明けてしまったが、雲のどこに月は今ごろ、宿っているのだろう。

【作者】清原深養父（平安時代前期の人）　生没年未詳。『古今集目録』によると、豊《ぶ》前介《ぜんのすけ》房則の子。延喜八年（九〇八）に内匠大允《たくみのだいじょう》、延長元年（九二三）に内蔵大允《くらのだいじょう》に任ぜられる。同八年に朱雀帝即位の叙位に諸司二十年勤務の労により従五位下となる。当時の主要な歌合に紀貫之・紀友則・凡河内躬恒《おおしこうちのみつね》ら『古今集』撰者たちと共に名が見え、古今的歌風を形成した当時の有力歌人の一人である。『古今集』に十七首入集。

二番目の勅撰和歌集『後撰和歌集』の撰者の一人である清原元輔《きよはらのもとすけ》の祖父にあたり、その子である清少納言《せいしょうなごん》にとっては曾祖父にあたる（元輔の父、清少納言の祖父とする説も）。清少納言は、その随筆『枕草子』の中で、曾祖父の深養父、父の元輔といった名歌人を輩出した家に生まれた苦労を語っている。

【語釈】＊まだ…副詞で「宵ながら」を修飾している。＊ながら…条件を変えず、その状態のままであることを示す。＊明けぬるを…「ぬるを」の「ぬる」は完了の助動詞「ぬ」の連体形。「を」は接続助詞で、順接でも逆接でもとれるが、逆接でとる。＊宿る…泊まる。留まる。月を擬人化した表現。＊らむ…現在推量の助動詞で「今ごろ…ているだろう」の意。目に見えていない現在の事柄について、推量する意を表す。学習参考書などには、疑問詞「いづこ」を受けていることを理由に連体形と説明されることがあるが、係助詞「か」のない、疑問詞だけの疑問詞疑問文の結びは、疑問詞が「など」である場合を除いて、一般的に終止形という指摘に従い、終止形でとる。

【解説】「月のおもしろかりける夜、暁方によめる」（月が美しかった夜、暁のころに詠んだ歌）という詞書を持つ。平安時代には、夜から朝にかけての時間帯を表す語が今より細やかに存在した。同じ時間帯を異なる語で表すこともあるため、整理しがたいところもあるのだが、この歌に出てくる「宵」は、夕方から早朝にかけての時間帯を「ゆふべ→よひ→よなか→あかつき→つとめて」と分けた内の二番目の時間帯にあたり、夜になってから夜中に至る前までの時間である。詞書にある「暁」は、先の区分でいうと四番目の時間帯で、およそ夜から夜明けにかけての時間をいう。細かな時間でいえば、「宵」は午後七時から午後十一時、「暁」は午前三時から午前五時頃を指すという説がある（時間が決められている場合は、季節によって空の明るさは異なることになる）。夜中を飛ばして、この宵に夜が「明く」（明ける）ということは、随分早く夜が終わってしまったことを表す。夏の夜の短さが誇張されて表現されている。

夏の夜は、今も昔も短いものだが、通い婚の時代では、その短さは男女の逢瀬の時間にも影響してくる。宵は男性が恋人の女性のもとを訪れる時間、暁は男性が女性のもとから去る時間つまり後朝《きぬぎぬ》の別れの時間である。夏の暁方は、満ち足りない逢瀬と、恋愛の切なさを際立たせる。この歌の詠まれた背景に恋愛を絡める必要はないのだが、そのような情緒を感じさせる時間帯に設定されている。

当該歌が夏のどの時期に詠まれたかは不明であるが、季節の移り変わりの順に並べられた『古今集』の配列からいうと、夏部の終わりに置かれていることから六月頃（新暦の七月から八月）であろうか。梅雨は既に明け、空は晴れている。月の形状は、「おもしろかりける」（古語「おもしろし」は、景色などが美しく趣がある様に用いる）と、いっていることから満月であったのではないか。この時期の満月は、令和五年では八月二日（旧暦六月十六日）であるので、この日を参考に、日の出と月の入りの時間の関係を考えてみる。国立天文台ホームページの「暦計算室」で「各地のこよみ」から「京都（京都府）」の令和五年八月二日の日の出と月の入りを調べてみると、日の出は五時七分、月の入りは五時三分である。日の出と月の入りの時間が拮抗している。夜が明け、空が明るくなった時分には月は西に沈んでしまう。この歌では、まだ宵のうちと思うほど夜が短すぎたゆえに、沈むいとまもなかったのではないかという発想に至っている。そこで「雲のいづこに」と、見えなくなった月の行方に思いを巡らしているのだろう。

月は秋の景物として詠まれることが多く、夏の月が詠まれた歌は珍しい。『古今集』夏部は、ほととぎすの歌ばかりが並ぶ巻である。その中で、最後の四首は、蓮の露、夏の月、常夏（撫子）、六月晦日（当時の夏は四月、五月、六月のため、夏の最終日）を詠んだ歌が並び、異彩を放っている。この歌は、その一首のみの、夏の月の歌に該当する。夏の月の歌を他に探せば、五月雨の雨間をぬって照る月が「庭の面《おも》はまだかわかぬに夕立の空さりげなく澄める月かな」（『新古今集』夏・二六七・源頼政）のように清涼感をもたらす存在として詠まれている例が見付かる。当該歌の時期は、梅雨は既に明けていると思われるが、暑い季節に照る月は、清涼な輝きを感じさせる存在であっただろう。

【備考】古語「明く」を日付が変わる意とする説がある。その場合、この歌では、まだ宵だと思っていたのに日付が変わってしまった（午前三時が日付変更時）ということになる。今回は空の様子が重要だと考えたため、「夜が明ける」の意でとった。

【参考文献】小林賢章『平安人の時間表現「暁」の謎を解く』（角川学芸出版、二〇一三年）、国立天文台HP「暦計算室」内「京都（京都府）」https://eco.mtk.nao.ac.jp/koyomi/dni/2023/dni27.html 二〇二四年一月八日閲覧。

（吉井　祥）

○三二

アキ　キぬと
秋来ぬと

フジワラノ・トシユキ
藤原敏行

アキ　キぬと
秋来ぬと

メには　さやかに
目にはさやかに

ミえねども
見えねども

カゼの　オトにぞ
風の音にぞ

おどろかれぬる
おどろかれぬる

【出典】『古今和歌集』秋上・一六九

【現代語訳】秋が来たと目にははっきりと見えないけれど、風の音にそれと気付かされたことだ。

【作者】藤原敏行（平安前期歌人）　生没年未詳。陸奥出羽按察使《あぜち》富士麻呂の子。母は刑部《ぎょうぶ》卿紀名虎の娘。貞観八年（八六六）少内記、のち、図書頭《ずしょのかみ》等を経て、寛平七年（八九五）蔵人頭《くろうどのとう》兼春宮亮《とうぐうのすけ》、九年近江権守《ごんのかみ》。従四位上右兵衛督《うひょうえのかみ》に至る。三十六歌仙の一人。『古今集』に十九首入集。能筆家としても知られる。

在原業平の家にいる女と恋人関係にあったようで、『古今集』や『伊勢物語』には、業平が女の代作をし、敏行と遣り取りをした歌が残っている。敏行が「つれづれのながめにまさる涙河《なみだがわ》袖《そで》のみひちてあふよしもなし」と贈り、業平が女に代わって「あさみこそ袖はひつらめ涙河身さへながると聞かば頼まむ」と返す。あなたを想う涙で袖ばかりが濡れると言う敏行に、女の側は袖が濡れる程度ならば気持ちが浅い、涙の河があふれ全身が川に流されたと聞いたらあなたのことを信じようと言う。男から贈られた恋歌には、このように相手に反発し、切り返すのが女歌の典型であった。また、別の日、敏行が雨を理由として女のもとに訪問できないと言ってきたことがあり、業平が女に代わって「かずかずに思ひ思はず問ひがたみ身を知る雨はふりぞまされる」と詠んだ。「身を知る雨」は、我が身の程を思い知らせる雨ということ。私への愛情は雨が降ったくらいで会うことを控える程度なのですねと嘆いてみせている。これらは、平安時代の恋歌の中でも名歌で、その後の和歌や物語に影響を与えた。

【語釈】＊秋来ぬと…秋が来たと。「ぬ」は完了の助動詞。変化が発生したことを表す。＊目には…「は」は、他と区別、対比を表す係助詞。ここでは、「耳」を念頭におき、「目の方では」ということ。＊さやかに…はっきりと。＊おどろかれぬる…はっと気付かされる。動詞「おどろく」は、現代語と意味が異なり、「はっと気がつく」の意。「れ」は自発の助動詞「る」の連用形、「ぬる」は完了の助動詞「ぬ」の連体形。自然とそう気付かされ、今もそう思っている感覚を示している。

【解説】『古今集』では、秋部の巻頭に置かれている。詞書には、「秋立つ日よめる」とあり、立秋の日を詠んだ歌である。平安時代には、一月から三月を春、四月から六月までを夏、七月から九月までを秋、十月から十二月までを冬とする、暦月による季節感の他に、二十四節気によって表される節月による季節感があった。「秋立つ日」とは立秋の日であり、節月においてはこの日から秋になる。だが、暦の上で秋になったからといって、いきなり周囲も秋らしくなるわけではない。気温はまだ夏を感じさせる暑さであり、周囲の景物も、秋の野花が咲いたり、木々が紅葉したりはしていない。周りは秋らしくはないが、風の音に思わず秋を感じる。その感動を詠っている。

　『古今集』春部の巻頭歌が、十二月のうちに立春の日が来た事象について、「年のうちに春は来にけり一年《ひととせ》を去年《こぞ》とや言はむ今年とや言はむ」と、暦の上での春の到来を詠う観念的な歌であるのに対し、秋部の巻頭部であるこの歌は、風の音によって実感的に秋の到来を自覚するというもので、春と秋が対照的な詠い方で始まっている。

　当時、立秋の日には秋風が吹くという通念があった。「秋風の吹きにし日よりいつしかとわが待ち恋ひし君ぞ来ませる」(万葉集・巻第八・一五二三)では、秋風が吹いた立秋の日から七月七日の彦星の来訪を待ち続けた織姫の立場に立って詠んでいる(旧暦では、七夕は秋)。この伝統を『古今集』も受け継いでいる。当該歌の次の歌でも「川風のすずしくもあるかうち寄する波とともにや秋は立つらむ」(古今集・秋上・一七〇・紀貫之)と詠われ、川風が涼しいことの理由を、波と一緒に秋が立つ(立秋の日になった)からだと推量している。続く勅撰和歌集の秋部の冒頭もまた、秋の風を詠う歌が置かれている。『後撰集』では「にはかにも風のすずしくなりぬるか秋立つ日とはむべもいひけり」(秋上・二一七・よみ人しらず)、『拾遺集』では「夏衣まだひとへなるうたた寝に心して吹け秋の初風」(秋・一三七・安法《あんぽう》法師)、『後拾遺集』では「うちつけに袂《たもと》すずしくおぼゆるは衣に秋はきたるなりけり」(秋上・二三五・よみ人しらず)が秋部の巻頭歌である。これらの歌が詠うのが、秋風の〈涼しさ〉であるのに対し、当該歌においては、風の〈音〉に秋を感じた点に注目したい。風の音で秋を感じている歌に「もみぢせぬ常盤の山は吹く風の音にや秋を聞きわたるらん」(古今集・秋下・二五一・紀淑望《よしもち》)がある。ここでは、紅葉していない常緑の山では秋を感じるのは風の音であると詠っている。視覚ではなく聴覚で秋を捉える発想が、当該歌と共通している。『古今集』秋部の景物で、もちろん最も多いのは紅葉であるが、虫や雁、鹿の鳴き声もよく詠われている。これらは、音に着目されている。景物として最も多い紅葉は視覚でその美しさを捉えるものであるが、他の景物で音にも着目し、聴覚からも秋を感じようとする感性を『古今集』は大事にしているようである。この「風」は、この後の「昨日こそ早苗とりしかいつのまに稲葉そよぎて秋風の吹く」(古今集・秋上・一七二・よみ人しらず)に見るように、激しく吹く風ではないだろう。繊細な初秋の風の音を王朝人らしい鋭敏な感覚で捉え、秋の到来を知ったのである。

　この歌は古来、名歌として位置付けられていたようで、藤原敏行の私家集である『敏行集』の他、多くの歌集や秀歌撰に採られてきた。『古今集』以前の『新撰万葉集』『寛平御時后宮歌合』、紀貫之が『古今集』から秀歌を撰んだ『新撰和歌』、平安中期の私撰集である『古今和歌六帖』、藤原公任による『和漢朗詠集』『三十人撰』『三十六人撰』、藤原俊成による『俊成三十六人合』、藤原定家による『定家八代抄』、後鳥羽院による『時代不同歌合』など、多くの作品に撰ばれている。立秋を題に歌が詠まれる際にも、当該歌をもととして詠まれることが多かった。平安時代の歌学書である『和歌体十種』や『和歌十体』に「直体」の例として掲出されていることから、素直な気持ちを素直に表現した歌として考えられていたようである。

【参考文献】田中新一『平安朝文学に見る二元的四季観』(風間書房、一九九〇年)、小町谷照彦「古今和歌集評釈・百十四　名篇の新しい評釈　秋来ぬと目にはさやかに見えねども」(『國文學　解釈と教材の研究』第三十七巻八号、一九九二年七月)。

（吉井　祥）

○三三　月見《ツキミ》れば

オオエノ・チサト
大江千里

月《ツキ》見《ミ》れば
ちぢに物《モノ》こそ
かなしけれ
わが身《ミ》ひとつの
秋《アキ》にはあらねど

【出典】『古今和歌集』秋上・一九三

【現代語訳】月を見ると、あれこれと物事が悲しく思われる。私一人の秋ではないけれど。

【作者】大江千里(平安時代前期の人)　生没年未詳。学問の家である大江家に生まれる。父である大江音人《おとんど》は、阿保《あぼ》親王の落胤と考えられ、在原行《ゆき》平《ひら》・業平《なりひら》は叔父にあたる。弟に大江千古《ちふる》がいる。学生から元慶七年に備中大掾《だいじょう》となり、寛平九年(八九七)散位従六位、延喜元年に中務少丞《なかつかさしょうじょう》、翌年には兵部《ひょうぶ》少丞、三年には兵部大丞となる。弟の千古や、甥の維時《これとき》、朝綱《あさつな》に比べ、漢才《からざえ》(中国の学問に通じ、漢詩文をつくる才能)についての評価が低く、官位も劣っている。官位については『古今集』に「葦《あし》鶴《たず》の一人おくれて鳴く声は雲の上まで聞こえつかなむ」(巻十八・雑歌下・九九八)と不遇を訴える和歌が残っている。一方で、和歌に優れ、『是貞《これさだ》親王家歌合《みこのいえのうたあわせ》』や『寛平御時后宮歌合《かんぴょうのおおんときのきさいのみやのうたあわせ》』に出詠し、『古今集』にも十首入集されるなど、評価が高かった。当時、第一級の文芸は漢詩文であり、和歌は下位にあたる副次的な存在であったため、千里としては不本意であったかもしれない。

【語釈】＊月見れば…月を見ると。＊ちぢに…形容動詞「ちぢなり」の連用形。「千々」と書くことが多いが、「ち(千)」の繰り返しではなく、「ぢ」は「一つ」の「つ」などと同じ数を数える時に付く数助詞「ち(箇)」が濁音になったもの。数多く様々であること。＊ものこそかなしけれ…「ものかなし」(「もの」は接頭辞)の中に「こそ」が挿入されたものとも、「もの」を名詞にとって「物事が悲しい」の意味とも考えられる。係助詞「こそ」の結びで已然形になっている。＊秋にはあらねど…秋ではないのだけれど。

【解説】この歌は、『白氏文集』巻十五・燕子楼《えんしろう》三首の

燕子楼中霜月夜
秋来只為一人長
(燕子楼《えんしろう》中霜月《ちゅうそうげつ》の夜《よる》　秋来《しゅうらい》只《た》だ一人《ひとり》の為《ため》に長《なが》し)

(燕子楼のなか、霜降る月の夜。秋になって、この独り身に夜はひたすら長く

感じる。）を踏まえたものと指摘されている。ただし、もともとの漢詩にある秋の夜長の孤閨《こけい》を嘆く心情よりも、秋の月に触発され感ずる悲哀に焦点が置かれている。

秋はだんだんと寒さが増してくるため、寂しさを感じる季節でもあるが、現代においては実りの秋、スポーツの秋、芸術の秋と、多様な顔を持つ。しかし、平安和歌においては、秋は悲しい、もの思いの季節として詠われることが多かった。

我がために来る秋にしもあらなくに虫の音聞けばまづぞ悲しき（古今集・秋上・一八六）

奥山に紅葉踏みわけ鳴く鹿の声きくときぞ秋は悲しき（古今集・秋上・二一五）

木の間よりもりくる月の影見れば心づくしの秋は来にけり（古今集・秋上・一八四）

などに見るように、秋を悲哀の季節とする感性は、平安和歌全体に共有されていた。

この秋を悲しい季節とする発想は、漢詩からもたらされたものである。悲しみの秋は、中国詩でよく詠まれるものであったが、平安時代より前の『万葉集』の時代においては、和歌のみならず、漢詩においてもそれほど明確には表現されてはいなかった。それが、平安初期、九世紀前半の嵯峨《さが》・淳和《じゅんな》天皇の御代に変化が訪れる。この時代は、唐風謳歌《とうふうおうか》時代とも呼ばれ、中国の文化や思想が積極的に摂取された時代であった。漢詩を積極的に詠む嵯峨天皇を中心とした男性官人たちの文化圏において、悲秋もまた受容され、秋を悲しむ漢詩が多く創り出される。そして、その後の和歌もまた、漢詩の影響を受け、秋を悲しいものとして詠むようになった。

当該歌の特色として、上の句と下の句で「ちぢ（千）」と「ひとつ（一）」の数量の対比がなされている点が挙げられる。この「月見ればちぢに」と「わが身ひとつ」の言葉の緊密な響き合いは、もともとの詩の句にはないものである。特に「ひとり」ではなく「ひとつ」としたことによって「ちぢ」との関係が密接なものとなる。というのは「ひとつ」としたことで、わが身が「もの」として客体化された形となり、月を見るわが身は一つしかないが月を見て感じる悲しみは際限なくわき起こるのだと、風景と心情が複雑にからみあった世界を創り出しているからだ。

『古今集』の詞書には「是貞《これさだの》親王《みこ》の家の歌合によめる」とあり、宇多天皇の兄である是貞親王家の歌合に出された歌である。実質的には和歌好きの宇多天皇が主催者と考えられる。この歌合では、「秋」を題として歌が詠まれ、『古今集』にも多く採られている。歌合での勝敗は伝わっていないが、この歌は平安中期の私撰集（私的に編纂された歌集）である『古今和歌六帖』にも採られ、人々に親しまれた。『西行上人談抄』や、藤原俊成の『古来風体抄《こらいふうていしょう》』、藤原定家の『近代秀歌』『詠歌大概《えいがたいがい》』にも、『古今集』の秀歌の一つとして挙げられている。

【備考】大江千里の私家集（個人の歌集）『千里集』は、別名『句題和歌《くだいわか》』という。これは、当時の私家集によくあるような歌人の日常の歌を集めたものではない。千里自身による序文によれば、「宇多天皇から、昔から現代までの和歌を献じるよう勅命を受け、漢詩の名句を探し、それを題にして和歌を新たに詠んだ」とある。白居易などの漢詩の詩句と、それを題として詠まれた和歌が併記された歌集である。その中に、次の歌がある。

不明不暗朧々月

照りもせず曇りも果てぬ春の夜の朧月夜にしくものぞなき

白居易の漢詩の「不明不暗朧々月」の句をもとにつくられた和歌である。『新古今集』に所収され、本書にも入っているため、詳しくはそちらを御覧いただきたい（〇四一参照）。

『千里集』の序文で自分は儒者の家の出だから和歌に明るくないとひたすら恐縮していた千里だが、「月見れば…」「照りもせず…」の歌のように、魅力的な和歌を残している。

【参考文献】鈴木日出男「悲秋の詩歌―万葉と古今の間―」（『上代文学』第四十号、一九七八年四月）、平野由紀子・千里集輪読会『千里集全釈　私家集全釈叢書』（風間書房、二〇〇七年）。

（吉井　祥）

○三四

オクヤマに
奥山に　よみ人知《ビトシ》らず

奥山《オクヤマ》に
もみぢ《もみじ》ふみわけ
鳴《ナ》く鹿《シカ》の
声《コエ》聞《キ》く時《トキ》ぞ
秋《アキ》は悲《カナ》しき

【出典】『古今和歌集』秋上・二一五

【現代語訳】人里離れた山の奥深いところで(散り積もった)もみじを踏み分けて鳴いている鹿の声を聞く時こそ、秋は悲しく感じられる。

【語釈】＊奥山…人里離れた奥深い山。山の奥深いところ。＊もみぢ…秋が深まって散るもみじではなく、秋の中頃に一枚ずつ散り積もるもみじのこと。一般のもみじの落葉。＊ふみわけ…踏んで分け開き、道をつくって進むこと。＊鳴く鹿の声…雌鹿を求めて鳴く雄鹿の鳴き声。秋に鳴く。＊聞く時ぞ秋は悲しき…聞く時こそ秋はかなしい。「ぞ」は強意の係助詞。秋という季節が持つもの悲しさを一層強調している。

【解説】『百人一首』の猿丸大夫の歌として広く知られる、秋の悲しみを詠んだ歌である。この歌は『新撰万葉集』(菅原道真撰の私撰詩歌集で原型は八九三年成立。是貞親王家歌合と寛平《かんぴょうの》御時《おおんときの》后宮《きさいのみやの》歌合《うたあわせ》の歌を主とした歌合の歌を万葉仮名で抄録し、歌ごとに七言絶句の漢訳詩を加える)では次のようにある。

奥山《おくやま》丹《に》　黄葉《もみじ》踏別《ふみわけ》　鳴麋《なくしか》
之《の》　音聆時《こえきくとき》曾《ぞ》　秋者《あきは》金敷《かなしき》
(一一三)

秋山寂々トシテ葉零々タリ　麋鹿ノ鳴クノ音数処ニ聆ユ　勝地尋ネ来ル遊宴セシ処　無クレ朋　無レクシテ酒モ　意猶ホ冷ジ(一一四)

(秋山《しゅうざん》寂々《せきせき》として葉零々《はれいれい》たり　麋鹿《びろく》の鳴《な》く音数処《こえすうしょ》に聆《き》こゆ　勝地《しょうち》尋《たず》ね来《きた》る遊宴《ゆうえん》せし処《ところ》　朋《とも》無《な》く酒《さけ》も無《な》くして意《こころ》猶《な》お冷《すさま》じ)

(秋の山は人の声も無く静かで、もみじした草木の葉が降り落ちる。鹿やおおじかの鳴く声があちらこちらに聞こえる。景色の良い所を尋ねて来たが、ここはかつて遊宴した場所。今は、以前にはいた友人も無く、以前にはあった酒も無くて心は冷ややかに寂しい。)

『新撰万葉集』で、歌の「もみぢ」に「黄葉」の字が当てられていること、また漢訳詩の主語が人となっていることから、古来よりこの歌の「もみぢ」は萩の黄葉か一般の紅葉か、「ふみわけ」るのは人か鹿か、この二点に議論が見られる。萩と鹿の組み合わせは強く、『古今集』ではこの歌に続く二一六・二一七・二一八番歌で鹿と萩が組み合わせられている。また、季節の移り変りに従って歌が並べられている『古今集』で、この歌は秋の中頃の歌に配列されるが、落葉は秋が暮れてから散るものとして晩秋に置かれるものが多い。これらが「もみぢ」を萩の黄葉と理解する根拠である。しかし、『新撰万葉集』における「もみぢ」の表記はすべて「黄葉」であること、また『古今集』でこの歌よりも前に「もみぢ葉の散りてつもれるわが宿に誰を松虫ここら鳴くらむ」(二〇三)と、一枚ずつ散り積もったもみじが詠まれていることから、この歌の「もみぢ」を萩の黄葉とする必要のないことも提示されている。諸注釈においても両説決しがたい(どちらかというと萩の黄葉が優勢という)状況ではあるが、鹿と組み合わされる場合の萩は花であるため(萩の花を鹿の妻に見立てて「鹿の花妻」という表現もあるほどである)、「ふみわけ」る「もみぢ」を敢えて萩と限定する必要はないと判断し、ここでは一般のもみじの落葉を詠んでいると解釈した。

また、『新撰万葉集』の七言絶句に対して、「五・七・五・七・七の三十一字の歌は、一般に二句の詩によってほぼ歌意を表現し得る。しかし一首の詩は少なくとも四句の結合なくしては成立しない。そのため、歌意を多少それてはいても新しく二句の詩句を加え、全体として四句一首の詩として成立させねばならない。(中略)歌意を満たす以外の詩句には、詩人の空想の世界がある。そこには作者の遊び〈あや〉の世界が存在する」という指摘(小島憲之『古今集以前―詩と歌との交流―』「第三章白詩圏の文学」二二三頁)がある。鹿が奥山にいて、その声を聞く人が山に入っていても一向に差し支えはないが、漢訳詩の主語が人であることを根拠に、「ふみわけ」の主語を人と決定する必要はない。この歌を上から素直に読めば、主語は鹿である。もし人を主語とした場合は、続く「鳴く」との間で主語が転換して不自然である。よって上の句は、秋の中頃の奥山で一枚ずつ散り積もった紅葉を踏み分けて進む鹿が鳴いている情景を詠んだものと理解できる。「奥山に」と「鹿」を組み合わせた『万葉集』の「奥山に住むといふ鹿の夕去《よいさ》らず妻問ふ萩の散らまく惜しも(奥山に住む鹿が夕方になるといつも自分の妻として尋ねる萩の花が散ってしまうのは残念だ」(二〇九八)という歌や、「夕されば小倉の山に鳴く鹿は今夜《こよい》は鳴かず寝《い》ねにけらしも」(一五一一)とあることから、この歌も夕暮れの時間帯での鳴き声と想定できる。

秋を悲しむという発想は、漢詩の「悲秋」に題材を得た表現で、『万葉集』に「悲秋」を詠んだ歌は見られない。『万葉集』に詠まれる秋は、賞美すべき、いとおしむべきもので、発想としては逝く秋を惜しむというものである。中国文学における秋は、悲傷、断腸の、無限の寂寥感に満ちた心身ともに苦しむべき季節で、「悲秋」は、人生的な凋落、衰亡、直進して回帰することのない時の流れを意識した思想性の濃い題材であった。漢語の「悲秋」は、潘岳《はんがく》「秋興の賦」(文選巻十三)や夏侯淵《かこうえん》「秋は哀しむべしの賦」(芸文類聚・秋)の受容によって、後に『古今集』に収められるような歌の素材となっていったという。秋の悲しみを詠むこの歌は、和歌において「悲秋」を詠んだ初期の代表といえよう。

【備考】『百人一首』には作者「猿丸大夫」として採られているが、『古今集』では「是貞親王家の歌合の歌　よみ人知らず」とあり、猿丸大夫の作とは書かれていない。『百人一首』で作者が猿丸大夫とされるのは、この歌が『猿丸集』に見えることと、藤原公任(平安中期の歌人)が『三十六人撰』(ここで取り上げられた歌人が三十六歌仙と呼ばれる)に猿丸大夫を歌人として取りあげ、その作三首中にこの歌が入っていることに由来する。

なお、猿丸大夫は伝承不詳の人物である。『古今集』真名序の黒主項に「大友黒主の歌は、古の猿丸大夫の次なり」とその名が初めて見られる。勅撰集には一首もなく、『猿丸集』も一種の古歌集というべきもので、確実な詠歌は残っていない。

【参考文献】小島憲之『古今集以前―詩と歌との交流―』(塙選書、一九七六年)、新撰万葉集研究会編『新撰万葉集注釈』巻上(一)(和泉書院、二〇〇六年)、渡辺秀夫「立秋詩歌の周辺」(『平安朝文学と漢文世界』勉誠社、一九九一年)。

(藤原美佳)

〇三五

ちはやぶる

アリワラノ・ナリヒラ

在原業平

ちはやぶる
神世《カミヨ》もきかず　竜田川《タツタガワ》
からくれなゐ《からくれない》に
水《ミズ》くくるとは

【出典】『古今和歌集』秋下・二九四

【現代語訳】あの不思議なことが多かった神々の時代においても聞いたことがない。(流れてきた紅葉で)竜田川が深紅色に水を括《くく》り染めするとは。

【作者】在原業平(八二五〜八八〇)　平城《へいぜい》天皇の皇子阿《あ》保《ぼ》親王の五男で、別名「在五中《ざいご》将」「在中《ざい》将」とも呼ばれた。二条の后(清和《せいわ》天皇女御藤原高《たかい》子《こ》)や伊勢の斎宮(文徳《もんとく》天皇皇女恬子《やすこ》内親王)との密通を始め、さまざまな女性との恋を描いた『伊勢物語』の主人公「昔男」として、王朝のみやび男のイメージが形作られている人物である。

業平が生まれる以前の弘仁元年(八一〇)、平城上皇と嵯峨天皇との抗争事件(薬子《くすこ》の変)が起こった。それにより平城上皇は出家。阿保親王も連座して大宰権帥《だざいのごんのそち》として流されたが、天長元年(八二四)、平城上皇の死により許され、翌天長二年に帰京する。業平が生まれたのもこの年である。母は桓武天皇皇女の伊都《いと》(伊登)内親王。天長三年、兄の行平・守平らとともに籍降下し、在原姓を名乗ることになった。

『古今和歌集目録』によれば、二十一歳の承和十二年(八四五)に左近衛将監《さこんえのじょう》、承和十四年に蔵人、嘉祥二年(八四九)従五位下、と順調に昇進するも、これ以降の十三年間、官位の記録が見られない(文徳天皇の在位期間(八五〇〜八五八)と重なることが注目されている)。しかし、その後の昇進は順調で、貞観七年(八六五)の四十一歳の時に『伊勢物語』によく出てくる「右馬頭《うまのかみ》」になり、貞観十五年(八七三)従四位下、貞観十九年(八七七)の五十三歳の時に、「在五中将」「在中将」という通称のもとである右《う》近衛権中将《こんえのごんちゅうじょう》に転じ、従四位上となる。元慶三年(八七九)に、天皇の秘書官長として天皇と摂関・太政官との間の連絡にあたる要職の蔵人頭《くろうどのとう》に抜擢されるも、翌年の元慶四年五月二十八日に五十六歳で亡くなった。『三代実録』には、「業平は体貌閑麗《たいぼうかんれい》にして、放縦《ほうしょう》にして拘《こだわ》らず、ほぼ才学《さいがく》なく、善《よ》く倭歌《わか》を作《つく》る」(好色で、自分勝手にふるまいつつ、淫楽とも言うべき和歌にすぐれているために僭越不当な栄進を遂げた〈山本登朗による要約〉)と書かれる。きわめて批判的な人物評がされている背景には、業平が蔵人頭に抜擢されたこと、ひいては業平を重用した二条の后への批判があるようである。

業平の歌は『古今集』以下の勅撰集に八十二首入集している。和歌にすぐれたとされる業平であるが、『古今集』仮名序では、「在原業平は、その心余りて、言葉足らず。しぼめる花の、色なくて、匂ひ残れるがごとし」と批評される。業平の歌は、その感情があふれ過ぎていて、それを表現する言葉が不十分である、と指摘されるのである。確かに業平の歌は表現が不十分で、詞書なしに歌単体から業平が歌に込めようとした気持ちを解釈することに困難である。

【語釈】＊ちはやぶる…「神」にかかる枕詞＊神世もきかず…神世の昔にも聞いたことがない。ここで一度区切れる(二句切れ)。＊竜田川…奈良県の生駒山中に発し、生駒郡斑鳩町で大和川に注ぐ川。『古今集』以降、紅葉の名所として数多くの歌に詠まれる。＊からくれなゐ…舶来の紅の意で、深紅の色。＊くくる…括《くく》り染めにする。括り染めは、布を糸で縛って模様を染める方法で、絞り染めのこと。川を布に見立てる。

【解説】『百人一首』にも採られ、広く親しまれている歌である。『古今集』の詞書には、「二条の后の、東宮の御息所と申ける時に、御屏風に、竜田川に紅葉流れたるかたをかけりけるを題にてよめる」とある。「東宮の御息所」と呼ばれた時代の二条の后から出された、屏風の絵を歌に詠めという題に応えて詠まれたのがこの歌である。

この歌は、「ちはやぶる神世もきかず」という大げさな歌い出しと、竜田川が深紅色に水を括り染めにしているという不思議さを倒置法で強調するとともに、竜田川を擬人化するという大胆な見立てで読み手の意表をついてくる。屏風の画面というきわめて限定されている空間に描かれた絵に対して、神世との比較というスケールの大きな発想と壮大な倒置法がおもしろい歌であるが、業平が歌に込めたかった本当の気持ちは、詞書の内容を踏まえなければ読み解くことはできない。

この歌は、二条の后はまだ皇后になっていないが、皇太子(陽成天皇)の母であり、「春宮の御息所」と呼ばれていた時に、屏風の絵を歌に詠めという題に応えて詠まれている。皇太子の母という立場の人物からのお題に対して、業平が屏風の絵の情景を大胆な発想で捉えた歌を詠んだのは、その絵の美しさと、その屏風を作らせた「東宮の御息所」を賞賛するためである。神話に支えられて成り立っている皇室にとって、神々が国を支配していた「神世」というのは権威の源であった。上の句に「ちはやぶる神世もきかず」と、わざわざ神々が支配した時代のことを持ち出し、その「神世」にもなかった、竜田川が水を括り染めにするという不思議なことがいま目の前でおこっていると詠むことで、業平は、「東宮の御息所」の「神」にもまさるすばらしさをほめたたえるのである。

【備考】『伊勢物語』一〇六段にも同じ歌が見られるが、一〇六段ではこの歌を、実際に竜田川に出かけて、その現場で詠まれた歌に読み替え、その虚構の現場を「皇子たちの逍遥《しょうよう》し給ふところ」と設定している。「逍遥」という言葉は、心のままに仙界に遊ぶという意味を込めて用いられることが多い語である。天皇や皇族の行幸や遊覧の場を臣下が漢詩や和歌に詠む場合は、その場所があたかも俗世間と隔絶した清らかな世界であるかのように詠んでほめたたえることが多く、それはそのまま、その場所を選んだ天皇や皇族に対する賛辞ともなっていた。『伊勢物語』一〇六段では、皇族である「皇子たち」を敢えて遊宴の主催者として登場させ、「神世」にもなかった不思議な光景を見せる竜田川はまさに俗界から隔絶された仙境のようなところだ、とほめたたえた歌に仕立てているのである。

このように、業平の歌は、歌の表現だけ追っても、何を詠み込もうとしたのかを理解することはできない。『古今集』の詞書、あるいは『伊勢物語』の物語部分を含めた上で、その歌に詠み込もうとした業平の気持ちを解釈することが求められる。

【参考文献】山本登朗「在原業平と伊勢物語の始発」(山本登朗編『伊勢物語　虚構の成立(伊勢物語　成立と享受①)』竹林舎、二〇〇八年)、同「和歌の解釈と物語―伊勢物語の方法―」(『伊勢物語論　文体・主題・享受』笠間書院、二〇〇一年)。

(藤原美佳)

○三六　天の原《アマのハラ》

阿倍仲麻呂《アベノナカマロ》

天の原《アマのハラ》
ふりさけ見れば《ふりさけミれば》
春日なる《カスガなる》
三笠の山に《ミカサの　ヤマに》
出でし月かも《イでし　ツキかも》

【出典】『古今和歌集』羇旅《きりょ》・四〇六

【現代語訳】**広々とした大空をはるばると仰いで眺めていると、(そこに見える月は)かつて見た春日にある三笠山に出ていた月と同じなのだなあ。**

【作者】阿倍仲麻呂(六九八／七〇一～七七〇)　奈良時代の歌人・漢詩人。安倍とも記される。唐で朝仲満、朝衡《ちょうこう》、晁《ちょう》衡《こう》と名乗る。父は中務大輔《なかつかさたいふ》船《ふな》守《もり》で、中流貴族の家柄である。霊亀二年(七一六)に遣唐大使《たいし》多治比県守《たじひのあがたもり》とともに派遣される留学生に選ばれ(『古今集目録』にはこの時の年齢を十六歳と記載。この記載を根拠とすると、仲麻呂が生まれたのは七〇一年となる)、吉備《きび》真備《まきび》(六九五～七七五年)らとともに翌年に入唐する。遣唐使となり、唐に渡って身につけた学識によって立身出世を遂げた人物に、山上憶良(六六〇～七三三年ごろ)と吉備真備がいるが、仲麻呂のような中流貴族、またはそれ以下の貴族や地方豪族たちにとって、遣唐使となることはまたとない昇進の機会であったと思われる。仲麻呂は渡唐後に名を仲満と改め、大学に学び科挙に合格して玄宗に仕える。玄宗は唐の二代目皇帝太宗が行った理想的な政治と賞される「貞観《じょうがん》の治」を手本とし、政治に励み、学芸を奨励した。優れた詩を詠める人物は重用され、仲麻呂も優れた詩を詠み、その点が高く評価されて立身出世をしていく。日本人でありながら、唐で漢詩を評価されるという非常に優秀な人物で、左春坊司経局校書《さしゅんぼうしけいきょくこうしょ》、左拾遺《さしゅうい》、左補闕《さほけつ》、儀王《ぎおう》友《ゆう》などの諸官を歴任して玄宗に仕える。しかし一方で常に望郷の念は持ち続けており、天平五年(七三三)入唐した遣唐使とともに帰国しようとするも、唐の政府に許されなかった。その後、天平勝宝五年(七五三)に渡唐していた遣唐使藤原清河とともに帰国することを願い、ようやく許されたが、運悪く船が難破し安南(ベトナム)に漂着する。また折悪く安禄山の反乱が起こり、唐へと戻る助けを求めることが難しい状況の中、辛うじて再び唐に戻って玄宗皇帝に仕え、安禄山の乱後に左散《ささん》騎常侍《きじょうじ》、鎮南都護、安南節度使となる。こうして帰国の願いが叶わないまま、宝亀元年（七七〇）長安で没した（『古今集目録』にはこの時の年齢を七十三歳と記載。この記載を根拠とすると、仲麻呂が生まれたのは六九八年となる。仲麻呂の生年に二説見られるのは、『古今和歌集目録』の記載がもつ矛盾に由来する）。

仲麻呂の学識と文才は、吉備真備とともに唐土に聞こえ、唐の官人として活躍した唯一の日本人であった。没後に魯州《ろしゅう》大都督の官が贈られ、日本でも正二品《にほん》が贈られた。儲光義《ちょこうぎ》、趙庸《ちょうよう》、王維、包佶《ほうきつ》、李白らの中国文人とも交遊があり、それぞれ関係の詩が残っている。

【語釈】＊天の原…広々とした大空。空を「天にある原」に見立てた表現。＊ふりさけ見れば…空の広い空間をはるか遠くまで見ると。「ふり」は接頭語。「さけ」は「放け」で、遠くに離すこと。＊春日なる…春日にある。春日は奈良市東方の地、春日大社のある一帯。＊三笠の山…現在の三笠山。春日大社後方の山。遣唐使の出立に際し、三笠山山麓の春日神社において、行路の安全が祈願された。＊出でし月…「し」は過去を表す助動詞で、自分が過去において直接体験した出来事を回想して述べる場合に用いられる。かつて自身が奈良で見た三笠山の上に出る月のことを言う。＊かも…「…だなあ」「…ことよ」と感動や詠嘆を表す終助詞。平安時代には「かな」が多く、「かも」は古い響きがある。

【解説】この歌は『百人一首』にもあり、広く知られている歌である。『古今集』の詞書には、「もろこしにて月を見てよみける」と、唐土にて月を見て詠んだと簡素に記されるが、左注に詳しい説明があり、そこには

この歌は、昔、仲麻呂を唐土《もろこし》に物ならはしにつかはしたりけるに、あまたの年を経《へ》て、え帰りまうで来ざりけるを、この国より又使《つかい》まかり至りけるにたぐひて、まうで来《き》なむとて出《い》で立《た》ちけるに、明州《めいしゅう》といふ所の海辺《うみべ》にて、かの国の人、馬《うま》のはなむけしけり。夜になりて、月のいとおもしろくさし出でたりけるを見てよめるとなむ語り伝ふる

つまり、この歌は、昔仲麻呂を留学生として遣唐使とともに派遣したところ、長年帰ってくることができず、日本からの使者が一緒に帰って来ようというので、出発したところ、明州（今の浙江《せっこう》省寧波《にんぽう》）にて、唐の国の人が送別の宴をして、夜になり月がたいそう趣深く差し出てきたのを見て詠んだ歌と語り伝えられている、と書かれている。天平勝宝五年（七五三）に渡唐していた遣唐使藤原清河とともに帰国することを願い、ようやく許された折の歌であることが分かる。

通常この歌は出帆時に詠まれたと解されているが、残されている仲麻呂の漢詩二首、仲麻呂と親交があった盛唐の詩人の王維や李白らの漢詩を整理すると、もう少し詳しい詠作事情が推測できるようである。仲麻呂に関する漢詩を分類整理された新間一美論考には、玄宗が仲麻呂を加えた日本使を送るにあたって「秋月」の語を含む送別詩を作り、それを受けて仲麻呂は「天の原」の歌を詠んで中国人の友人に示し、さらにその漢訳を知っていた李白は、追悼の詩（李白は船の遭難を聞き、仲麻呂が死んだものと思い、追悼の詩を作った）に「明月」を詠み入れたという私見が示されている。傾聴に値する説である。

この歌の主眼は、異郷の地にあって月を眺めながら故郷の月を思う、という点にある。漢詩において、この発想は、都から遠く離れた国境を守る兵士を詠む詩や、前漢の後宮から匈奴との和親政策のため呼《こ》韓邪《かんや》単于《ぜんう》に嫁がせられた王昭《おうしょう》君《くん》を詠む詩に見られ、「関山の月」「漢月」「長安の月」の一語に集約されている。仲麻呂はそれらの発想を、「三笠の山に出でし月」と詠んだのである。この歌は仲麻呂が詠んだのではないという説があるが、漢詩の素養のある仲麻呂だからこそ詠めた歌なのである。

【備考】『土佐日記』の正月二十日条には初句を「青海原」としてこの歌を挙げ、漢詩に訳されて唐土で知られていると伝える。

【参考文献】上野誠『遣唐使阿倍仲麻呂の夢』（角川学芸出版、二〇一三年）、新間一美「阿倍仲麻呂の詩歌とその周辺—望郷の月—」（『平安朝文学と漢詩文』和泉書院、二〇〇三年）。

（藤原美佳）

○三七

色《イロ》見《ミ》えで

小野小町《オノノコマチ》

色《イロ》見《ミ》えで
うつろふ《うつろう》ものは　世《ヨ》の中《ナカ》の
人《ヒト》の心《ココロ》の
花《ハナ》にぞありける

【出典】『古今和歌集』恋五・七九七

【現代語訳】（実際の花であれば色あせていくことは見えるのに）色として見えずに色あせつづけていくものは、世の中の人の心という花でありましたよ。

【作者】前出（○二八参照）。

【語釈】＊色見えで…色に見えないで。「で」は「ずして」の意味で、「…ないで」と打消を表して下に続ける接続助詞。＊うつろふ…色あせつづける。「うつろ」は色あせるを意味する動詞、「ふ」は継続の意味を表す上代の助動詞。＊世の中…男女の間を指すが、恋に限らず世間一般の意味で理解した。＊人の心の花…人の心という花。＊にぞありける…であったのだなあ。「に」は断定の意味を表す助動詞、「ぞ」は強意の係助詞、「あり」は存在を表す動詞、「けり」は詠嘆を表す助動詞。

【解説】『古今集』の詞書は「題知らず」。本書○二八の「花の色はうつりにけりないたづらにわが身世にふるながめせしまに」（小野小町）にもあったように、「うつろふ」や「うつる」は、「花の色があせてゆく」「色が衰えてゆく」という意味で詠まれることが多いのに対して、「人の心」を「花」に見立て、「色に見えずに『うつろふ』ものもある。それは、この世の中の人の心という花である」と詠む歌である。

　小町の歌の新しさは、『古今集』で二首前に置かれている七九五番歌と対比するとよく分かる。七九五番歌は「〜は……にぞありける」という小町の歌と同じ形式で

　世の中の人の心は花染めのうつろひやすき色にぞありける（よみ人しらず）

と小町の歌とよく似た内容が見られる。この歌では「世の中の人の心」は「花染めのうつろいやすい色」だと詠む。『万葉集』における恋慕や親愛の情を詠んだ歌（相聞歌）の系譜では、恋心が顔色にあらわれることを「色に出づ」と表現し、具体的な花の色（染料になる花が多い）をあげて「…花の／色に出づ」と詠む。また露草（月草）の花で染めたものは色があせやすいことから「月草

の移ろふ心」などと色あせやすい染め色で人の心変わりをなぞらえる。七九五番歌はこの系列の表現として位置づけられる。一方、小町の歌は、「色見えでうつろふもの」は「世の中の人の心の花」であると詠む。「色に見えないで」という否定の表現を「色見えずして」ではなく「色見えで」と表現する。この「で」の用法は『万葉集』には見られない。『古今集』の使用例から考えるに、小町は業平とともに最も早い段階で「で」を用いた歌人といえる。和歌の書記方法として、濁点は書かれない。そのため文字に書かれたこの歌は「色みえて」という表記になる。目でこの歌を読む場合、「色見えて」と読むのか「色見えで」と読むのかは、見ただけでは判別できず、実際に「世の中の人の心」まで読み進めて、そこで初めて「色見えで」と読むことが理解できる。『万葉集』の時代から、そして『古今集』の七九五番歌に見られるまで、心というのは色に出て、あせやすいことから花を連想する。そのような表現史の流れがあるからこそ、小町の歌も、まずは「色見えてうつろふものは」と読み始めてしまう。そして読み進めるうちに、「花」が「色見えてうつろふもの」であるのに対し、「世の中の人の心の花」は「色見えでうつろふもの」なのだと気付く。この発見の表現が「色見えて(で)」なのである。

「世の中の人の心」を「花」と見立て、「色に見えずにうつろうもの」と言い切るだけでなく、その歌い出しを「色見えで」として「色見えて」とも読めるように表現にしたところがおもしろい一首である。

【備考】「花」という概念を重視する世阿弥《ぜあみ》は、『風姿花伝《ふうしかでん》』の第三問答条々の中で、小町のこの歌を引用する。

花のしほれたらんこそ面白けれ。花咲かぬ草木のしほれたらん、何か面白かるべき。されば花を窮《きわ》めんこと、一大事なるに、その上とも申すべきことなれば、しほれたる風体《ふうてい》、かへすがへす大事なり。さるほどに譬《たとえ》にても申しがたし。

と、しおれた芸能を会得することはどう考えても難しい、比喩で説明することも難しい、として

うす霧のまがきの花のあさじめり秋はゆふべとたれか言ひけん

(霧のたえだえ流れる竹垣に、花のしっとりとぬれている秋の朝、秋は夕べに限るとは誰が言い出したことか。)

という藤原清輔の歌と、小町のこの歌を挙げ、象徴的に理解してほしい、とする。清輔と小町の歌は、花のしおれたるさまに幽玄の極致を見出した歌として挙げられたのであろうが、ここに挙げられた小町の歌は、本来の意味から離れ、「しほれたる風体」とは、本来形なき形(色見えで)であり、しかも一所に住するところのない(うつろふ)ものであり、それは役者の深い心のあらわれ(人の心の花)である、という意味で独自に解釈されている。

【参考文献】大塚英子「「世の中の人の心の花」の色をめぐって」(『古今集小町歌生成原論』笠間書院、二〇一一年)、田中裕校注『世阿弥芸術論集』(新潮日本古典集成、一九七六年)。

(藤原美佳)

○三八

あまつ風《あまつカゼ》

僧正遍照《ソウジョウヘンジョウ》

あまつ風《あまつカゼ》
雲の通ひぢ《クモの カヨいじ》 吹き閉ぢよ《フきトじよ》
をとめの姿《おとめの スガタ》。
しばしとどめむ《しばし とどめん》

【出典】『古今和歌集』雑上・八七二

【現代語訳】空高く吹く風よ、雲が行き交うその天上への道筋を吹いて閉ざしておくれ。天女の美しい姿をしばらくこのまま地上に留めておきたいから。

【作者】僧正遍照（八一六～八九〇）　平安時代前期の歌人。俗名良岑宗貞《よしみねむねさだ》。左近衛少《さこんえのしょう》将《しょう》であったため良少将と通称された。法号は遍照。「遍昭」とも書かれるが、当時の記録類には多く「遍照」とある。また貞観《がん》年中（八五九～八七七）に現在の京都山科の花山に元慶《けいじ》寺を創建したことより、花山僧正とも呼ばれる。祖父は桓武天皇、父は大納言良岑安《よしみねのやす》世《よ》。子に素性法師がいる。父の安世は、平城・嵯峨・淳和天皇とは異母兄弟。母の身分が低いため、安世は皇位継承の圏外にあり、延暦二十一年（八〇二）十八歳の時に臣籍降下し、以後は臣下として異母兄弟の平城・嵯峨・淳和の三代の天皇に仕えた。『日本後紀』の監修や『内裏式』の選修をしている学者であり、勅撰漢詩集『経国集《けいこく》』の撰者にも加わった人物である。

遍照は、弘仁七年（八一六）に生まれた。いとこにあたり、父安世が東宮大夫を務めた仁明天皇に仕え、その寵を得て、承和十一年（八四四）に蔵人となり、翌十二年に正六位から従五位下に叙され、その後は左兵衛佐《さひょうえのすけ》、備前介、左近衛少将などを経て、嘉祥二年（八四九）には要職である蔵人頭まで出世した。官人として活躍するも、翌嘉祥三年三月二十一日に仁明天皇が亡くなると、七日後の二十八日には比叡山に入り出家した。『大和物語』一六八段によると、遍照には在俗時に妻が三人いて、そのうちの二人の妻には出家の意思を告げたが、子どもたちがいる妻には何も言わずに出家したという。出家後の遍照は比叡山で修行し、円仁、安恵、円珍と三代の座主に師事して伝法灌頂《でんぽうかんじょう》を受け、貞観十一年（八六九）法眼和尚位、元慶三年（八七九）権僧正、仁和元年（八八五）僧正となる。高徳の僧として、国家鎮護の役割を担い、仏教界の重鎮として活躍した。仁明天皇の寵臣としての関係は、その子である光孝天皇との間にも引き継がれ、遍照が僧正になった仁和元年（八八五）の十二月十八日には、光孝天皇による遍照の七十の賀の宴が仁寿殿の西面で行われ、翌仁和二年に輦車《てぐるま》の宣旨を受けた。遍照が亡くなったのは、寛平二年（八九〇）一月十九日だった。

　在俗のころから和歌をよくし、『古今集』以下の勅撰集に三十六首入集する。六歌仙の一人で、『古今集』仮名序には「歌のさまは得たれども、まこと少なし。たとへば、絵にかける女を見て、いたづらに心を動かすがごとし」と評される。遍照の歌は機知に富んだ詠みぶりが特徴で、中には漢詩文からの影響も見える。極めて新風で印象の鮮やかな歌が多く、のちのちまで高く評価された。

【語釈】＊あまつ風…天空を吹く風。「つ」は連体修飾格「…の」の意味を表す上代の格助詞。＊雲の通ひぢ…天空の雲の中を通る、天上に行き来できる道。通い路は行き交う道のことで、雲の他にも「空の通ひ路」「夢の通ひ路」などがある。＊吹き閉ぢよ…「閉ぢよ」は「閉づ」の命令形。「天つ風」に対して「吹いて閉ざしておくれ」と命令している。＊をとめの姿…天女の美しい姿。＊しばし…しばらく＊とどめむ…留めたい。「む」は「…たい」と希望を表す助動詞。

【解説】詞書は「五節《ごせち》の舞姫を見てよめる」、作者名に「良岑宗貞」とあることより、出家前（嘉祥三年以前）の歌と見られる。五節舞《ごせちのまい》とは、大嘗会《だいじょうえ》、新嘗会《しんじょうえ》にあたって行われた少女楽の儀式である。舞姫の人数は大嘗会と新嘗会で異なり、皇位継承に伴う儀式である大嘗会では、公卿の娘二人、殿上人の娘三人の計五人が選ばれ、平年の新嘗会では公卿の娘二人と殿上人や受領の娘二人の計四人が選ばれた。十一月の二度目の丑の日から寅・卯・辰の四日間にわたって行われ、丑の日に帳台試《ちょうだいのこころみ》、寅の日に御前《おんまえの》試《こころみ》、卯の日に童女御覧《わらわごらん》と練習を重ね、そして辰の日の豊明《とよあかり》の節会《せちえ》（大嘗会、新嘗会ののちに行われる宴席）に本番の五節舞が行われる。国史に見える五節舞の初出は、『続日本紀』天平十四年（七四二）正月十六日の「天皇、大安殿《おおやすみどの》に御《おは》しまして群臣に宴《うたげ》す。酒酣《たけなわ》にして五節田儛を奏《つかえまつ》る。訖《おわ》りて更に少年・童女をして踏歌せしむ」である。さらに翌天平十五年（七四三）五月五日、宴で安倍内親王が「五節」を舞ったという記事において、五節舞は飛鳥浄御原宮の天皇、すなわち天武天皇が創始されたものだという起源が示される。

　国史の伝える起源とは別に、『江家次第《ごうけしだい》』に引用される『本朝月令《ほんちょうがつりょう》』（平安中期に著された年中行事の書。原本は散逸し、四月から六月の記事のみ残存）には、天武天皇が吉野の宮へ行幸して琴を弾いた時に、天女があまくだって、天の羽衣の袖をひるがえして、「をとめども　をとめさびすも　からたまを　たもとにまきて　をとめさびすも」と歌ったことに始まる、という伝承も見られる（『江談抄《ごうだんしょう》』『袋草子』などにもこの話は見える。「をとめども」の歌謡は『琴《きん》歌譜《かふ》』（平安初期の歌謡譜本）に「短埴安振《みじかはにやすぶり》」としてあり、その根源は古い）。遍照は、この神仙思想と結びついた五節舞の起源伝承を踏まえ、舞い終わって引き下がろうとする麗しい舞姫に対して名残を惜しみ、起源となった妙なる音楽に引かれて天下った天女に舞姫を見立てる。宮中は雲居とも言われることより、「雲の通ひ路」を空想し、風に対して吹き閉じてしまえとよびかけ、天女をしばらくこの地上に留めておきたいと詠むのである。神仙思想と関連した五節舞の起源の伝承を踏まえることで、五節の舞姫をもっと見ていたいという気持ちと、五穀豊穣を永遠にと祈る気持ちを表現した、豊明の節会を寿ぐのにふさわしい歌となっている。

【備考】『古今集』に「良岑宗貞」と書かれるのは、この歌と九一番歌、九八五番歌の計三首である。この歌は『百人一首』にも採られている。

（藤原美佳）

○三九

わがいほは《わがいおは》　喜撰法師《キセンホウシ》

わがいほは《わがいおは》

都《ミヤコ》のたつみ　しかぞ住《ス》む

世《ヨ》をうぢ山《うじヤマ》と

人《ヒト》はいふなり《いうなり》

【出典】『古今和歌集』雑下・九八三

【現代語訳】私の（世捨て人が住む）草庵は都の東南にあり、まさにそのように住んでいるのだ。世がつらいという「宇治山（憂じ山）」と人は言うようだ。

【作者】喜撰法師（平安時代前期の人）　六歌仙の一人。経歴不詳の人で、『古今和歌集目録』には、基泉・窺詮などとも表記されるが、それぞれ別人である可能性、基泉は山背国乙訓郡の人であること、書物によっては仙人とも僧侶ともあることが紹介される。

　六歌仙の一人として名前を挙げられるも、喜撰の歌は、勅撰集には『古今集』の「わがいほは…」の歌と、『玉葉集』（鎌倉時代後期の勅撰和歌集）に「題しらず・喜撰法師」として見える、「木の間より見ゆるは谷の蛍かもいさりにあまの海へ行くかも」（四〇〇〇）という歌しか記録されていない。『玉葉集』に入るものの、この歌の出典は不明であることより喜撰の実作とは信じがたく、喜撰の実作として確実な歌は、「わがいほは…」の一首のみである。

　『古今集』が作られた時代においても、喜撰の歌はこの一首しか伝わっていなかったようである。仮名序には「宇治山の僧喜撰は、言葉微かにして、始め、終り、確かならず。言はば、秋の月を見るに、暁の雲に、遭へるがごとし。詠める歌、多く聞えねば、かれこれを通はして、良く知らず」つまり、「宇治山の僧喜撰の歌というのは、ことばがはっきりせず、一首の初めと終わりが明瞭ではなく、いわば、秋の月を見ていて、暁の雲に隠されてしまったようなものである」と、他の六歌仙と同様に歌風への批評を加えはするも、「詠んだ歌の多くが知られていないので、あの歌、この歌と共通させてその特色を十分に理解するということができない」というのである。比較する歌がない、ということから、仮名序を書いた紀貫之の時代においても伝わっていたのはこの一首のみだったようである。一首しか実作の歌が分からないながらも、「宇治山の僧喜撰」という人物は、僧・法師という身柄、宇治山の地域性とも関連し、既に歌人として伝説化していた人物として六歌仙の一人に挙げられたのであろう。

『古今集』の時代だけでなく、喜撰は以後も伝説の歌人として評価される。今日では偽書（仮託書）と見られているが、喜撰は歌学書『和歌作式（喜撰式）』の作者と伝えられる。また喜撰の住居跡も名所とされ、『無名抄』（鴨長明著）によれば、宇治の御室戸の奥に宇治山の喜撰が住んだ跡があり、歌人必見であるとされる。

【語釈】＊いほ…草木で造った粗末な家。世捨て人が住む庵。＊都のたつみ…都の東南。真北を子として、時計回りに十二支で分けていくと、四時にあたるところの方角が辰、五時にあたるところの方角が巳となる。その中間（四時半）のところが「たつみ」となる。＊しかぞ住む…「しか」は「然《しか》」で、「そのように」という意味の副詞。係助詞「ぞ」で強意の意味を表す。＊世をうぢ山…「う」は掛詞で、この世を辛いと思う「世を憂し」の「憂」と、「宇治山」の「宇」を掛ける。京都府宇治市池尾の西に位置する喜撰山は喜撰法師が世俗を離れて生活したと伝えられる。＊いふなり…「なり」は伝聞を表す助動詞。

【解説】『百人一首』にも採られる有名な和歌である。この歌のおもしろさは、「宇治山」に「（世を）憂じ山」を掛け、「世をうぢ山と人はいふなり」と詠んだ箇所にある。しかし一首全体でみると、「私の（世捨て人が住む）草庵は都の東南にあり、まさにそのように住んでいるのだ」と詠む上の句と、「世がつらいという宇治山（憂じ山）と人は言うようだ」と詠む下の句とがうまくかみ合わないこと、また三句目にある「しか」つまり「そのように」と指す内容が歌の中に示されていないことに解釈の難しさがある。まさに仮名序にある「言葉微かにして、始め、終り、確かならず」という評の通りである。諸注釈では歌に詠まれない「しか」の内容を、「心静かに」「憂いなく」「心安らかに」と補うが、ここでは「しか」の内容を「宇治」という土地柄に求めた論考によって補うことにする。この歌の主眼は「宇治山」に「（世を）憂じ山」と掛けたおもしろさにあり、そのような歌において宇治という土地柄は看過できないためである。

宇治という場所は、宇治川によって区切られた都から日帰り可能な地点であり、貴族の別荘や寺院も多く営まれていて、都の郊外の果てというような土地柄であった。また都から南の奈良へと向かう交通の要衝で、都の出入り口という性格を持つ場所でもあった。都の郊外の果てとして都の人をたびたび見かける一方で、南都方面へ行き来する旅人を見送ったり出迎えたりする場所であった。そのような場所を選んで、喜撰は庵を作った。喜撰は世捨て人でありながら、都の人とのつながりを維持する、という道を選んだといえる。やや奥まった山中とはいえ、人里からそう遠くない喜撰の庵には、物好きな都の人が折にふれ訪れ、都の情報をもたらすと共に、喜撰の生活ぶりを都に伝えていたと想像できる。喜撰の生活ぶりについては人々の間に何らかの共通認識があり、それを前提として「しか」と詠んでいるのではないだろうか。そのように考えれば、上の句は「私の庵は都の東南、その地に皆さんご承知の通りの隠遁生活を送っています」となるであろう。

喜撰が世を捨て都から離れた「宇治山」の山中に庵を作ったのは、「世を憂し」と思ったことによるのは間違いない。それを誰かが「世をうぢ山」と表現したのを下の句に引用して作られたのがこの一首である。「世を憂し」と「宇治山」を掛けた「世をうぢ山」は、まさに秀句というべき名文句で、喜撰自身も、うまいことを言うものだと感心したのではないだろうか。喜撰の生き方を一言で表した秀句が巷で評判となり、いつしか喜撰の代表作として喧伝されるに至ったのかもしれない。

【備考】三句目「しかぞすむ」に「鹿」の意が掛けられているとする説は古くからある。鹿説で解釈しても下の句との関連性が見出しがたいことから、この説は否定されている。しかし、三句目を「しかぞなく」とする本や、鹿説に従って喜撰の歌を本歌取りしたと思われる歌が作られるなど、影響を与える説であった。

【参考文献】徳原茂実「喜撰法師の歌に見る宇治」（『百人一首の研究』和泉書院、二〇一五年）。

（藤原美佳）

〇四〇

春《ハル》の夜《ヨ》の

藤原定家《フジワラノテイカ》

春《ハル》の夜《ヨ》の
夢《ユメ》の浮《ウ》き橋《ハシ》　とだえして
嶺《ミネ》にわかるる
横雲《ヨコグモ》の空《ソラ》

【出典】『新古今和歌集』春上・三八

【現代語訳】春の夜の夢が、浮き橋が途絶えるように醒めて、折しも山の峰から別れるように離れてゆく横雲の空よ。

【作者】藤原定家（一一六二～一二四一）　鎌倉時代歌人・歌学者。名は「さだいへ」だが「ていか」と読むことが多い。幼名光季《みつすえ》・季光《すえみつ》、法名明静《みょうじょう》。京極中納言と称される。応保二年（一一六二）に生まれる。父は藤原俊成《ふじわらのしゅんぜい》。母は美福門院《びふくもんいんの》加賀《かが》。同母姉に建春門院中納《けんしゅんもんいんちゅうな》言《ごん》（健御前《けんごぜん》）、異父兄に隆信《たかのぶ》、寂蓮《じゃくれん》は従兄・義兄。仁安元年（一一六六）従五位下に叙爵、極位極官は正二位権中納言。昇進については思うようにならない期間が長く、その焦りや不満を和歌や日記に吐露している。天福元年（一二三三）出家し、仁治二年（一二四一）に没した。

和歌活動は十代のうちから記録に見え、二十歳時からは百首歌を詠じるなど御子左《みこひだり》家の歌道継承に努め、父俊成が撰者となった『千載和歌集《せんざいわかしゅう》』（一一八七）には八首が入集する。文治二年（一一八六）からは九条家を主家として仕えるようになり、九条良経《りょうけい》主催の「花月百首」「十題百首」『六百番歌合』等に出詠。良経・慈円《じえん》らとはたびたび和歌の贈答をして親交が深かった。政変により九条家失脚の際は和歌行事への参加が停滞したが、建久九年（一一九八）の『御室《おむろ》五十首《ごじっしゅ》』に出詠した際は多く秀歌を詠んでいる。また正治二年（一二〇〇）の後鳥羽院主催『正治初度百首《しょうじしょどひゃくしゅ》』出詠をきっかけに、後鳥羽院に取り立てられるようになり、院主催の和歌行事にたびたび参加し、『新古今和歌集』撰者の一人にも選ばれる。しかし互いに個性の強い院と定家の間には緊張関係も生じ、衝突も起こった。後鳥羽院の他には順徳天皇や鎌倉将軍源実朝《みなもとのさねとも》、良経息道家《みちいえ》などとも和歌を通じた交際があった。承久二年（一二二〇）の歌会での作歌が後鳥羽院の怒りに触れたことにより、一時籠居する。承久の乱（一二二一）で後鳥羽院が隠岐に流された後は後堀河天皇内裏で活動、晩年天皇の下命により単独撰者として『新勅撰和歌集』（一二三五）を編纂した。

新古今時代を牽引した歌人であり、斬新な歌風は一時「新《しん》儀非拠達磨歌《ぎひきょだるまうた》」（伝統に基づかず禅問答のように難解な歌）とのそしりを受けるが、本歌取り等の手法によってイメージが複層性をもつ奥深い美の世界を表現した。後鳥羽院は歌論書『後鳥羽院御口伝《ごとばいんごくでん》』で定家の歌については、「優美で技巧を尽くしている歌風は非常にすぐれており、その道を極めていることは格別である」と述べている。しかし自作の歌でも自分が気に入らなければ他人に褒められても機嫌を悪くしたとも批判している。人に添削を頼んだ際でも、自分が納得しなければ添削を受け入れずそのままの形で完成としており、非常にこだわりが強かったようである。

歌集に『拾遺愚草』、漢文日記に『明月記』、歌学書に『近代秀歌』『詠歌大概』『下官《げかん》集』『僻案抄』等がある。また『古今集』『源氏物語』『更級日記』他数多くの古典作品を書写し、証本を残し、古典研究の礎を築いた。その書風は後に定家様として重んじられた。

【語釈】＊夢の浮き橋…浮き橋は舟を並べて橋としたもので、途切れやすい。「夢の浮き橋」は『源氏物語』の巻名でもある。この歌では人との逢瀬の夢を、はかない通い路の意味を込めて「夢の浮き橋」とうたったか。＊とだえして…途絶えて。途切れて。＊嶺にわかるる…『古今和歌集』の和歌「風吹けば峰にわかるる白雲のたえてつれなき君が心か」（恋二・壬生忠岑《みぶのただみね》）を本歌取りした句。＊横雲…横に長くたなびく雲。また下の句全体の取り合わせには、『文選《もんぜん》』「高唐賦」に見える、楚の懐王が巫山で夢のうちに仙女と逢い、一夜契りを交わした故事で仙女が言う、

妾ハ在リ二巫山之陽、高丘之阻一ニ。旦ニ為リ二朝雲一ト、暮ニ為ル二行雨一ト。朝朝暮暮、陽台之下。

（妾《しょう》は巫山《ふざん》の陽《よう》、高丘《こうきゅう》の阻《そ》に在り。旦《あした》に朝雲《ちょううん》と為《な》り、暮《くれ》に行雨《こうう》と為《な》る。朝朝暮暮《ちょうちょうぼぼ》、陽台《ようだい》の下《した》）

（私は巫山の南の険しい峰の頂に住んでおります。朝は雲となり、夕べは雨となり、朝な夕なにこの楼台のもとに参るでしょう。）

という詩句が念頭にあるか。

【解説】詞書は「守覚法親王五十首歌詠ませ侍りけるに」。後白河天皇皇子の守覚法親王に詠進した『御室五十首』のうちの一首である。この五十首ではほかにも『新古今集』に入集した歌が複数あり、実りの多い作品である。

この歌は新古今期の歌風を代表する一作であり、また定家の代表作でもある。文章としては滑らかに意味が続かず、難解な雰囲気も漂うが、イメージの連関に重きを置いて一首の中の作品世界を構築している。この歌は光景だけを抜き出せば峰と雲があるばかりの春の朝にすぎないが、『源氏物語』・『古今集』忠岑歌・「高唐賦」と古歌や漢籍を引用することで、三十一字の中に多大な余韻を与えることに成功している。上の句は部屋のうちで目覚めた己について、下の句は外界の自然について述べる構成だが、この二つの世界は独立して存在するのではなく、踏まえた古典によってリンクしている。通常であれば上の句と下の句の間に「（目覚めて）外を見やると」といった言葉がある方が自然だが、「途絶えして」という単純な接続により、二つの情景は同時に起こったこととして重ね合わされる。春の夢の中のはかない逢瀬の浮き橋は覚醒とともにふつりと途絶え、つれなくも離れていった思い人はすなわち雲となって私＝峰から別れてゆく。現代語訳では「～のように」と言葉を足したが、もとの和歌はそうした直喩的表現は使われておらず、いわゆる暗喩の状態ですべてが連なってゆく。夢での逢瀬はすなわち夢の浮き橋であり、夢から去る恋人はすなわち峰にわかるる雲なのである。上の句の人事と下の句の自然は、同一の事柄を両面から詠んでいるのだと理解してもよい。春の歌として詠まれ、『新古今和歌集』でも春の部に入集するが、恋の気配を言葉の表に出さず濃厚に表現した、まさしく妖艶の作である。

【参考文献】久保田淳『藤原定家全歌集』上下（ちくま学芸文庫、二〇一七年）、赤羽淑『定家の歌一首』（桜楓社、一九七六年）、高橋忠彦注『文選』賦篇下（新釈漢文大系81、明治書院、二〇〇一年）。

（野口美渚）

○四一

テリもせず
照りもせず

オオエノチサト
大江千里

テリもせず
照りもせず

クモリも　ハてぬ
曇りも果てぬ

ハルのヨの
春の夜の

オボロヅクヨに
朧月夜に

オボロヅクヨに（もある）

しくものぞ　なき
しくものぞなき

【出典】『新古今和歌集』春上・五五

【現代語訳】照り輝きもせず、完全に曇りきりもしない、そんな春の夜の朧月の情趣に及ぶものはない。

【作者】前出（○三三参照）。

【語釈】＊曇りも果てぬ…完全に曇ることもない。「果つ」は、「完全に…する」という意味。「ぬ」は「ない」という意味の打消を表す助動詞「ず」の連体形。＊朧月夜…霞んで見える春の月。また、そのような月の出ている夜。＊しくものぞなき…「しく」は「及ぶ」「匹敵する」という意味の動詞。当時においては漢文訓読に用いられる語で、同時代における和歌での用例はあまり多くない。「ぞ」は前にある語句を強調する係助詞。「ぞ」に呼応して、文末は連体形で結ばれている。係り結び。

【解説】この歌は、大江千里の家集である『千里集』（『句題和歌』とも）のうちの一首であり、後に『新古今和歌集』に収録された。『千里集』は、その序文に寛平六年（八九四）四月二十五日に宇多天皇の勅命により制作されたとある。巻末の十首を除くと、全て漢詩句を題として和歌を詠んでおり、平安初期における漢詩と和歌の交流が窺える点で興味深い作品である。千里の生没年は未詳であるが、三十代から五十代の間に作られたものと考えられている。

この歌は、次の詩の起句を題としている。盛唐の詩人・白居易（七七二〜八四六）の作で、『白氏文集』に「嘉陵《かりょう》、夜懐有り」という詩題で残っている。

不レ明モセ不レ闇モセ朧朧タル月
非ズレ暖ニ非ズレ寒ニ漫漫タル風
独リ臥シテ二空牀ニ一好シ二天気一
平明閑事到ル二心中ニ一

（明《てり》もせず闇《くもり》もせず朧朧《ろうろう》たる月《つき》　暖《だん》に非《あら》ず寒《かん》に非《あら》ず漫《まん》漫《まん》たる風《かぜ》　独《ひと》り空牀《くうしょう》に臥《ふ》して天気《てんき》好《よ》し　平明閑事心中《へいめいかんじしんちゅう》に到《いた》る）

（空には明るすぎることもなく暗すぎることもない朧月が浮かび、暖くもなく寒くもなく過しやすい気温に、ゆったりとそよ風が吹いている。独り相手のいない寝床に臥して、このように天気が良い。明方にもなると暇つぶしにしたい事が心に浮かんで来るものだ。)

典拠とされた白居易の詩は、四川《しせん》省にある嘉陵駅の春の夜の安穏とした暮らしの素晴らしさを謳っている。起・承句は対句となっていて、おぼろに霞んだ月光と春の気候が並置されている。この箇所は、平安中期に成立した大江維時《これとき》撰『千載佳句』(春夜)や平安時代後期に成立した藤原基俊撰『新撰朗詠集』といった中国名句撰に採られて広く親しまれた。

千里の歌は、この起句「不明不闇朧朧月」をほとんど直訳する形で詠まれているが、随所に工夫が見られる。起句は、月の明暗に言及するにとどまるものであるが、千里の歌は具体的な空模様に置き換えられている。五七五七七という文字数の制約もあるが、漢詩のとおりに「闇もせず」とはせず、「曇りも果てぬ」という絶妙な言い回しとしたことで、春の夜の一瞬の情趣を切り取ることに成功している。また、「朧月夜にしくものぞなき」という簡明な下の句は、朧月を見るたびについつい口ずさんでしまうような魅力をもつ。

この歌は、『源氏物語』花宴巻に引用されていることで知られるが、この場面でも朧月の夜に登場人物によって口ずさまれている。花宴巻では、光源氏二十歳の春、南殿の桜の花の宴が催された日の夜、光源氏は「朧月夜に似るものぞなき」と口ずさむ女との逢瀬を果たす。作り物語の作中人物の発言にも引用されるほどに親しまれていたようである。この女は、弘徽殿《こきでん》の女御の妹君であり、作中に特定の呼称は示されていないが、この印象的な出会いの場面から「朧月夜の君」の通称で読者に親しまれるようになる。なお、結句が「似るものぞなき」と少し改変された形で用いられているのは、この時代の作り物語にはしばしば見られることである。

この歌は、約三百年後に『新古今和歌集』に入集する。『新古今和歌集』の詞書には、「文集、嘉陵ノ春夜ノ詩ニ、不レ明モセ不レ暗モセ朧朧タル月といへることをよみ侍りける」とある。文脈から朧月夜を詠んだと思われる歌は以前にも見られるが、「朧月夜」の語句をそのまま詠み込んだ歌が勅撰和歌集に選ばれたのは、これが初めてのことであり、千里の歌を先頭に、他に二首が入集している。

難波潟《なにわがた》霞まぬ浪も霞みけり映るも曇る朧月夜に(源具《みなもとのとも》親《ちか》)

(難波潟では、霞まないはずの波も霞むのだなあ。海面に映っても曇っている朧月によって。)

今はとてたのむの雁もうちわびぬ朧月夜のあけぼのの空(寂蓮《じゃくれん》法師)

(「今はもう別れの時だ」と言って田の面の雁も心を痛めてしまった。朧月夜のあけぼのの空よ。)

千里の歌の他は『新古今和歌集』の時代の歌人の詠であり、このころにおける「朧月夜」という素材の流行を反映している。千里の歌が三百年も後の『新古今和歌集』に撰ばれたのは、このような当時の流行表現の先蹤として再評価されたためであろう。

【備考】『千里集』には、下の句を「朧月夜ぞめでたかりける」(朧月の何と素晴らしいことよ)とする伝本もある。

また、『千里集』には、同じ「嘉陵、夜懐有り」詩から承句「非暖非寒漫漫風」を題とした

あつからずさむくもあらずよきほどに吹きくる風はやまずもあらなん

(暑くもなく寒くもなく丁度よい気候に吹いてくる風は、いつまでも止まないでほしい。)

が収録されている。

【参考文献】岡村繁著『白氏文集(三)』(新釈漢文大系99、明治書院、一九八八年)、平野由紀子・千里集輪読会共著『千里集全釈』(私家集全釈叢書36、風間書房、二〇〇七年)、福田智子『『朧月夜にしくものぞなき』考—『千里集』から『源氏物語』へ—』(同『平安中期私家集論—歌人・伝本・表現—』勉誠出版、二〇〇七年)。

(木村香子)

○四二

ハルサメの
春雨の
オオシコウチノミツネ
凡河内躬恒

ハルサメの
春雨の
フリそめしより
降りそめしより
アオヤギの
青柳の
イトの　ミドリぞ
糸の緑ぞ
イロ　まさりける
色まさりける

まさりける（もある）

【出典】『新古今和歌集』春上・六八

【現代語訳】春雨が降り始めてから、青柳の枝の緑が色を増してゆくことだなあ。

【作者】凡河内躬恒（生没年未詳）　平安時代前中期の歌人。寛平六年（八九四）に甲斐少《しょう》目《もく》に任じられて甲斐国に赴任する。なお、当時の「目《さかん》」に任じられる者の年齢や同時代に活躍した紀貫之との関係から、この時三十歳かと推定する説がある。昌泰元年（八九八）春には任を終えて帰京し、同年に催された「亭子院《ていじいんの》女郎花《おみなえし》合《あわせ》」に参加している。延喜五年（九〇五）には「藤原定国四十賀屏風歌」の作者にも選ばれており、歌人としての評価が高かったことが窺える。同年に醍醐天皇の下命により、紀貫之・紀友則・凡河内躬恒・壬生忠岑の四人を撰者として『古今和歌集』が成立する。躬恒は撰者の一人に加えられただけでなく、同集に彼の歌六十首が採録された。これは、紀貫之に次ぐ集中二位の入集数を誇っている。その後、丹波権大目《ごんのだいさかん》、和泉権掾《ごんのじょう》、淡路権掾等に任じられている。延喜七年（九〇七）には宇多法皇の大井川御幸で献じた和歌が残っている。延長三年（九二五）に淡路権掾の四年の任期を終えて帰京した折の和歌が残っているが、それ以降の動向は不明である。このころに亡くなったか。没時はおそらく六十歳を過ぎた頃であろう。

躬恒の歌として最も人口に膾炙しているのは、『百人一首』に選ばれた「心あてに折らばや折らむ初霜に置き惑はせる白菊の花」であろう。初霜の白さと菊花の白さが判別できないというポーズをとるこの歌は、躬恒の得意とする機智的な趣向によって、菊の美しさを称揚している。このように、ある景物を対象に和歌を詠む際に、同様の特質を持つ物を引き合いに出すことによって、かえってその景物の性質を際立たせるという手法による歌に躬恒の歌風の特色がよく表れる。

鴨長明『無名抄《むみょうしょう》』には、貫之・躬恒の勝劣について、議論があったという記事がある。平安後期の歌人である藤原実行《さねゆき》と藤原俊忠《としただ》が二人の勝劣を論じたが、決しがたいため白河院のご意向を伺ったところ、源俊頼《としより》に尋ねよと助言された。俊頼に尋ねると「躬恒をあなどりなさいますな」と答えたので、「それならば貫之が劣っているということか」と重ねて尋ねたところ、「躬恒をあなどるべきではありません」と繰り返した。この話を長明に伝えた俊恵《しゅんえ》法師は、対象に深く思い入れた躬恒の詠みぶりは、比類ないものであると評してこの話を結んでいる。平安時代後期において、躬恒の評価が高まっていたことが窺える。

【語釈】＊降りそめしより…降り始めてから。「そめ」は「初め」と「染め」の掛詞。「染め」は「糸」の縁語。また、「染め」は、「青」「緑」「色」とも縁語。＊青柳の糸…和歌においては春の景物として詠まれることが多い。柳の枝の細長い形状から「糸」と表現している。＊緑ぞ…「ぞ」は前にある語句を強調する係助詞。「ぞ」に呼応して、文末「ける」は連体形で結ばれている。係り結び。＊ける…「であるなあ」「のだなあ」といった気づきや詠嘆を表す助動詞。

【解説】この歌は、『新古今和歌集』の詞書に「延喜御時屏風に」とある。「延喜」は醍醐天皇の御代の年号（九〇一～九二三）。屏風絵に添えられた歌である。春雨によって柳の緑が深く染まっていく様子を、「染め」「青」「糸」「緑」「色」といった染色にまつわる縁語で仕立てた巧みな歌である。五七調の韻律に乗せて、のどかな春の景色が色彩豊かに詠われている。

　躬恒と同時代の歌人である紀貫之にも「わがせこが衣春雨降るごとに野べの緑ぞ色まさりける」（私の夫の衣を洗い張りする春になり、春雨が降るごとに野辺の緑の色がましてゆく）（『古今集』春上・二五）という類似した歌が見られる。ただし、躬恒の歌の雨に柳の緑が鮮やかになるという発想は、漢詩文の影響を窺わせる。たとえば、『和漢朗詠集』春・雨に採られた次の銭《せん》起《き》（李橋《りきょう》とも）の作品では、柳の色が雨に深まっていく様子を謳っている。

長楽ノ鐘ノ声ハ花ノ外ニ尽キヌ
竜池ノ柳ノ色ハ雨ノ中ニ深シ
（長楽《ちょうらく》の鐘《かね》の声《こえ》は花《はな》の外《ほか》に尽《つ》きぬ　竜池《りゅうち》の柳《やなぎ》の色《いろ》は雨《あめ》の中《うち》に深《ふか》し）
（長楽宮の鐘の音は花の向こうに鳴り止んで、竜池の柳の色は雨の中で色が深まっている。）

また、著名な王維《おうい》の「送ル三元二ノ使スルヲ二安西ニ一」（元二《げんじ》の安西《あんせい》に使《つかい》するを送る）という題の詩でも、雨に洗われて青々としている様子が描写されている。

渭城ノ朝雨浥ス二輕塵ヲ一
客舎青青柳色新タナリ
勧ムレ君ニ更ニ尽セ一杯ノ酒
西出ヅレバ二陽関ヲ一無カラン二故人一
（渭城《いじょう》の朝雨《ちょうう》軽塵《けいじん》を浥《うるお》す
客舎《かくしゃ》青青《せいせい》柳色《りゅうしょく》新《あら》たなり
君《きみ》に勧《すす》む更《さら》に尽《つく》せ一杯《いっぱい》の酒《さけ》
西《にし》陽関《ようかん》を出《い》づれば故人《こじん》無からん）
（渭城の朝に降る雨は、埃をしっとりと濡らして、旅館の前の柳は青々として鮮やかな様子だ。さあ君、もう一杯飲みたまえ。西方の陽関を出てしまえば、こうして杯を交わす友人はもういないのだから。）

躬恒の歌の雨と柳の組み合わせは、このような漢詩の世界にも連接しているのである。

　『新古今和歌集』は、四季の歌を、おおむね季節の運行の順、素材ごとにまとめて配列している。躬恒の歌は、春雨の歌群の最後、柳の歌群の最初に位置している。この歌を楔《くさび》として二つの素材がなだらかに配置されるように工夫されている。

【備考】『躬恒集』『古今和歌六帖』は、下の句を「糸の縹《はなだ》に色まさりゆく」「糸の縹ぞ色まさりゆく」などとする。縹色は、薄い藍色。この本文を採る場合は次の『催馬楽《さいばら》』「浅緑」との関連が見出せる。

浅緑　濃い縹　染めかけたりとも　見るまでに　玉光《たまひか》る　下光《したひか》る　新京朱雀《しんきょうすざか》の　しだり柳　またはた井《い》となる　前栽《せんざい》秋萩　撫子《なでしこ》蜀葵《からおい》　しだり柳

【参考文献】小林太市郎・原田憲雄『王維』（漢詩大系第十巻、集英社、一九六四年）、滝沢貞夫「躬恒の歌試論」（小沢正夫『三代集の研究』明治書院、一九八一年）、田中喜美春・平沢竜介・菊地靖彦『貫之集・躬恒集・友則集・忠岑集』（和歌文学大系19、明治書院、一九九七年）、菅野禮行『和漢朗詠集』（新編日本古典文学全集19、小学館、一九九九年）、藤岡忠美・徳原茂美『躬恒集注釈』（貴重本刊行会、二〇〇三年）。

（木村香子）

○四三

ユウダチの　ショクシナイシンノウ

夕立の　式子内親王

ユウダチの
夕立の
クモも　とまらぬ　ナツのヒの
雲もとまらぬ　夏の日の
かたぶく　ヤマに
かたぶく山に
ひぐらしの　コエ
ひぐらしの声

【出典】『新古今和歌集』夏・二六八

【現代語訳】夕立の雨を降らせた雲もとどまることのない夏の日、日差しが傾く山にひぐらしの声がするよ。

【作者】式子内親王（一一四九～一二〇一）　平安時代後期の内親王・歌人。通称は萱《かやの》斎《さい》院《いん》、大炊御門《おおいみかど》斎院等。法名は承如法。久安五年（一一四九）に、後白河天皇の第三皇女として生まれた。母は藤原季成《すえなり》女成《せい》子《し》（高倉三位）であり、同母姉に亮子《りょうし》内親王（殷富門院《いんぶもんいん》）、好《こう》子《し》内親王、同母弟に守覚《しゅかく》法親王、以仁王《もちひとおう》がいる。

十一歳の時、賀茂斎院にト《ぼく》定《じょう》され、約二年ほど宮中で潔斎をした後、二十一歳で退下する嘉応元年（一一六九）まで、王城鎮護の神である賀茂社の祭祀に奉仕した。斎院御所は現在の京都府上京区にある櫟谷《いちい》七野《ななの》神社付近にあったと推定され、宮中社会と関わりを持ちつつ、文化サロン的な雰囲気が醸成されていたと指摘されている。『千載和歌集』の撰者である藤原俊成を和歌の師とし、その子藤原定家とも交流を持った。なお、後代には式子内親王と藤原定家が恋愛関係にあったとする説話が生まれるが、そのような事実は確認されない。金春禅《こんぱるぜん》竹《ちく》の作と伝えられている謡曲『定家』はこの説話に取材する。五十二歳で後鳥羽院の主催した『正治初度百首』の作者となる。彼女のこの百首の評価は非常に高く、『新古今和歌集』にその四分の一にあたる二十五首が採録された。その翌年に五十三歳で没する。

式子内親王は、保元・平治の乱と、平家の台頭と滅亡という混迷の時代を生きた。彼女にとって和歌の詠作は、自己表現の一環であったのだろう。式子内親王の和歌には、男性の立場になりきって詠んだ歌が際立って多いことが指摘されている。皇女という立場にありながら、ジェンダーを超えて和歌を詠むことは当時異例のことであった。また、その巧緻な表現は、後に和歌を好んで『新古今和歌集』の編纂を下命した後鳥羽院に称賛された。

『千載和歌集』に初出で、当代女性歌人のうち最も多くの歌が採られている。『新古今和歌集』では、女性歌人の中で最多の四九首が収録された。家集に『式子内親王集』がある。

【語釈】＊夕立の雲も…夕立が止んだことに加えて、その雲までも。＊とまらぬ…留まらない。「ぬ」は、「ない」という打消の意味を表す助動詞「ず」の連体形で、次の「夏の日」にかかる。＊夏の日…「夏の一日」の意味で直前の句を受けて、「夏の太陽」の意味で下の句に続く。＊ひぐらしの声…蝉の一種。カナカナゼミとも。和歌では、夏や秋の景物として扱われる。夏の景物として詠む場合は、涼しさを感じさせるものとして詠まれる。「日暮らし」との掛詞で詠まれることが多く、この歌でもその意味が響いている。

【解説】この歌は、『新古今和歌集』の詞書に「百首歌の中に」とある。「百首歌」とは、あらかじめ百首を一単位として詠むと決めて詠まれた作品で、平安時代以降に盛んに作られた。式子内親王は、多数の百首歌を詠んだことが確認されているが、皇女の立場にある者が百首歌を詠むということは前例のないことであった。なお、この歌を詠んだ折の百首歌はいつのものか伝わらず、百首の形では現存していない。

過行くことが惜しまれる季節は春や秋が一般的であるが、この歌は夏を惜しむ歌である。なかなか暮れないことを主題として詠むという従来の「夏の日」の詠まれ方の慣例にとらわれず、せわしなく変化して暮れてゆく夏の夕暮れを描写している。ぎらぎらと照りつける日差しが夕立があがった時には弱まり、日暮れが迫っていたという展開は見事である。夏の長い一日のうちの夕立が止んで間もない瞬間に焦点を絞ることで、かえって時間の推移を強調している。夕立の後の特有の涼しさに加えて、ひぐらしの鳴き声が涼感を添えている。伝統的な詠み方にとらわれない式子内親王の才能が存分に発揮されている。

また、平安和歌において、夕立が盛んに詠まれるようになったのは、平安時代後期に入ってからである。夕立は、夕方に短時間のうちに降る激しい雨のことであるが、平安時代の歌人たちにとっては、その前後の涼しさに関心があったようである。式子内親王の歌は、夕立が過ぎた後に、やっと弱まった夕方の日差しと涼しさを感じさせるひぐらしの鳴き声に夏の終わりを感じている。

この歌の素材は、盛唐の詩人・白居易（七七二～八四六）『白氏文集』の「永崇里《えいすうり》の観居」の一節、

季夏《きか》中気《ちゅうき》の候《こう》
煩暑《はんしょ》此《これ》より収《おさ》まる
蕭颯《しょうさつ》たる風雨《ふうう》の天《てん》
蟬声《ぜんせい》暮《くれ》に啾々《しゅうしゅう》たり

（物寂しく風が吹き雨が降り、蝉の声は夕暮にジージーと鳴く。）

との関連が見出せる。白居易の詩は、夏の暑さも収まっていく時期を詠む。そして「年光《ねんこう》忽《たちま》ち冉冉《ぜんぜん》　世事《せいじ》本《もと》悠悠《ゆうゆう》」と続けて、年月はたちまち過ぎてゆくものであり、世俗の事はとりとめのないことだと述べている。式子内親王の歌の主体も夏の暑さが次第に収まる季節に時の流れの速さを看取したのだろう。

さて、この歌の主体はどこにいるのであろうか。従来、山を眺望する場所にいるとする解釈と、山中にいるとする解釈がある。主体のいる場所を山中としてしまっては上の句の描写が生きない。主体は夕日のかかる山を眺めながら、ひぐらしの鳴き声を聞いているものと考えたい。

実は、式子内親王の歌には作中主体の視点が定めがたい歌がしばしば見られる。たとえば、同じく『新古今和歌集』に採られた「山深み春ともしらぬ松の戸に絶え絶えかかる雪の玉水」も静謐《せいひつ》な自然詠として名高いが、ぽつりぽつりと落ちてくる雪解け水にフォーカスされていてまるで絵画かのように描写されている。作中の主体は屋内にいるのだが、それを俯瞰する視点で描写されている。

【備考】『式子内親王集』にも収録されているが、『新古今和歌集』から後代に補われた箇所で、やはり詠作された時期は不明である。

【参考文献】奥野陽子『式子内親王集全釈』（風間書房、二〇〇一年）、岡村繁『新釈漢文大系　白氏文集（二上）』（明治書院、二〇〇七年）、田渕句美子『異端の皇女と女房歌人　式子内親王たちの新古今集』（KADOKAWA、二〇一四年）、奥野陽子『式子内親王―たえだえかかる雪の玉水―』（ミネルヴァ書房、二〇一八年）。

（木村香子）

○四四

さびしさは
さびしさは

ジャクレン
寂蓮

さびしさは
さびしさは
その　イロとしも
その色としも
なかりけり
なかりけり
なかりけり（もある）
マキタつ　ヤマの
槙立つ山の
アキの　ユウグレ。
秋の夕暮

【出典】『新古今和歌集』秋上・三六一

【現代語訳】さびしさは「そうその色のためなのだよ」と取り立てて言えるものではないことだ。槙の立つ山の秋の夕暮れには。

【作者】 寂蓮（生年未詳～一二〇二）　俗名藤原定長《ふじわらのさだなが》。少輔入道《しょうのにゅうどう》とも呼ばれる。保延五年（一一三九）生とも。父は醍醐寺《だいごじ》の阿闍梨俊海《あじゃりしゅんかい》。久安六年（一一五〇）頃伯父藤原俊成《ふじわらのしゅんぜい》の養子となる。その時点で俊成に歌道を継承させるべき有力な跡取りがいなかったためと目されるが、結果的には後に誕生した定家《ていか》が俊成家（御子左家《みこひだりけ》）の跡取りとなる。在俗時も複数の歌会・歌合への参加が見える。従五位上中務少輔《なかつかさのしょう》に至り、承安二年（一一七二）頃出家。以降諸国を遍歴しつつ、多くの歌会・歌合に出詠。後鳥羽院にも恩顧を受け、『新古今和歌集』下命時には撰者の一人に任じられるが、実際に撰歌作業をする前の建仁二年（一二〇二）に没した。

新古今時代を代表する歌人の一人であり、『新古今和歌集』には三十五首が入集。『六百番歌合』『御室五十首《おむろごじっしゅ》』『仙洞句題五十首《せんとうくだいごじっしゅ》』『正治初度百首《しょうじしょどひゃくしゅ》』などこの時代の主要な和歌行事に多く参加している。交流範囲が広く、御子左家以外の複数の和歌コミュニティと関わりがあった。後鳥羽院の歌論書『後鳥羽院御口伝』では寂蓮の和歌について「ふだんあまりに思案して工夫をこらして歌を詠むので、格調がとても高いわけではなかったけれど、いざ格調高く詠もうとすると非常によく詠めていてたいそうすぐれていた」と称賛している。趣向を重視した技巧的な表現を得意としており、歌の中に対比構造を配置したり、初めに提示した光景を踏まえての意表を突く描写や見立てをしたりと、一首中に機知的な構造を持たせた作風を志向していた。

後世に伝わる逸話として、藤原（九条《くじょう》）良経《りょうけい》主催の『六百番歌合』（一一九三）に方人《かたうど》（詠み手）として参加した際、右方の方人顕昭《けんしょう》と激しく議論を戦わせ、双方の持ち物や姿勢から「独鈷《とっこ》かまくび」と呼ばれた独鈷鎌首論争が著名である。

伝統的・穏当な六条家（顕昭側）と新風・奇抜な御子左家（定家・寂蓮側）の二つの歌道家の対立を象徴するエピソードであるが、一方で味方側の定家が寂蓮の作風や持説を批判した記述も残っており、己こそ御子左家正統と誇示せねばならぬ定家とかつての跡取り候補の寂蓮との距離感を物語る。とはいえ寂蓮が没した際には定家も日記で率直な悲嘆の念を吐露しており、歌道家における立場の違いはどうあれ、仲が悪いわけではなかったようである。また寂蓮の言葉として「口違《くちたが》ひ小便色変《かわ》りてこそ、秀歌は出《い》で来《く》れ」（味がわからなくなり小便の色も変わるまで悩みつくしてこそ、すぐれた歌は出来る）なども残っており、彼の歌作りにかける執念といってもよい切実さを伝えている。歌集に『寂蓮集』がある。

【語釈】＊色…色彩の意味のほか、様子・様相を言う。＊しもなかりけり…「しも」は強意の助詞。「けり」は詠嘆の助動詞。「（その色だと）強いて言うことはできないなあ」　＊槙…杉や檜などの常緑の針葉樹を総称して言う。

【解説】この後に続く西行・定家の歌と合わせて、いわゆる「三夕《さんせき》の歌」と称される。建久二年（一一九一）の九条良経主催「十題百首」において詠まれた。この作品は「天象・地儀・居処・草部・木部・鳥部・獣部・虫部・神祇・釈教」の十の部類でそれぞれ十首ずつの計百首を詠んだもので、熊・犀・蝸牛等の和歌素材としては珍しい題材を取り入れて歌を詠むなど、意欲的な企画であった。寂蓮の詠んだ百首すべては残っておらず、歌集『寂蓮集』や勅撰集『新古今和歌集』、私撰集『夫木和歌抄』などに収められた四十首が現存する。『寂蓮集』によればこの歌は木部の「槙」題を詠んだもの。

寂蓮でも師事していた歌人鴨長明の歌論書『無名抄《むみょうしょう》』の一節には「幽玄」について説明した箇所があり、「幽玄の風体というのは、よく道を極めた人々が言うには、肝心なのは言葉に表れない余情、姿に見えない気配なのである。たとえば、秋の夕暮れの空の様子というのは、色もなく、音もなく、どこにどうした理由があってとも思われないが、しきりに涙がこぼれてしまう、そうしたようなものなのである」といったことが述べられている。この寂蓮の歌は、まさにこのような「幽玄」を詠んだものであろう。さびしさを覚えさせる核は何に宿っているとも言えないのだが、確かに秋の夕暮れ、槙立つ山にいる己はさびしさを感じ取っている。紅葉のようなそれと知られた秋の情趣をもたらす景物ではなく、秋の夕暮れの言葉にしつくせない気配を見据えた一首である。

【備考】「色」は近代以前の注では「紅葉のような華やかな秋の色彩」と解され、近代以降では「全体の様子・状態」とする注が多いが、『新古今集』に見える「秋の色」や「春の色」の用例では、抽象的な様子に加えて色彩的イメージを伴うものとして「色」を用いる例が多く、この歌も常緑樹で紅葉しない「槙」との対比から、「様子」の意味に加えて「色彩」の意味も含めて用いており、同時代の読み手もそう受け取っていたのではないかとの指摘があり、語釈はこれにしたがった。

【参考文献】半田公平『寂蓮—人と文学』（勉誠出版、二〇〇三年）、安井重雄「寂蓮の風情」（『藤原俊成　判詞と歌語の研究』笠間書院、二〇〇六年）、浅田徹「定家と寂蓮」（『日本古典文学会々報』一二九号、一九九七年七月）、同「寂蓮の和歌を読む」（『語文』日本大学、一二三号、二〇〇五年十二月）、久松潜一編校『歌論集　一』（三弥井書店、一九七一年）、久保田淳校注『無名抄　現代語訳付き』（角川ソフィア文庫、二〇一七年）。

（野口美渚）

○四五　心《ココロ》なき　西行《サイギョウ》

心《ココロ》なき
身《ミ》にもあはれ《あわれ》は　知《シ》られけり
しぎ立《タ》つ沢《サワ》の
秋《アキ》の夕暮《ユウグレ》

【出典】『新古今和歌集』秋上・三六二

【現代語訳】ものの情趣を解する心もないような（出家した）この身にも、しみじみとした情趣は自然と知られるものであるよ。鴫《しぎ》の飛び立つ沢の秋の夕暮よ。

【作者】西行（一一一八～一一九〇）　平安時代後期の歌人、僧。俗名は佐藤義清《のりきよ》。法名は円《えん》位《い》。西行は号である。ほかに大《だい》本坊《ほんぼう》・大宝房《だいほうぼう》などといった号もある。元永元年（一一一八）に、武門の家に生まれた。父は藤原氏北家藤成《ふじなり》流の佐藤康《やす》清《きよ》、母は源清経《きよつね》の女である。徳大寺実能《さねよし》の家人となり、十八歳の時に兵衛尉《ひょうえのじょう》に任官し、下北面の武士として鳥羽院に仕えた。保延六年（一一四〇）十月十五日に妻子を捨てて出家したとされる。西行の出家の理由に関しては、諸説あるが、藤原頼長《よりなが》の記した『台記《たいき》』では純粋な出家への憧れによると語られる。出家後は嵯峨、鞍馬、醍醐などに草庵を結んだことが伝わる。三十代頃に陸奥へ下向し、平泉や白河関を訪れた。久安五年（一一四九）高野山大塔焼亡を機に高野山に入山した。以後、約三十年間、同地を活動の拠点とした。保元元年（一一五六）に勃発した保元の乱の際は京都に居合わせたとされる。乱後、讃岐に配流されてそのまま同地で崩御した崇徳《すとく》院の墓陵を参拝し、弘法大師空海の遺跡巡礼の旅に出ている。西行の家集である『山家集』によると仁安二年（一一六七）、西行五十歳の頃のことである。治承四年（一一八〇）には高野山を離れて、伊勢の二見浦《ふたみがうら》の近くに移住した。文治二年（一一八六）には再び陸奥へ下向し、その途次に源頼朝と会見している。文治六年（一一九〇）二月十六日、河内国弘川寺《ひろがわでら》にて七十三歳で入滅した。生前「願はくば花の下にて春死なむその如月の望月のころ」（山家集）という歌を詠み置き、その通りに亡くなったことから同時代歌人に大きな感銘を与えた。

西行は、「漂泊の歌人」とも称され、その旅に生きる姿勢とともに和歌が享受されてきた。彼の作品は、西行の言行と強く結びつけられて享受された。同時代の歌人たちの憧憬を受け、後代においても、その生き方が理想化されて崇敬を集め、多くの説話や伝承を生んだ。勅撰和歌集には、『詞花《しか》和歌集』に「よみ人知らず」として初めて入集し、以後、『千載和歌集』に十八首が採られ、『新古今和歌集』では集中最多の九十四首が入集している。

　家集に『山家《さんか》集』『聞書集』『残集』『山家心中集』『西行上人集』がある。また、西行が自撰した七十二首を三十六番に番《つが》えて藤原俊成、定家父子に加判を依頼した『御裳濯河歌《みもすそがわうた》合《あわせ》』『宮河歌合《みやがわうたあわせ》』などがある。

【語釈】＊心なき…「心」は、ここでは物事の情趣を理解する能力を指す。謙遜して言う。西行が僧侶であったことから、出家してそのような情趣に心を動かすことのないはずの身であるが、というニュアンスを読み取ることもできよう。＊あはれ…しみじみとした情緒。＊知られ…おのずから理解される。「れ」は「自然と～られる」という意味の自発を表す助動詞。＊けり…「だなあ」という意味の気づきや詠嘆を表す助動詞。三句切れ。＊しぎ立つ沢…「立つ」は、ここでは飛び立つの意味。「鴫（しぎ）」は、シギ科に属する鳥の総称。日本には旅鳥として渡来して、水辺で群棲する。和歌においては、『古今和歌集』の「暁の鴫の羽《はね》掻《が》き百《もも》羽《は》掻《が》き君が来《こ》ぬ夜は我ぞ数かく」（恋歌五・七六一）が人口に膾炙し、鴫が飛び立とうとする際に羽を打ち振る様子が連想され、また、暁の景物として詠まれることが多い。夕方の鴫を詠んだのは西行の独自の発想による。＊秋の夕暮…体言止め。

【解説】「三夕の歌」の第二首目である。『新古今和歌集』には、「題しらず」として入集しているが、西行の家集『山家集』には「あき、ものへまかりけるみちにて」の詞書で載る。これは「秋にどこそこへ向かう道中で」というほどの意味で、どのような折に詠まれたかは定かではない。心を揺さぶられる趣深い風景と遭遇した感動を表現した歌であるが、上の句の表現が見事である。三句切れの歌であり、上の句で一度切れる。その上の句では「あはれ」というものに触れた感動を宣言している。「心なき身」という極端な謙遜の表現や「知られけり」という自発・気づきの表現からはある種の演技性を感じられる。すなわち、ある風景を「趣深いものだ」と詠むのではなく、ある風景から「趣深い」という感情が掻き立てられ、自身にそのような感性があったことに驚くという大仰な表現は、感動の大きさを最大限に伝えるために選び抜かれた表現のように思われる。そして下の句では、その風景とは鴫が飛び立つ沢であると提示される。

　「しぎ立つ沢の秋の夕暮」の情景とはどのような風景であろうか。「鴫」は、和歌においては暁に詠まれることが多く恋歌の文脈で登場する鳥であったが、平安後期になり、田園風景の中の鴫が詠まれるようになる。西行の和歌もそのような平安後期の展開において詠まれた歌であるが、夕方の鴫は西行の独自の発想による。また、鴫は飛び立つ際の羽音が古来詠まれている。この歌でも鴫が飛び立つ際の音、その後に訪れる静寂に心を打たれたと解釈される。秋の夕暮は、物悲しさや憂いを詠むものであるが、この歌からはそのような悲観的な感情は読み取れない。

　『御裳濯河歌合』では、藤原俊成によって「幽玄」と評されている。つとに建久元年（一一九〇）の慈円の歌にその影響が窺え、建久三年（一一九二）に立案された『六百番歌合』では、この歌の影響を受けて「鴫」が秋の題として設けられている。このことからも、同時代の歌人からの評価が高かった様子が窺える。

【備考】この歌は、西行の自讃歌であったにもかかわらず、第七番目の勅撰集『千載和歌集』の撰に漏れる。撰者の藤原俊成は、『御裳濯河歌合』の判を付けるためにこの歌を目にしていたはずで、意図的に採られなかったのであろう。このことを取材した説話が後代に生み出された（『今物語』、『井蛙抄《せいあしょう》』巻六等）。

【参考文献】久保田淳『草庵と旅路に歌う　西行』（新典社、一九九六年）。

（木村香子）

○四六

ミワタせば
見渡せば

フジワラノテイカ
藤原定家

ミワタせば
見渡せば

ハナも　モミジも　なかりけり
花も紅葉も　なかりけり

ウラの　トマヤの　なかりけり(もある)
浦の苫屋の

アキの　ユウグレ。
秋の夕暮

【出典】『新古今和歌集』秋上・三六三

【現代語訳】ふと見渡せば、花も紅葉もないのであった。海辺に海人《あま》の苫屋が並ぶ秋の夕暮れよ。

【作者】前出(○四〇参照)。

【語釈】＊花も紅葉も…華やかな自然美の代表格を並べた言い方。＊なかりけり…この「けり」は「気づきの詠嘆」と呼ばれる詠嘆の助動詞。なかったことだよ。＊苫屋…苫屋は苫(茅で編んだむしろ)を建材とした粗末な小屋。海人(漁民)の仮小屋として解される。

【解説】前の寂蓮・西行の歌と合わせて「三夕《さんせき》の歌」と称される。詞書「西行法師勧めて百首歌詠ませ侍りけるに」。文治二年(一一八六)に西行が伊勢神宮に奉納するため歌人たちに勧めて詠ませた「二見浦百《ふたみがうらひゃく》首《しゅ》」の中の一首である。定家にとっては三度目の百首歌詠作の機会であった。

　二句に詠まれた「花・紅葉」を続けて「なかりけり」と明確に否定する構成が特徴的な歌である。しかし「花・紅葉」が否定されて下の句で「浦の苫屋」が登場しても、歌の印象が「浦の苫屋」のみに塗り替えられてしまうわけではない。一度言葉にされた景物は、否定してもそのイメージが完全にかき消されることはなく、むしろ「花・紅葉」の面影はひときわ鮮やかに読み手の脳裏に留まり、現実の景として提示される「浦の苫屋の秋の夕暮」の上に二重写しとなるのである。これは残像的効果とも評され、「なかりけり」という言葉とは裏腹な機能を狙ったものと解釈される。

　またこの「けり」は気づきの意味があることも注目される。見渡して何かが「ある」ことに気がつくのは当たり前の言い方だが、この歌では「不在」に気づくという意表を突く構成を取る。さらには、上の句で「不在」に気づいてみせた後、下の句で提示されるのは「浦の苫屋」海辺の粗末な小屋である。これは初めから「苫屋の存在に気づいた」と詠んでいるのではない点に眼目があり、存在しない「花や紅葉」をまず引き合いに出すことで、そもそも「花や紅葉」への期待があることが言外に示される。おそらくは自覚せぬうちに「花や紅葉」への期待を忍ばせた目で辺りを眺めわたし、その上で「不在」を発見して現実の苫屋が意識に追いついてくる。胸中に期待していた幻の華やかな花・紅葉の明るさと、現実のうらさびれた海辺の風景の薄暗さがその時ぶつかりあい、独特の陰影を持った一首として立ち現れてくるのである。

　この歌については、『源氏物語』の明石の巻の描写を踏まえているという指摘もある。

> 箏《そう》の御琴《こと》参りたれば、すこし弾きたまふもさまざまいみじうのみ思ひきこえたり。いとさしも聞こえぬ物の音《ね》だにをりからこそはまさるものなるを、はるばると物のとどこほりなき海づらなるに、なかなか春秋の花紅葉の盛りなるよりは、ただそこはかとなう茂れる蔭《かげ》どもなまめかしきに、水鶏《くいな》のうちたたきたるは、誰《た》が門《かど》さしてとあはれにおぼゆ。

引用は明石入道邸で源氏が海を見ながら箏を弾く場面。この部分で花や紅葉のない季節の海辺の情景の風情に言及しており、定家が発想の種とした可能性は十分考えられるだろう。

【備考】非常に有名で、古来さまざまな解釈が試みられている歌である。「花も紅葉もない景だが、浦の苫屋の秋の夕暮れはそれはそれでまた趣深い」と不在を踏まえた上で下の句の景を肯定するもの、「花も紅葉も及ばないほど浦の苫屋の秋の夕暮れはすばらしい」と「花・紅葉」を「浦の苫屋」の景が凌駕すると読むもの、「花も紅葉もなくさびしい光景である」と「浦の苫屋」を単に殺風景な景と理解するものといった系統に分かれ、さらには「花や紅葉は実際の景物か、それとも華やいだもの全般を象徴する概念なのか」といった論点もある。「苫屋は殺風景」系統のバリエーションには、これは配所住まいの哀感を詠んだもので、「往時都では花や紅葉を賞美したが、今この貶謫《へんたく》（官位を下げて遠方の地に移されること）の地にはみすぼらしい苫屋があるばかり」という意味だとする説もある。定家が『源氏物語』明石の巻の描写から海辺と花・紅葉を取り合わせただけでなく、源氏の須磨蟄居のエピソードも念頭に置いて作歌したと想定すれば、そのように読み解くことも可能であろう。この時代、物語の登場人物に我が身をなぞらえ、その人物の立場から歌を詠むということはよく行われた。

　右の【解説】においては「浦の苫屋」の景は殺風景でさびしいもの、「花・紅葉」は華やかなものの象徴という方向で解釈した。また「ぶつかり合い」と先ほど表現したが、「苫屋」と「花・紅葉」の二者間には何かしら収まりの悪い齟齬が生まれているように感じられる。文章として意味が取れない箇所はないのだが、上の句下の句がどのような関係にあるのかがわかりにくい、構成の難しい歌である。

　またこの歌は、茶道の秘伝書で「わび茶の湯の心」を示す歌として紹介されてもいた。その心は「花・紅葉の華やかさを味わいつくしたのちにこそ、浦の苫屋のわびの境地を知ることができる」という意味だと説かれる。「見渡せば」という歌単体の解釈としての妥当性は認めがたいが、和歌が何かしらの教訓や真理を説くものとして捉えられたり、またある種の神秘性を伴って享受されたりする、和歌という文芸形式の性格の一つを示す例である。

【参考文献】小島吉雄『新古今和歌集の研究』（星野書店、一九四四年）、森澤眞直「定家歌「みわたせば花も紅葉も」論―研究史の検証と解釈の秩序―」（『日本文芸論叢』第十三・十四合併号、二〇〇〇年三月）、寺島恒世「〈名歌を読む〉ということ―定家歌「見わたせば花も紅葉も」の解―」（『日本文学』第五十四巻三号、二〇〇五年三月）、赤羽淑『定家の歌一首』（桜楓社、一九七六年）、阿部秋生ほか校注・訳『源氏物語　二』（新編日本古典文学全集21、小学館、一九九五年）、筒井紘一『利休聞き書き「南方録　覚書」全訳注』（講談社学術文庫、二〇一六年）。

（野口美渚）

○四七　秋風《アキカゼ》に

藤原顕輔《フジワラノアキスケ》

秋風《アキカゼ》に
たなびく雲《クモ》の　絶《タ》え間《マ》より
もれ出《イ》づる月《ツキ》の
かげのさやけさ。

（発音：アキカゼに　たなびく　クモの　タえマより　もれイずる　ツキの　かげの　さやけさ）

【出典】『新古今和歌集』秋上・四一三

【現代語訳】秋風に吹かれて、たなびいている雲の絶え間から、漏れ出てくる月の光のなんと澄みきって明るいことよ。

【作者】藤原顕輔（一〇九〇～一一五五）　平安時代後期の歌人。藤原式家末茂《すえもち》流。寛治四年（一〇九〇）に、父修理大夫藤原顕季《あきすえ》と母藤原経平《つねひら》女の第三子として生まれた。父顕季が白河院の近臣として恩寵を受けていた縁で、十一歳の時に白河院判官代となり、以降も院の分国の国守を務めるなど、官位に恵まれた。しかし、大治二年（一一二七）に讒言によって白河院の勘気を蒙り昇殿を停められた。この時三十八歳であった。二年後に白河院が崩御したことで復帰し、以前より親近していた鳥羽院に参仕した。長承三年（一一三四）には、『中宮《ちゅうぐうの》亮《すけ》顕輔《あきすけの》家《いえの》歌合《うたあわせ》』を主宰している。保延三年（一一三七）には、四十八歳で従三位に叙せられて公卿として名を連ねた。同五年には左京大夫《さきょうのだいぶ》を兼ねた。和歌を好んだ崇徳《すとく》院にも仕え、久安六年（一一五〇）には崇徳院の下命により、『久安《きゅうあん》百首』を詠進している。また、同時期に第六番目の勅撰集『詞《し》花《か》和歌集』を奏上した。久寿二年（一一五五）、病が篤くなり五月六日に出家し、翌日に没した。享年は六十六歳であったとされる。

父顕季の跡を継ぎ、『古今著聞集《ここんちょもんじゅう》』には、崇徳院が顕輔に百首歌を詠む際のしきたりについて顕季から教授されたことがあるかと問い合わせた話が載る。源俊頼や藤原基俊の亡き後は、歌壇の指導者として活躍し、父顕季から起こった六条藤家《ろくじょうとうけ》を歌道師範家として確立した。子に歌人として著名な清輔、重家、季経等、猶子に顕昭がある。長男の清輔とは不和であったようだが、晩年には父顕季から受けついだ人麻呂の肖像を譲っている。

勅撰和歌集の初出は第五番目の勅撰和歌集である『金葉《きんよう》和歌集』の十四首。同集の撰者である源俊頼に高く評価されていたことが窺える。なお、『千載和歌集』への入集は十四首、『新古今和歌集』への入集は六首。その作風は、穏健な作が多いが、叙景歌や述懐歌に優れていると評されている。家集に『左京大夫顕輔集』がある。

【語釈】＊秋風に…「に」は原因・理由を表す格助詞で、「〜によって」「〜のために」という意味。＊たなびく…雲や霞などが薄く長く層をなしてただよう。＊もれ出づる月の…字余り。＊かげ…光。＊さやけさ…清らかに澄んで明るいこと。体言止め。

【解説】この歌は、秋風に吹かれてただよう雲、その切れ間から隠れていた月が清明な光を放つさまを詠んでいる。そこには月の登場を心待ちにする主体がいる。雲一つない夜空に浮かぶ満月ではなく、雲間からわずかにもれる月光に焦点を当てることで、かえって月光の美しさを際立たせている。

　第四句を字余りとすることで、韻律に変化を持たせ、第五句の「かげのさやけさ」に焦点が当たるように工夫されている。また、体言止めの技巧も言葉では言い表せない感動を余韻として漂わせるもので、第五句に重点が置かれている。このように、この歌の重心は第五句にあるのである。なお、第四句以外の各句の句頭にはア段音が配されていて、明るくのどかな印象を与えている。

　久安六年（一一五〇）、崇徳院の下命によって製作された『久安百首』が完成した。この百首歌の構成は、春二十首、夏十首、秋二十首、冬十首、恋二十首、神祇二首、慶賀二首、釈教五首、無常二首、離別一首、羇旅《きりょ》五首、物名二首、長歌一首である。顕輔は、秋二十首のうち四首に月を詠んでいる。「秋風に」の歌の直前に配された二首を取り上げたい。

　あまつ風雲吹払ふ秋の夜は
　月よりほかの物なかりけり

（天を吹く風が雲を吹き払う秋の夜は、月以外の邪魔者はないのであるなあ。）

　秋の夜の月のひかりにさそ
　はれてしらぬ雲路に行くこ
　ころかな

（秋の夜の月の光に誘われて、何処とも分からない雲路にまで行ってしまう心であるよ。）

一首目の「あまつ風」の歌では、雲一つない空に浮かぶ月を心置きなく堪能している。また、「秋の夜の」の歌では、月光に導かれて心が上空をさまよう夢見心地なさまを詠んでいる。そして、「秋風に」の歌では、雲に隠された月の光が漏れてくる様子を詠んでいる。快晴の空に浮かぶ満月から、雲間の月への展開が緻密に計算されている。なお、『新古今和歌集』においても、「雲一つない空に澄む月→雲を皓皓《こうこう》と照らす月→雲の間の月（顕輔の歌）→雲に隠された月」の順に月を詠んだ歌が配置されている。

　この時、顕輔は六十一歳で、第六番目の勅撰和歌集『詞花和歌集』の編纂をしていた。『久安百首』はその『詞花和歌集』の撰集資料とする意図で企画されたようだが、まもなく完成した『詞花和歌集』に顕輔はこの百首の歌を数首しか採録しなかった。崇徳院はこのことに不満を持ち改撰を望んでいたが、それが叶う前に保元の乱が起こり、讃岐へと配流された。その後、崇徳院の遺志を受け継いだ藤原俊成の撰になる『千載和歌集』には、この百首から多くの歌が入集した。

　また、この歌は藤原定家撰『百人秀歌』に選ばれたことで知られる。定家は他の秀歌撰にもこの歌を繰り返し採録している。歌人顕輔を代表する名歌と考えていたのであろう。

【備考】『久安百首』では第二句を「ただよふ」とする。「ただよふ」の本文の方が「たなびく」と比べて雲の動きのある描写という印象があるが、歌意は大きく異ならない。

【参考文献】井上宗雄『平安後期歌人伝の研究』（笠間書院、一九七八年）、西尾光一・小林保治『古今著聞集上』（新潮日本古典集成、新潮社、一九八三年）、甲斐睦朗「百人一首を味わう【七】」（『日本語学』第三十六巻一号、二〇一七年一月）。

（木村香子）

○四八 行く末は《ユくスエは》

藤原良経《フジワラノヨシツネ》

行く末は《ユくスエは》

空もひとつの《ソラもひとつの》　武蔵野に《ムサシノに》

草の原より《クサのハラより》

出づる月かげ《イずるツキかげ》。

【出典】『新古今和歌集』秋上・四二二

【現代語訳】道の行く末は大空とひとつにつながる武蔵野に、草原から出てくる月の光よ。

【作者】藤原（九条）良経（一一六九〜一二〇六）　鎌倉時代歌人、政治家。名は「りょうけい」とも読む。幼名は乙童、南海漁父《なんかいぎょふ》・西洞隠士《せいとういんし》・式部史生秋篠月清《しきぶししょうあきしのげっせい》などと号す。後京極摂政《ごきょうごくせっしょう》・中御門摂政《なかみかどせっしょう》・後京極殿《ごきょうごくどの》とも称される。嘉応元年（一一六九）に生まれる。関白九条兼実《くじょうかねざね》の次男。母は藤原季行《ふじわらのすえゆき》の女《むすめ》。慈円《じえん》は叔父、後鳥羽院中宮任子《にんし》は妹にあたる。治承三年（一一七九）元服して従五位上に叙爵、文治元年（一一八五）には従三位に叙され公卿となる。順調に昇進を重ね、建久六年（一一九五）には左近衛大将を兼ねつつ内大臣に至る。父兼実が源通親《みなもとのみちちか》との政争に敗れた建久七年の政変（一一九六）で一時は九条家全体が失脚するも、正治元年（一一九九）左大臣となり政界に復帰。建仁二年（一二〇二）に摂政、元久元年（一二〇四）従一位太政大臣に至るが、建永元年（一二〇六）に急逝した。

幼少時から漢詩文に親しんでおり、その素養を和歌の詠作にも活かしている。和歌については藤原俊成に学び、また叔父の慈円や俊成息の定家とも和歌を通じて密接な交流があった。「花月百首《かげつひゃくしゅ》」「十題百首《じゅうだいひゃくしゅ》」といった催しを経て、建久四年（一一九三）に大規模な歌合『六百番歌合《ろっぴゃくばんうたあわせ》』を主催。新古今前夜の和歌行事の中心にあった。後鳥羽院が和歌活動に邁進するようになると、院主催の『正治初度百首《しょうじしょどひゃくしゅ》』『千五百番歌合《せんごひゃくばんうたあわせ》』『元久詩歌合《げんきゅうしいかあわせ》』等に出詠し、後鳥羽院歌壇の重要な位置を占めるようになる。『新古今和歌集』編纂においては和歌所《わかどころ》（編纂のための事務所）の寄人《よりうど》（職員）に任ぜられる。また『新古今集』仮名序を執筆し、巻頭歌（集最初の歌）にも良経の「み吉野は山も霞みて白雪のふりにし里に春は来にけり」が選ばれた。『新古今集』には西行・慈円に次いで多い七十九首が入集している。能書家でもあり、書風は後京極流《ごきょうごくりゅう》と呼ばれた。

良経の和歌について、後鳥羽院の歌論書『後鳥羽院御口《ごとばいんごく》伝《でん》』では、「格調高い歌を主に詠みつつ、さまざまな詠み方ができ、不審な言葉遣いなどもなく、歌それぞれに由緒が感じられるのは不可思議なほどだった。百首まとめて詠む作品では、その中に平凡な歌といったものもないことがかえって難と言えるかもしれず、よい歌が余りに多いので二、三首例に挙げるなどということがむずかしい」と大絶賛されている。おおらかな詠みぶりや繊細な視点、漢詩に基づいた言葉遣いなどが作風の特徴として挙げられる。人柄は温和で慕われていたようで、突然の逝去に際しては君臣ともに深く悼んだという。

歌集に『秋篠月清集』があり、他にも自身の和歌を歌合形式に仕立てた『後京極殿御自歌合《ごきょうごくどののおんじかあわせ》』、同様のことを漢詩と和歌で試みた『三十六番相撲立詩歌《さんじゅうろくばんすまいだてしいか》』などを残している。

【語釈】＊行く末…行く道の果て。＊空もひとつ…一つながりに続いていることを言う。＊武蔵野…旧国名の武蔵国の野原。関東平野全体を指すこともある。狭くは多摩川と荒川に挟まれた地域を指す。「紫草」「尾花（すすき）」などが武蔵野の代表的な景物である。古典においては草生い茂る荒野のイメージが持たれていた。＊月かげ…月、または月の光。

【解説】詞書は「五十首歌奉りし時、野径月《やけいのつき》」。建仁元年（一二〇一）の後鳥羽院主催『仙洞句題五十首』に際して詠まれた歌で、題は「野道に見る月」の意。『新古今和歌集』編纂のために和歌所（事務所）が置かれて間もない時期の企画であり、『新古今集』に撰び入れる歌を詠むことが意識された。

題の「野径」から武蔵野に伸びる道を題材とした。良経は東国に下った記録はなく、おそらくは完全に想像の世界を詠むが、非常に雄大な描写を達成している。「天《あま》つ空ひとつて見ゆる越《こし》の海の波をわけてもかへる雁がね」（『千載和歌集』春上・源頼政《みなもとのよりまさ》）のように、大空と海や波の合一を詠むことは少し前の時代から見え、同時代の慈円や定家などにも同様の趣向を取り入れた作がある。当時の京の人にとっては広大に広がるものといえば草原よりも海が身近であったためだろうが、この歌では武蔵野という歌枕を活かし、野原とその中を伸びてゆく道が地平線へ、空へと続く遥かさの描写に置き換えている。また京にあれば月や日は山から上り山に沈むが、広大な関東平野においてはそのように周囲を取り囲む山がなく、月も日も地平線から出て入る（と理解された）。類似の発見を詠む和歌に、紀貫之『土佐日記』の中の「都にて山の端《は》に見し月なれど波より出でて波にこそ入れ」がある。土佐（高知）から京に帰還する船路の旅で読まれた歌であるが、この良経歌も旅人の目線から描写したものだろうか。遥かな大空を巡る月は己が立つこの草原の道の続く先から上るという、武蔵野の驚くべき広がりを伸びやかに詠んだ一作である。

【備考】後代のやまと絵の武蔵野図では、秋草の茂る武蔵野に、富士山と対で地平線上の月が描かれる構図が一つの型となっている。おそらくはこの良経歌と『続古今和歌集』の「武蔵野は月の入るべき峰もなし尾花が末にかかる白雲」（秋上・四二五・源通方）といった歌の影響もあるのだろう。

【参考文献】谷知子・平野多恵『秋篠月清集／明恵上人歌集』（和歌文学大系60、明治書院、二〇一三年）、小山順子『藤原良経』（コレクション日本歌人選27、笠間書院、二〇一二年）。

（野口美渚）

○四九

みヨシノの
み吉野の

フジワラノマサツネ
藤原雅経

みヨシノの
み吉野の

ヤマの　アキカゼ
山の秋風

さヨ・ふけて
さ夜ふけて

ふるさと　サムく
ふるさと寒く

コロモ　ウ・つなり
衣打つなり

【出典】『新古今和歌集』秋下・四八三

【現代語訳】吉野の山に秋風が吹いて、夜が更けると古い都の地からは寒く衣を打つ音が聞こえる。

【作者】藤原（飛鳥井）雅経（一一七〇～一二二一）　鎌倉時代歌人。和歌・蹴鞠《しゅうきく》の二道を伝える飛鳥井家の祖。嘉応二年（一一七〇）生まれる。父は藤原頼経《ふじわらのよりつね》。母は源顕雅《みなもとのあきまさ》の女《むすめ》。祖父は蹴鞠の名手として知られた頼輔《よりすけ》。文治五年（一一八九）に父頼経が源義経《みなもとのよしつね》と結び源頼朝《みなもとのよりとも》を討とうとした科《とが》で伊豆に配流《はいる》され、雅経兄宗長《むねなが》も官職を解かれる。この事件で雅経に累が及んだ記録はなく、その後鎌倉に下向し、知遇を得て鎌倉幕府重臣大江広元《おおえのひろもと》の女《むすめ》を妻とする。建久八年（一一九七）後鳥羽天皇の命を受け、内裏蹴鞠会出席のため上洛する。同年に侍従に任じられ、以降後鳥羽天皇に近く仕えるが、鎌倉との関係も依然深く、京の歌人と鎌倉の仲介役も務めた。作歌活動については建久九年（一一九八）から見え、正治二年（一二〇〇）からは、上皇となった後鳥羽主催の和歌の催しにもたびたび参加するようになる。建仁元年（一二〇一）には『新古今和歌集』撰者の一人に選ばれた。建保六年（一二一八）従三位、承久二年（一二二〇）参議に至り、承久の乱勃発直前の承久三年（一二二一）三月に没した。

『新古今和歌集』の撰者であり、自身の作も二二首入集する。和歌の詠作を始めるのは二九歳からであまり早くはないが、三二歳時に『新古今集』撰者に任命されるまでに、後鳥羽院主催の『正治後度百《しょうじごどひゃく》首《しゅ》』『老若五十首《ろうにゃくごじっしゅ》』『千五百番《せんごひゃくばん》歌合《うたあわせ》』などの主要な和歌行事に出詠し、経歴が浅い内から院に目をかけられていたことがうかがえる。また順徳天皇内裏でも和歌行事に参加し、歌人として活躍していた。先述したように鎌倉とは縁が深く、京に帰還した後も記録に残るだけで三度鎌倉と往還しており、和歌に熱心な三代将軍実朝《さねとも》に対しては定家の書状を送る仲介をしたり、鴨長明と引き合わせたりもしている。

後鳥羽院が和歌について記した『後鳥羽院御口伝《ごとばいんごくでん》』では

「雅経は、ことに案じかへりて歌詠みし者なり。いたくたけある歌などは、むねと多くは見えざりしかども、手だりと見えき」（雅経は、何度も繰り返し思案して歌を詠んだ者である。非常に格調高い歌を主に多く詠んだわけではないが、優れた歌人であった）と評される。一方順徳天皇執筆の『八雲御抄《やくもみしょう》』では、「近き人の歌の詞をぬすみとる」歌人として名が挙がっており、同時代の歌人の和歌から工夫のある言葉を取り入れて自作に用いてしまい、中には雅経より力量は下であろう相手の作からも模倣してしまったことなどが批判的に伝えられる。また古い時代の和歌を本歌取りする際も、本歌の句を多く取って自作に詠むことがあり、それも批判を受けた。よい歌人として認められてはいたが、不用意と見られかねない側面もあったようである。歌集に『明日香井集』（孫雅有の撰）、蹴鞠の書に『革菊《かくきく》別記』『蹴鞠略記』がある。

【語釈】＊み吉野…吉野は旧国名の大和国の歌枕で、現在の奈良県にある。古典和歌においては隠遁地や雪・桜のイメージが強いが、かつて離宮があったため第四句で「ふるさと」と言う。「み」は接頭語。＊さ夜…夜。「さ」は接頭語。＊衣打つ…衣を石の台・木の槌で打って柔らかくしたり、つやを出したりする冬支度の作業。打つ際の道具のことを砧《きぬた》と呼び、これもまた歌に詠まれる。漢詩の題の「擣衣《とうい》」は出征した夫の帰りを待ちながら衣を打つ妻の寂寥や、哀愁を誘う音が主題であり、和歌の題においてもそれらを踏襲している。＊なり…伝聞推定の助動詞。

【解説】詞書「擣衣の心を」。「擣衣」の題で詠んだ歌であるが、詳細な詠作事情は不詳である。『小倉百人一首』にも取られて著名。本歌は『古今和歌集』の「み吉野の山の白雪つもるらしふるさと寒くなりまさるなり」（冬・三二五・坂上是則）。季節を本歌の冬から冬支度の最中の晩秋にずらし、「白雪」という視覚的景物を抜いた代わりに、寒さにわびしさを添える「衣打つなり」という聴覚的表現を足している。「擣衣」の題意が含む「夫を待つ妻」の姿は歌の前面には表れず、ただ哀感漂う音として取り上げられた砧の響きが歌中に鳴っている。

本歌では作中人物が、「山の方には雪が積もっているのだろう、このふるさとも寒さが一段と増している」と吉野の「ふるさと」にいる立場から吉野の「山」の様子を推量しているが、雅経の歌ではそうした「山」と「ふるさと」の対比の構造はあまり意識されない。「山」の様子と「ふるさと」の様子としてそれぞれ描かれる「秋風」と「衣打つ」音は、吉野という地の秋の夜を寒々と覆う景物の両輪として機能している。晩秋の夜の寒さが身に染みて感じられるのは、皮膚感覚として冷感を伝える秋風に、寂しさという心理的な寒さを内包する擣衣の響きが重ねられるからである。同時代に批判を受けていたように、古歌から言葉を多めに取り、さらには句の位置もまったく変えずに取っているが、本歌の提示する世界の範疇に収まってしまうでもなく、同じく寒さについて詠みつつもまったく異なる寂寞《せきばく》の世界を表現し得ている。

【参考文献】田村柳壹「新古今撰者・藤原雅経の初学期をめぐって」（『後鳥羽院とその周辺』笠間書院、一九九八年）、稲葉美樹「飛鳥井雅経年譜」（『十文字学園女子大学短期大学部研究紀要』四十五集、二〇一五年三月）、同『飛鳥井雅経と藤原秀能』（コレクション日本歌人選26、笠間書院、二〇一一年）。

（野口美渚）

○五○ 駒《コマ》とめて

藤原定家《フジワラノテイカ》

駒《コマ》とめて
袖《ソデ》うち払ふ《ハロう》　かげもなし
佐野《サノ》のわたりの
雪《ユキ》の夕暮《ユウグレ》

【出典】『新古今和歌集』冬・六七一

【現代語訳】馬をとめて、雪のつもる袖を払えるような物陰もない、佐野の渡りの雪降る夕暮れ。

【作者】前出（○四○参照）。

【語釈】＊駒…馬。馬よりも和歌にふさわしい雅な語として使用しているか。＊佐野のわたり…本歌『万葉集』の「苦しくも降りくる雨か三輪《みわ》の埼狭《さきさ》野《の》の渡りに家もあらなくに」（巻三・二六五・長忌寸《ながのいみき》奥麻《おきま》呂《ろ》）から取る。『万葉集』の歌においては旧国名の紀伊の国、現在の和歌山県にある地名を指していたが、定家の時代では大和国、現在の奈良県の地名を指す歌枕として理解されていた。「わたり」は渡し場のこと。＊雪の夕暮…「主《ぬし》ある詞《ことば》」（最初に表現を考えた歌人以外は憚って使うべきではないとされたすぐれた和歌の句）として藤原為家（定家息）『詠歌一体《えいがのいってい》』に載り、後年定家の著名句として定着・流布する。ただし、この表現を最初に用いたのは『新古今和歌集』冬部の寂蓮「降りそむる今朝だに人の待たれつる深山の里の雪の夕暮」（今朝雪の降り始めた時ですら訪れる人を願っていたのに、一日降り続いてますます人の訪うはずもない山深い里の雪の夕暮よ）である。

【解説】詞書「百首歌たてまつりし時」。正治二年（一二〇〇）の後鳥羽院主催『正治《しょうじ》初度《しょど》百《ひゃく》首《しゅ》』にて詠んだ作。定家は当初この百首の参加歌人に数えられていなかったが、父俊成《しゅんぜい》の運動の甲斐あって院から参加を認められた。また実際に提出した百首の内容もすぐれていたため、院の覚えめでたくこの後すぐに内の昇殿を許されることになった。

　騎乗した旅人が雪の中を進んでいる。広い袖を引きかぶって雪をしのぐけれども、刻々と雪は袖を覆い染みてゆく。どこか物陰に入って積もった雪を払いたいが、そのように馬を止められる場所もない、佐野の渡し場の夕暮れの景である。一首を細かく分解して説明すればこのようになるであろうが、歌は無駄なく凝縮された端正な仕上がりとなっている。騎乗する馬・雪積もる袖という上の句の旅人視点の近景から、下の句で辺り一帯を示した遠景にズームアウトするカメラワークも巧みな歌であり、絵画的和歌とも評されるゆえんである。ひたすらに雪ばかりが舞う白一色の情景が印象的なため、本歌の「苦しくもあるか」のような実感を削ぎ落した唯美的な作とも解釈される。

　本歌取りの歌の代表作としても名高い歌である。『万葉集』巻三・二六五の「苦しくも降りくる雨か三輪の埼狭野の渡りに家もあらなくに」（苦しいことに雨が降ってきてしまった、三輪の埼の狭野の渡し場の所には家もないというのに）から、言葉としては「佐野の渡り」だけを取っている。定家は本歌取りの技巧について、「近い時代の人の歌から取ってはならない」「本歌から三句も取ってはならず、多くても二句に三、四字加える程度でとどめること」「本歌の主題をそのまま自分の歌の主題にしてはいけない（桜を詠む本歌を取って自分も桜を詠むといったことはいけない）」などの制約を加えているが、この「駒とめて」は『万葉集』の歌が本歌なので近い時代ではない」「前述の通り『佐野の渡り』の六字だけ取っている」「本歌の景物の雨を雪に変えている」と定めた制限をクリアしながら、本歌の前提を踏まえて巧みに本歌取りしている。詳しく見ていくと、「駒とめて」では、本歌で佐野の渡りが「家」もないと詠まれたことを受け、家どころか立ち止まれるような「かげもなし」と、さらに寄る辺のない場所として佐野の渡りを造形する。何もさえぎるもののない土地の舞台設定を整え、本歌の「雨」から主題を変更した「雪」によってその広漠とした景を埋め尽くしている。本歌に確かに立脚しつつ、独自の奥行きのある世界を構築し得ている。ちなみに本歌で言う「家」は自宅を指し、狭野のわたりからはわが家まで遠いということを詠んでいるのだが、定家の時代では周囲に人家がないという意味で理解され、定家もその前提で歌を作っている。

【備考】謡曲『鉢木《はちのき》』に引用されていることでも著名。

もと見し雪に道を忘れ、今降《ふ》る雪に行《ゆ》きがたを失ひ、ただひと所《とこ》に佇《たたず》みて、袖《そで》なる雪をうち払ひうち払ひし給ふ気色《けしき》、古歌《こか》の心に似たるぞや、駒留《こまと》めて、袖《そで》うち払ふ蔭《かげ》もなし、佐野《さの》のわたりの雪の夕暮れ、かやうに詠みしは大和路《やまとじ》や、三輪《みわ》が埼なる佐野のわたり、これは東路の、佐野のわたりの雪の暮れに、迷ひ疲れ給はんより、見苦しく候へど、ひと夜は泊まり給へや。

前ワキの旅の僧が雪の中で行き迷い、シテの貧しい武士に一夜の宿を借りることになる場面。『鉢木』は東国の佐野（群馬県高崎のあたり）が舞台であり、土地は違えども同名の縁から「駒とめて」が引かれている。

　また室町時代以降、主に近世になってこの和歌を図像化した「佐野渡図」が盛んに絵画や蒔絵《まきえ》作品として制作されるようになる。尾形光琳《こうりん》「佐野渡硯箱」「佐野渡図」・酒井抱一《ほういつ》「佐野渡図屏風」など著名な画家の手によるものもある。「佐野渡図」においては、馬に乗り袖を頭上に掲げた旅人の姿（供を連れていることもある）が共通する図案であり、画中の旅人は定家その人と見なされていた。

【参考文献】稲岡耕二『万葉集　一』（和歌文学大系1、明治書院、一九九七年）、佐竹昭広ほか校注『万葉集　一』（新日本古典文学大系1、岩波書店、一九九九年）、田代一葉「古歌の図像化と画賛―藤原定家詠「駒とめて」歌を中心に―」（鈴木健一編『浸透する教養　江戸の出版文化という回路』勉誠出版、二〇一三年）、渡邉裕美子「地名から歌枕へ―「佐野の渡り」をめぐって―」（『立正大学大学院紀要』第三十九号、二〇二三年三月）、横道萬里雄・表章校注『謡曲集　下』（日本古典文学大系41、岩波書店、一九六三年）、久松潜一編校『歌論集　一』（三弥井書店、一九七一年）。

（野口美渚）

○五一　吉野山《ヨシノヤマ》　西行《サイギョウ》

吉野山《ヨシノヤマ》
やがて《やがて》出でじと《イでじと》　思ふ身を《オモうミを》
花散りなばと《ハナチりなばと》
人や待つらむ《ヒトやマつらん》

【出典】『新古今和歌集』雑中・一六一九

【現代語訳】吉野山をそのまま出るまいと思っている我が身を、花が散ったならば（山から降りてくるだろう）とあの人は待っているだろうか。

【作者】前出（○四五参照）。

【語釈】＊吉野山…大和国の歌枕。古来、隠遁の地として詠まれた。また、雪深い土地として詠まれる歌枕であったが、平安後期には桜の名所として和歌に詠まれるようになった。特に西行には、吉野の桜を詠んだ名歌が多数あり、桜の名所・吉野のイメージの形成に影響を与えた。＊やがて…そのまま。すぐに。＊出でじ…「じ」は「まい」という意味の打消の意志の助動詞。＊花散りなばと…花が散ったならばと。「な」は「してしまう」という意味の完了の助動詞。「ば」は仮定条件。「してしまったならば」という意味になり、これに続く部分は省略されているが、「きっと出てくるだろう」といった内容が続く。＊人や待つらむ…あの人は今頃待っているだろうか。「や」は疑問の係助詞。「らむ」は「しているだろう」という意味の現在推量の助動詞で、係り結びにより連体形で結ばれる。

【解説】この歌が詠まれた経緯は定かでない。しかし、西行は実際に吉野山大峰《おおみね》で修行していたことがある。その折の経験に基づいて詠まれたものであろうか。

西行歌の特色を検討するために、先に西行以前の「吉野山」の歌を確認したい。

吉野山峯の白雪いつきえてけさは霞の立ちかはるらん
（拾遺集・春・四・源重之《しげゆき》）
（吉野山の峰の白雪は一体いつの間に消えて、今朝は霞に立ち替わっているのだろうか。）

さくらばなさきぬるときはよしのやまたちものぼらぬみねのしら雲（金葉集・春・四七・藤原顕季《あきすえ》）
（桜花が咲いている時は、吉野山では桜と同化してたちのぼることもない峰の白雲よ。）

源重之の歌は、吉野山にたなびく霞を見て、春の訪れを感じている。藤原顕季の歌は、桜の季節には雲までも桜に見えてしまうと吉野山の満開の桜を詠んでいる。どちらの歌も、吉野山を遠景として眺望する視点で詠んでいる。このように、「吉野山」は山の外から眺めるという詠まれ方をすることが多いのである。

翻って西行の歌は、家集『山家集』に「吉野山」を詠み込んだ歌が十四首も見出せるが、高く評価されたものは、吉野山山中に在って、吉野山に心惹かれる我が身、吉野山に籠る我が身を主題とした歌であった。『新古今和歌集』に入集した西行の吉野山の歌は、前述の伝統的な吉野山の歌の系譜からは外れたものと言えよう。『新古今和歌集』には、「やがて出でじ」の歌を含めて、三首の「吉野山」詠が採られている。

吉野山桜が枝に雪ちりて花おそげなる年にも有るかな

(吉野山では桜の枝に花ではなく雪が散って、花が咲くのが遅そうな年であることだ。)

吉野山去年《こぞ》の枝折《しお》りの道かへてまだ見ぬかたの花をたづねん

(吉野山で、去年つけておいた目印の道を変えて、まだ見ない方面の花を訪ねよう。)

「やがて出でじ」の歌は、世を逃れて山中に籠っている主体が知人に思いを馳《は》せる歌である。右に挙げた一首目は、吉野が雪深い土地であることを踏まえて、吉野山に咲く桜の枝は、花弁の代わりに雪が散っていると詠む。桜の枝に焦点を当てた近景を詠んだ歌である。二首目の「去年の枝折の」の歌は、吉野山中に分け入っていく主体の視点で詠まれたものである。いずれも実際に吉野に身を置いた西行にしか詠むことのできない歌として高く評価されたのであろう。

ここまでに挙げた歌からも分かるとおり、西行は桜をこよなく愛した歌人である。西行の桜への執着は『山家集』の次の歌からも窺える。

吉野山梢《こずえ》の花を見し日より心は身にもそはず成りにき

(吉野山では梢の花を見た日から、心は身から離れてしまうようになった。)

あくがるる心はさても山桜ちりなん後《のち》や身にかへるべき

(我が身からさまよい出てしまった心も、それは止められないとしても山桜が散った後は身に帰ってくるだろうか。)

桜に執心するあまりに、体から心が抜け出してしまうというこれらの歌では、西行の桜への思いの深さが率直に吐露されている。西行は、吉野山の外に在っても、心は吉野の桜に引き寄せられてしまうのである。このように、西行が桜をこよなく愛していたという前提に立って初めて、「花散りなば」という表現が理解されるだろう。「人」がどのような相手を想定しているのかは不明であるが、西行の桜への執心をよく知る親しい人物であろう。桜が散ってしまえば西行を吉野山に惹きつけるものはなくなるのだから、どうせ下山してくるだろうと相手に思われていると予測している。また、「桜が散ったとしても吉野山からは出ないつもりであるのに」と世を逃れる決意を表明しながらも、ふとした瞬間に知人へと思いを馳せてしまう心の揺らぎを率直に表現している点は、西行らしい。

この歌は、『御裳濯河歌合《みもすそがわうたあわせ》』では藤原俊成に難ずべき点がなく、よいとされて勝の判を得ている。この作品は、伊勢の内宮に奉納するために、西行が晩年に自身の和歌七十二首を三十六番に番《つが》えて、俊成に勝敗を決めて批評を加えるように依頼したというものである。

『御裳濯河』は、伊勢神宮を流れる五十鈴川の異称である。『古今著聞集』には、その折のことを伝える話が収録されている。色とりどりの色紙を継いで、慈円に清書を依頼し、俊成に判を付けさせたとされる。西行の思い入れの非常に強い作品だったようで、諸国修行の時も笈《おい》(背負う箱)に入れて肌身離さず持ち歩いたという。なお、俊成の子・定家に判を依頼して外宮に奉納した『宮川歌合』も同じ時に企画された作品である。

【備考】西行の没後に多くの説話や伝説が生み出された。それらの中には、この歌を出家後に吉野山に入って詠んだ歌とするものがある(文明本『西行物語』)。

【参考文献】西尾光一・小林保治『古今著聞集上』(新潮日本古典集成、新潮社、一九八三年)、久保田淳『草庵と旅路に歌う　西行』(新典社、一九九六年)。

(木村香子)

○五二

あらしフく
あらし吹く

ノウインホウシ
能因法師

あらしフく
あらし吹く
ミムロの ヤマの
三室の山の
もみじバは
もみぢ葉は
タツタの カワの
竜田の川の
にしき なりけり
にしきなりけり

【出典】『拾遺和歌集』秋下・三六六

【現代語訳】嵐が吹きつける三室山の紅葉は、(散って流れ)竜田川を彩る錦であったことよ。

【作者】能因法師(九八八〜没年未詳) 平安時代中期の僧侶歌人。永承七年(一〇五二)までは生存していた。在俗時は橘永愷《ながやす》。出家後ははじめ融因といったが、後に能因と改める。古曾部《こそべ》入道・橘入道とも称した。父は長門守元愷《もとやす》説と、肥後守為愷《ためやす》説がある。息子に橘元任《もととう》がおり、娘もいたらしい。出家以前は肥後進士と号した。文章生《もんじょうしょう》であったが、長和二年(一〇一三)頃に官途に見切りをつけて二十六歳で出家したとされる。『袋草紙』に藤原長能《ながとう》を歌の師としたという逸話が残っており、歌の道における師弟関係のはじめと言われる。出家後は摂津難波や児屋《こや》池畔に住んだが、近畿・中部・関東・奥羽・中国・四国など全国を周る旅をし、多くの歌を残したことで、数奇《すき》の歌人として後の西行・芭蕉などに大きな影響を与えた。陸奥への旅で詠まれた「都をば霞とともにたちしかど秋風ぞふく白河の関」(後拾遺集・五一八)は特に有名で、『おくのほそ道』でも引用されている。

同時代に活躍した和歌六人党や相模と交流があり、相模の家集によれば能因は様々な人に和歌に関する知識を語っていたようである。歌語に関する知識を集成した『能因歌枕』を著した。能因が編んだ『玄々集』は後の勅撰集の撰集資料として重視されるなど、高い評価を得た。また、雨乞いの歌を詠んで実際に雨を降らせたり、夢の中で小野小町と歌を唱和したりしたことが文献に見える。

【語釈】＊あらし…現在の嵐のような「強い雨を伴う暴風」ではなく、山颪のような「山から吹き下ろす強風」といった意味で用いられる。＊三室の山…大和国の歌枕。元々は三郷町西部の山を指したが、その後は周辺一帯の山を指すようになった。聖徳太子が斑鳩《いかるが》に竜田神社(新宮)を造営した後、竜田川とともに、この一帯の山の名として定着したらしい。「神の宿る山」として神奈《かむな》備《び》山とも呼ばれ、三諸山《みもろ》(三輪山)と同一視された。＊竜田の川…大和国の歌枕。平安時代以降に紅葉の名所として数多くの歌に詠まれた。三室山と対になって詠まれることが多い。＊にしき…竜田川に紅葉が流れて敷き詰められる情景を、赤い錦が長く引かれている様に見立てた表現。

【解説】荒々しい風が吹くと山の紅葉は散らされてしまい、散った紅葉は川へと落ちて流されてゆく。そうして散り流されてゆくうちに、川の水面は紅葉で覆いつくされる。その様子はまるで錦の反物を広げたかのようであり、川が紅葉色に染まったように見える、という趣向である。

　この歌は永承四年(一〇四九)内裏歌合において「紅葉」題で詠まれ、勝とされた(【備考】参照)。二句「あらし吹く三室の山のもみぢ葉」は烈風によって三室山の紅葉が吹き散らされる風景を想像させ、下句「もみぢ葉は竜田の川のにしきなりけり」では視点が川に移行し、その吹き散らされた紅葉が流される様子へと情景が転じる。「三室の山の紅葉―竜田の川の錦」が対句的に配置されており、一首を読み進めるにつれて上方から下方へと視点が移るとともに、風が吹き、山の紅葉が散り、川へと流れてゆく時間の経過をも内包する。竜田川に流れる紅葉を「錦」に擬えることは

竜田河もみぢみだれて流るめりわたらば錦なかやたえなむ(古今集・二八三)

(竜田川に紅葉が散り乱れて流れているようだ。渡ったとしたら、その錦が真ん中から裁たれてしまうだろう。)

や在原業平「ちはやぶる」歌以来、和歌によく詠まれた表現である。『万葉集』にはすでに「黄葉」とともに三室山を詠んだ歌が残っているが、平安中期には、

たつた河もみぢば流る神なびのみむろの山に時雨ふるらし(古今集・二八四)

(竜田川に紅葉が流れている。神奈備の三室山には時雨が降っているらしい。)

以外にあまり例が見えず、能因の歌によって「竜田川―三室山」の取り合わせが再発見されたのかもしれない。

　この歌合で番《つが》えられた歌と対比することで、能因の歌の巧みさを確認しよう。

ちりまがふ嵐の山のもみぢ葉はふもとの里の秋にざりける

(嵐によって散りまがう嵐山の紅葉は、麓の里の秋のものではなかった。)

負とされた藤原祐家の歌である。山の風景から麓に目を転じさせる発想は能因の歌とほぼ同じ趣向なのだが、「ちりまがふ」「ふもとの里の秋にざりける」といった表現は説明的で理屈が勝っている印象を受ける。また、「散った紅葉は麓の里の秋ではなかった」というだけでは、映像が鮮明には浮かばない。一方で能因の歌は、「竜田川の紅葉の錦」という伝統的な表現を意識しつつ、かつて竜田川とともに詠まれていた三室山を持ち出すことによって新鮮さを感じさせている。歌語の来歴を意識して用いることによって、歌の印象が大きく変わることがよく分かる一首である。

【備考】歌合とは主催者を中心として、左方、右方という二つのグループに分かれ、歌題をもとに作り上げた和歌を番え、双方が互いに一首ずつ和歌を提示し合い、勝負を争う和歌行事である。判定には勝・負・持(＝引き分け)がある。平安中期ごろまでの公の場での歌合は、実際に歌を戦わせるのは方人《かたうど》であり、歌人は歌を供給する専門職人に過ぎなかった。しかし、院政期以降になると、和歌の表現そのものの価値と批評に重点が置かれるようになり、歌人の立場が向上した。

　この歌が詠まれた永承四年内裏歌合は、後冷泉天皇主催で藤原頼通の援助によって行われた。十五番三十首で、松・月・紅葉・残菊・初雪・池水・擣衣《とうい》・千鳥・祝・恋の十題が出された。源師房が判者となり、能因・経信・頼宗・江侍従《ごうのじじゅう》・相模・伊勢大輔・兼房・家経・兼長などが出詠した。判者は主催者の命により決定し、その意向によって判定を行った。内裏で廷臣を中心とした歌合が開かれたのはおよそ九十年ぶりであり、和歌史上でも重要な催しであった。

【参考文献】川村晃生校注『能因集注釈』(貴重本刊行会、一九九二年)。

(穴井　潤)

○五三

淡路島《アワジシマ》

源兼昌《ミナモトノカネマサ》

淡路島《アワジシマ》　かよふ《かよう》千鳥の《チドリの》　なく声に《なくコエに》　幾夜《イクヨ》ねざめぬ《ねざめぬ》　須磨の《スマの》関守《セキモリ》

【出典】『金葉《きんよう》和歌集』冬・二七〇

【現代語訳】淡路島に飛び通う千鳥が（辺りで）鳴く声によって、どれほどの夜目覚めたのだろう、須磨の関守は。

【作者】源兼昌（平安時代後期の人）　父は源俊輔。子には前斎院《さきのさいいん》尾張らがおり、源顕仲とは義兄弟。生没年は不明で、大治三年（一一二八）九月二十八日までに出家しており、生存が確認できる。兼昌の履歴については不明な点が多い。国信《くにざね》卿家歌合（康和二年（一一〇〇））に出詠しているのが確認できる和歌活動の初例である。永久四年（一一一六）の『永久百首』の詠進者に選ばれており、その時は従五位下皇后宮少進《こうごうぐうしょうしん》であった。堀河院歌壇および藤原忠通歌壇で活動した。歌合に出場した際には、趣向の面白さが評価される一方、従来和歌に詠まれることのない語句を用いる、表現が拙いといった点を批判されることもあった。源経信・俊頼親子らの表現に類似した叙景歌も残しており、同時代の流行を学んでいた様子も窺われる。

【語釈】＊淡路島…兵庫県に属する瀬戸内海最大の島。月・千鳥・霞といった景物がともに詠まれる。＊千鳥…川辺や海辺で数多く群れている小型の鳥のこと。本書〇〇六「近江の海」歌参照。＊幾夜ねざめぬ…「幾」は疑問詞、「どれほどの夜」といった意味。助動詞の終止形をともなって問いかけの構文をつくる。「ねざめ」は寝覚め。はやくは『万葉集』に、夜更けに目覚めて千鳥の鳴く声を聞く歌が載っている（「よぐたちに　ねざめてをれば　かはせとめ　こころもしのに　なくちどりかも」・四一四六）。＊須磨…摂津国の歌枕。兵庫県神戸市の海岸付近。播磨国との国境で関所があった。「明石」とともに西国へ行く交通の要衝であったので、古くから和歌に詠まれた。＊関守…関所を守る番人。転じて、人や物事の進行、とりわけ恋路を妨げるものを指すこともある。「須磨の関守」と詠んだ例は当該歌以前にはほとんど見当たらない。

【解説】淡路島は、須磨から海を見渡すと瀬戸内海の向こうに見える島である。淡路島を眺望できる須磨の辺りの海岸には、千鳥が群れ集って鳴き声を響かせている。冷え冷えとした冬の夜更けに鳴いている千鳥の声によって、須磨の関所の番人は一体何度目を覚ましているのだろうか……と須磨の静けさと、そこに響く千鳥の鳴き声とに思いを馳せている。自身も千鳥の鳴き声によって目を覚ましているからこそ、関守のことを想像できるのだろう。

　須磨といえば在原行平の歌に、

わくらばにとふ人あらばすまの浦にもしほたれつつわぶとこたへよ（古今集・九六二）

（稀にでも私のことを尋ねる人がいるならば、須磨の浦で塩をとるために藻にかける海水のように、涙を流しながら悲しみに暮れていると答えてくれ。）

と詠まれ、須磨に「流謫《るたく》」となった人物が訪れる閑寂とした地」という印象を与えた。それは『源氏物語』須磨巻によってさらに定着することになる。密通が露見する前に自ら須磨へと退去した光源氏の住居が描かれる場面では先の行平の歌が引用されている。また、冬になり寂しさが募るころに光源氏が、

友千鳥もろ声に鳴く暁は一人寝覚めの床もたのもし

（群れ集う千鳥と一緒に泣く暁方は、独りで寝覚めの床にいるのであっても頼もしい。）

と詠んだ場面もあり、須磨と千鳥が結びつく源泉となったという。兼昌の歌も、そうした侘しい須磨のイメージを引き継いでいる。この歌は「関路千鳥」という題で詠まれたとされる【備考】参照）。千鳥のイメージがあり、かつ、関所がある地として須磨が選ばれたのだろう。同時代の堀河百首では「明石の浦」の千鳥を詠んだ歌が多い。

　ただし、やや釈然としない点も残る。行平の歌以来の須磨の捉え方は、流謫の身の人物が訪れる地なのだが、この主体からはそうした不遇意識が窺われないからである。須磨で詮方なく過ごしているから、この地に住む関守に思いを馳せることができるとも考えられるが、この歌にはもう一つ異なるイメージが加えられているのかもしれない。

　それは詠まれている詞によって連想される恋のイメージである。たとえば「関守」は恋を妨げる者として詠まれるものであり、『伊勢物語』五段の

人知れぬわが通ひ路の関守はよひよひごとにうちも寝ななむ

（人に知られないように私が通う道の番人は、毎晩うとうと眠ってほしい。）

という歌のように、「かよふ―ねざめ―関守」は恋路を妨げる関守が目を覚ますイメージを連想する。また、「千鳥」も、

かくてのみありその浦の浜千鳥よそになきつつこひやわたらむ（拾遺集・六三一）

（このようにばかりしていて、荒磯の浦の浜千鳥のように、離れたところで泣きながら恋い続けるのだろうか。）

のように、恋歌に詠まれる景物であった。さらに兼昌も参加した長実家歌合《ながざねのいえのうたあわせ》では、

須磨の浦千鳥おとなふ声きけばいとど都のかたぞ恋ひしき

（須磨の浦に千鳥が訪れる声を聞くと、どうしようもなく都のあの方が恋しくなる。）

という歌が「恋」題で詠まれている。これなども『源氏物語』を踏まえたような歌であり、かつて流謫の貴人と恋をした人物を想像させる。兼昌の時代には須磨と恋を結びつける発想が生まれていたと考えられよう。

　兼昌の歌については、一連の文脈を生み出すものではなく、個々の歌語が恋の印象を内包しているという以上のことは言えない。しかし、冷え寂びた須磨の情景の中に、艶やかな詞の連想が潜んでいると捉えた方が、この歌の持つ奥行きを感じられるのではないだろうか。

【備考】兼昌が活動した時代には、特定の題によって歌を詠む「題詠」という詠み方が定着していた。題詠歌は作者の心情や体験とは切り離して読む必要がある点に注意したい。この歌でも、兼昌が実際に須磨に行ったわけではない。そのため、【解説】では歌の中の主人公について、作者＝兼昌ではなく「主体」と呼んでいる（以後の歌でも題詠歌は同様に扱う）。

【参考文献】川村晃生他校注『金葉和歌集』（岩波書店、二〇二三年）、橋本不美男『院政期の歌壇史研究』（武蔵野書院、一九六六年）。

（穴井　潤）

〇五四

いにしへの《いにしえの》　伊勢大輔《イセノタイフ》

いにしへの《いにしえの》
奈良《ナラ》の都《ミヤコ》の　八重桜《ヤエザクラ》
けふ《きょう》九重《ココノエ》に
においぬるかな（もある）
にほひぬるかな《においぬるかな》

【出典】『詞花《しか》和歌集』春・二九

【現代語訳】**古の奈良の都の八重桜が、今日ここ宮中で（八重よりも）一層すばらしく咲き誇っていることよ。**

【作者】伊勢大輔（平安中期の人）　平安時代中期の歌人、「いせたいふ」とも。生没年未詳。伊勢大輔が生まれた大中《おおなか》臣《とみ》家は伊勢神宮の祭主の家系であり、古くは中臣鎌足・不比等らも同じ一族である。また、『古今集』時代以降、頼基―能宣《よしのぶ》―輔親《すけちか》―伊勢大輔―康資《やすすけ》王母《おう》（筑前）―養女安芸と代々歌人を輩出しており、後の時代に「六代相伝の歌人」と呼ばれた。ただし、宮仕えについての情報はない。娘の康資王母は幼いころ、伊勢大輔が輔親から「おほやけ歌（＝公的な場での歌）」の詠み方について指導を受けていたことを語っており、重代の歌人にふさわしい歌を詠むために訓練を受けていた。藤原道長女《むすめ》中宮彰子《しょうし》に仕え、同僚の紫式部や和泉式部との交流が知られる。

【語釈】＊いにしへの奈良…旧都、すなわち平城京のことを示す。現在の都と対比するために持ち出されている。＊八重桜…「八重」は数多く重なっていることで、特に花弁が何重にもなっている様子を表す。＊九重…中国における天子の住居。転じて宮中の漢語表現。和歌においては、幾重にも重なっているという意味を掛けることが多い。＊にほひぬるかな…「にほひ」は嗅覚的な意味ではなく、照り映えるような、つややかな美しさのこと。「ぬる」は強意。「かな」は詠嘆。

【解説】『詞花集』の詞書（状況説明の文）には

一条院御時ならのやへざくらを人のたてまつりて侍りけるを、そのをり御前に侍りければ、そのはなをたまひて歌よめとおほせられければよめる

（一条院が天皇でいらっしゃった時、奈良の八重桜を人が献上しましたのを、その時に天皇の御前に仕えていたので、その花をお与えになって「歌を詠みなさい」と仰せられたので詠んだ。）

と記されている。一条天皇の

命によって、桜を受け取り、いただいた桜の美しさを賞美する係に任命されたので詠んだ歌だと説明されている。

桜の花が幾重にも開いている様子が、内裏の漢語である「九重」と掛詞になっている。かつての都であった「古の奈良の都」から現在の都である「今日の九重（宮中）」に届けられた「八重桜」は、この宮中で見ると「（八重より優れた）九重」に見える、と桜の素晴らしさを褒めながらも、天皇のいらっしゃる内裏のことを一層褒めたたえた歌になっている。「いにしへ―今日」「奈良の都―九重（内裏）」「八重―九重」のように、上句と下句で表現が対になっている、技巧の冴え渡った一首といえる。

ところが、『伊勢大輔集』の詞書を見るともう少し事情は複雑なようである。

女院の中宮と申しける時、内におはしましに、奈良から僧都《そうず》の八重桜をまゐらせたるに、今年のとりいれ人はいままゐりぞとて紫式部のゆづりしに、入道殿きかせたまひて、ただにはとりいれぬものをとおほせられしかば

（女院〈上東門院彰子〉がまだ中宮と申し上げていたころ、内裏にいらっしゃった時に、奈良から僧都が八重桜を差し上げたので、「今年の受け取り手は仕え始めの者こそ良いでしょう」と言って紫式部が譲ったのを、入道殿〈藤原道長〉がお聞きになって、「ただでは受け取らないものなのに」と仰せられたので。）

と記されている。どうやら、元々伊勢大輔は受け取る役ではなかったのだが、紫式部が新入りの女房に任せようと言い、それを聞きつけた道長がふさわしい歌を詠むように命じた、という状況だったらしい。伊勢大輔にかかった重圧が相当なものであったことが想像される。

現代的な感覚からすると、いかがなものかと思われる状況だが、これには【作者】に記した伊勢大輔の出自が関係している。「歌詠み」として活躍した人々は父祖の頃から代を重ねていることが多い。たとえば『枕草子』で知られる清少納言も、『古今集』有力歌人である清原深養父《ふかやぶ》を曾祖父、『後撰集』撰者の一人である清原元輔を父に持つ、代々歌人を出した家の人である。『枕草子』九五「五月の御精進《みしょうじん》のほど」段には、主人定子《ていし》から「元輔がのちと言はるる君しもや今宵の歌にはづれてはをる」（あの元輔の娘と言われるあなたが今宵の歌に加わらないのですか）と詠みかけられたエピソードが記されている。歌人の家に生まれると、当人も歌を詠むという期待をかけられることは多かったのだろう。この歌もまた、大中臣家歌人の四代目ゆえに周囲からのプレッシャーを受けながら、それに耐えて詠み出されたのだろうが、後世『袋草紙』では、伊勢大輔はしばらくして硯を引き寄せ、静かに墨を擦り、歌を詠進したと語られている。技巧だけを見ても非常に優れているが、詠歌背景を知ることでその当意即妙さに一層胸を打たれる一首と言える。同じく『袋草紙』では、その歌を見た結果として「殿を初め奉りて万人感歎、宮中鼓動すと云々、又彼の人第一の歌也」と記されており、鮮烈なデビューを飾った逸話として語り継がれた。

【備考】『伊勢大輔集』は三種類残っており、前掲の詞書は流布本ともいわれる一類本から引用した。また、『伊勢大輔集』にはこの歌に対して、

九重ににほふを見れば桜狩り重ねてきたる春かとぞ思ふ

（ここ宮中ですばらしく咲き誇る様子を見ると、桜の花見をする春が再びやってきたかと思います。）

という中宮彰子からの返歌も記されている。

【参考文献】保坂都『大中臣家の歌人群』（武蔵野書院、一九七二年）、久保木哲夫『伊勢大輔集注釈』（日本古典文学会、一九九二年）。

（穴井　潤）

○五五

さざナミや　タイラノ タダノリ

さざ浪や　平忠度

さざナミや
さざ浪や
シガの　ミヤコは　アれにしを
志賀の都は　荒れにしを
ムカシながらの
昔ながらの
ヤマザクラかな
山桜かな

【出典】『千載《せんざい》和歌集』春上・六六

【現代語訳】（琵琶湖に寄せる）さざ波よ。（かつて存在していた）近江京はすっかり荒れ果ててしまったのに、昔ながらに咲き誇る長等《ながら》山の山桜であるよ。

【作者】平忠度（一一四四～八四）　平安時代後期の武士・歌人。父は平家の礎を築いた武士であり、久安百首詠進者にも撰ばれた平忠盛。清盛の末弟にあたる。母は丹後守藤原為忠の女ともされるが未詳。右衛門佐《うえもんのすけ》、伯耆《ほうき》守などを経て正四位下薩摩守に至る。治承・寿永の内乱では富士川の戦、墨俣《すのまた》川の戦、倶利伽《くりか》羅《ら》峠の戦などに大将軍の一人として参戦するが、元暦元年（一一八四）二月七日、一の谷の戦において源氏方の武将岡部六弥太忠澄《ろくやたただずみ》に討たれた。四十一歳であった。忠度は歌人としても高名で、藤原俊成に師事し、その作は『千載集』『新勅撰集』『玉葉集』などの勅撰集にも収められている。

　平清盛が詠んだと確定できる歌が一首も存在しないのに対して、忠度や兄経盛、その子経正は同時代に開かれた歌会・歌合に参加し、父忠盛のように自らも歌会等を主催していたことが知られている。この三者の家集はいずれも百首程度で、当時他の歌人たちと共に賀茂神社に奉納したものである（これらの家集群全体を「寿永百首家集群」と呼ぶ）。彼らは『平家物語』でも和歌・管絃を好んだ風流人として描かれており、忠盛から文化人としての側面を継承したようである。

【語釈】＊さざ浪や…「楽波（さざなみ）」は琵琶湖西南の古い地名。『万葉集』には「ささなみの　しがのからさき　さきくあれど　おほみやひとの　ふねまちかねつ」（三〇・人麻呂）という歌が載っている。「志賀（滋賀）」の枕詞だが、実際に琵琶湖面に立っている波のイメージを重ねて詠むことが多い。平安時代以降は「さざ波」と濁るようになった。＊志賀の都…前掲の『万葉集』歌は「近江の荒都を過ぐる時、柿本朝臣人麿が作りし歌」という題詞が付されており、荒れ果てた旧都として詠まれる。本書〇〇六「近江の海」歌参照。

＊荒れにしを…荒れてしまったのに。「に」は完了「ぬ」の連用形、「し」は過去「き」の連体形、「を」は逆接。＊昔ながら…「ながら」は、そのままの意味と、地名の「長等」が掛詞になっている。＊山桜…山に咲く桜。古典における桜の花びらは白く、ソメイヨシノのような淡いピンク色ではない。

【解説】旧都のすっかり荒れ果てて面影もない様子と、その都が栄えたころから変わらない自然とを対比する。「志賀の都」すなわち近江京は、すでに『万葉集』中でも荒廃した都として詠まれており、かつてそこに都があったという歴史のみが伝わる土地である。主体の眼前には都の面影はなく、ただ長等山に美しい桜が咲き誇っている。その桜を見るにつけ、この花はここが都であった時から変わらずに咲き、かつてここを往来した人々を―いま私がそう感じているように―喜ばせたのだ、と感慨に耽っている。

　この歌は『平家物語』巻七「忠度都落」にも登場する著名な歌である。歌に関わる部分をかいつまんで記すと以下のようになる。平家都落ちの際に、どこからか平忠度が七騎でとって返し、藤原俊成の邸を訪れる。邸内の者どもは落人が戻ってきたと慌てふためくも、俊成は門を開けて面会する。忠度は、かつて俊成に歌を教えてもらいながら戦乱によって伺うことができなかったことをお詫びしながら、「勅撰集を俊成が編むという話を耳にして、生涯の名誉に一首でも入れてほしいと思っていたところ、戦乱が起こり中止になりました。もし世の中が落ち着いたら、再び勅撰集編纂の命が下されると思います。この巻物に歌をまとめているので、取るに足る歌を一首でも入れてもらえれば、草葉の陰で嬉しく思います」と言って、百首余りの歌を書き付けた巻物を取り出して俊成に渡した。俊成がこれを開いて読み、感じ入った様を見届けると、忠度は満足して出発した。俊成はそれを名残惜しく見送りながら、邸へと戻った。世が鎮まった後、俊成が『千載集』を編む際に忠度との別れの様子を思い出し、巻物を見返して、名を隠して一首だけ入れた、というものである。

　『平家物語』に語られているように、出典『千載集』でこの歌は「よみ人しらず（＝誰の歌なのか不明）」とされている。【備考】に示したように、この歌は当時有名であったようなので、作者が忠度であったことは読者も了解しているはずである。戦乱を経過した後に編まれた『千載集』でこの歌を読む際には、壬申の乱によって荒廃した近江京を、平家と命運を共にした福原京と重ねたことだろう（『千載集』の成立事情については本書〇五六「吹く風を」【解説】参照）。栄華を極めた平家は無常にも滅亡したが、それでも桜は美しく咲き誇る。いわば「国破山《くにやぶれてさん》河在《があり》」の趣であり、儚い人の世と悠久の自然を対比した一首となっている。

【備考】『忠度集』の詞書には「為業《ためなり》歌合に、故郷花を」と記されており、保元三年～治承二年（一一五八～一一七八）の間に催された「為業入道（寂念）歌合」で詠まれたとされる。この歌合は伝存しないが、俊恵や源頼政の家集によって「雨中柳」「故郷花」「海辺月」題が出されたことが分かる。つまり、実際に忠度が詠んだのは都落ちどころか福原遷都も行われていない時期であり、純粋な題詠といえる。この歌は『月詣《つきもうで》和歌集』（賀茂重保撰）にも収載されており、忠度の代表歌であったようだ。なお、『忠度集』は賀茂重保の依頼によって提出され、賀茂社に奉納された「寿永百首家集」の一である。したがって『平家物語』のエピソードは虚構と見るべきであるが、百首余りの歌を書いた巻物とは、時期や歌数の一致から、この『忠度集』のことと見てよいだろう。

【参考文献】谷山茂著作集六『平家の歌人たち』（角川書店、一九八四年）、井上宗雄『平安後期歌人伝の研究　増補版』（笠間書院、一九八八年）。

（穴井　潤）

○五六　フくカゼを
吹く風を
ミナモトノヨシイエ
源義家

フくカゼを
吹く風を
なこそのセキと
なこその関と
オモえども
思へども
ミチもせにチる
道もせに散る
ヤマザクラかな
山桜かな

【出典】『千載和歌集』春下・一〇三

【現代語訳】ここは、吹く風に対して「来るな（＝な来そ）」という名前の関だと思うのだけれど、（それに反して）風に吹かれて道一杯に散り敷いてしまった山桜だなあ。（これでは踏んでしまうのが惜しくて通れない。）

【作者】源義家（一〇三九〜一一〇六）　平安時代中後期の武士。河内源氏。源頼義の長男で、母は平直方女。幼名は源太と伝えられる。有名な「八幡太郎」という通称は、石清水八幡宮の社前で元服したことによるとされる。父頼義は、義家誕生によって鎌倉の屋敷を賜った。義家の家柄は貴族出身者のなかでも武力を強く持っており、武官に任じられて中央政府を支えた。父頼義に従って戦った前九年の役の武功により、出羽守、さらに陸奥守兼鎮守府《ちんじゅふ》将軍となる。出羽の清原氏の内紛に介入したことで後三年の役を起こし、寛治元年（一〇八七）に鎮定した。その際義家は朝廷に追討の官符《かんぷ》を要請したが、私闘と見なされて行賞もなかった。そのため義家が私財によって配下に報いたことにより、主従の関係が強化された。承徳二年（一〇九八）に院昇殿を許されたが、康和三年（一一〇一）七月、次男義親が九州で叛乱を起こした。その後も、嘉承元年（一一〇六）六月、三男の義国が常陸国で騒擾事件を起こし、義家の立場は苦しいものとなった。同年七月に病没、六十八歳。

『古今著聞集《ここんちょもんじゅう》』の説話には安《あ》倍貞任《べのさだとう》との連歌が記され、『陸《む》奥話記《つわき》』や『十訓抄《じっきんしょう》』に説話が残る。『梁塵秘抄《りょうじんひしょう》』には「同じき源氏と申せども　八幡太郎はおそろしや」という今様が記録されている。

【語釈】＊吹く風…春風が吹いている様。桜を散らす景物として詠まれ、吹き散る桜によって映像的な美しさを表現するように詠まれる。＊なこその関…常陸国と陸奥国の国境に位置する歌枕で、「勿来」と表記する。「な来そ（＝来てはいけない）」の意味を掛ける。当該歌では、桜を散らす風に対して「来るな」と制止するという意味になる。関所は通行を制止するものだから、この関ならば風を咎めて通過させないだろうと洒落たもの。＊道…陸奥へ向かう道。義家は内乱を鎮めるために行軍しており、実際に勿来の関を訪れている。＊せに…空間にぎっしりとつまっている、あたりが狭くなるほど、といった意味。元は「狭《せば》し」などと同じ語。春風によって散らされた桜が、そこを通れないほどに道を埋め尽くす様子を詠んでいる。＊山桜…山に咲く桜。白い。本書〇五五「さざ浪や」【語釈】参照。

【解説】奥州へと向かう途次《とじ》、勿来の関では桜が道一杯に散り敷いていた。この美しい花びらを踏みにじって進軍することなどできない、ここは「なこそ」の関なのに、関は花を散らす風をなぜ制止できなかったのか、と恨む歌である。戦のために進軍している状況とは不釣り合いな美しい光景である。

この歌は出典の『千載集』では春上部に置かれているため、桜に焦点をあてた歌として鑑賞すべきだが、『千載集』以前に成立した『月詣集《つきもうで》』という私撰集では羇旅部《きりょ》(旅の歌)に置かれている。そうすると、この歌は旅に注目して読まれる場合もあったということになる。そこから陸奥での戦に向けて行軍中であったことに注目し、漢詩の世界で遠く異郷に向かう兵士の心情を詠むタイプの詩(辺塞詩《へんさいし》と言う)との共通性を指摘する研究がある。兵士は異郷に赴く不安と望郷の念を詠むのが常套なので、ここでは「なこそ」の関について、「吹く風に『来るな』と禁止する関だと思っていたのに、こうして道を塞がれてみると、自分に対して『来るな』と言われているようだ」というような含意があるのかもしれない、と解釈するのである。ここでの「勿来の関」はいわば回帰不能点であり、それを越えることへのためらいが感じられる。春の歌と取ると外界の美しさが詠まれていると思われるが、旅の歌と取ると内面の葛藤へと意識が向かっているように見える。同じ歌なのに、どの部立に入るかによって全く異なるイメージが浮かび上がってくるのである。

ところで、鎌倉幕府初代将軍の源頼朝は和歌を嗜んでおり、『新古今集』にも歌が採られている。また、その息子の三代目将軍実朝が歌人として名高いことはよく知られている。すると、彼らの祖先である源義家もまた和歌を詠んでいたのかと想像されるが、今のところこの歌以外には伝承歌しか残っていない(【備考】参照)。

では何故この歌が『千載集』に採られているのか。それは藤原俊成の政治的配慮によると考えられている。俊成が『千載集』の編纂を命じられたのは平家が都落ちする寿永二年(一一八三)で、最終的な完成は文治四年(一一八八)と推定されている。その間の文治元年(一一八五)には平家が滅亡している。完成の前年には後白河院の命によって保元の乱以来の戦没者の追善供養《ついぜんくよう》が行われた。平家が討たれたとはいえ、まだ源義経が奥州藤原氏の下で生存している、平和が訪れたとは言い難い時勢の中で『千載集』は完成したのである。『千載集』完成の翌年に頼朝は軍を率いて平泉を平定し、奥州藤原氏は滅びた。俊成にとって、遅かれ早かれ「頼朝が奥州へ軍を向ける」ことは十分に考え得る状況だったと想像される。頼朝が勝者となる可能性を想定して、その祖先である義家の歌を『千載集』に採ったとすれば、この歌が撰ばれた背景に長きに渡る戦乱が影を落としているのを感じずにはいられない。

【備考】義家が亡くなったのが嘉承元年(一一〇六)で、『月詣集』が編纂されたのが寿永元年(一一八二)なので、七〇年以上の間この歌はどこにも現れていなかった。もちろん、現在散佚してしまった作品の中に取られていた可能性はあるが、不穏な情勢の最中に突如現れたのは不思議である。この歌に関しても伝承歌とする説があり、そう捉えるならば、義家が詠んだ歌は残っていないことになる。

【参考文献】元木泰雄『河内源氏』(中央公論新社、二〇一一年)、松野陽一『千載集前後』(笠間書院、二〇一二年)。

(穴井　潤)

○五七

ほと」とぎす。
フジワラノ・サネ」サダ

ほととぎす
藤原実定

ナきつ」る・かた」を
鳴きつるかたを

ながむ」れば。
ながむれば

ただ」　アリアケの
ただ有明の

ツキ」ぞ　ノコれ」る
月ぞ残れる

【出典】『千載和歌集』夏・一六一

【現代語訳】ほととぎすが鳴いた方を眺めてみると、（すでにその姿はなく）ただ有明の月だけがそこに残っている。

【作者】藤原実定（一一三九～一一九一）　平安時代後期の貴族歌人。後徳大寺左大臣。閑院流藤原氏公能《きんよし》の息子。母豪子は藤原俊忠女なので、実定は俊成の甥にあたる。同母の弟妹に実家・実守・公衡《きんひら》や、後白河中宮の忻子《きんし》、近衛・二条二代后である多子がいる。後白河院からの信任が篤く、前半生は順調に昇進を続けていたが、後白河院と二条天皇との確執、平清盛の台頭などの事情によって、永万元年～治承元年（一一六五～一一七七）の十二年間不遇な時期を過ごした。この沈淪時代に多様な階層の歌人らと交流し、自らも歌会等を催した。しかし、治承元年に復帰した後、和歌活動は停滞したようである。

　鴨長明『無名抄《むみょうしょう》』には、長明が俊恵《しゅんえ》に弟子入りした際に聞いたとされる実定のエピソードが記されている。俊恵《しゅんえ》曰く、実定はかつて和歌の名手として歌道に執心していたが、自分は名人の域に達したと思っているようで今では精進を怠っており、近頃の歌は出来が悪い。だから長明も、たとえ評判になっても得意顔はせず、初心を忘れずに歌を詠まなければならない、とのことである。実定に対する厳しい批判だが、裏返せば、歌人として優れた才覚を持っていたとも読める。俊恵も、精進を続けていれば当時実定と肩を並べる人はそういなかっただろうと述べている。実際に実定は同時代における歌人としての評価が極めて高かったらしく、『千載集』に十七首入集しており、その他にも『月詣集《つきもうで》』『言葉集《げんよう》』『玄玉集』や『歌仙落書《かせんらくしょ》』『治承《じしょう》三十六人歌合』などの同時代の撰集・秀歌撰に軒並み歌が採られている。

　また、西行は在俗時に実定の祖父実能《さねよし》に仕えていた。『古《こ》今著聞集《こんちょもんじゅう》』中の西行が実定邸を訪れるも帰ってしまう説話は閑院流藤原氏とのつながりによるものと思われる。この他にも説話・軍記類に逸話が残っている。

【語釈】＊ほととぎす…ホトトギス科の鳥。夏鳥として五月に渡来し、八〜九月頃に帰ってゆく。木々の間を飛びながら鳴く。夜にも鳴くので、夜通しその初音を待つことを詠んだ歌は『万葉集』にも採られている。＊鳴きつるかた…鳴いている方。「つる」は完了の連体形。鳴き声が聞こえてきた方向に意識を向ける。＊ながむれば…眺めてみると。已然形＋「ば」は確定条件。「〜〜すると」の意。三句に「ながむれば」を置く歌は多い。＊有明の月…明け方にまだ沈まずにいる月。

【解説】「ほととぎす」は短夜にその声を聞くことを詠むことが多い。この歌の主体は室内で寝もせず夏の夜を明かしたのだろう。空も段々白くなってゆく頃に外からほととぎすの鳴き声が聞こえてきた。その声につられて外を眺めてみても、もうそこに姿は見えず、ただ夜明けまで残った月が見えるばかりである。夜明け方の静寂の中にほととぎすの声だけが響くという聴覚的な表現と、視界に入る月の美しさという視覚的な表現が対比されている。

和歌は三十一字という限られた字数で表現するため、一〜二字の助詞・助動詞が一首全体の中で大きな意味を持ってくるのだが、当該歌ではそれが顕著に表れている。この歌では完了「つる（＝してしまう）」があることで、ほととぎすが鳴くという動作が完了していることが示され、鳴き声を耳にしたことでその方向に目をやっても、すでにほととぎすは飛び去ってしまっているという一拍の「ずれ」を表現することに成功している。さらに、すでに見えなくなっていることから、ほととぎすが明け方の空を飛び行く様子をも想像させる。「ただ有明の月ぞ残れる」の「ただ」はすでにそこにはいないほととぎすを思いつつ、明け方まで空に残った月を眺める主体の心情まで描いている。このずらしによって「鳴き声を聞く→ほととぎすに気づく→外を見る→月がある」という主体が認識した順序にそって、まるで動画のように感じたことを写し取っているのである。

この歌以前に藤原道長の息子である頼通が詠んだ、

　有明の月だにあれやほととぎすただ一声のゆくかたもみん（後拾遺集・一九二）
　（有明の月だけでもあればなぁ。ほととぎすがただ一声鳴いて飛び去る方を見ようものを。）

という歌がある。実定の歌は頼通の歌へのアンサーソングのようでもあり、二首を比較すると実定の狙いがよく分かる。頼通の歌では、有明の月があればほととぎすが飛び行く様子を見ることができるのに、月が残っていないためにそれを見ることができないと詠んでいる。一方、実定の歌はさきほど見たように、有明の月は残っているのに、いざ一声を聞いて視線を向けても、すでに飛び去っていて分からないと詠んでいる。ともにほととぎすを「見えないもの」として詠んでいるのだが、まだ暗い状況を詠んだ頼通よりも、明るくなってきたのに見えないと詠んだ実定の歌の方が、一層ほととぎすが飛び去る速さを感じさせる。つまり、この歌で対比されているのは聴覚と視覚だけでなく、声を聞いてから眺める主体の動作と、声を置き去りにして飛び去ってゆく俊敏なほととぎすの動きも対になっているのである。主観を動画的に写し取っているからこそ、そこにいないほととぎすのスピード感まで描いている見事な一首といえる。

【備考】この歌のシチュエーションに恋の懊悩を読み取る解釈もある。「相手の訪れがなく一人眠れずにいる時にほととぎすの鳴く声が聞こえる」という詠み方には伝統があり、また、「ながむ」という語には物思いにふけるという意が込められているからである。この解釈は説得力があり魅力的だが、ここではもともと「暁聞郭公（あかつきにほととぎすをきく）」題の夏の歌である点とともに、主体とほととぎすの対比関係を重視したため、純粋な叙景歌として解説した。

【参考文献】中村文『後白河院時代歌人伝の研究』（笠間書院、二〇〇五年）。

（穴井　潤）

○五八　夕《ユウ》されば

藤原俊成《フジワラノシュンゼイ》

夕《ユウ》されば
野《ノ》べの秋風《アキカゼ》　身《ミ》にしみて
うづら《うずら》鳴《ナ》くなり
深草《フカクサ》の里《サト》

【出典】『千載和歌集』秋上・二五九

【現代語訳】夕方になると、野辺に吹く秋風が私の身にしみ、鶉《うずら》もまた秋風が身にしみて鳴いているようだ。ここはあの「深草の里」なのだから。

【作者】藤原俊成（一一一四～一二〇四）　名は「としなり」だが、「しゅんぜい」と読むことが多い。父は藤原俊忠で、父方の祖長家（道長六男）以来の流を御子左《みこひだり》家と称する。母は藤原敦家女。十歳の時に父を亡くし、藤原顕頼《あきより》の養子となった後、元服して顕広を名乗った。大治二年（一一二七）に従五位下美作《みまさか》守に任じられるも、その後は久安元年（一一四五）まで昇進しなかった。長承三年（一一三四）六月に藤原為忠が催した歌合に参加していたことが確認でき、為忠家両度百首にも出詠した。保延六年（一一四〇）ごろに述懐百首を詠じており、この頃から崇徳《すとく》天皇内裏歌壇の催しに参加していたようである。仁平三年（一一五三）崇徳院から久安《きゅうあん》百首部類を命じられ、歌壇における地位を確立した。長寛二年（一一六四）ごろからは勅撰集撰者となることを目指して歌を集めていたとされる。仁安元年（一一六六）に従三位に叙され、翌年本家を復興して俊成と名乗った。安元二年（一一七六）重病を患い出家、以後釈阿《しゃくあ》と称する。したがって「俊成」と名乗ったのは九十年余りの生涯のうち、この十年ほどである。治承元年（一一七七）に歌壇の重鎮の藤原清輔が没してからは、摂関家である九条家の藤原兼実《かねざね》と懇意になり、権力者の後ろ盾を得た。文治四年（一一八八）『千載和歌集』を奏覧《そうらん》。建久四年（一一九三）には兼実の子である良経主催の六百番歌合の判者となる。その際に述べられた「源氏見ざる歌よみは遺恨のことなり」という判詞は有名。建仁三年（一二〇三）後鳥羽院の主催により長年の功績に報いる九十賀宴が催され、翌年没した。

【語釈】＊夕されば…夕方になると。ある時刻や季節になることを表す動詞「さる」の已然形が、接続助詞「ば」を伴ったかたち。＊秋風…初秋に秋の訪れを知らせるとともに、もの寂しさを感じさせる景物。「秋」には「飽き」が響いており、『伊勢物語』一二三段を想起させる表現として用いられている。＊身にしみて…「身」が指すのが作中の主人公なのか、鶉なのか、については解釈が分かれる。＊うづら…古くから狩猟の対象とされてきた鳥で、秋に荒廃した土地で寂しげに鳴くものとして歌に詠まれた。＊鳴くなり…鳴いているようだ。「なり」は伝聞推定。鳴き声を耳にすることで鶉に気づいたことを表す。＊深草…山城国の歌枕で、同国紀伊郡に属する。

【解説】本書〇五三「淡路島」歌と同じく題詠歌である（平安時代後半以降は大半の歌が題詠である）。この歌を理解するためには、後年、俊成自身が『慈鎮和尚自歌合《じちんかしょうじかあわせ》』で「伊勢物語に深草の里の女の鶉となりてといへる事をはじめてよみいで侍りし」（『伊勢物語』に深草の女が「鶉となりて…」と詠んだことを、最初に詠み出しました）と回想しているように、『伊勢物語』一二三段の内容を把握しておく必要がある。

むかし、男ありけり。深草に住みける女を、やうやうあきがたにや思ひけむ、かかる歌をよみけり。

年を経て住みこし里を出でていなばいとど深草野とやなりなむ

女、返し、

野とならば鶉となりて鳴きをらむかりにだにやは君は来ざらむ

とよめりけるにめでて、行かむと思ふ心なくなりにけり。

大意をまとめると以下の様になる。昔、男が深草に住んでいた女に飽きてしまったのか、「長年住んできたこの里を出ていったならば、ここ深草は、（その名の通り）大層草が深く茂る野原となってしまうだろうか」と詠んだ。それに対して女が「もしも（あなたの言う通り深草が）野原となってしまったならば、私は鶉になって鳴きましょう。そうすれば気まぐれにでも、あなたが狩りにやってきてくれないかと思います。」と歌を返してきたので、男は出ていく気持ちがなくなったのであった、という話である。

この一二三段を念頭に置きながら俊成の歌を見てみよう。上句では「夕暮れ時に野辺を訪れた私の身に秋風の冷たさが沁みる」といったように、主体となる人物が感じる情景が描写されるが、四句「うづら鳴くなり」と鳴き声を耳にしたことによって、その野辺に吹く風は鶉の身にも沁みているだろう、と推定される。そして、結句「深草の里」に至って、はじめてこの人物が深草にいることが明らかになる。それを踏まえた上で、改めて一首全体を見返すと「夕―野―秋（飽き）―鳴く（泣く）―深草―里」という一二三段に用いられている言葉が有機的に結びついていることに気づき、当該歌の背景に存在する物語世界が浮かび上がってくる、という構造になっている。しかも、当該歌で描かれているのは一二三段そのものではなく「男が出て行った後の深草の里」の情景であり、女が自ら詠んだ歌の通りに鶉と化してしまった世界なのである。

このような全体の構造からすると、「身にしみて」いるのは鶉となってしまった女と解釈できる。しかし、初句から読み下してゆくと、三句目までは『伊勢物語』を想起させる核となる情報（＝鶉、深草）が開示されていないため、上句を見る限り「身にしみて」いるのは野辺を訪れた人物と解すべきだろう。

「なり」によって鶉の鳴き声を耳にしたことは分かるが、なぜ秋風によって鳴いていると判断できるのか。それは、今ここで吹く風にさらされている人物がいるからである。主体が身をもって「秋風の辛さ」を実感していることこそ、鶉もまた「秋風」によって鳴いていると想像する根拠になるのだ。この主体が立つ野辺は、現実に類する風景なのだろう。しかし、鶉の鳴き声を聞いて「あの深草の里で、秋風が身にしみて鳴いているようだ」という推定がなされた時に、深草の女のイメージが立ち上がり、風景として描写される深草の野辺は「鶉＝深草の女の化身」が居る仮想世界と結びつけられるのだ。この「鶉」は単なる一羽の鳥かもしれない。しかし、野辺に立つ人物の、そして読者の脳裏で二つのイメージが結びつくことで、悲恋に終わったパラレルワールドへの扉が開かれるのである。

【備考】この歌は久安百首という催しの中で、「秋二十首」内の一首として詠まれた。百首をまとめて詠む「百首歌」という枠組みは、平安後期には一般的な詠み方であった。

【参考文献】藤平春男著作集一『新古今歌風の形成』（笠間書院、一九九七年）、松野陽一『千載集』（平凡社、一九九四年）。

（穴井　潤）

○五九

山鳥《ヤマドリ》の　　行基《ギョウキ》

山鳥《ヤマドリ》の
ほろほろと鳴《ナ》く　声《コエ》聞《キ》けば
父《チチ》かとぞ思ふ《オモう》
母《ハハ》かとぞ思ふ《オモう》

【出典】『玉葉《ぎょくよう》和歌集』釈教・二六二七

【現代語訳】 **山鳥が「ほろほろ」と鳴いている声を聞くと、(輪廻転生した)父の泣いている声か、(それとも)母の泣いている声か、とばかり思う。**

【作者】 行基(六六八～七四九)　奈良時代の僧侶。父は高志才知《こしのさいち》、母は蜂田古爾比売《はちだのこにひめ》。父方は百済《くだら》系、母方も渡来氏族であった。和泉国大鳥郡に生まれる。十五歳で出家入道、二十四歳で受戒する。もとの法名は「法行」で、行基は別称であった。青年期～壮年期に山林修行を行っていたようであり、三十七歳の時に帰郷した。以後、庶民救済のための布教と社会事業を行ったとされる。養老元年(七一七)には僧尼令違反として布教活動が弾圧された。行基は諸国を回って教えを説いたとされるが、その追従者は千人を超え、訪れると聞くと人々が競って礼拝したという。民衆の信望は篤く、人々は「行基菩薩」と呼んだとされる。その後、聖武天皇によって大僧正に任じられ、民衆を率いて東大寺大仏建立を推進したことは有名である。大仏完成を待たずに天平勝宝元年(七四九)に卒した。東大寺毘盧遮那仏《びるしゃなぶつ》の開眼会が行われたのは、その三年後であった。

その名声の高さによってか、行基には様々な伝承が生まれ、平安初期の『日本霊異記《りょうい》』には、「宮に還り、仏を作らむといへるは、勝宝応真聖武大上天皇の日本の国に生まれたまひ、寺を作りたまふなりけり。その時にともに住む行基大徳は、文殊師利菩薩《もんじゅしりぼさつ》の反化なりけり。」(聖徳太子が宮に帰って仏を造るというのは、聖徳太子が聖武天皇として生まれ変わられて、寺を造り大仏を造られることであったのだ。その時に一緒に住んだ行基大徳は、文殊師利菩薩が仮に人間になってあらわれた姿だった。)と記されており、他にも数多くの説話が残る。聖徳太子や空海のような異常誕生譚をはじめとして様々な〈行基伝〉が生まれたのは、文殊菩薩の化身として聖人視されたことに由来すると考えられる。和歌の世界においても、インドから来訪した婆羅門《ばらもん》僧正と交わしたとされる贈答歌などの仮託伝承歌が伝わる。

【語釈】＊山鳥…日本に棲息するキジ科の鳥。雄は長い尾羽を持つことから、「しだり尾の長々し」のように長いことを表すために歌に詠まれることが多い。＊ほろほろ…実際にはキジの羽音だが、鳴き声として定着した擬声語。「けんもほろろ」の「ほろろ」と同語である。「ほろほろ／ほろろ」が涙を落とすことを連想させる。＊鳴く…「ほろほろ／ほろろ」という山鳥の鳴き声に言寄せて、「鳴く―泣く」を掛詞にしている。＊父かとぞ思ふ母かとぞ思ふ…「ぞ」は強意。『梵網経《ぼんもうきょう》』の経文「六道衆生《しゅじょう》は皆是れ我が父母」（六つの世界を輪廻転生するものは皆私の父母である）に類する仏教思想に基づいた表現と考えられる。畜生は自分の親が転生した姿だとみなす考えは早くから仏教説話に見える。この歌では山鳥の声を聞き、それが転生した両親であるかと思い、心を痛めている。

【解説】実際に行基が詠んだ歌ではなく、作者仮託の伝承歌である。この歌の主体は山中にいる。そこに粗末な庵をつくって、俗世から離れて仏道に専心している状況が想像される。行基は山林修行を行っていたので、そうした修行時代を想定したのだろうか。辺りには人はおらず、風が木々を吹き抜ける音や鳥獣の鳴き声ばかりが響いている。そこで山鳥の鳴き声を聞いた時に「あれは父の声か、それとも母の声か」と思いを馳せる。

この歌だけを見ると、なぜ山鳥の声が父母の声に重なるのか理解しにくいと思う。ここで注意したいのは、出典の『玉葉和歌集』では釈教部に入れられている点である。釈教歌とは経典の句を詠んだり信仰体験を詠んだりしたものなどのような、広く仏教に関係する歌の総称である。釈教部に入っているということは、この歌は仏教思想に関わる歌と解釈されたということになる。そこで、山鳥をもう少し広く「鳥獣」と捉えてみると、この歌が六道輪廻を詠んだ歌だということに気づく。かつて親であったものが輪廻転生して畜生類になる話は、中国の経典や説話集に数多く残っており、日本においても『日本霊異記』をはじめとする仏教説話集に伝えられている。近代小説でも、芥川龍之介『杜子《とし》春《しゅん》』の終盤で、閻魔《えんま》様の命令によって畜生となった両親が打たれる場面を覚えている人は多いだろう（ただし芥川が取材した唐代伝奇『杜子春伝』にはその場面はないが）。六道輪廻観を念頭においてこの歌を見るとどうなるか。山中でふと山鳥の声を耳にした時、この山鳥は父母が転生したものかもしれない、だとすればこれは父母の泣き声なのではないか……そんなことばかり思ってしまう、という主体の懊悩が感じられるだろう。訳出できない二つの「ぞ」に両親を強く思う気持ちが込められている。

また、和歌表現の面から見ると、数ある鳥獣の中で山鳥が選択されていることにも意味がある。【語釈】でも触れたが、山鳥はキジ科の鳥である。山鳥の声が歌に詠まれることはほとんどないが、雉子（きぎす。キジの古名）が「ほろほろ／ほろろ」と鳴くことを詠んだ歌は多く、その中には「（雉子が）ほろほろと鳴く―（人が）ほろほろと泣く」という二重の意味を掛詞によって表現したものもある。とすれば、この歌は山鳥の「ほろほろ」という鳴き声によって、転生した父母が今まさに「ほろほろと泣いている」様子を連想したことが詠まれているのではないか。オノマトペを用いながらさらりと詠み出されたように見えるが、畜生の前世は自分の父母かもしれないという仏の教えが詠み込まれた一首なのである。

『玉葉集』は鎌倉末期の勅撰集だが、それ以前に鴨長明『方丈記』が「山鳥のほろほろと鳴くを聞きても、父か母かと疑ひ」と引用していることはよく知られている。長明より一～二周り年長の顕昭《けんしょう》という歌人の著述に載る例が、確認できるもっとも古いものなので、平安後期ごろにはこの歌が行基の歌として伝わっていたことが分かる。以後も父母への恩愛の込められたこの歌は人々に享受されていった。その最たるものとして、松尾芭蕉の「父母のしきりに恋し雉《きじ》の声」（『笈《おい》の小文《こぶみ》』）が挙げられる。

【備考】この歌は異伝が多い。行基伝承と歌の異同については【参考文献】米山孝子に詳しい。また、顕昭『万葉集時代難事《なんじ》』には、この歌を含め七首の行基仮託歌が蒐集されている。

【参考文献】米山孝子『行基説話の生成と展開』（勉誠社、一九九六年）、吉田靖雄『行基』（ミネルヴァ書房、二〇一三年）。

（穴井　潤）

〇六〇

ねがはくは《ねがわくは》　西行《サイギョウ》

ねがはくは《ねがわくは》
花《ハナ》のしたにて　春死《ハルシ》なん
そのきさらぎの
望月《モチヅキ》のころ

【出典】『山家《さんか》集』春・七七

【現代語訳】願うことは、桜の花の下で春に死のう（ということだ）。（釈迦が入滅したという）あの二月の満月のころに。

【作者】前出（〇四五参照）。

【語釈】＊ねがはくは…「願はく」は用言を名詞化するク語法。願うことは、の意。願文の表現形式で神仏に祈念する際に用いられる漢文訓読語。漢籍・仏典に見える表現で、和歌に詠まれることは稀少。＊花…桜のこと。西行は桜をこよなく愛し、多くの歌を詠んだ。＊春死なん…「ん（む）」は意志。死のう、の意。往生伝に語られる聖者が死を予言する在り方と重なる。和歌に類例は見えない。＊きさらぎの望月…「きさらぎ」は二月、「望月」は満月のことで、陰暦二月十五日を指す。釈迦入滅と同じ日に死ぬことを願っている。

【解説】『山家集』は西行の自撰家集。「ねがはくは」は神仏に願を立てる際の表現である。この歌で願っている内容は、二月の満月の夜、桜の木の下で死のう、というものだ。例えば「桜＝はかなく散ってしまう」のように、ある題材を歌に詠む時には、それが伝統的にどのように詠まれてきたかが重視される（これを「本意《ほい》」と言う）。本意を求める平安末期の和歌世界において、この歌は破格である。藤原俊成は『御裳濯河歌合《みもすそがわうたあわせ》』のこの歌に対する判詞で

ねがはくはとおき、春しなむといへる、うるはしきすがたにはあらず。其体にとりて上下あひかなひて、いみじく聞ゆるなり。さりとて深く道にいらざらむ輩は、かくよまむとせばかなはざる事ありぬべし。

（「ねがはくは」と置いて「春しなむ」と言うのは、きちんとした歌の姿ではない。歌全体として、上句と下句が互いに調和していて、すばらしく聞こえるのだ。そうかといって、歌の道に深く入っていない人たちが、この歌のように詠もうとしても上手く行かないことがあるに違いない。）

とこの歌の詠みぶりを真似し

てはならないと述べている。そもそも「死」を詠み込むこと自体が異様であり、俊成の批判のように望ましい表現ではないのだが、そこに西行の指向が見えてくる。秀歌を求めるという目的ではなく、自らがいかにあるべきかを問うことを目指して詠まれたかと思われるのである。離れようとして離れられない花月への執着は自身が求める「美」への執着であり、それを釈迦入滅の二月十五夜と結びつけたのである。美的世界と宗教世界の合一を望む西行の在り方が窺われ、『山家集』の並びの中でこの歌を見てみると、それが一層際立って見える(括弧内の数字は『山家集』の歌番号)。

花に染む心のいかで残りけん捨て果ててきと思ふ我が身に(七六)

ねがはくは花のしたにて春死なんそのきさらぎの望月のころ(七七)

仏には桜の花をたてまつれ我が後の世を人とぶらはば(七八)

何とかや世にありがたき名を得たる花も桜にまさりしもせじ(七九)

捨て切ったはずの桜に夢中になる心がなぜ残っているのかと訝《いぶか》り、願うことは桜の木の下で往生することだと言い切り、私を弔いたいのであれば追善には桜の花を奉れと注文し、(沙羅双樹《さらそうじゅ》か)何といったか有名な花も桜に勝ることはないと挑発してみせる。一度は捨てようとしながらも、遂に桜こそが自身の理想に叶った美と宗教を相兼ねた象徴的な景物だと気づく文脈の中に、この歌は配置されているのである。

また、【語釈】で述べたように、二月十五日に臨終するという予告は、往生伝における聖者の振る舞いである。実際に詠まれたのは亡くなった時期よりかなり遡ると考えられるが、当該歌は「こう在りたい」と願う理想的な結末の予言であり、その結末が現実になったことで、時の歌人の感嘆を呼んだ。

願ひおきし花のしたにて終はりけり蓮《はちす》の上もたがはざるらん(長秋詠藻《ちょうしゅうえいそう》・六五二)

藤原俊成の家集『長秋詠藻』では西行の歌を引用して「かくよみたりしをかしく見給へしほどに、つひにきさらぎの十六日望《もち》の日をはりとげけることいとあはれにありがたくおぼえて物にかきつけ侍る」(このように詠んだのを趣深く見ていましたところ、遂に二月十六日の満月の夜に臨終を果たしたことにとても感動し、滅多にないことだと思われて、書き付けました)と記している。満月が出た二月十六日に亡くなったことに感動し、かねてより願っていた桜の下で臨終したのだから、極楽往生は間違いないだろうと感慨に耽っている。

望月のころはたがはぬ空なれど消えけむ雲の行方かなしな(拾遺愚草・二八〇九)

俊成の息子の定家もまた『拾遺愚草』に歌を残している。「建久元年二月十六日、西行上人身まかりにけるを、をはりみだれざりけるよしききて…」(建久元年(一一九〇)二月十六日に西行上人が亡くなってしまったが、穏やかに臨終に至ったと聞いて)、「上人先年詠じて云はく「ねがはくは…(略)」、今年十六日望日也」(上人はかつて「ねがはくは…」と詠じていた。今年の十六日は満月である)と、予告に違わず二月の満月の夜に亡くなったことに驚嘆して歌を詠み交わしている。

和歌世界の伝統的美意識=本意に束縛されてしまう専門歌人とは異なり、自らが感得した桜の美しさによって想像の世界を描き、その中に自身を埋没させている。美しい桜、煌々と照る満月、その中で息絶える主体……というイメージからは過剰なナルシシズムすら感じる。しかし、それを言語化し得たことに西行の特徴があり、一個人の枠組みを超えて美的世界の内で往生を果たす〈偶像〉を描くことができたのだろう。肉体を離れ、花月の美と一体化した〈偶像〉は、この歌が読まれる度に憧憬の念を読者の胸に去来させる。それゆえに、この歌は西行の往生伝承の発生源となり、美と宗教の求道者として絶えず後世に参照され続けたのであろう。

【備考】この歌は一度『新古今集』に採られながらも、編纂作業の途中で削除されたことが分かっている。また、【解説】に引用した『御裳濯河歌合』とは、西行が最晩年に自分で撰んだ歌七十二首を番《つが》わせて三十六番の歌合とした、ベスト盤のような歌集である。構成は異なるが、同じ形式の『宮河歌合』も同時に編んでおり、それぞれを伊勢神宮の内宮・外宮に奉納した。自歌合《じかあわせ》の嚆矢《こうし》とされており、歌壇の重鎮である俊成と、まだ二十代だった定家に判を依頼した。

【参考文献】稲田利徳『西行の和歌の世界』(笠間書院、二〇〇四年)、宇津木言行校注『山家集』(KADOKAWA、二〇一八年)。

(穴井　潤)

○六一

ハコネジを
箱根路を

ミナモトノ サネトモ
源実朝

ハコネジを
箱根路を
わが コえくれば
わが越えくれば
イズのウミや
伊豆の海や
オキの コジマに
沖の小島に
ナミの ヨるミゆ
波の寄る見ゆ

【出典】『金槐《きんかい》和歌集』雑・五九三（定家所伝本では六三九）

【現代語訳】箱根の道中を私が越えてくると、あぁ伊豆の海だよ。そこの沖にある小島に波が寄せているのが目に入ってくる。

【作者】源実朝（一一九二～一二一九）　鎌倉幕府第三代将軍。父は源頼朝、母は北条時政の娘、政子。建仁三年（一二〇三）、十二歳で征夷大将軍となるが、建保七年（一二一九）正月、鶴岡八幡宮での右大臣拝賀の式の直後、甥の公暁《くぎょう》によって殺害される。

和歌に心を傾け、しばしば歌会を催したことで、繊細で公家文化に耽溺した文弱と評されることがある。しかし父頼朝も和歌をよく詠んでおり、勅撰集に十首が採られている。また、兄頼家も蹴鞠の名人であり、公家文化を吸収しようとしたのは実朝に限った話ではない。『吾妻鏡』には頼朝の歌が入集したことを耳にして『新古今集』を所望したと記される。実朝の歌は『万葉集』や『古今集』以来の古歌、近年の京の歌界の和歌表現のいずれも積極的に吸収しており、とりわけ『新古今集』の影響が濃厚である。自詠三十首を『新古今集』撰者の藤原定家に送って添削を求めたり、定家からも『近代秀歌』や『万葉集』を贈られたりするなど、両者には親交があったことが知られる。また、『新古今集』撰者の一人である飛鳥井雅経の推挙によって鴨長明も実朝に拝謁していた。二十八歳で没した将軍であるにもかかわらず七五〇首余りの歌を残しており、非常に多くの歌を詠んだといえる。近世以降、賀茂真淵や正岡子規らに高く評価された。

【語釈】＊箱根路…箱根山は相模国の歌枕。神奈川県南西部の山岳地帯で、山道の険しいことで知られる。二所詣（後述）の経路であった。＊わが越えくれば…「くれば」は確定条件。私が越えてくると、の意。＊伊豆の海や…伊豆国は駿河国二郡を割いて出来たとされる。和歌には相模湾側が詠まれることがほとんどである。＊沖…海のうち、陸地から遠い方。中央。＊見ゆ…「ゆ」は上代の助動詞で、ここでは自発。

【解説】『金槐和歌集』では、

箱根の山をうちいでてみれば波のよるこじまあり。供の者に「海の名はしるや」とたづねしかば、「伊豆の海となん申す」とこたへ侍りしをききて

(箱根山を越えて見晴らしのいいところに出ると、波が打ち寄せる小島がある。お供の者に「あの海の名前を知っているか」と尋ねたところ、「伊豆の海と申します」と答えましたのを聞いて。)

という詞書が付されている。箱根の山路を越えたところからは、伊豆の海が広がっている景色が一望できる。遠目に見える小島には、さらに小さく波が寄せては返す様子が自然と目に入ってくる。視界が遮られた山道と遥かに広がる海とが対比され、さらに海に浮かぶ小島へ、その小島に打ち寄せる波へと、カメラがクローズアップするように風景が描写される。「見ゆ」は三句以降にかかっており、「海が見ゆ→沖の小島が見ゆ→波の寄る見ゆ」のように目に入ったものが順番に並ぶことで、まるで視線の動きを追体験するような、作者の身体感覚が表現された歌である。この歌には『万葉集』の、

天離《あまざか》る鄙《ひな》の長道《ながち》ゆこひくれば明石の門より大和しまみゆ(二五五)

(地方からの長い道のりを恋しく思いながら来ると、明石海峡から大和の地が見える。)

大坂をわがこえくれば二上《ふたがみ》にもみちばながる時雨ふりつつ(二一八五)

(大坂峠を私が越えてくると、二上山に黄葉が流れるように散っている。時雨が降り続いているので。)

などのような、旅の道中で景色を見る際の表現が用いられている。

　これは承元元年(一二〇七)の最初の二所詣《にしょもうで》の際に実朝が見た風景だろうか。二所詣とは、相模箱根権現(箱根神社)と伊豆走湯《そうとう》権現(伊豆山神社)の二所に参詣することで、二所はともに東国の修験道場であった。将軍家に尊崇され、実朝の父頼朝以来、歴代将軍および御家人が参詣したとされる。足柄路から箱根路に沿って進む経路であり、定家所伝本系統『金槐集』では直前に二所詣の歌が並んでいることからも、この歌の箱根路も参詣の途次を詠んだと考えられる(伝本については【備考】参照)。

　険しい道中にもかかわらず「あの海の名前は?」と聞く作者の口ぶりからは、はじめて伊豆の海を見晴らした感動が伝わってくるようだ。歌と詞書を、一具のものとして鑑賞することを期待しているような記述である。ただし、この歌には最後の二所詣の折に詠まれたとする説がある。そうすると、先ほど述べた「はじめて伊豆の海を見た感動」もそのまま受け取るわけにはいかないのだろうか。

　もし最後の二所詣の旅で詠まれたのだとしても、やはりこの歌は「はじめて伊豆の海を見た感動」を詠んだ歌と解釈すべきだと思われる。ただし、単に虚構であると言いたいのではなく、いつ詠まれた歌であったとしても、自分の経験を理想的なかたちで提示するために詞書で情報を示し、その感動を適切に伝える詞として古歌の句を持ち出していると見るべきだろう。

【備考】実朝の家集『金槐和歌集』には二つの系統が残っている。定家所伝本《しょでんぼん》系統と貞享四年板本系統とに分かれる。定家所伝本系統の古写本には巻頭・巻軸に実朝の師藤原定家自筆と見られる箇所がある。実朝自撰とする見方が有力で、建暦三年(一二一三)十二月十八日という日付がつけられており、実朝二十二歳時に成立したことになるが、この日付だとすでに建保と改元されているので不審。四季・恋・旅・雑に部類された六六三首を収める。

　貞享四年板本系統は貞享四年(一六八七)に版行され流布した本の系統で実朝の没後に編集された。定家所伝本系統より五十六首多く、四季・恋・雑の部立に編成し直した七一九首からなる。

【出典】に掲げた歌番号は貞享四年板本系統のものだが、現行の注釈書類はことごとく定家所伝本系統を使用しているため、そちらの歌番号も併記した。なおこの歌の第二句は貞享四年版本の形に拠ったが、定家所伝本では「われ越えくれば」である。

【参考文献】樋口芳麻呂校注『金槐和歌集』(新潮社、一九八六年)、坂井孝一『源実朝』(講談社、二〇一四年)。

(穴井　潤)

○六二

オオウミの
大海の

ミナモトノ　サネトモ
源実朝

オオウミの
大海の
イソも　とどろに　ヨするナミ
磯もとどろに　寄する波
われて　クダけて
われて砕けて
さけて　チるかも
さけて散るかも

【出典】『金槐和歌集』雑・六九七（定家所伝本では六四一）

【現代語訳】大海の荒磯を轟《とどろ》かせて打ち寄せる波が、岩にぶつかっては、割れて、砕けて、裂けて、散ってゆくことよ。

【作者】前出（○六一参照）。

【語釈】＊大海の磯…大きな海の岩石が多い波打ち際のこと。＊とどろに寄する波…「とどろ」は音が大きく力強く鳴り響くさまのこと。『万葉集』歌を摂取している（【解説】参照）。＊われて砕けて…大きな音を立てて打ち寄せる波が岩に当たって飛沫をあげるさまのこと。『万葉集』歌を摂取している（【解説】参照）。＊散るかも…「われて～散る」までが連続した動作として詠まれている。「かも」は詠嘆。

【解説】大海のごつごつとした磯に荒々しい波が立っており、それが岩石にぶつかり飛沫をあげる様子を、じっと見つめている視線が描写されている。上句では「大海」「とどろ」が荒々しくも雄大な、畏怖すべき自然としての海の様子を想起させる。一転して、下句で描かれる波の様子は、一瞬の内の微細な変化までもが切り取られたかのようである。動詞を連ねることによって、歌を読み進めることで波の変化が感じられる構造になっている。動作は連続しつつも個々の動きが際立っているため、動画的な連続性ではなく、高機能カメラで連写した静止画を見ているような印象を受ける。『金槐集』詞書には「荒磯に浪の寄るを見てよめる」と記されており、激しく音を立てる波を一瞬も見逃すまいと凝視している実朝の姿まで想像してしまうような歌である。

　実朝の歌の作り方は独特で、複数の歌をパッチワークのように組み合わせて詠まれたものが多い。したがって一見独創的で深遠な表現が詠まれていたとしても、それを直ちに実朝の内面に結びつける解釈に対しては慎重に接する必要がある。この歌にも三首の『万葉集』歌が用いられている。

　大海の磯もとゆすり立つ波の寄せむと思へる浜のきよけく（一二三九）

（大海の磯の根本を揺り動かして立つ波が打ち寄せようと思っている浜の清らか

なことよ。)

伊勢の海の磯もとどろに寄する波かしこき人に恋ひわたるかも(六〇〇)

(伊勢の海の磯もとどろくほど寄せる波。そのように畏れ多いお方に恋い続けている。)

聞きしよりものを思へばあが胸はわれてくだけてとごころもなし(二八九四)

(あなたのことを聞いた時から物思いをしているので、私の胸は割れて砕けて正気でなくなっている。)

傍線部を見れば分かるように、実朝の歌はほぼ全てが『万葉集』の三首の組み合わせによって詠まれている。あの荒々しい波も、それが砕け散る様も、既存の表現によって成り立っていると考えなければならない。

描写に用いられた表現がオリジナルではないと聞くと幻滅するだろうか。「芸術は作者のオリジナリティが発現したもの」といった考え方からすると、こうした歌の詠み方は剽窃のように見えるかもしれない。しかし、実朝に限らず前近代の和歌を読む上では、右のような芸術観は一度脇に置いてみてほしい。その上で、素材となった歌と実朝の歌を見比べてみると、実朝の歌のパッチワークが、その縫い目の跡すら分からないほど自然に組み合わされていることに気づく。

一首目の歌の「大海」を用いることで雄大な上句と微細な下句の対比が明確になっている。二首目の歌は「寄する波」に句切れがあるため、そこに三首目の「われて」が接続することに違和感が生じない。また、「とごころ(=しっかりした心)」ではなく「さけて散る」という動作を加えることで、心情を述べる余地がなくなり、その分波の描写が精密さを増している。つまり、実朝は眼前の状態を詠むのにふさわしい要素を選びとり、そこに自分の表現を加えることによって、知覚したことを表現していると考えられるのである。

さらに注意したいのが、印象的な表現の引用元である二首(六〇〇・二八九四)に共通するのは、いずれも相聞(=恋)の歌であり、実朝が引用したのは激しい恋心を表現するための比喩の部分なのである。ここでは、比喩であったはずの表現が実体として詠まれるという奇妙なねじれが起こっている。もとの歌が表現した情趣を取り込む「本歌取り」とは異なる技術であり、この歌では古歌が表そうとしたメッセージは消去されてしまっている。

実朝にとって重要なのは古歌の心ではなく詞であったのだろう。それは自身の知覚したことを適切に表現しうる詞であり、そうした詞を選択する力が実朝独自の歌境を形成したと考えたい。近代的な芸術観とは異なっていたとしても、この歌の魅力は少しも減じることはないのである。

【備考】この歌の【解説】では表現に即して鑑賞することに重きを置いている。しかし、享受といった観点からは、数多くの人々が実朝の孤独な心を読み取ろうとしており、そうした読解によって様々な作品が生まれたという意味で、実朝の内面に迫ろうとする読み方も有意義である。注釈等については本書〇六一「箱根路を…」【参考文献】を参照してもらうことにして、ここでは著名な小説と評論を掲げることにする。

【参考文献】太宰治「右大臣実朝」(『惜別』新潮社、二〇〇四年)、吉本隆明『源実朝』(筑摩書房、一九七一年)。

(穴井　潤)

○六三

こち吹《フ》かば

菅原道真《スガワラノミチザネ》

こち吹《フ》かば
にほひ《におい》おこせよ　梅の花《ウメのハナ》
あるじなしとて
春《ハル》な忘《ワス》れそ

【出典】『大鏡』流布本

【現代語訳】東から春風が吹いたならば、その香りを（こちらに）寄越してくれ、梅の花よ。主（である私）がいないからといって、春を忘れないでくれ。

【作者】菅原道真（八四五～九〇三）　平安時代中期の公卿・詩人・歌人。代々学者である菅原家に生まれ、幼少より父是善に厳格に育てられた。遣唐大使に任命されたが赴任せず、建議して遣唐使の職を廃止した。宇多天皇の信任を得て政治の中枢部にも関与した。醍醐天皇の治世となってからも順調に昇進を重ね、昌泰二年（八九九）には右大臣・右大将にまで上るが、藤原時平もまた左大臣・左大将に任じられ、両者の地位は拮抗していた。藤原氏にとって道真の官位昇進は看過できるものではなく、時平およびその一味は道真が廃立を企てていると讒言《ざんげん》し、その結果、延喜元年（九〇一）に道真は突如として大宰権帥《だざいごんのそち》に左遷されることとなった。大宰府での生活は窮迫をきわめ、病魔にも犯されて同三年二月二十五日に五十九歳で没した。漢詩文集の『菅家文草』や『菅家後集』などを著し、『三代実録』『類聚国史』の編纂にも携わった。

【語釈】＊こち吹かば…東風が吹いたならば。「こち」は「東風」の字を当てる。春に東方から吹く風のこと。未然形＋「ば」は仮定条件。「～ならば」の意。＊にほひ…風に乗せてその香りを届けてほしいといった意味。照り映えるような美しさのことを指す場合もある。＊おこせよ…送る、こちらによこすの意。左遷の地である九州まで香りを届けよ、と梅の花に命じている。＊梅の花…バラ科の植物。中国から伝来し、『万葉集』では貴族の邸に好んで植えられた様子が記される。かつては桜より多くの歌が詠まれ、花の代表的な存在だったが、平安中期ごろになると桜にその座を譲ることになり、もっぱら香りを詠む景物として定着した。歌に詠まれるのはほとんどが白梅だが、この歌の梅は紅梅か。＊春な忘れそ…『大鏡』古本系や『拾遺集』では「春を忘るな」となっているが、『平家物語『太平記』など後代の資料では「春な忘れそ」の本文が採用される。「な〜そ」は懇願に近い禁止を示し、「忘れないでくれ」の意になる。

【解説】他出の『拾遺集』詞書に「ながされ侍りける時、家の梅の花を見侍りて」と記されているように、実質的な流罪として九州に左遷される際に詠まれた歌である。流罪の理由は、取るに足らない家柄から、本来望むべくもない右大臣にまで出世していながら、宇多院を惑わせて醍醐天皇を陥れようとした咎《とが》とされる。これは、自分の娘が嫁した斉世《ときよ》親王を天皇にするために、道真が醍醐天皇を排するように画策し、宇多院と醍醐天皇の親子関係、醍醐天皇と斉世（異母弟）の兄弟関係を破綻させようとしている、という讒言によるとされる。宇多院が道真を厚遇したことによって、藤原氏を脅かす存在と見なされ、同時に他の貴族からの不興を買って、朝廷で孤立していったことによるのだろう。『大鏡』時平伝には、時平の妬心によって陥れられ、道真の男子らもそれぞれ異なる地に流されてしまい、家族が引き裂かれる様子が描かれている。

「東風」は春に東から吹く風であり、九州へ向かう道真にとっては京からこちらへやってくるものである。左遷は一月下旬であったので、梅の花も見頃であっただろう。しかし、自分を愛した主人がいなくなってしまうと、その悲しみで来年からは花を咲かせないかもしれない。そうならないように、「京から春風に乗せて香りを届けてくれ。春を忘れないでくれ」と語りかけている。道真は殊に梅の花を愛したようで、

月は耀《かがや》くこと晴れたる雪の如く　梅は花咲くこと照れる星に似たり
（月が耀く様子は晴れて日の光を浴びる雪のようであり、梅が花開く様子は夜空に光る星に似ている。）

と、十一歳の時にはじめて詠んだ詩で梅の美しさを星に擬《なぞら》えているなど、その本領である漢詩の中でしばしば梅を賞翫《しょうがん》している。愛する自邸の梅に変わらずに美しい花を咲かせることを願った一首といえる。

また、風によって香りを寄越すという表現からは、京から九州に届けられる便りのような役割を東風に期待しているようにも見える。道真撰と目されている『新撰万葉集』の中には次のような一対の詩歌が採られている。

花の香を風の便りに交《まじ》へてぞ鶯さそふしるべにはやる

頻りに花香をして遠近賖《はる》かならしむ
家家《いえいえ》処処《ところどころ》匣《はこ》の中に加ふ
黄鶯《こうおう》谷より出るに媒介無し
唯梅風《ばいふう》を指車《しるべ》となすべし

花の香りを折良く吹いてくる風に混ぜ込んで、鶯に春の到来を知らせにやろうという歌と、春になると花の香りが遠くまで及び、家々の香にも劣らないが、山では春の気配が薄く、鶯が谷から出る仲立ちがないため、梅の花の香りを乗せた風が案内役となるのがよい、という漢詩である。いずれも、春になり花が咲いたことを「風が伝手《つて》になって香りを運ぶ」ことで鶯に伝えるという詩歌で、特に歌は自身と鶯をつなぐ手段として風を用いている。これらは「風便」という漢語を訳した表現で、季節ごとに吹く風が状況を伝える連絡役になることを意味する。「こち吹かば」の歌に戻れば、動くことができない植物だからこそ、梅の木は左遷されることはない。だから自分がいなくなったとしても、春になったら美しい花を咲かせ、かつて過ごした京の邸の様子を東風に乗せて九州まで伝えてくれ、という思いを託した歌とも解釈できるだろう。

【参考文献】藤原克己『菅原道真』（ウェッジ、二〇〇二年）、滝川幸司『菅原道真』（中央公論新社、二〇一九年）、御手洗靖大「菅原道真「東風吹かば」詠への表現史」（早稲田大学大学院文学研究科紀要六八、二〇二三年）

（穴井　潤）

○六四 行き暮れて《ユきクれて》　平忠度《タイラノ タダノリ》

行き暮れて《ユきクれて》
木の下かげを《コの シタかげを》。　宿とせば《ヤドとせば》
花やこよひの《ハナや こよいの》
あるじならまし《あるじ ならまし》

【出典】『平家物語』覚一《かくいち》本・巻九・忠教（忠度）最期

【現代語訳】もしも旅行く途中で（日が）暮れて、木陰を宿とすることがあったなら、花が今夜の主となって（私をもてなして）くれるだろうか。

【作者】前出（○五五参照）。

【語釈】＊行き暮れて…目的地へと向かう途中で日が暮れてしまうこと。＊木の下かげ…木陰。季節は問わないが、夏歌に詠まれることが多い。花とともに詠んだ歌は鎌倉時代以前にはほとんど用例がない。＊宿とせば…「せば」は仮定条件。宿とするならば。＊あるじならまし…主人となって自分たちをもてなしてくれるだろうということ。

【解説】旅の途中で日が暮れて、どこかで一晩を過ごさなければならない。もちろん現実には野宿をすることはなく、どこかの宿所を使うわけだが、そこで「もしも木の下を宿とするなら……」と仮定した主体の想像が詠まれている。

　この歌にはいくつか疑問点がある。まず「花」とは何の花だろうか。和歌において「花」とのみ詠む場合には圧倒的に桜のことが多い。梅の花とも考えられるが、平安後期以降の「花の宿」の用例を見ていると桜を詠んだものが多いので、この歌の「花」はひとまず桜と解釈しておく。

　次に、主体は花が宿所の主となって歓待してくれるはずと思っているようだが、桜の花のもてなしとはどのようなものだろうか。木の下を宿とするならば、おそらく木陰に寝そべることになるだろう。すると視界一面を夜桜が覆うことになり、その美しさが自分を魅了してくれるはずである。それを「花が主となって私をもてなしてくれる」と表現しているのであろう。こうした詠み方は、やや時代が下るが、新古今時代を代表する歌人である藤原家隆の、

　おもふどちそこともしらず行きくれぬ花のやどかせのべの鶯（新古今集・春上・八二）

（仲良し同士で「そこに行く」とも知らずに歩き回って日が暮れてしまった。春を愛する仲間として花の宿を貸してくれ、野辺の鶯よ。）

を思い出させる。家隆の歌は、思いを同じくする同士たちで春の野に遊びに出かけ、そのまま日が暮れてしまったので、やはり同士である鶯に「花の宿」を借りようとしている。この「花の宿」の主は鶯であり、鶯が住む美しい花の木の下で一夜を過ごしたいと詠んでいる。

当該歌は『平家物語』「忠度最期」に「旅宿花」題で詠まれた歌として記されている。「旅宿」題は平安後期以後に多く詠まれた。旅とは違って状況が夜に限定され、独り寝の寂しさや故郷を離れた不安を景物に託して詠む。想像上の「花の主」による慰めと引き換えに、孤独は深まってゆくのである。

【備考】この歌の解釈と『平家物語』の場面を結びつけるのが難しいので、『平家物語』についてはこちらで解説する。「忠度最期」の概要は以下の通り。一の谷の合戦で大将軍であった忠度は落ち延びる途中で敵の六野太《ろくやた》忠澄《ただずみ》に見つかってしまう。とっさに味方のふりをしたが、公卿の化粧であるお歯黒が見えてしまい、攻められてしまう。忠度は奮戦するも、忠澄を討ち果たす寸前で腕を切り落とされる。もはやこれまでと西に向かって念仏を十回唱え、廻向文《えこうもん》を唱えようとするが、全て言い終わらないうちに忠澄に首を落とされる。忠澄は誰の首を切ったか分からなかったが、箙《えびら》(矢を入れる武具)に括り付けられた文に「ゆきくれて…」歌と忠度の名が記されていたので、太刀に首を差し、大将を討ったと大声を上げる。それを聞いた人々は文武両道の大将軍が死んだことを嘆いて涙を流した、という話である。

なぜ『平家物語』の場面と結びつけにくいかというと、この歌は辞世の歌ではないからである。本書〇六五「かへらじと…」歌(次頁)のような死地に赴く覚悟を詠んでいるのではなく、あくまで「旅宿花」題による題詠歌なのである。「行き暮れて」といった表現に人生の暮れ方のイメージを見ることは可能だが、下句の表現と齟齬が生じる。粗暴で風流を解さない東国武士と対比するための道具立てとして持ち出されたのではないだろうか。

この場面は『平家物語』諸本によって様々で、巻物が差されていたり、歌によって忠度と知ったという展開がなかったりする。ある段階で忠度の歌人としての側面を強調するために加えられたと想像される。また、『忠度集』ではごく一部の写本を除き、この歌は入っていない。その写本でも末尾に加えられていることから、おそらく『平家物語』から採集したと推測されている。したがって、この歌を忠度が詠んだとする確実な根拠はないのが現状である。

【参考文献】杉本圭三郎『新版　平家物語(三)　全訳注』(講談社、二〇一七年)、日下力『平家物語 転読』(笠間書院、二〇〇六年)。

（穴井　潤）

○六五

かへらじと《かえらじと》

楠木正行《クスノキマサツラ》

かへらじと《かえらじと》
かねて思へば《かねてオモえば》　梓弓《アズサユミ》
なき数に入る《なきカズにイる》
名をぞとどむる《ナをぞとどむる》

【出典】『太平記』天正本《てんしょう》・巻二十五・山名時氏住吉合戦の事

【現代語訳】生きては帰るまいと兼ねてから思っているので、亡くなる人の数に私を入れて、この名を残そうと思うのだ。

【作者】楠木正行（生年未詳〜一三四八）　南北朝時代の武将。『太平記』が語る、建武三年／延元元年（一三三六）湊川の戦に赴く父正成《まさしげ》との「桜井の別れ」は著名だが、真偽の程は不明。同年に京都を脱出した後醍醐天皇に従い、吉野へ赴いた。当時正行は十一歳と記されている。史料上は四年後の暦応三年／延元五年（一三四〇）が初見で、任官の様子から『太平記』の年齢は極端に外れてはいないか。正成没後は後を継ぎ、河内国司・守護として活動する。同時期に、後村上天皇の信任を得て南朝廷臣としての立場も築いた。貞和三年／正平二年（一三四七）八月に紀伊国で挙兵。細川顕氏《あきうじ》・畑山国清・六角氏頼らを破り、さらに山名時氏を増援した顕氏軍にも勝利した。その後、高師直《こうのもろなお》・師泰兄弟の討伐軍が組まれ、翌年正月五日に四条畷《しじょうなわて》合戦で敗北し、弟正時と刺し違えて二十代で自害した。北朝の廷臣にとって正行は相応な脅威であったらしく、敗死の報せが京に届くと大いに喜んだという。

【語釈】＊かへらじ…「かへる」は「帰る」に「返る」を掛けている。「帰らじ」は「帰るまい」の意で、「じ」は打ち消しの意志を表す。ここでは高師直らの大軍に立ち向かうため、生きては帰るまいという決意を表している。「返る」は、弦を外した弓が反り返ることを言うので、第三句「梓弓」の縁語になっている。＊かねて…以前から。＊梓弓…梓の木で作った丸木の弓。枕詞として弓に関連する「引く」「張る」「寄る」「末」「弦」「射る」「矢」などにかかる。この歌では「いる（入る／射る）」を導く。＊なき数に入る…「なき数」は死者数のこと。そこに入るとは、自分もその数に数えられる、すなわち戦死することをいう。「入る」には梓弓の縁語「射る」が含まれる。＊名をぞとどむる…肉体は残らないが、名誉だけはこの世に留めるということ。「留む」は梓弓の縁語。

【解説】死者に数えられることは決まっているのだが、名前だけはこの世に残しておこう、という悲壮な覚悟を詠んだ歌である。一方で、内容の重苦しさとは裏腹に表現は技巧的である。「梓弓」は訳には直接現れないが「かへらじ（返らじ）─梓弓─いる（射る）」のように連想する詞が用いられることで一首全体を結びつける役割を果たしている。また、頭韻を踏むかのように句頭がａ音で統一されており、リズミカルな印象を与えている。

この歌は正行の辞世歌として『太平記』に引かれており、以下のような場面で詠まれる。高師直・師泰ら率いる八万余りの京都軍が攻めてきたので、正行・正時は三百騎ほどで対抗しようとする。戦に赴く前に吉野の皇居に参内し、父正成の遺言を胸に雌雄を決する覚悟であると後村上天皇に暇乞いをする。天皇からの言葉を賜り、これが最後の参内だと思い退出する。その後、如意輪寺の後醍醐天皇の陵墓で、困難な状況になったら一人も生きては帰るまいと誓い合い、堂の壁に名字を書き連ね、それを過去帳（死者の名前を記す帳簿）に見立て、奥に一首の歌を書いた。そして、逆《ぎゃく》修《しゅ》（存命の間に後世の冥福を祈って仏事を行うこと）のために少しずつ髪を切って投げ入れ、吉野を出て敵陣へと向かった、という流れである。

こうしたエピソードは史実ではなく、この歌も実際に詠まれた辞世の歌ではないかもしれない。歌に関しては、死を覚悟した者が過去帳に名を記した後に「梓弓─亡き人数」という語を組み込んだ歌を詠む例が延慶《えんぎょう》本『平家物語』『三国伝記』など複数の作品に見える。たとえば、金刀《こと》比羅《ひら》本『保元物語』で源為義が詠んだとされる

あづさゆみはづるべしとも
おもはぬはなき人かずに
かねているかな
（矢が外れるではないが、追っ手が外れるとも思えない。亡くなった人の数にかねてより入ることよ。）

でも、「射る／入る」の掛詞によって死者の数に加わることを詠んでおり、「梓弓─いる」が縁語になっている。武士の決死の覚悟を描写するための素材として、似たような形式の歌が用いられていた可能性がある。これは歌に限った話ではなく、『太平記』では、菊池武時が嫡男武重を逃がす場面（本書〇六六「もののふの…」歌【解説】参照）は、正成が今生の別れを告げて正行を逃がす場面と酷似しており、正成─正行の別れを「型」として再利用している。「梓弓」の歌はいわば決め台詞のようなものであり、その心情を伝えるのに適した表現として選択されたのだろう。

虚構であるかどうかは別として、正行の歌が『太平記』のこの場面でどのような意味を持っているかについても触れておきたい。結句「名をぞとどむる」と詠まれているのは、過去帳のように壁に名前を記したという状況を踏まえての表現だが、同時に勇猛に戦い忠義を尽くした名誉だけはこの世に残すということをも意味している。勝つ見込みのない戦に向かうことは「なき数に入る」行為である。しかし、「かへらじ」と覚悟を決めて挑んだ「名（＝名誉）」だけはこの世に留めおかれた、という認識が描かれていると考えたい。

【備考】『太平記』には多様な写本があり、伝本ごとの異同が多い。現存すべての伝本で巻二十二に相当する部分が欠けており、巻ごとの区切り方によって甲乙丙丁の四系統に分けられている。この歌と次の歌ではもっとも歌数が多い天正本（丙類本）を使用しているため、歌の引用やエピソード要約のための本文は新編日本古典文学全集に拠っている。したがって、たとえば流布本である古活字本（乙類本）と見比べると人物や行動が異なっている点もある。もし興味があれば、新潮日本古典集成などを読むと違いが分かりやすい。

【参考文献】生駒孝臣『楠木正行・正儀』（ミネルヴァ書房、二〇二一年）。

（穴井　潤）

〇六六

もののふの《もののふの》

菊池武時《キクチ タケトキ》

もののふの《もののふの》
上矢《ウワヤ》のかぶら《かぶら》 一筋《ヒトスジ》に
思《オモ》ふ心《ココロ》は
神《カミ》ぞ知るらむ《シるらん》

【出典】『太平記』天正本・巻十一・菊池入道寂阿打死の事

【現代語訳】武士の二本差す鏑矢《かぶらや》の一本（を奉納します）、そのようにひたむきに思っている決心を神はわかってくださるだろう。

【作者】菊池武時（生年未詳～一三三三）　肥後国の武将で、菊池武房の子隆盛の次男。幼名は正竜丸、法名は寂阿。兄時隆の後を継ぎ、惣領となる。後述する筑紫合戦に関する事柄を除くと、ほとんど事績が伝わらない。しかし、鎮西探題《ちんぜいたんだい》北条英時の御教書《みぎょうしょ》を受けて使者の役を果たしているところから、肥後の最有力御家人の一人であったと考えられている。菊池氏は、平安時代には平家と強く結びついた在地の武士団であった。しかし、平家滅亡の後に鎌倉幕府は権益を没収し、守護を配置した。その代表格が少弐《しょうに》・大友・島津氏であり、さらに博多には北条氏が派遣されていた。そうした状況下で、菊池氏は北条・大友氏と姻戚関係で結ばれており、平家が支配していた時代の在地武士団でありながら、大きな勢力の一つと見なされていた。

出家して寂阿と称した後の元弘三年（一三三三）に、隠岐から脱出した後醍醐天皇の綸旨《りんし》を受け、討幕の挙兵を決意する。武時とその軍は三月十三日の未明に博多に次々と火を放ち、二五〇騎で探題館に攻め入った。しかし、苦戦の果てに嫡男武重を逃がし、三郎頼隆とともに討死した。没年は四十二歳・五十三歳・六十二歳と複数の説があり未詳。

【語釈】＊上矢のかぶら…「上矢」は戦用の征矢《そや》の上に二本差した狩用の鏑矢《かぶらや》のこと、逆の場合もある。「鏑」は狩矢につける空洞の球体で、射ると空気が入り大きな音を発する。鏑矢は征矢よりも太く長い。＊一筋…細長いものの一本という意味の名詞と、一途な様子を表す副詞が「（鏑矢の）一筋―一筋に思う」のように掛詞になっている。＊思ふ心…決死の覚悟のこと。この歌を詠んだ後に武時とその軍勢は一人残らず討死する。＊神ぞ知るらむ…祈っていることが神に通じることを願う表現。「らむ（らん）」は推量で、神はわかっているだろう、という意。

【解説】裏切られ、決死の戦いに臨む前に、肥後国阿蘇神社に参拝して自らの決意を述べた歌である。「上矢の鏑《かぶら》」は成句で、矢を収納する箙《えびら》に征矢を入れた上に二本差した鏑矢のこと。武士の戦装束を表しており、後述するように、菊池武時はその内の一本を神に奉納する。「一筋」は、上句からの文脈では鏑矢の一本を表し、下句の文脈では一途に、ひたむきに、という意味の「ひとすじに」として用いられている。死を覚悟しながらも大義のために立ち向かう意志を一途に持ち続けていることを神に伝えようとしているのだ。

　この歌は『太平記』に後から増補されたものである（【備考】参照）。増補部分を踏まえてあらすじをまとめる。少弐貞経・大友貞宗・菊池武時は後醍醐天皇に味方する約束をしていたが、九州探題の北条英時に謀反の企みが伝わった。英時は武時を博多に呼び出したので、武時は討たれる前に討とうと思い、貞経・貞宗に伝令を送った。ところが、貞宗は曖昧な返事しかせず、貞経にいたっては使いの者を殺して、その首を探題へ送ってしまった。武時は大いに怒って一五〇騎ほどを率いて出陣した。まず阿蘇神社に参詣し、上矢を一本と歌を詠んで奉納した。そして探題館に攻め入るために進んでいたが、奇妙な出来事が起こった。邸近くにある櫛田宮の前を通る際、馬の足が進まなくなった。これに武時は再び大いに怒り、どんな神でも自分は止められないと言って、神殿の戸に矢を射かけた。すると動けるようになったので進軍した。武時の矢が当たったところには大蛇が死んでいた。いざ探題館に攻め込むと、英時もまた戦の準備をしていたのだが、菊池軍の決死の覚悟に押され敗北しかけた。あわやというところで、貞経・貞宗が探題軍に加わったため形勢は逆転し、武時は嫡男武重に遺言と、

　　故郷《ふるさと》に今夜《こよい》ばかりの命とも
　　知らでや人の我を待つらん

（故郷では、今夜限りの命だとも知らずに、妻子は私の帰りを待っているのだろうか。）

という辞世の歌を託し、故郷へ帰らせた。その後、残った軍を率いて勇猛に戦ったが、一人残らず討死した、と語られている。神に祈った後で、神が邪魔をするという奇妙な話のように見えるが、この話は九州支配の歴史と、少弐・大友氏と菊池氏との関係が背景となっている（【作者】参照）。改めて確認すると、菊池氏は平家と結びつきが強かった在地武士団であったにも関わらず、鎌倉時代を通じて少弐・大友・島津氏に対抗しうる肥後の有力な氏族と見なされていた。少弐・大友氏と倒幕を共謀したかは不明だが、倒幕のために戦を仕掛けたのは事実であり、そうした共謀を行いうると考えられるような存在感を発揮していた。武時は探題館に攻め入るにあたり博多に放火し、櫛田浜で錦の旗を掲げて戦に臨んだとされている。二つの神との説話は、その後も結びつきがあった阿蘇氏との関係と、決死の戦いを挑んだ北条氏との関係を象徴しているといえる。阿蘇神社での歌は菊池氏の本拠地である肥後国の神に捧げており、櫛田宮の神は探題方として邪魔をしてくるという構図である。

　「神ぞ知るらむ」という表現は、自分が心の中で祈っていることを神が理解してくれることを願う際に用いられ、君主や貴顕の長久を祈る賀の歌に多く詠まれる表現である。菊池武時の挙兵は、鎌倉幕府倒幕運動の中で極めて早いものであったことで知られている。さらに、鎮西探題館に攻め入る際の錦の旗は、自らが後醍醐天皇側であることを見せつけるものであった。この戦から逃げ延びた武重は後に肥後守に任じられ、吉野に供奉した。これらを勘案するに、武時の歌もまた、悲壮な覚悟のみを歌ったものではなく、ひたむきに後醍醐天皇への忠心を持ち続けることを神に誓願していたようにも思われる。後に楠木正成をして「忠厚尤《もっと》も第一たるか」と評されたのも、故なしとしないのである。

【備考】この歌を含んだ阿蘇神社に奉納する箇所は天正本系『太平記』のみが載せる。天正本系は和歌を大幅に増補した本文を持っており、この場面も後に増補されたと考えられる。

【参考文献】杉本尚雄『菊池氏三代』（吉川弘文館、一九六六年）、『菊池一族の戦いと信仰』（熊本県立美術館、二〇一九年）。

（穴井　潤）

○六七

しきシマの
しき島の

モトオリ・ノリナガ。
本居宣長

しきシマの
しき島の

やまとご・ころを。
やまとごころを

ヒト・トわば
人問はば

アサヒに　におう
朝日ににほふ

ヤマざくら・バナ
山ざくら花

【出典】本居宣長肖像自画賛（一七九〇年）

【現代語訳】やまとごころとは何かと人に問われれば、「朝日に美しく照り映える山桜の花のようなものだ」と答えよう。

【作者】本居宣長（一七三〇～一八〇一）　江戸時代中・後期の和学者。伊勢国松坂（三重県松阪市）の人。名、はじめ栄貞《よしさだ》（後にながさだ）、後に宣長。号、春庵《しゅんあん》・中衛《ちゅうえ》・鈴屋《すずのや》。父は木綿商の小津定利《おづさだとし》、母は勝《かつ》。宣長は、十九歳で伊勢山田の紙商今井田家へ養子に出るも商売になじめず、二十一歳の時に実家へ戻って医者として身を立てることを目指す。そして、二十三歳で医学修業のため京都に上り、漢学者堀景山《ほりけいざん》を通じて荻生徂徠《おぎゅうそらい》と契沖《けいちゅう》の学問を知った。特に、契沖の実証的な古典研究は、宣長に大きな影響を及ぼす。京都遊学中に、先祖の古い姓である本居に、名も宣長に改める。宝暦七年（一七五七）、松坂に帰って医師を開業する傍ら、古典研究にも本格的に取り組み、『源氏物語』『万葉集』などを論じた。宝暦十三年、かねて敬慕していた万葉学の大家である賀茂真淵《かものまぶち》が松坂に立ち寄った際に生涯ただ一度の対面を遂げ、翌年入門。まもなく『古事記』を中心とする上代の研究に取り組んだ。以後ほぼ三十五年をかけて、本格的な『古事記』注釈書である『古事記伝』を、六十九歳の寛政十年（一七九八）に完成させた。その間五百名を越える門人を獲得し、後世に与えた影響力は極めて大きかった。享和元年（一八〇一）没。七十二歳。

宣長の学問は、文学・語学・古道学といった多方面にわたる。文学研究においては、和歌や『源氏物語』の研究を通じて説いた「もののあはれ」論がよく知られる。宣長によれば、文学は道徳的な善悪と無関係であり、その目的は「もののあはれを知る」（様々な物事の情趣を解する）ことのみにある。こうした考えは、文学を中世以来の道徳的文学観から解放する画期的なものであった。

また、宣長は、古典の正確な読解のために古語についての正確な知識がなければならないと考え、文法や仮名遣いを始めとする語学研究においても、たとえば「係り結び」の法則を明らかにするなどの大きな業績を上げた。

古道学においては、『古事記』の研究を通じて日本古来の道、すなわち日本固有の国のあり方や精神のあり方などを説いた。宣長によれば、儒教や仏教の教えが人情の自然を抑圧しようとするのに対して、日本の神は本来善でも悪でもなくただ自然のままに振る舞い、人々もそれに従順であった。そして、そのように神と皇祖神の子孫である天皇と民とがおのずから対立もせずに一つになって治まっているあり方こそが、日本を万邦無比の国たらしめているのだと論じた。

つまり、宣長の学問は言葉の正確な理解を土台として、文学に見られる人間の自然な情に最上の価値を見出し、それを国家論や政治論・道徳論にも適用しようとする、きわめて射程範囲の長いものであった。

宣長は桜をこよなく愛したことでも知られ、自宅に植えたのみならず、四十四歳の際に描いた自画像にも自身の前に花瓶に挿した山桜を配し、「めづらしきこまもろこしの花よりもあかぬいろ香は桜なりけり」という自賛歌を付している。また、遺言書でも自らの墓に桜の木を植えるよう指示し、自ら「秋津彦美豆桜根《あきづひこみづさくらねの》大人《うし》」という諡《おくりな》(死後の名前)を付けるなど、その愛好ぶりは徹底していた。

【語釈】＊しき島の…敷島の。「大和」にかかる枕詞。＊やまとごころ…大和心。「やまとごころ」や「大和魂」は、幕末になると身命を惜しまない心情や勇敢さを指すようになるが(本書〇七二「かくすれば」参照)、宣長の考える「やまとごころ」にそのような意味はなく、偽りや飾りを持たない人間本来の真心を指していた。＊にほふ…照り映える。美しく輝く。本来は嗅覚ではなく視覚に関する語であり、見た色の美しさを表す。

【解説】本居宣長は寛政二年(一七九〇)、六十一歳の折に自画像を描き、その余白に自らこの歌を書き入れた。すなわち、この歌は還暦を迎えて描いた自画像に付した自画賛ということになる。

【語釈】や【備考】でも触れた通り、宣長の考える「やまとごころ」に潔さや勇敢さといった意味はない。そもそも、宣長は「やまとごころ」という言葉を用いることがほとんどなく、「皇国魂《みくにだましい》」「御国心《みくにごころ》」といった言葉を多く用いたが、それらは要するに「漢心《からごころ》」(宣長の考えでは理屈ばった考えや態度を指す)の対義語であり、偽りや飾りのない人間本来の真心を指していた。

また、「山ざくら花」についても、宣長は散るものとしてより、むしろ色の美しいものとして理解していた。古典において山桜はその白さが強調されて(本書〇二四・〇二五・〇五五参照)、「しき島の」の歌の下句も、次の『新古今集』の歌を踏まえている。

朝日かげにほへる山のさくら花つれなくきえぬ雪かとぞ見る(春上・九八・藤原有家)

(朝日の光に照り映える山の桜の花は、あたかも日の光にも消えない雪のようだ。)

この歌について、宣長は『新古今集』注釈書である自著『美濃の家づと』で次のように説明している。

めでたし。上句詞めでたし。桜花の、朝日にあたれる色は、こよなくまさりて、まことに雪のごとくみゆる物也。

宣長は『新古今集』を理想としており、その『新古今集』の中でも最上の評価を与えた歌の言葉を、自画像の脇に記す自賛歌に取り込んだということになる。

つまり、この歌は、宣長の考える至高の人間、すなわち偽りや飾りのない清らかな心を持った人間を、朝日に照らされて白く美しく輝く山桜の花になぞらえて称えているのであり、また自らもそのような人間でありたいと謳った歌だと言えよう。

【備考】【語釈】でも触れたように、「やまとごころ」や「大和魂」は、幕末になると潔い勇敢さを指すようになる。近代以降はさらに武士道精神と結びつけられ、宣長の歌もその文脈で読まれるようになった。そして、太平洋戦争の最中に編まれた『愛国百人一首』にこの歌が入集した際には、あたかも桜が散るように「いさぎよい」「死におくれることのない」「日本人の心」すなわち「武士道」を詠んだものだという解説が付された(楠田敏郎『愛国百人一首解説』一九四三年)。しかし、こうした読み替えはあくまでも後世のものであり、宣長自身の意図と無関係であることは強調しておきたい。

【参考文献】山下久夫『本居宣長』(コレクション日本歌人選58、笠間書院、二〇一二年)、田中康二『本居宣長の太平洋戦争』(ぺりかん社、二〇〇九年)。

(青山英正)

○六八

ナニごとも
何ごとも

リョウカン
良寛

ナニごとも
何ごとも

ウツりのみゆく　ヨのナカに
移りのみゆく　世の中に

ハナは　ムカシの
花は昔の

ハルに　かわらず
春にかはらず

【出典】良寛『布留散東《ふるさと》』（一八一二年頃）

【現代語訳】何事も移り変わってばかり行くこの世の中で、花だけは昔の春と変わらずに咲いていることだ。

【作者】良寛（一七五八～一八三一）　江戸時代後期の越後の禅僧。幼名、栄蔵。のち文孝。仏門に入って良寛と称した。号、大愚。父は越後国（新潟県三島郡《さんとう》出雲崎《いずもざき》の名主橘屋の山本左門泰雄《さもんやすお》（伊織《いおり》とも）で、以南《いなん》という号を持つ俳人でもあった。母はおのぶ。長男であった良寛は十八歳の時に名主見習となるが、俗事になじめず、隣町尼瀬《あまぜ》の光照寺で出家した。また、二十二歳の時、備中玉島《びっちゅうたましま》（岡山県倉敷市）にある曹洞宗円通寺の大忍国仙《たいにんこくせん》和尚が光照寺を訪れると、これに師事して円通寺に入った。その後、国仙のもとで修行し、寛政二年（一七九〇）には印可（悟りを得た証明）を受けた。国仙が没すると諸国を放浪し、寛政八年、三十九歳の頃に越後に帰国したものの実家には入らず、国上山《くがみやま》（新潟県燕市）の五合庵《ごごうあん》に住み、名利にとらわれない生活を送った。文化十三年（一八一六）頃、国上山麓にある乙子《おとご》神社境内の庵に移り、文政九年（一八二六）には島崎村（新潟県長岡市）の木村家邸内の庵室に入った。書や詩歌を通じた広い交友関係を持ち、中でも貞心尼《ていしんに》と多くの和歌を贈答したことがよく知られる。自選の歌集『布留散東』のほか、良寛没後の天保六年（一八三五）に貞心尼が編んだ歌集『はちすの露』などがある。遺墨も数多い。

【語釈】＊移りのみゆく…移ってばかりゆく。

【解説】自選歌集『布留散東』には、文字通り良寛の故郷にまつわる歌が六十二首選ばれている。巻頭歌（題「近江路《おうみじ》を過ぎて」）から六番歌（題「岩室を過ぎて」）までは、異郷で、あるいは帰郷の途上で故郷を偲ぶ歌であり、七番歌からは越後の国上に到着した時の感慨とそこで過ごす四季、および人々との交遊や別れなどを詠む。

「何ごとも」の歌は、歌集の四三番歌に当たり、「ふるさとに花を見て」という詞書きが付いている。その前後の歌も見てみると、一つ前の四二番歌の詞書きは次の通りである。

如月《きさらぎ》の十日ばかりに、飯《いい》乞ふとて真木山《まきやま》てふ所に行きて、有則《ありのり》が元の家を訪ぬれば、今は野《の》らとなりぬ。一木《ひとき》の梅の散りかかりたるを見て、いにしへ思ひ出でて詠める

これによれば、旧知の間柄であった原田有則という医師が転居した後、その居宅跡に咲いた梅の花を見て昔を思い出して詠んだ歌ということになる。

　また、当該歌の次の歌の詞書きは次の通りである。

あひ知りし人のみまかりて、またの春ものへ行く道にて過ぎて見れば、住む人はなくて、花は庭に散り乱れてありければ

旧知の者が亡くなった翌春、よそへ行く途中でその家を通り過ぎたところ、今は無人となった家の庭に昔と同じように桜の花が咲いていた、その感慨を詠んだ歌である。

　このような歌の配列も念頭に置くならば、「ふるさとに花を見て」という詞書きと、「何ごとも移りのみゆく世の中」という上句に込められているのは、たんに万物が変化するという客観的事実などではなく、思い出の詰まった故郷の花を目にしたことで生じたところの、かつてここにいた者が今はもういないという喪失感であろう。ともに花をめでた親しい者はもういない。しかし、それでも下句にうたわれるように、春になれば桜の花は昔と変わらずに咲く。昔と同じ美しさで咲いている故郷の花が、その花にまつわる過去の記憶を呼び起こすと同時に、その過去が二度と戻って来ないという切ない現実を突きつける。そうした感慨が詠まれていると言えよう。

　言葉遣いの面で言えば、良寛の念頭には次のような古典和歌があったものと思われる。

何ごとも変りのみ行く世の中におなじ影にてすめる月かな(山家集・三五〇・西行)

人はいさ心も知らずふるさとは花ぞ昔の香ににほひける(古今集・春上・四二・紀貫之)

月やあらぬ春や昔の春ならぬ我が身一つはもとの身にして(古今集・恋五・七四七・在原業平)

こうした古典和歌の表現や発想を取り込みながら、それらが含み持っていた複雑な心情や巧みなレトリックなどはそぎ落とし、ある意味素朴な一首に仕立て上げることによって、かえって自らの感慨を気取らず真っ直ぐに謳う。古典和歌と比較することで、そうした良寛の歌の特徴も浮かび上がってくる。

【参考文献】谷川敏朗『校注良寛全歌集』(新装版、春秋社、二〇〇七年)、『布留散東・はちすの露・草径集・志濃夫廼舎歌集』鈴木健一校注・解説(和歌文学大系74、明治書院、二〇〇七年)。

(青山英正)

○六九　霞《カスミ》立《タ》つ

良寛《リョウカン》

霞《カスミ》立《タ》つ
永《ナガ》き春日《ハルヒ》を　子《コ》どもらと
手《テ》まりつきつつ
今日《きょう》も暮《ク》らしつ

【出典】良寛遺墨

【現代語訳】霞の立っている長い春の一日を、今日も子どもたちと手まりをつきながら過ごしたことだ。

【作者】前出(○六八参照)。

【語釈】＊霞立つ…霞がかかる。また枕詞として「春」に掛かる。＊永き春日…冬と比べて日の長くなった春の一日。＊暮らしつ…「暮らす」は日が暮れるまで時間を過ごすこと。「つ」は完了の助動詞。動作が完了したことに対する確認の気持ちを表す。

【解説】空もようやく春めき、山々に霞がかかっている。日も長くなり、夕方になってもまだ明るい。そんなのどかに晴れた春の一日、子どもたちに交じって手まりをつきながら、日が暮れるまで時を忘れて無心に遊んでいる自分自身を詠んだ歌である。「つ」の繰り返しがリズミカルな感じを作り出している。

　この歌は、『布留散東』や『はちすの露』にも採られ、良寛の代表歌としてよく知られているが、それぞれの歌集で少しずつ語句が異なっている。その異同については【備考】で触れるとして、ここでは両歌集における歌の配列を考えてみたい。

　まず、『布留散東』では、この「霞立つ」の歌の前に左の歌が置かれている。

　梅の花折りてかざしていそのかみ古りにしことをしぬびつるかも

（梅の花を折って髪に挿しては昔のことをしのんでいることだ。）

これは、梅の花によって呼び起こされた懐旧の情を詠んだ歌である。次いで「霞立つ」の歌が置かれ、子どもたちと遊ぶ春の一日を詠んだ次の二首がそれに続く。

　この里に手まりつきつつ子どもらと遊ぶ春日は暮れずともよし

　この宮の森の木下《こした》に子どもらと遊ぶ春日になりにけらしも

そして、その後に桜の花が雪のように降ることを詠んだ歌

「久方《ひさかた》の天《あま》ぎる雪と見るまでに降るは桜の花にぞありける」(空をかき曇らせて雪と見間違えるほどに降るのは、桜の花びらであった)と、ホトトギスの声を聞いて過ぎゆく春を実感する歌「青山《あおやま》の木《こ》ぬれたちくき時鳥《ほととぎす》鳴く声聞けば春は過ぎけり」(青々とした山のこずえを飛びくぐって鳴くホトトギスの声を聞くと、春は過ぎてしまったと実感する)が配される。

このように、当該歌から始まる三首の前後の歌を見ると、過去を偲び、盛りの花が散り、春が過ぎるといった具合に、過ぎてゆく時間というものが詠まれている。これに対して、それらに挟まれた当該歌を含む三首では、逆に時間の長さ(「永き春日」)や時間の進行を止めたいという願望(「暮れずともよし」)を示す言葉が用いられている。そして、「手まり」は同じ動作を繰り返す遊びである。

つまり、「子どもら」を詠んだこれら三首に詠まれているのは、春の陽だまりの中で同じ動きの反復だけがある、あたかも時が引き延ばされたかのような、あるいは時が遅々として進まないような情景である。

『はちすの露』も見てみよう。当該歌は左に掲げる長歌に続く反歌(長歌に付された短歌のこと)として収録されている。

冬ごもり　春さり来れば
飯《いひ》乞ふと　草《くさ》の庵《いおり》を　立ち
出《い》でて　里にい行《ゆ》けば　里《さと》
子《こ》ども　今を春べと　たま
ぼこの　道のちまたに　手
まりつく　われもまじりて
その中に　一二三四五六七《ひふみよいむな》
汝《な》がつけば　吾《わ》はうたひ
吾《あ》がうたへば　汝《な》はつく
つきてうたひて　霞立つ
ながき春日を　暮らしつる
かも

(冬が終わり春が来たので、托鉢《たくはつ》をするために庵を出て里に行けば、里の子供らが今はもう春になったというので道に出て手まりをついている。私も仲間に入っているその中で「一、二、三、四、五、六、七」とお前がまりをつくと私が手まり歌を歌い、私が歌えばお前がつく。ついたり歌ったりして霞の立っている長い春の一日を過ごしたことだ。)

「一二三四五六七」という言葉が印象的だが、『はちすの露』には、貞心尼が良寛に手まりを奉った際に詠んだ歌「これぞこの仏の道に遊びつつつくや尽きせぬ御法《みのり》なるらむ」(これが仏道に遊びながらつく、尽きない仏法を説く手まりなのでしょうね)に対する良寛の返歌「つきて見よ一二三四五六七八九《ひふみよいむなやここ》の十《とお》とをさめてまた始まるを」(ついてごらんなさい。一二三四五六七八九十、十で終わってまた一から始まることの手まりを)もある。手まりをつきながら一から十まで数えてまた一に戻る、その繰り返しに仏法に通じるものを見ているのである。

実際、この「一二三四五六七」という言葉は『碧巌録』『大灯国師語録』に見られる禅語で、無限や広大を意味し、良寛が手まりを詠んだ漢詩「毬子《きゅうし》」にも、「可中意旨若相問　一二三四五六七」(可《か》中《ちゅう》の意旨《いし》、若《も》し相問《あいと》はば、一二三四五六七《いちにさんしごろくしち》)(人がもし、私がまりつきに心引かれる趣を尋ねるならばこう答えよう。「一二三四五六七」と)とある。手まりをつきながら無心に繰り返し数を数えることが、仏教の教義に通じると良寛は考えていたわけである。

ところで、「霞立つ永き春日」という表現そのものは、『万葉集』巻五・八四六番歌の「霞立つ長き春日をかざせれどいやなつかしき梅の花かも」(霞がかかっている長い春の一日中髪に挿していても、ますます心引かれる梅の花だなあ)を踏まえている。一方、「手まり」は、日常卑近であるがゆえに、和歌の世界では江戸時代後期まで詠まれることがなかった題材である。良寛は、貴族たちの梅花の雅宴を詠んだ万葉歌を、あえて日常的な子どもの遊びの歌に転じたことになるが、これもまた、童心に返ることに仏法と通じるものを見ているからであろう。

以上を整理すると、この「霞立つ」の歌は、たんに子どもと無邪気に遊ぶのどかな春の一日を詠んだというのではなく、浮世の辛さも人との別れの悲しさも経験した良寛が、春のひととき、時を忘れ、童心に返って無心に同じ動作を繰り返すことで、仏法に通じる忘我の境地に至る、そのさまを詠んだ歌ということになろう。

【備考】　この歌は、たとえば、『布留散東』では「霞立つながき春日に子どもらと手まりつきつつこの日暮らしつ」、『はちすの露』では「霞立つながき春日を子どもらと手まりつきつつこの日暮らしつ」といった具合に、多くの異文があるが、本書では吟詠で定着している本文(『定本良寛全集』第二巻、中央公論新社、二〇〇六年収録)を採用した。

【参考文献】　谷川敏朗『校注良寛全歌集』(新装版、春秋社、二〇〇七年)、同『校注良寛全詩集』(新装版、春秋社、二〇一四年)、『布留散東・はちすの露・草径集・志濃夫廼舎歌集』鈴木健一校注・解説(和歌文学大系74、明治書院、二〇〇七年)、鈴木健一『江戸詩歌史の構想』(岩波書店、二〇〇四年)。

(青山英正)

〇七〇

アサヒ」かげ。
朝日かげ

サクラ アズマオ
佐久良東雄

アサヒ」かげ。
朝日かげ
とよさか」のぼる
とよさかのぼる
ヒ」のモトの
日の本の
や」まとの　クニの
やまとの国の
ハ」ルの　あけぼの
春のあけぼの

【出典】佐久良東雄編『はるのうた』(一八四〇年)

【現代語訳】朝日の光が美しく輝きながら昇る、ここ日本の国の春のあけぼのであるよ。

【作者】佐久良東雄(一八一一～一八六〇)　江戸時代後期の志士・歌人。常陸(茨城県)の人。本名飯島吉兵衛。号、薑《きょう》園《えん》。常陸国新治《にいはり》郡(茨城県石岡市)の庄屋飯島平蔵の長男として生まれる。九歳で僧侶となり、下林《しもばやし》村(同右)観音寺の住職康哉《こうさい》の弟子として名を良《りょう》哉《さい》と改めた。『万葉集』に造詣が深かった師康哉の影響を受け、『万葉集』に親しんだ。天保六年(一八三五)には新治郡真鍋村(茨城県土浦市)の善応寺の住職となり、天保の飢饉に際しては民衆の救済に奔走した。この間、水戸の藤田東湖《ふじたとうこ》、土浦の色川三中《いろかわみなか》といった学者とも交わった。また、この頃から東雄の号を用いるようになり、同十一年には歌集『はるのうた』を編む。これは、唯一生前に刊行された自らの歌集である。次いで同十三年、江戸に出て国学者の平田篤胤《あつたね》に入門し、その翌年に勤王を誓うため還俗(出家した者が俗人に戻ること)、鹿島神宮に桜の木千株を奉献して、その桜にちなみ佐久良靱負《ゆきえ》東雄と改名した。その後、上洛して大坂坐摩《いかすり》神社の神官などを勤める。そして、万延元年(一八六〇)、桜田門外の変に呼応して京坂地方でも事を起そうとした高橋多一郎《たいちろう》をかくまった罪で捕えられて江戸に送られ、同年六月二十七日に伝馬町の獄舎で絶命した。年五十。東雄の子である佐久良巌が大正二年(一九一三)に編んだ東雄の歌集『薑園《きょうえん》歌集』をもとにして、昭和十七年(一九四二)に『定本薑園歌集』が刊行された。歌人の佐佐木信綱は、『近世和歌史』(大正十二年〈一九二三〉)の中で、東雄を「勤王家中第一の歌人」と賞賛している。

【語釈】＊朝日かげ…朝日の光。＊とよさかのぼる…美しく輝いて昇る。＊日の本の…「日の本」は日が昇るもとの国という意味で、すなわち日本国の美称。そこから、「日の本の」は枕詞として「やまと」に掛かる。＊やまと…大和。大和国(奈良県)を指すこともあるが、ここでは日本国の異称として用いられている。＊あけぼの…明け方。

【解説】「とよさかのぼる（豊栄昇る）」は、見事であるさまをいう比喩として祝詞によく用いられる「朝日の豊逆登《とよさかのぼり》」という表現にもとづく言葉で、勢いのあるもの、栄えているものを称える意味を含む。また、「日の本のやまとの国」という言い方は、古く『万葉集』巻三・三一九番の長歌の、

日本《ひのもと》の　大和の国の　鎮《しず》めとも　います神かも　宝とも　なれる山かも　駿河なる　富士の高嶺《たかね》は　見れど飽かぬかも

（日本の鎮めとしていらっしゃる神だろうか、国の宝としてできた山だろうか、駿河の富士の高嶺は見ていても飽きない山だなあ。）

という一節に用例があり、江戸時代中期以降になると、外国の存在を強く意識する中で、国学者らによって日本という国の素晴らしさを称える文脈で使用されることが増える。たとえば、賀茂真淵《かものまぶち》は、

かくばかりかしこきくにと日の本のやまとのくにをあふがざらめや

（これほど尊い国だと日本を仰がないことがあろうか。）

（「詠蝦夷島歌四首并短歌」『賀茂翁家集』文化十三年〈一八一六〉刊）

と詠み、真淵の門人である村田春海《はるみ》も、

日の本の　やまとしまねは　天地《あめつち》の　かためし国と　むかしより　いひつぎ来れど　（以下略）

（日本は天の神と地の神が造りかためた国だと昔から言い伝えてきたが。）

（「擬送留学生歌并短歌」『琴《こと》後《じり》集』文化十年〈一八一三〉刊）

といった長歌を詠んでいる。

「春のあけぼの」に美を見出すのは、『枕草子』のよく知られた冒頭の一節、

春は曙。やうやう白くなりゆく、山際すこし明《あか》りて、紫だちたる雲のほそくたなびきたる

（春は曙。ようやくあたりも白んでゆくうち、山際の空が明るくなり、紫がかった雲が細くたなびいている。）

の影響が大きく、秋の夕暮れと対になって和歌の世界にも定着した。暗闇から徐々に視界が開け、一日が始まる明け方の時間帯は、一年の始まりである春という季節に似つかわしい。

さて、こうした古典に由来する言葉を無理なく組み合わせたこの「朝日かげ」の歌は、天保十一年四月に佐久良東雄自身が編み、東雄を含めて十六名による春の歌を収めた歌集『はるのうた』の巻頭に掲げられている。また、『定本薑園歌集』でも春の部の巻頭を飾っており、東雄の代表歌と言ってよい。東雄が勤王歌人だからと言って、この歌からナショナリズムばかりを読み取る必要はあるまい。年の最初の朝日が東の空に昇り、それに照らされて日本の国全体が美しく輝くというスケールの大きな想像力、国を称えることで一年の栄えをことほぐその内容、いずれを取っても国全体が祝賀気分に包まれる新年の歌にふさわしい、悠々たる調べである。

（青山英正）

○七一　吉野山《ヨシノヤマ》　八田知紀《ハッタ・トモノリ》

吉野山《ヨシノヤマ》
かすみの奥《オク》は　知《シ》らねども
見《ミ》ゆるかぎりは
桜《サクラ》なりけり

【出典】八田知紀『しのぶ草』初編（一八四七年）

【現代語訳】吉野山には春霞がかかっていてその奥までは見通せないけれども、見えている限りは一面の桜である。

【作者】八田知紀（一七九九～一八七三）　江戸時代後期の薩摩藩士・歌人・国学者。通称、喜左衛門。号、桃岡《とうこう》。薩摩藩士八田知直の子として、薩摩国鹿児島郡（鹿児島県鹿児島市）に生まれる。早くから文章の才に長け、文政八年（一八二五）、京都の藩邸勤めのために上京すると、公家の歌人富小路貞直《とみのこうじさだなお》や本居宣長門の歌人らと交流した。そして翌年、歌人の香川景樹《かげき》を訪ね、同十三年に入門、京都と薩摩において藩士としての職務をこなしながら、桂園派《けいえん》（景樹門）の歌人として活躍する。嘉永二年（一八四九）、薩摩藩主島津斉興《なりおき》の後継者をめぐる藩内の抗争（いわゆるお由羅《ゆら》騒動）においては、斉彬《なりあきら》派に付いて敗れ、日向国《ひゅうが》（宮崎県）都城《みやこのじょう》での謹慎を命じられた。嘉永六年に職務に復帰、文久三年（一八六三）、島津斉彬の養女貞姫が近衛家に嫁いだのに従い、同家に仕える。明治維新後は皇学所御用掛などを務めた後、明治五年（一八七二）に歌道御用掛となり、薩摩出身の高崎正風《まさかぜ》をはじめとする桂園派歌人が、宮内省内の組織として同十九年に設置された御歌所で活躍する基礎を築いた。門人に、高崎のほか、黒田清綱《きよつな》、税所敦子《さいしょあつこ》らがいる。

【語釈】＊吉野山…大和国（奈良県）の桜の名所。千本桜で名高い。＊知らねども…知らないけれども。＊見ゆるかぎり…見えるかぎり。

【解説】知紀の家集『しのぶ草』は四編から成り、「吉野山」の歌は初編に収められている。初編は弘化四年（一八四七）、知紀四十九歳の時に刊行された。二編以降は題詠が主であるのに対して、初編は折に触れて詠んだ歌が並べられている。

　当該歌の前後の配列を見ると、「一とせ大和国にゆきけるとき所々にて物しつるが中」「吉野にて月のあかかりける夜」といった詞書を持つ歌の後に、「一とせ花見に物しける時」という詞書があって当該歌を含む四首が並び、その後に「蔵王権現は殊にめで給ふ神なりと里人のいへりければ」という詞書きを持つ歌がある。「蔵王権現」とは吉野山の金峯《きんぶ》山寺《せんじ》蔵王堂の金剛蔵王大権現像であろうから、これら一連の歌は知紀が実際に吉野に赴いた際に詠まれたと考えてよいだろう。

さて、「一とせ花見に物しける時」という詞書きの後に並べられている四首のうち、当該歌以外の三首は次の通りである。

吉野山しをりもせでやわけ入らむふみ迷ひてぞ花は見るべき

（吉野山には、枝を折って道しるべにするようなことをせずに分け入って行こう。山中を迷いながら歩いてこそ吉野の花は楽しめるものだ。）

霞む夜の花のこずゑにしづまりて月の光もちらぬ春かな

（霞がかかっている夜、桜の花は梢に静かに満ち、風に乱れることはない。朧月の光も花と同様、散り乱れることはない。）

花にねて見るこよひこそ春の夜のおぼろ月夜の盛りなりけれ

（花を見ながら横になると、今宵こそ春のおぼろ月夜の盛りであると実感される。）

当該歌は「吉野山しをりもせでや」の次に置かれており、吉野山に霞がかかっている春のある日、山中で花見を楽しみながら詠んだ歌ということになる。

「かすみの奥は知らねども」という表現については、正岡子規が『歌よみに与ふる書』の中で、「消極的に言ひたるが理窟に陥り申候」と批判したことが知られている。下句の「見ゆるかぎりは」という言葉の中に、見えないところは分からないという意味がすでに含まれているのだから、わざわざ「知らねども」と断る必要はないというのである。

しかし、知紀はこの歌で、たんに〈視界の範囲内には桜が咲いているが、その範囲外に桜が咲いているかどうかは分からない〉と論理的に述べたわけではあるまい。そもそも、この知紀の歌は、次の古典和歌に詠まれているような、花を隠す霞という伝統的な趣向を踏まえている。

三輪山をしかも隠すか春霞人に知られぬ花や咲くらん（古今集・春下・九四・紀貫之）

吉野山絶えず霞のたなびくは人に知られぬ花や咲くらん（拾遺集・春・三七・中《なか》務《つかさ》）

いずれも、山に霞がかかっている光景を詠みつつ、その向こうにまだ人目に触れていない花が隠れ咲いているのだろうと想像をめぐらせた歌である。

知紀もまた、「かすみの奥は知らねども」という表現によって、霞に隠れて目に見えない空間にも広がる桜を詠もうとしていると見るべきだろう。

吉野の千本桜は、距離約六キロメートル、標高差約五〇〇メートルに及ぶ山々を桜が埋め尽くす雄大な景観が特色であるが、その雄大さをそのまま言葉で表現するのは至難の業である。そこで知紀は、視界全体が桜で埋め尽くされ、しかもそれが霞によって限られたごく一部であると言うことで、視界の外もまた桜で一面に埋め尽くされていることを暗示するのである。

【参考文献】宮本誉士『御歌所と国学者』（弘文堂、二〇一〇年）。

（青山英正）

○七二　かくすれば《かくすれば》かくすれば

吉田松陰《ヨシダショウイン》

かくすれば《かくすれば》
かくなるものと《かくなるものと》　知りながら《シりながら》。
やむにやまれぬ《やむにやまれぬ》
大和魂《ヤマトダマシイ》

【出典】吉田松陰『幽囚録』（一八五四年）

【現代語訳】このような行動をすればこういう結果になると知りつつ、それでも正しいと信じる行動をやむにやまれず取ってしまう者こそが、大和魂の持ち主である。

【作者】吉田松陰（一八三〇～一八五九）　江戸時代後期の志士。長州藩士。幼名は虎之《とらの》助《すけ》、のち矩方《のりかた》。通称は寅次郎《とらじろう》。字は義卿《ぎけい》。松陰は号である。ほかに二十一回猛士《にじゅういっかいもうし》などといった号もある。

天保元年（一八三〇）に、父長州藩士杉百合之助常道《すぎゆりのすけつねみち》と母滝《たき》の次男として、長門国萩に生まれた。五歳の時、山鹿流兵学師範として毛利《もうり》家に仕えていた叔父吉田大助《だいすけ》の仮養子となり、翌年吉田家を嗣《つ》いだ。

十一歳の時、藩主毛利敬親《たかちか》の前で兵学の講義を行って激賞され、二十歳で九州の平戸・長崎などに遊学、翌年には江戸にも出て見聞を広めたが、同年、友人宮部鼎蔵《ていぞう》との約束を果たすために藩の許可なく東北視察に向かい、その亡命の罪により士籍と禄高を没収される。その後、藩主敬親のはからいによって十年間の諸国遊学が許されたものの、そのさなかの安政元年（一八五四）、ペリーが和親条約締結のため来航すると、その船に密かに乗り込んで海外渡航をはかり失敗、翌日自首して江戸小伝馬町《こでんまちょう》（現在の東京都中央区）の獄舎に入れられ、ほどなく萩の野山《のやま》獄に送られた。

約一年に及ぶ獄中生活の後、実家の杉家に預けられ、その時期に松下村塾《しょうかそんじゅく》の実質的な主宰者として、高杉晋作《たかすぎしんさく》・久《く》坂玄瑞《さかげんずい》・伊藤博文《ひろぶみ》など幕末から明治にかけて活躍する人材の教育に従事した。

安政五年、日米修好通商条約の調印をめぐる幕府の対応を松陰は厳しく批判し、そのために藩は松陰を再び野山獄に収容した。

翌安政六年、幕府は安政の大獄により捕縛した儒者梅田雲浜《うんぴん》との関係を問うために松陰を江戸に召喚したが、松陰は幕府の役人による訊問の際にも幕府に対する批判をやめなかっただけでなく、それまで幕府側が知るよしもなかった老中間部詮勝《まなべあきかつ》の暗殺計画まで自供したために死罪の判決を受け、十月二十七日に江戸小伝馬町の獄舎で処刑された。

松陰は、当時圧力を強めつつあった欧米列強に対して日本という国の独立をいかに保つかを考え、そのために自分に何が出来るのかを問い続けた人物であった。また、至誠を尽くせば必ず他人の心に通じるはずだという信念のもと、自らの不利益を顧みずに正しいと信じた言動を徹底的に貫こうとした人物でもある。

【語釈】＊かく…このように。
＊大和魂…幕末になると、本居宣長の頃とは意味合いが変化し、日本民族固有の気概や精神、特に身命を惜しまない心情や勇敢さを指すようになった。

【解説】松陰は、安政元年三月に下田に停泊中のアメリカ船に乗り込んで密航をはかり、露見して四月に江戸小伝馬町の獄舎に投獄されたが、江戸到着直後の四月二十四日に兄の杉梅太郎に宛てた書簡―密航事件を起こした動機や思想的根拠、一連の経緯などを記した『幽囚録』に、事件前後の歌や詩文とともに附録として収められている―に、当該歌は記されている。

この兄宛書簡によれば、「赤穂の国難」に際して法を犯してまで主君の仇を討った「義士四十七名」と同様に、松陰もまた、国家の危機に際して国のために身をなげうって海外渡航禁止の法を犯したのだという。そして、下田から江戸に向け、囚人用の駕籠に乗せられて移送される途中、赤穂浪士の墓がある江戸高輪の泉岳寺前を通り過ぎた際に、「義士の事を思ひて」詠んだのが、この歌であった。

生まれつき臆病で愚鈍だと自認する松陰が、生涯にわたってしばしば危険を冒す行動に出たのは、幼い頃から兵学者を業とし、常に命をなげうつ覚悟で事に当たっていたからであった（『講孟箚記《こうもうさっき》』巻の四下、第十九章）。また、松陰は非常時に際して理屈や常識を振りかざして何の行動も起こさない人々を憎み、自らは孔子や孟子の言う「狂者」、すなわち「気力雄健」（『講孟箚記』巻の四下、第三十八章）で進取の精神に富む（『松陰詩稿』所収の詩「狂愚」で、「狂常鋭進取」〈狂常に進取に鋭し〉と謳う）者であろうとしたが、その覚悟を支えたのは、漢学の教養によって培われた広い視野であった。

松陰によれば、海外密航を企てたのも、「不ンバレ審ニセ二夷情ヲ一何ゾ駁センレ夷ヲ」（夷情を審《つまび》らかにせずんば何ぞ夷を駁《ぎょ》せん）（「下田の獄中にて渋木生に示す」、『幽囚録』附録）というように、外国に対抗するには外国事情を知らなければならないと考えたからであったし、国禁を犯したことを意に介さないのも、「禁は是《こ》れ徳川一世の事、今時の事は将《まさ》に三千年の皇国に関係せんとす」（安政元年十二月五日兄宛松陰書簡）とあるように、三千年の大局を見据えていたからであった。

つまり、松陰は決して視野の狭い狂信者や衝動的な行動を取るだけの人物などではなく、むしろ広い視野のもとで自らが兵学者としてなすべきだと考えたことを見極め、その上で、当時の法や常識にとらわれずに実行した、少なくともそのように自負していた人物であったと言える。

歌の「かくすればかくなる」とは、世の中の常識的な理屈を指す。国禁の存在も、国禁を犯した場合どのような結果をもたらすかについても、松陰は当然ながら十分に知っていた。しかし、それをあえて踏み越えてでもやらねばならないという強い使命感に、「大和魂」の持ち主である自身も赤穂浪士も突き動かされたのだと謳う。

上句は「か」行の音が繰り返され、下句は「やむにやまれぬやまとだましい」と同音がたたみかけられることで、切迫した調子を醸し出している。

（青山英正）

○七三　親思ふ《オヤオモう》　　吉田松陰《ヨシダショウイン》

親思ふ《オヤオモう》　心にまさる《ココロにまさる》　親ごころ《オヤごころ》

けふの音づれ《きょうのオトずれ》　何ときくらん《ナンときくらん》

【出典】安政六（一八五九）十月二十日父杉百合之助・叔父玉木文之進・兄杉梅太郎宛書簡

【現代語訳】子が親を思う心よりも、親が子を思う心は深いものであるが、今生の別れを告げる私の父と母は、今日の手紙を、どのような気持ちで読んでいるだろうか。

【作者】前出（○七二参照）。

【語釈】＊音づれ…たより、手紙。＊何と…どのように。＊きく…聞く。耳にした情報を受け止める。＊らん…「であるだろう」「しているだろう」といった意味の、現在の事態を想像するいわゆる現在推量の助動詞。

【解説】安政六年（一八五九）に江戸に召喚された松陰は、七月九日に幕府の評定所で取り調べを受けた際、老中間部《まなべ》詮勝《あきかつ》の暗殺計画を自供し、そのまま小伝馬町の獄舎に投獄されてしまう。次いで九月五日と十月五日に行われた二回目と三回目の取り調べは穏便に済み、松陰も死罪だけは免れられそうだと楽観視し始めたものの、十月十六日に行われた四回目の取り調べで事態の暗転を知ることになる。その日読み上げられた口述書には、それまで松陰が言ったこともない過激な内容が、あたかも松陰の自供であるかのように記され、末文には「公儀（幕府）に対し不敬の至り」といった言葉まで添えられていたのである。ここに至ってついに松陰も死を覚悟せざるを得なくなった。そして、その日以降、獄中から様々な人に宛てて別れの手紙を記すのだが、そのうち家族に宛てた一通にこの歌が記されている。宛名は父・叔父・兄だが、文中に母の体を案じた一文もあり、家族全員に宛てた手紙と言ってよい。

さて、手紙の書き出しは次のようなものであった。

平生の学問浅薄にして、至誠天地を感格すること出来申さず、非常の変に立到り申し候。嘸々《さぞさぞ》御愁傷も遊ばさるべく拝察仕り候。

（私の普段の学問が浅く薄っぺらであったため、『孟子』に「至誠天に通ず」という言葉があるにもかかわらず、私の至誠は天地を感じ動かすことができずに、ついに思いがけぬ事態に立ち至ってしまいました。さぞお悲しみのことと拝察致します。)

この書き出しに続けて、「親思ふ」の歌が置かれている。

親を思う心を詠むのは、広瀬淡窓「思親」など漢詩に多い。一方、子を思う心は、「人のおやの心はやみにあらねども子を思ふ道にまどひぬるかな」(後撰集・雑上・一一〇二・藤原兼輔)のように、和歌の世界では「心の闇」として、すなわち親の分別を失わせるほど強い愛着の情として多く詠まれてきた。松陰は、まず初句から二句にかけて、親を思う子の心の深さをうたう。次いで、二句から三句にかけて、子を思う親の心がそれにまさると詠むことで、世の親が子に注ぐ愛情が限りなく深いものであることを示す。このように、子から親への、そして親から子への普遍的な愛情をうたった上で、下句では、自分に限りない愛情を注いでくれていた我が親が、子である松陰の死を知ってさぞかし大きな衝撃を受けるであろうと、その悲しみを思いやるのである。

松陰はこの手紙の七日後に処刑される。しかし、死を目前にしても動揺を見せたり感情に流されたりすることなく、むしろ自分という子を亡くす両親の思いに目を向けることで、かえって親に先立つことになる松陰の、子としての深い悲しみが浮かび上がってくる。

なお、松陰のこの手紙は、「親思ふ」の歌の直後から調子が一変し、「さりながら(中略)左《さ》まで御愁傷にも及び申さず」と言い切る。そして、日本にはまだ天皇があり、忠義の心を持った人々がいるのだから、あまり悲観的にならないようにと大局的な観点から家族を励ました上で、家族の長寿と健康を祈る。

次いで、「私誅《ちゅう》せられ候とも、首までも葬り呉《く》れ候人あれば、未だ天下の人には棄《す》てられ申さずと御一咲《いっしょう》願ひ奉り候」といった具合に、私が死刑になっても首だけでも葬ってくれる人がいるならば、まだ世間から見捨てられたわけでもないとお笑いください、などというユーモアともつかぬユーモアをまじえながら、「呉々《くれぐれ》も人を哀しまんよりは自ら勤むること肝要に御座候」と、自分の死を嘆き悲しむのではなく、それぞれがなすべきことをなすようにと説く。こうした言葉からは、これまで何かと心配をかけ続けてきた家族を悲しませまいとする松陰なりの心配りとともに、あくまでも一己の立場を離れた視点から物事を捉えようとする松陰の思考の特徴も見て取ることができる。

(青山英正)

○七四　身《ミ》はたとひ《たとい》

吉田松陰《ヨシダショウイン》

身《ミ》はたとひ《たとい》
武蔵《ムサシ》の野《ノ》べに　朽《ク》ちぬとも
留《トド》め置《オ》かまし
大和魂《ヤマトダマシイ》

【出典】吉田松陰『留魂録』（一八五九年）

【現代語訳】たとえ我が身は武蔵の野辺に朽ち果ててしまったとしても、大和魂はぜひともこの世に残してゆこう。

【作者】前出（〇七二参照）。

【語釈】＊たとひ…たとえ。＊武蔵…旧国名。現在の東京都、埼玉県、および神奈川県東部の一部を含む。＊朽ちぬ…朽ちてしまっても。「ぬ」は、「してしまう」という完了の意味を表す助動詞。＊まし…「だろう」「しよう」といった推量や意志を表す助動詞。本来は、「もし…であったら、…であろう」といった具合に現実でない事態の想像を表したが、中世以降「む」という助動詞とほぼ同じ意味で用いられるようになった。＊大和魂…本書〇七二「かくすれば」の歌の語釈を参照のこと。

【解説】この歌は、松陰が松下村塾での教え子たちに向けて記した遺書『留魂録』の冒頭に書きつけられたものである。松陰は安政六年（一八五九）十月二十七日に死刑の判決を受けて即日処刑されたが、その少し前の十月二十日にはすでに死を予感し、肉親に宛てた遺書を記している。その冒頭に書きつけられたのが、当該歌と並んで松陰の辞世歌として知られる「親思ふ心にまさる親ごころけふの音づれ何ときくらん」（本書〇七三）であり、そして死の二日前の十月二十五日に書き起こされ、翌二十六日の夕方、すなわち死の前日に書き上げられたのが、この『留魂録』であった。

『留魂録』には、松陰が自らの死生観を述べた箇所がある。

今日死を決するの安心は四時の順環に於て得る所あり。

すなわち、今日私が死を目前にして平穏な気持ちでいられるのは、人の一生が四季の循環のようなものであると悟ったからだと松陰は言う。十歳で死ぬ者には十歳の中におのずから四季があり、二十歳には二十歳の四季が、三十歳には三十歳の四季が、五十歳、百歳にも五十歳、百歳の四季があり、それぞれが花を咲かせ実りの時を迎える。自分もまた三十歳にして四季はすでに備わり、花は咲き実は結んだ。これを受け継いでくれる人がいれば、その種子は絶えることがないだろう。

　また、門下生の高杉晋作に送った手紙の中でも松陰は次のように述べている。世の中には身は生きていても心の死んでいる者がいる。身は滅んでも魂の残る者もいる。魂が残れば身が滅んでもかまわない。死んで不朽の見込みがあればいつ死んでもよい。生きて大業を成し遂げる見込みがあれば、いつまでも生きればよい。生死は度外視して為すべきことを為すだけだ。

　「身はたとひ」の歌には、人一人の肉体上の生死を超えた見地から人の生きる意味を見出すに至った松陰の心境が謳われている。「大和魂」は固い信念や高い志、気概とでも考えればよいだろう。我が身一つは滅びてもこの志は残り、教え子たちに受け継がれてゆくはずだ、いやぜひそうあってほしい。こうした半ば祈りにも似た松陰の絶唱と言えよう。

　なお、この歌は実際には獄舎の狭い牢内で詠まれ、その獄舎のあった小伝馬町は江戸の市中に位置する。しかし、和歌の世界では「武蔵野」と言えば広漠たる原野の風景が詠まれるのが通例である。よって、この歌は朽ちてゆくはかない一個の我が身と武蔵野という空間の広がりという対比も感じさせる。

【備考】原文は「身はたとひ武蔵の野辺に朽ぬとも留置まし大和魂」。読みやすさを考え、一部の漢字を仮名にひらき、送り仮名を加えた。

　獄中で記された『留魂録』がなぜ今日まで残ったか。それは、松陰の用意周到さ、および松陰と同じ牢にいた囚人沼崎吉五郎《きちごろう》のおかげであった。松陰は役人に没収されることを恐れて、同文の『留魂録』を二通つくった。一通は刑死後まもなく遺品とともに門下生に下げ渡され、彼らの間でひそかに回覧されて書き写されたが、その原本はいつの間にか所在不明となってしまった。現在萩市の松陰神社の所蔵となっている『留魂録』の松陰自筆本は、沼崎が松陰から託されて長く隠し持ち、明治九年になってから門下生のもとに届けた控えの一通であった。

【参考文献】古川薫訳注『留魂録』（講談社学術文庫、二〇〇二年）。

（青山英正）

○七五　我が胸の《ワがムネの》

平野国臣《ヒラノクニオミ》

我が胸の《ワがムネの》
もゆる思ひに《もゆるオモいに》　くらぶれば《くらぶれば》
煙はうすし《ケムリはうすし》
桜島山《サクラジマヤマ》

【出典】平野国臣『旭桜遺芳《きょくおういほう》』（『平野国臣伝記及遺稿』一九一六年所収）

【現代語訳】我が胸が情熱に燃えたぎっているその炎に比べれば、噂に聞いていた薩摩の火山桜島の煙は何と薄いことか。

【作者】平野国臣（一八二八～一八六四）　江戸時代後期の福岡藩士・志士。通称は次郎。福岡藩士平野吉郎右衛門能栄《よしのぶ》の次男として、福岡地行下町《ぎょうしもまち》（福岡県福岡市中央区）に生まれる。天保十二年（一八四一）に小金丸彦六《こがねまるひころく》の養子となり、小金丸種言《たねこと》と改名。弘化三年（一八四六）、勤番のため初めて江戸へ赴き、嘉永六年（一八五三）から安政元年（一八五四）にかけて再び江戸に派遣されると、ペリーの来航を現地で経験した。また、その間国学や和歌を学び、水戸学にも触れる。

翌安政二年、長崎に派遣され、そこで有職故実《ゆうそくこじつ》（公家や武家の儀礼・制度・服飾など）の研究に没頭、安政四年に職を辞して養家を離れ、実家に戻って平野姓に復帰した。藩主に中世武士の武芸である犬追物《いぬおうもの》の復活を直訴して一ヶ月の蟄居《ちっきょ》を命じられたり、月代《さかやき》を剃らずに惣髪体となったり、あるいは王朝の風を慕って烏帽子直垂《えぼしひたたれ》を着けたりと、古代を慕う傾向は次第に強まっていった。安政五年に脱藩して上京、西郷隆盛と知り合い、安政の大獄の追及を受けた勤王僧月照《げっしょう》の逃亡を助けるものの失敗、長州（山口県）や肥後（熊本県）などに潜伏し、文久元年（一八六一）十二月、鹿児島に入った。そこで、薩摩藩などの大藩が率先して天皇を奉じ、場合によっては幕府を倒してでも尊王攘夷実行のための挙兵をすべきだといった過激な内容を持つ『尊攘英断録』を、同藩の実権を握っていた島津久光《ひさみつ》に献上した。

文久二年（一八六二）、久光の上京を機に同藩の尊王攘夷派や久留米の志士真木和泉《まきいずみ》ら浪士らと挙兵・攘夷断行を企てた。しかし、彼ら過激派の思想や行動を良しとしなかった久光の命により、同年四月、彼らは京都伏見の寺田屋で鎮圧され（寺田屋事件）、国臣も捕縛されて福岡に投獄された。翌三年三月に出獄、七月に上京、八月に大和（奈良県）で天《てん》誅組《ちゅうぐみ》が挙兵すると、それに呼応して但馬（兵庫県）で挙兵、生野代官所（兵庫県朝来市）を襲撃占拠した。しかし近隣諸藩の攻撃に遭って失敗、捕縛され、翌元治元年（一八六四）正月、姫路藩の獄舎を経て京都六角獄に移された。そして、同年七月に禁門の変が起こると、逃亡を防ぐために獄中で斬殺された。年三十七。

【語釈】＊もゆる…燃える。和歌の世界では恋の情熱に燃えるさまがもっぱら詠まれるが、ここでは政治的な情熱の炎を意味する。＊思ひ…和歌の世界では恋にまつわる物思いが詠まれることが多く、「思ひ」には「火」が掛けられる。＊煙…活火山である桜島から噴き上げる煙。和歌の世界では「燃ゆ」「火」「煙」は全て縁語である。なお、歌語としては「けぶり」と読むことが多いが、この歌については「けむり」という読みが吟詠で定着している。＊桜島山…鹿児島湾の桜島のこと。江戸時代はまだ陸続きではなかった（大正三年の大噴火で陸続きとなる）。江戸時代は、安永八年（一七七九）の大噴火以降噴火を繰り返し、享和年間（一八〇一〜一八〇四）以降はしばらく噴火がなかったが、国臣が鹿児島に入る前年の万延元年（一八六〇）に噴火した。

【解説】国臣の歌をまとめた『旭桜遺芳』には、この歌の詞書きとして、「尊攘英断録を薩侯に上《たてまつ》りけるに、其策取り用ゐられるをなげきて」という文言が付されているが、歌の内容や『尊攘英断録』を島津久光に上書した経緯に照らせば、「用ゐられる」とあるのは「用ゐられざる」の誤りだろう。

当時、薩摩藩は西国の志士たちから即時攘夷（即刻外国勢力を排除すること）の先駆けとしての役割を期待されていた。そして、藩主茂久《しげひさ》の父として同藩の実権を握っていた久光が藩兵を率いて上京するという噂を聞き、それに呼応して攘夷の兵を挙げようと画策していた。しかし、久光自身の考えは、志士たちのそうした過激な思想や行動と一線を画しており、鹿児島に潜入した国臣が久光の上覧に供すべく提出した『尊攘英断録』も、実際は久光の目に触れることがなかったらしい。国臣は芳しい反応を得られないまま数日を過ごし、その失望を詠んだのがこの歌である。

『古今集』仮名序に「富士の煙によそへて人を恋ひ」とあるように、和歌の世界では古くから恋の情熱を富士山の噴煙になぞらえて詠むことがあった。我が恋慕の情を富士山の噴煙と比べて前者の方が勝っていると詠む歌も、「年を経て燃ゆてふ富士の山よりもあはぬ思ひはわれぞまされる」（詞花集・恋上・二〇二）などに見られる。こうした伝統を踏まえ、国臣は恋の情熱を政治的な情熱に置き換え、自らの熱意に比べて薩摩藩の反応が期待よりも薄かったことを、桜島の噴煙になぞらえて詠んだのである。自分の気持ちだけが沸騰するほどに熱くなり、他の者が存外冷めていることに気づいた時の悔しさやもどかしさ、失望感が表現された歌である。

【参考文献】町田明広『島津久光＝幕末政治の焦点』（講談社選書メチエ、二〇〇九年）。

（青山英正）

○七六

ヨのヒトは
世の人は

サカモトリョウマ
坂本龍馬

ヨのヒトは
世の人は
われを　なにとも
われをなにとも
イわばイえ
言はば言へ
わがなすことは
わがなすことは
われのみぞシる
われのみぞ知る

【出典】坂本龍馬『坂本龍馬関係資料　詠草二　和歌』（京都国立博物館蔵）

【現代語訳】世間の人は私のことを何とでも言いたいように言えばいい。私のすることは私だけが知っているのだから。

【作者】坂本龍馬（一八三五〜一八六七）　江戸時代後期の志士。土佐藩士。名、直陰《なおかげ》、のちに直柔《なおなり》。脱藩後、才谷《さいだに》梅太郎などの変名を使う。天保六年（一八三五）に、土佐藩の郷士坂本八平直足《はちへいなおたり》と幸《こう》の次男として、高知城下に生まれる。坂本家は富裕な商人であった才谷《さいだに》屋の分家である。兄に権平直《ごんべいなお》方《かた》、姉に千鶴《ちづ》・栄《えい》・乙女《おとめ》がいた。嘉永六年（一八五三）、十九歳の時に剣術修行のために江戸へ出て、北辰一刀流の千葉定吉《さだきち》の門に入る。折しも江戸滞在中にペリーが来航し、その直後に吉田松陰の師でもある思想家佐久間象山《しょうざん》に入門、帰藩後は土佐の画師で国際情勢に詳しい河田小龍《しょうりゅう》の教えも受けた。土佐の尊王攘夷派の中心的存在であった武《たけ》市瑞山《ちずいざん》とも交わり、文久元年（一八六一）に瑞山が土佐勤王党を結成するとこれに参加、翌二年に脱藩し、その後幕臣である勝海舟《かつかいしゅう》の海軍構想に感化されてその門人となる。元治元年（一八六四）には薩摩藩の庇護のもと同藩と長州藩との融和工作に尽力し、慶応二年（一八六六）のいわゆる薩長同盟に際しては、薩摩藩の小松帯刀《たてわき》と長州藩の木戸孝允《たかよし》との間で交わされた覚書の保証人となった。慶応三年、脱藩の罪が許されると土佐藩の外郭団体である海援隊の隊長となり、海運業と商社を兼ねたような活動に従事した。同年に薩摩と土佐の間で締結された薩土盟約にも重要な役割を果たし、その内容は後の五箇条の御誓文や大政奉還にも影響したが、大政奉還が実現した翌月の慶応三年十一月十五日、京都の近江屋で暗殺された。三十三歳。

龍馬の母は土佐の和学者谷《たに》真《ま》潮《しお》の門人井上好春《よしはる》の孫で、父も万葉学者として知られる鹿持雅澄《かもちまさずみ》の門人であった。そのため、坂本家にはおのずから和歌を嗜む家風があり、紀貫之九百年の追悼歌集として全国から歌を集めて弘化四年（一八四七）に出版された観尊編『たちばなの香』には、祖母久子・父直足・兄権平直方《ごんぺいなおかた》の歌が入集している。龍馬自身も和歌を好み、同志と歌会を催すこともあれば(慶応三年三月六日書簡)、妻のりょうに見せるために兄や姉の歌を所望したり、歌集を送ってほしいと家族に頼んだりすることもあった(慶応元年九月九日書簡)。龍馬の歌は二十数首が知られ、京都国立博物館には、龍馬の甥で坂本家を継いだ坂本直寛の娘婿にあたる坂本弥太郎から寄贈された龍馬関係資料があり、そこに龍馬直筆の詠草が二点(いずれも重要文化財)現存する。

【語釈】 ＊なにとも…何とでも。＊言はば…言うのならば。

【解説】 坂本家に残された龍馬自筆の和歌詠草二点のうち一点には六首の歌が記されており、この歌はその中の一首である。伝来からして龍馬が家族に送った手紙に添えられていたと推定される。

龍馬は、出会った人物からの影響や時勢の推移によって自らの思想や立場を柔軟に変えていった人物である。そのため、他人からの批判や無理解にさらされるのはしばしばだったようで、慶応二年夏頃と推定される龍馬の書簡には、次のようなことが記されている。

私事は初より少々論がことなり候故、相かはらず自身の見込所を致し候所、皆どふ致し候ても事ができぬゆへ、初に私しおわるくいい、私しお死なそふとばかり致し候ものも、此頃は皆々何となく恋したいてそふだん致し候よふに相成、実にうれ敷存候。

(自分は根本のところで他の者と考えが異なっていて、その時々で自ら正しいと信じる行動を取ると、皆どうしても理解できないで私を悪く言ったり、あるいは殺そうとばかりしたりする者もあったが、そんな者とも皆この頃は何となく親しくなって腹を割って話せるようになり、実にうれしく思う。)

このように、自分に対して殺意さえ抱いてきた者ともいつの間にか打ち解けてしまえるのは実に龍馬らしいと言えるが、龍馬の思想や言動をよく思わない者が常にいたことは事実だろう。

そうした体験を踏まえ、自分の行動の意味を真に理解できるのは結局自分だけなのであるから、世間の評価を気にするのではなく、自分が正しいと信じた行動を取るしかないという強い決意と自負を、素直な言葉で表現したのがこの歌である。

なお、この歌の上句は、吉田松陰が下田での密航事件直後に詠んだ、

世の人はよしあし事も云《い》はばいへ賤《しず》が誠は神ぞ知るらん

という歌に類似し、龍馬の念頭にこの松陰の歌があった可能性も考えられる。とはいえ、自らの行動が正当であることの保証を神に求めた松陰と、自分を信じられるのは自分だけだと言い切る龍馬の違いもまた、両者の歌からは浮き彫りになる。

【備考】 原文は第三句「ゆはばいへ」。龍馬の人となりについては、ともすればその自由奔放な性格が強調され、学問の素養に乏しかったようにも思われがちだが、和歌に関して言えば必ずしもそうではない。確かに、「世の人は」の歌は自らの感慨がたまたま口をついて出たような詠みぶりだが、和歌らしい言葉遣いや技巧がここまで少ない龍馬の歌は、実はこの一首に限る。それ以外は、贋作の疑いのあるものを除けば全て伝統的な和歌の詠み方に沿っており、龍馬自筆の短冊も残っている次の歌、

常磐山松の葉もりの春の月秋はあはれと何思ひけん

などは、『新古今集』の「見わたせば山もとかすむ水無瀬川夕べは秋と何思ひけん」(春上・三六・後鳥羽院)を念頭に置いて詠んだものと思われる。また、京都国立博物館所蔵のもう一点の詠草にしても、一紙に三首、各首三行三字という伝統的な懐紙の書式を意識して記されている。家庭環境も考え合わせれば、それなりに和歌の素養があったと考えるべきだろう。

【参考文献】 町田明広『新説坂本龍馬』(集英社インターナショナル、二〇一九年)、管宗次『坂本龍馬と和歌』(ふくろう出版、二〇一三年)、青山英正『幕末明治の社会変容と詩歌』(勉誠出版、二〇二〇年)。

(青山英正)

○七七

たのし」みは
たのしみは

タチ」バナ　アケミ
橘曙覧

たのし」みは
たのしみは
メコ」　むつまじ」く
妻子むつまじく
うちつ・どい
うちつどひ
カシラ」　ならべて
頭ならべて
モノ」を　くう・トキ
物をくふ時

【出典】橘曙覧『志濃夫廼舎《しのぶのや》歌集』（一八七八年）

【現代語訳】私の楽しみは、妻と子が仲良く集まって、並んで食事をする時である。

【作者】橘曙覧（一八一二〜一八六八）　江戸時代後期の歌人。越前福井の人。文化九年（一八一二）生まれる。紙商正玄《しょうげん》五郎右衛門の子。母都留《つる》子《こ》。先祖が橘諸兄《たちばなのもろえ》であることから、後に橘と改姓。幼名、五三郎。諱《いみな》、茂時。通称、尚事《なおごと》。安政元年（一八五四）、橘（ミカン科の木）に因んで曙覧（朱実）と改名。志濃夫廼舎《しのぶのや》はその号の一つ。和歌と学問に志して家業を弟に譲り、弘化元年（一八四四）に飛騨高山の和学者田中大秀《おおひで》に師事した。弘化三年（一八四六）、福井の足羽に「黄金舎《こがねのや》」、嘉永元年（一八四八）に福井の三橋に「藁屋《わらのや》」という居宅を構え、貧しいながらも和歌と学問に専念する生活を送った。福井藩士や商人の庇護を受け、福井藩主松平慶永《まつだいらよしなが》（号春嶽《しゅんがく》）にも愛されて慶永自らの訪問を受けたこともあったが、藩への出仕を勧められても固辞した。志濃夫廼舎の号も春嶽から与えられたものである。

曙覧の妻奈於《なお》（直子）は文化十三年（一八一六）の生まれと推定されており、天保三年（一八三二）に曙覧のもとに嫁いだ。時に曙覧二十一歳、奈於十七歳。明治三十七年（一九〇四）没。曙覧と奈於の間に生まれた長女吉子、翌年に生まれた次女は生後まもなく夭折し、三女健子も四歳で失った。その後、弘化二年（一八四五）に長男今滋《いましげ》、同四年に次男咲久（菊蔵）、嘉永三年（一八五一）に三男早成が生まれる。

家集『志濃夫廼舎歌集』は、曙覧没後に長男の今滋（橘諸兄が井出《いで》左大臣とも称されることから、曙覧の遺志により井出姓を名乗る）によって明治十一年（一八七八）に刊行された。

【語釈】＊妻子《めこ》…妻と子。『万葉集』の山上憶良の歌「父母を見れば尊し妻子《めこ》見ればめぐし愛《うつく》し」（巻五・八〇〇）を念頭に置くか。＊むつまじ…仲が良い。＊うちつどひ…「つどふ」は集まるの意。「うち」は接頭語。

【解説】『志濃夫廼舎歌集』は第一集から第五集までと補遺

とからなっており、そのうちの第三集に、「独楽吟」と題して初句が全て「たのしみは」で始まり末尾が「時」で終わる歌五十二首が収められている。同歌集の所収歌がおおむね成立年代順に配列されていることから推定するならば、「独楽吟」の歌群はおおよそ慶応元年(一八六五)頃の成立ということになる。もっとも、第四集七一五番歌の詞書きに、

心のうちに独り娯《たの》しと思ふことの朝夕おのづからありけるをりをり、そぞろによみうかびたる歌のつもれりけるを
(心の中で楽しいと思えることがあるたびに何となく思い浮かんだ歌がたまってきたところ)

といった言及があり、それも勘案すれば、「独楽吟」は慶応元年以前から折々に書きためていた歌をまとめたものということになる。

「独楽吟」に詠まれた〈楽しみ〉は、一人で心を静めている時、起こされたのも気づかないほどよく寝た時、借りた本を読み始めた時、いやな客が早く帰った時といった具合に、大半がささやかな日常の一コマで、家族とのエピソードは次のように詠まれている。

たのしみはまれに魚《うお》烹《に》て児《こ》等《ら》皆がうましうましといひて食《く》ふ時

たのしみは家内《やうち》五人《いつたり》五《いつ》たりが風だにひかでありあへる時

たのしみは三人《みたり》の児《こ》どもすくすくと大きくなれる姿みる時

たのしみは田づらに行きしわらは等《ら》が耒鍬《すきくわ》とりて帰りくる時

たのしみは衾《ふすま》かづきて物がたりいひをるうちに寝入りたるとき

たのしみはわらは墨するかたはらに筆の運びを思ひをる時

煮魚を子供がおいしいと言って食べる時、家内五人とも風邪を引かないでいる時、三人の子供がすくすくと成長した姿を見る時、田んぼに行った子供が農具を担いで帰ってくる時、布団をかぶって話をしながら寝入ってしまう時、子供が墨を摺るかたわらでどういう字を書こうか考えている時といった、いずれも家庭の何気ない日常風景におけるひとときと言ってよい。

当該歌にしても、「物をくふ」という伝統的な和歌にはまず見られない表現を使うことで、かえって育ち盛りの三兄弟が夢中になって口を動かしている様子が目に浮かんでこよう。曙覧はそうした家族と平穏無事に過ごすひとときをこそ、かけがえのないものとして見つめているのである。そして、そのまなざしの底には、かつて三人の子を立て続けに失った苦い記憶もおそらく潜んでいたはずである。

【備考】生前は一地方歌人に過ぎなかった曙覧は、明治以降、正岡子規が評論で大々的に取り上げ、またその子規に『志濃夫廼舎歌集』の存在を教えた佐佐木信綱が自著『近世和歌史』(一九二三年)で賛辞を呈したことによって、江戸時代後期を代表する歌人と目されるようになった。伝統的な表現にこだわらない素朴な詠みぶりが、かえって広い共感を得るようになったのだろう。一九九四年に天皇皇后両陛下が訪米した際の歓迎パーティーで、ビル・クリントン大統領が「独楽吟」のうちの一首「たのしみは朝おきいでて昨日まで無かりし花の咲ける見る時」を引用したこともあった。

【参考文献】水島直文・橋本政宣編注『橘曙覧全歌集』(岩波文庫、一九九九年)、『布留散東・はちすの露・草径集・志濃夫廼舎歌集』久保田啓一校注・解説(和歌文学大系74、明治書院、二〇〇七年)。

(青山英正)

○七八

ハれてよし
晴れてよし

ヤマオカテッシュウ
山岡鉄舟

ハれてよし
晴れてよし
クモりてもよし
曇りてもよし
フジのヤマ
富士の山
もとの　スガタは
もとの姿は
カわらざりけり
変はらざりけり

【出典】山岡鉄舟「朝廷に奉仕する事」（安部正人編『鉄舟随筆』光融館、一九〇三年）

【現代語訳】晴れていてもよい。曇っていてもよい。富士山のもとの姿はけして変わらないのだ。

【作者】山岡鉄舟（一八三六〜一八八八）　鉄舟は号。名は高《たか》歩《ゆき》、通称を鉄太郎といった。江戸末期から明治期の剣術家、政治家。書をよくし一楽斎とも号した。勝海舟《かつかいしゅう》、高橋泥舟《たかはしでいしゅう》とともに「幕末三舟」の一人。

天保七年（一八三六）に旗本小野朝右衛門の長男として生まれる。安政二年（一八五五）に山岡静山の妹と結婚し、その家を継いだ。さらに千葉周作に就き剣術を学び、のちに無刀流を創始、春風館を開いた。安政三年に幕府の講武所において剣術世話役となる。

慶応四年（一八六八）の戊辰戦争に際しては勝海舟の使者となって駿府《すんぷ》におもむき、西《さい》郷隆盛《ごうたかもり》と会見した。結果、勝—西郷会談が実現し、江戸城無血開城への道が拓かれた。維新後は新政府に仕え、静岡藩権大参事《ごんだいさんじ》、茨城県参事などを歴任。明治五年（一八七二）六月には明治天皇の侍従《じじゅう》に就任した。

明治二十一年七月十九日に五十三歳で死去。墓は東京谷《や》中《なか》の全生庵《ぜんしょうあん》。同庵は維新の死者を弔うために鉄舟自らが建立した寺である。

【語釈】＊富士の山…富士山。標高三七七六メートル。山梨・静岡両県にまたがってそびえる日本最高峰。山容の秀麗さから古代から多くの文学作品に描かれた。『万葉集』中の一首、山部赤人《やまべのあかひと》の「田子《たご》の浦ゆうち出でてみればま白にぞ富士の高嶺《たかね》に雪は降りける」は、後に『百人一首』にも収録され、特に有名である。また、『竹取物語』のエピソードで、かぐや姫が月に帰ってしまったことに落胆した帝が不老不死の秘薬をこの山の頂で焼いたことから「不死山」と呼ばれるようになったこともよく知られる。なお、平成二十五年（二〇一三）には周辺の神社や富士五湖、三保松原《みほまつばら》等を含めた構成資産がユネスコの世界文化遺産に登録された。＊ざりけり…打ち消しの助動詞「ず」の連用形「ざり」＋過去の助動詞「けり」。この部分では、富士の姿がいつでも変わらぬことにあらためて気づいた感動が詠嘆の情として表現されていよう。

【解説】鉄舟はもとは幕臣ながら、幕府瓦解《がかい》後は新政府に仕えた。安部正人編『鉄舟随筆』（明治三十六年）によると、政府の顕官《けんかん》である西郷隆盛、大久保利通、吉井友実らの推薦と旧幕時代からの同僚勝海舟、大久保一翁らの慫慂《しょうよう》があってのことという。鉄舟の転身には様々な世評があって、

徳川の遺臣たるものは、身を野人に委ね、世事を脱し、謹んで君父《くんぷ》に謝すべきなり、然るを思はず、彼れ身の栄華を貪り、敵人薩長の輩と共に廟堂《びょうどう》に出入し、恬《てん》として恥ぢず、意気揚々得意《とくい》然《ぜん》たりは不埒《ふらち》の限りなり。

というような、まるで裏切り者といわんばかりの厳しい批判の声も聞かれたという。しかし、鉄舟はそれらの声にも「敢《あえ》て抗辮《こうべん》を用ひず、謹んで神仏の光明《こうみょう》に任じ、千載《せんざい》の知己《ちき》を待つ」という姿勢で臨んだ。つまり、神仏が事実を明らかにしてくれるのに任せ、自身の本心を理解してくれる人が現れる日を待つのみというのだ。そして、かかる文章の最後に掲げられたのが、「晴れてよし」の一首である。つまり安部の『鉄舟随筆』において、この歌は、仕える対象は徳川氏から皇室に変わっても、鉄舟自身の誠忠や誠実に揺らぎはなく、その潔癖な精神に変化のないことを証しする歌として示されている。

【備考】ただし、安部の書については兎角《とかく》の異論もある。鉄舟の弟子で、その家に六年あまり居候《いそうろう》していた小倉鉄樹《おぐらてつじゅ》ほか『山岡鉄舟先生正伝—おれの師匠』（昭和十二年）は「よく見れば師匠の文とは違い、又云《い》うことにも師匠の意見とも思われぬふしぶしが多いので俺は信用せぬ」と手厳しい。「晴れてよし」の歌についても「山岡が、三島の竜沢《りゅうたく》寺の星定《せいじょう》和尚のところへ座禅に通ってる際、山岡が箱根で富士を見て豁然大悟《かつぜんたいご》した時の歌で明治五年十二月の作じゃない」と指摘する。小倉の記述を重視すれば、「晴れてよし」は、この「豁然大悟」の境地を示す歌ということになる。すなわち、それまでに心の疑いや迷いを抱えていた鉄舟という一人の人間が、厳しい禅の修行の末に、あらためて富士の悠《ゆう》然《ぜん》たる山容を見た。瞬間、一気にすべての疑問が氷解し、煩悶が去った。その時に鉄舟の至った心の高みを歌は表すものと見るのがいいだろう。

現代の研究者アンシン・アナトーリーの見解も引いておこう。同氏は安部の著作について、

偉人の崇拝精神が目立ち、「幕末の三舟」を超人的な存在にまつり上げることに努め、日本国民の優位性を強調する民族主義も非常に強い。（中略）「山岡鉄舟口述」あるいは「随筆」の大半が創作であり、山岡の虚像構築に大いに貢献している。このような安部正人の創作は、後に出版されていった山岡鉄舟の伝記に大きな影響を与え、山岡鉄舟とその思想、人格、事績などについて誤った知識を普及させてしまった。

と述べている。ただし安部の記述だけが問題だったのではない。小倉鉄樹も前掲書において、鉄舟に関する諸々の伝記等には「師匠自身も恐らく知らぬであろうと思われる所謂逸話《いわゆるいつわ》も多く、中には贔屓《ひいき》の引倒《ひきたおし》となって居るものさえ少なくない」と疑念を述べていた。

これらの指摘は、逆にいえば、鉄舟の事績や人柄を敬慕し憧憬《しょうけい》する人々がいかに多かったか、また「贔屓の引倒」をしても「超人的な存在」としての鉄舟像を渇望する人がいかに多かったかを裏付ける証言と見る事ができる。だが、それゆえに現在の私たちには、鉄舟についての様々な資料を机上に並べながら、より確実性の高い記述を吟味し、彼の心情や事績に接近していくという楽しみが残されている。

【参考文献】小倉鉄樹・石津寛・牛山栄治『山岡鉄舟先生正伝—おれの師匠』（筑摩書房、二〇〇一年）、アンシン・アナトーリー「山岡鉄舟の随筆と講話記録について」（『千葉大学日本文化論叢』七、二〇〇六年）。

なお、安部編『鉄舟随筆』と同様の内容は、現在『鉄舟随感録』の名で諸社から刊行されている。

（松澤俊二）

○七九　見る人の

ミるヒトの

サクシャ　フショウ
作者不詳

ミるヒトの
見る人の

ココロごころに　まかせおきて
心ごころに　まかせおきて

タカネに　スめる
高嶺に澄める

アキの　ヨのツキ
秋の夜の月

【出典】「四季の月」(文部省音楽取調掛《おんがくとりしらべかかり》編『小学唱歌集　第三編』文部省、一八八四年)

【現代語訳】(何を思うかは)**見る人それぞれの心にゆだねて、高い峰の上に曇りなく輝く秋夜の月であることだ。**

【作者】不詳。唱歌「四季の月」の三番。山東功《さんとういさお》によれば「原則として文部省編纂の唱歌については、作詞作曲者ともに明らかにされていない」(出典は参考文献)とのこと。ただし、海後宗臣《かいごときおみ》ほか編『日本教科書大系二十五巻　唱歌』(講談社、一九六五年)の解題によれば、『小学唱歌集』の歌詞は当時の音楽取調掛員で歌人・国文学者であった稲垣千穎《いながきちかい》、加部厳夫《かべいわお》、里見義《さとみただし》のいずれかが担当したという。なお、明治三十六年(一九〇三)に刊行された伊澤修二《いざわしゅうじ》編『小学唱歌』には同題の「四季の月」が収録されている。こちらは国文学者の鈴木弘恭《ひろやす》の作。ただし、本欄で取り上げる「四季の月」とは詞も曲も異なる別もの。

【語釈】*心ごころ…人びとの心。各人がそれぞれに思うところ。*高嶺…高い山。高い峰。*秋の夜の月…『万葉集』や『古今和歌集』において秋の夜は、長く切ない時間、人が物思いにふける時間として多く詠まれてきた。一方で、「見る人の」では月の側に視点をとって、人々の思いにかかずらうことなく輝き続けるその姿が表現されている。

【解説】この歌を愛した人として特に著名なのが新渡戸稲造《にとべいなぞう》(一八六二～一九三三)である。以下では、歌をより深く理解するために新渡戸の視点を借りて解説を加えていこう。

　新渡戸は岩手県に生まれ、札幌農学校に学んだのち教育者・農政学者として名を成した。キリスト教徒であり国際連盟事務次長も務めた。かつて五千円札に描かれていた温顔を記憶する人も多いだろう(昭和五十九年〈一九八四〉から平成十九年〈二〇〇七〉まで)。その新渡戸の〈愛誦《あいしょう》する古歌〉が「見る人の」だった。彼自身の解説を見よう。

　皓々《こうこう》たる名月を喜ぶもあれば、またかえってこれを嫌うものもある。盗賊とか、駈落《かけおち》とか、人目《ひとめ》を忍び暗い所で仕事する人は邪魔な明月というが、文士《ぶんし》は波に砕けて黄金に映ずるといってこれを愛賞する。見る人の心々に異なって映るけれども、月は何時《いつ》も同じく皓々として輝いている。人間が何と思うとも、些《すこ》しもそれに頓着《とんちゃく》しないで輝いている。
（『世渡りの道』実業之日本社、一九一二年。ただし引用は文芸春秋、二〇一五年刊行の同名書を使用。）

新渡戸は、青年時代より「太平洋の橋」になることを自らの使命と考えていた。日本の思想や文化を外国へ紹介し、また逆に外国の思想や文化を日本に導いた。『武士道』などの著述は、その成果としてよく知られている。だが、異文化を取り繋ぐ新渡戸の仕事は、あらぬ誤解や批判を受けることも多かった。では、彼はそれにどう対したのか。

近頃折々新聞雑誌に出る僕に対する悪口を見ると、ああ、こんな馬鹿げた誤解を受けるくらいなら事情を明らかにして、弁護したい気になる。しかしその時にも平生《へいぜい》愛吟の「見る人の心々にまかせおきて高根《ママ》にすめる秋の夜の月」を思い出しては、放任しておく。仮に僕が弁護したとして、その弁護を見聞するものは、またこれを解釈し、ますます面倒となる。むしろ見る人の心々にまかせておく。よしやまた見てくれる人がなくとも、神だけは確かに見てくれる。それに任すにしくはないと思うて弁護せぬ。
（『修養』、実業之日本社、一九一一年。ただし引用はKADOKAWA、二〇一七年刊行の同名書を使用。）

このように、新渡戸は自らを批判する声に対して抗弁したり、必要以上に落胆したりしなかった。「見る人の」の歌のこころを自らの心として、「高根（嶺）に澄める月」のごとく泰然とふるまったのである。

【備考】平安期の歌人大弐三《だいにのさん》位《み》（紫式部の娘である賢子）の歌に「山の端《は》は名のみなりけりみる人の心にぞいるふゆのよの月」（『後拾遺和歌集』）がある。この歌では、冬の夜の月の美しさは「山の端」に月が落ちても消えないこと、なぜかといえば、その美しさは、月を見ていた人々の心の内側に入り込んで輝き続けているからだ、と詠んでいる。また幕末期に活躍した歌人井上文雄《いのうえふみお》『調《ちょう》鶴《かく》集』（慶応三年〈一八六七〉刊。引用は佐佐木信綱《ささきのぶつな》編『続日本歌学全書　明治名家家集　上』博文館、明治三十二年〈一八九九〉）には「かなしとも面白しとも見る人のこゝろそむかぬ月の影かな」がある。ここでは、見る人それぞれの感情にそむくことなく、それらの思いを受け容《い》れながら輝く月が詠まれている。他にも挙げるべき類歌は多いが、こうした歌の発想を土台にしながら「見る人の」は出来上がったと言えそうだ。

ところで、もとの唱歌「四季の月」に、その名の示すとおり四季それぞれの月の姿、月夜の風情を詠んだ和歌四首から成る。「見る人の」以外、春、夏、冬の歌もなかなか魅力に富んでいる。春は「さきにほふ山のさくらの花のうへに霞《かす》みていでしはるのよの月」。奈良の吉野などをイメージするとよいか、全山に桜が咲いている。その山上、花の匂いにけぶりつつ朧月《おぼろづき》が淡く光っている。夏は「雨すぎし庭の草葉のつゆのうえにしばしはやどる夏の夜の月」。こちらは庭の草の葉、その上に置かれた小さな露、さらに露の鏡面に映る月にフォーカスする。かすかに震えて、やがては落ちる、小さくはかない月の姿だ。三番は当該歌なので略。続いて四番は「水鳥《みずとり》の声も身にしむ池の面《も》にさながらこほる冬のよの月」。凍てつく池の周辺、どこかで水鳥が鳴いている。細く高く啼くその声を聴いていると、いっそう寒さが身に沁みて来る。見れば、池の表面にも氷った月が映り込んでいるではないか。

もちろん、これらの歌々にも無数の類歌が存在している。つまり、小学唱歌「四季の月」は、長くこの国の人びとに愛されてきた折々の月のイメージを集成し、曲を付けた作品である。それを子どもたちの口にのぼらせることで明治期以降にも引き継ごうとしたのだ。

ちなみにこの曲は、著名な言語学者である金田一京介の「子どものころの愛唱歌」だったという。

【参考文献】山東功「唱歌と文典—明治前期唱歌教材と音楽取調掛員」（『女子大文学　国文篇』五二、二〇〇一年）、金田一春彦・安西愛子編『日本の唱歌（上）明治篇』（講談社、一九七七年）。

（松澤俊二）

○八○

あさみ」どり
あさみどり

メイジテンノ」ウ
明治天皇

あさみ」どり
あさみどり
スみわたりた」る
澄わたりたる
オオゾ」ラの
大空の
ヒ」ロきを　おのが」。
広きをおのが
ココ」ロと　もが」。な
心ともがな

【出典】『明治天皇御集《めいじてんのうぎょしゅう》』(文部省、一九二二年)

【現代語訳】浅緑色にどこまでも広く澄み渡ったあの大空を、おのれ自らの心としたいものだなあ。

【作者】明治天皇(一八五二～一九一二)　名は睦仁《むつひと》、幼名を祐宮《さちのみや》といった。孝明天皇の第二皇子。生母は中山忠能の女である慶子。在位は一八六七～一九一二年。

慶応二年(一八六六)に孝明天皇が急逝《きゅうせい》、翌慶応三年一月に十六歳で践祚《せんそ》した。同年は十月に徳川慶喜《とくがわよしのぶ》が大政を奉還、十二月には王政復古の大号令、新政府の樹立があるなど日本政治史上の画期となった激動の年だった。

慶応四年からは戊辰戦争が始まり旧幕勢力との武力衝突が起こる。この間、三月十四日に五箇条の誓文を公布し、新政府の基本方針を宣言した。明治と改元されたのもこの年のことである。また明治二年(一八六九)には京都から東京への遷都も行われた。

明治二十二年には大日本帝国憲法を公布。その一条では「大日本帝国ハ万世一系《ばんせいいっけい》ノ天皇之《これ》ヲ統治ス」、三条では「天皇ハ神聖ニシテ侵《おか》スベカラズ」、四条に「天皇ハ国ノ元首ニシテ統治権ヲ総攬《そうらん》」すること、十一条に「天皇ハ陸海軍ヲ統帥《とうすい》ス」といった、いわゆる天皇大権が規定された。翌明治二十三年には教育勅語を渙《かん》発《ばっ》。これは戦前における国民道徳のよりどころとなった。また明治二十七年に日清戦争、明治三十七年には日露戦争を指揮した。軍服を着てサーベルを握る軍の大元帥《だいげんすい》としての天皇像は、「御真影《ごしんえい》」として現在でもよく知られている。

天皇は、明治四十五年七月二十九日の夜半、六十一歳で死去した。京都の伏見桃山陵《ふしみももやまりょう》がその墓所である。

【語釈】＊あさみどり…薄い緑色。早春の空や初夏の新緑また柳や霞などを詠む際に用いられた。＊おのが…おのれの、私の。＊もがな…願望を表す終助詞。～だったらなあ、～であればなあ、といった期待の表現。

【解説】天皇は和歌を好み、生涯におよそ十万首(現在残るのは九万三〇三二首)を詠じたとされるが、特にこの「あさみどり」は広く人口に膾炙《かいしゃ》した作といえよう。明治三十七年に「天」を題として詠ぜられた三首のうちの一首。（他、二首は次の「さしのぼる」の頁で触れる。）

歌人の石川恭子は戦争中の少女時代のこととして次のような体験を語る。

雨天の際には朝礼に代えて、明治天皇の御製《ぎょせい》が一首、教室で歌われることになっていた。幾つかの御製の中で、一ばん多く歌われ、心に残っているのがこの「あさみどり」である。おおらかな調べは帝王の調べであり、広大な天空の一片を、歌唱する少女たちの心にしばらくとどまらせるのであった。

「御製」とは、特に天皇や皇族が詠んだ和歌や詩文を指す。では、この歌に「おおらかな調べ」を添えているのは具体的にどの表現なのか。ここでは一首中のAの音、Oの音の効果的な使い方に着目してみよう。

Aの母音を持つ音をひらがなで表記すると、各句ごとに、あ・さ／わ・た・た／ら／が／が・な、の九音が該当する。これは全体三十一音のうち二九パーセントを占める。しかも、一句目の冒頭で二音、二句目でも二音、五句目末尾でも二音連続して現れる。つまり長く伸ばして発声する長音のようにA音が用いられている。次にOの母音を持つ音だとどうか。数えれば十四音（ど／お・お・ぞ・の／ろ・を・お・の／こ・こ・ろ・と・も）、なんと一首全体の四五パーセントが該当する。この多量に配置されたAやOの音のひびき具合が、のびやかでほがらかな調べとなり、澄んだ大空の広大なイメージを喚起する。石川らの心を「広大な天空の一片」へと連れ出したのは、周到に工夫されたこの調べの力だったのだろう。

なお、天皇の后である美子《はるこ》（＝照憲皇太后）にも明治九年に「高山の影をうつしてゆく水の低きにつくを心ともがな」があるが、この歌と「あさみどり」の構造はよく似ている。こちらは「謙遜《けんそん》」の題で詠まれたもの。アメリカの政治家フランクリンの十二徳を解釈し一首にしたという。内容は、高い山の姿を映しながらも低いところに流れて行く水のように、心を気高く持ちながらも謙虚さを失わずにいる心情を持ちたいと願うもの。空の高きに憧れる天皇詠と、水の低き流れを良しとする皇后詠と、ジェンダーの視点から見ても興味深い一対を成す。

【備考】戦前、天皇「御製」に対して「日本の臣民がとりうる態度」は、「ほめること、ほめちぎること」（田所泉）しかなかったといわれる。また別の評者は、「御製」について「ただ「拝誦《はいしょう》」と「謹解《きんかい》」だけが語られてきた」（岩井忠熊）とも述べている。確かに、次のような評を見る限り、それらの指摘は妥当だろう。

広き大空をやがておんみづからの大御心《おおみこころ》となされたいと云ふ御希望をお述べになった御製である、畏《かしこ》くも陛下にはこの御理想をさながらに御実現あそばされてをられたのである、それにもかゝわらず「心ともがな」と御謙遜《ごけんそん》あそばされてをる、畏き極みである。

（千葉《ちば》胤明《たねあき》『明治天皇御製集』大阪毎日新聞社、一九二二年）

千葉は宮内省《くないしょう》御歌所《おうたどころ》に勤務していた歌人。天皇の近くに仕えていたためもあろうが、彼は「あさみどり」を評しつつ「畏き極み」とひたすら恐縮している。次に民間の歌人はどうだったか。たとえば、齊藤茂吉は「その歌調の堂々たる、御心《みこころ》のままの直《す》ぐなる、毫《ごう》も巧むことあらせられず。これ御製の特色と拝したてまつるのである」（「明治大正短歌史概観」『現代短歌集現代俳句集』改造社、一九二九年）と記す。また北原白秋は「このさながらの童心は、この幼子《おさなご》の無邪と純真とは、まことに思無邪《おもいよこしまなし》とはかうした何の滞りもあらせられぬ朗らかな広大な御心を指さしたものであらう」（「歌聖としての明治天皇」『白秋全集 十七巻』アルス、一九三〇年）と述べている。

このように戦前、人々は「御製」について「ほめること、ほめちぎること」に終始した。しかし現在も「御製」の研究が大きく進展したとは思われない。それぞれの歌の具体的な分析、研究、評価はまだまだこれからの仕事である。

なお、『明治天皇御集』は戦前に出されており入手、閲読《えつどく》困難のため、読者には戦後に刊行された『新輯《しんしゅう》明治天皇御集』（明治神宮、一九六四年）の利用を勧める。

【参考文献】石川恭子「激動とともに」（『短歌』第三十三巻五号、一九八六年四月）、明治神宮御集委員会編『新輯昭憲皇太后御集』明治神宮、一九六五年（なお皇后について知りたい人には榊原千鶴『皇后になるということ 美子と明治と教育と』三弥井書店、二〇一九年を勧めたい）、田所泉『大正天皇の〈文学〉』（風涛社、二〇〇三年）、岩井忠熊『明治天皇 大帝伝説』（三省堂、一九九七年）。

（松澤俊二）

〇八一

さしのぼる

明治天皇《メイジテンノウ》

さしのぼる
朝日《アサヒ》のごとく
さわやかに
もたまほしきは
心《ココロ》なりけり

【出典】『明治天皇御集』（文部省、一九二二年）

【現代語訳】大空をさして昇っていく朝日のように、さわやかに持っていたいものこそ己の心であることよ。

【作者】前出（〇八〇参照）。

【語釈】＊さしのぼる…日や月が昇ること。＊さわやかに…煩わしいことがなく、さっぱりしていること。不快さがなく快いさま。＊もたまほし…持つ＋まほし。「まほし」は願望を表す。～たい。

【解説】明治四十二年（一九〇九）に「日」を題として詠まれた歌。昇る朝日を憧憬《しょうけい》し、そのようにさわやかに己の心を持ちたいものだと率直な希望を述べる。空を仰ぎながら己の理想とする心の在り方を述べる点で、本書〇八〇「あさみどり」の歌とよく似ている。

「あさみどり」の歌の末尾は「心ともがな」だった。この「さしのぼる」の歌では「もたまほしき」という。願望を意味するこれらの語の使用は、一方で、朝日や大空のごとき心を持つことの難しさを言外に示すものと考えられる。実際に天皇は「あさみどり」の歌と同じ一連で次のような歌を詠んでいる。

ひさかたのあまつ空にも浮雲《うきぐも》のまよはぬ日こそすくなかりけれ

ひさかたのあまつみそらをこころにてこころにかけじ世のちりひじは

一首目、「ひさかたのあまつ空」（「ひさかたの」は空にかかる枕詞《まくらことば》）には、しばしば浮雲がただよっている。また二首目では、「世のちりひじ」つまり世間の塵や泥を「こころにかけじ」つまり、気にかけまい、と詠うのだが、これは、それがどうしても気になってしまう現実があるからだろう。心を空の如く保ちたいと望んでも、あくまでそれは希望なのである。

「あさみどり」の歌に関わって、歌人の千葉胤明《ちばたねあき》が、天皇は澄んだ空のごとき心を「御実現あそばされてをられた」と記していたことは「あさみどり」の【備考】欄で述べた。だが、その観察は正しかったか。一国の元首としても、一人の人間としても苦悩や煩悶が全くないわけはない。そして、そう考えてこそ、天皇が「あさみどり」や「さしのぼる」の歌を詠まずにはいられなかった必然性が生まれてくる。それらの歌からは、自らの心を大空や朝日のごとく明朗、開豁《かいかつ》にあらしめることを渇望する、一人の誠実な人間の姿が透視できるように思われる。

【備考】鶴見俊輔《つるみしゅんすけ》「明治天皇伝説」(『共同研究明治維新』徳間書店、一九六七年)は、「理想的な君主」としての明治天皇像がどのように形成されたかをたどる興味深い考察である。その像は明治初期に「新政府のにない手によって準備され」、やがて大正、昭和期には「同時代の最高の人々の知恵を自在に使いこなす聖人君主」像として確立した。戦前には国定教科書や大手出版社の書籍が、戦後には映画などが、その君主像を人々に広めたのだった。

　また、天皇の和歌である「御《ぎょ》製《せい》」も聖人としての明治天皇を説明する重要な傍証《ぼうしょう》となった。どの歌を公表するかは、その完全無欠のイメージを毀《き》損《そん》することのないよう当局者により注意深く選別された。大正期に文部省より刊行された『明治天皇御集』では、人々の「修養《しゅうよう》の鑑《かがみ》」となるもの、「教育上益《えき》のあるもの」という標準に基づき、現存する九万三〇三二首から一六八七首のみが選ばれたという(木俣修の指摘による)。政治的なリーダーとしてばかりでなく、歌人としての睦仁《むつひと》にも「聖人君主」であることが求められたのだった。

　戦後、あらためて『新輯明治天皇御集』が編まれた。同書により私たちは戦前に五倍する八九三六首の歌を見ることが可能になった。今、試みに一人の人間、一人の歌人としての睦仁の横顔をその歌から垣間《かいま》見《み》ることにしよう。

さまざまの世のたのしみも
言《こと》の葉の道の上にはたつも
のぞなき

ともしびをちかくひきよせ
歌よまむよるこそものはし
づかなりけれ

言の葉はととのはずしてい
たづらにまもりふかしぬ燈《ともしび》
のかげ

いはばやと思ふこころはあ
りながらやまとことばにつ
らねかねつつ

古《いにしへ》のひとにいはれて咲く花
にむかへどうたふ言の葉の
なき

　これらの歌は非常な和歌愛好者としての彼の横顔を彷彿《ほうふつ》とさせる。「さまざまの世のたのしみ」のなかで自分が最も好むのは「言の葉の道」＝和歌であるという。また二首目からは、政務を終えて夜遅くまで燈火のもとで作歌に励む姿が浮かび上がる。三・四首目では、表現したい思いはありながらもいつまでも言葉の整わないこと、言葉にできないもどかしさが詠まれている。さらに五首目では、美しい花を前にして歌に詠みたいと思っても、すぐに過去の名歌が浮かんでしまい言葉につまってしまうと告白する。

　自分でも歌を作る人ならば、このように率直に詠まれた作歌の楽しみにも苦しみにも共感できるのではないだろうか。あるいは作歌でなくても、何らかの表現や創作を志す人であれば、どこか身に覚えのある感覚が詠まれていると感じるのではないか。

思ふことありのまにまにつ
らぬるがいとまなき世のな
ぐさめにして

いろもなきことのはぐさを
かきつめてしばし心をなぐ
さめにけり

言の葉のみちにこころのす
すむ日はひとりありてもた
のしかりけり

　国の元首としての激務、重責のなかで「思ふことありのまにまにつらぬる」ことが日々の「なぐさめ」だった。作歌するときは睦仁にとって癒しの時間だったのである。次の歌で「いろもなきことのはぐさ」というのは自分の歌のこと。謙遜《けんそん》とも、歌人としての力量になかなか自信の持てない不安な様子ともとれる。しかし、それでも「言の葉のみちにこころのすすむ日」は、たった一人でいてさえも楽しいのだ。

　もちろん、これらはいずれも題詠(あらかじめ決めた題に基づき詠む歌)であるから、必ずしも睦仁の心情そのままの告白として理解するわけにはいかない。しかし、彼が歌をこよなく愛した一人の人間だったことを疑う余地はない。

　なお、『新輯明治天皇御集』(明治神宮、一九六四年)では三句目は「さはやかに」。

【参考文献】解説、備考欄での歌は『新輯明治天皇御集』(明治神宮、一九六四年)より引用、木俣修「明治天皇—作歌一〇万首の歌人」(『評論　明治大正の歌人たち』(明治書院、一九七一年)。

(松澤俊二)

○八二

よものウミ
よもの海

メイジテンノウ
明治天皇

よものウミ
よもの海
みな　はらからと
みなはらからと
オモうヨに
思ふ世に
など　ナミカゼの
など波風の
たちさわぐらん
たちさわぐらむ

【出典】『明治天皇御集』（文部省、一九二二年）

【現代語訳】　世界の諸国はみな兄弟であると思う、この世に、どうして波風が立ち騒ぐのだろうか。

【作者】前出（○八○参照）。

【語釈】　＊よもの海…四海。「よも」は四方と書き、東西南北のこと。この歌の場合は「世界の諸国」と解した。＊はらから…兄弟、姉妹。＊世…空間的にとらえれば世界を指す。時間的にとらえれば、ある時代のこと。天皇によって統治される年代も「世」と呼ぶ。＊など…どうして。なぜに。＊波風…波と風。＊たちさわぐらむ…波や風などが立って大きな音を立てること。「らむ」は、ここでは目の前の出来事がどうして起こっているのだろうと原因や理由を推量する。

【解説】　大正期に刊行された『明治天皇御集』によれば、明治三十七年（一九○四）に「正《せい》述心緒《じゅつしんしょ》」の歌として詠まれたという。つまり題詠でなく明治天皇の心情をそのまま述べた歌であると記されている。実際、佐佐木信綱『明治天皇御集謹解』（第一書房、一九四一年）は、この歌を次のように解説する。

四海皆兄弟と思《おぼ》し召《め》すに、何とて波風の立ち騒ぎて、平和ならぬことは出で来るぞとのたまへり。大御心《おおみこころ》には世界の平和を希《ねが》ひ給《たま》へるに、他国より道に違へることどもの出で来て、国際間にことあるを歎《なげ》かせ給へるなり。

このように信綱は「よもの海」を世界平和を念願する天皇の「大御心」（天皇の心や考えを敬っていう語）の表れと説くのだが、そう断ずることには、やや躊躇《ためらい》がある。というのも、戦後に編まれた『新輯明治天皇御集』（明治神宮、一九六四年）に拠れば、実はこの歌には「四海兄弟」（※出典は『論語』。「四海之内、皆兄弟也」）という題がある。この語を題とする以上、はじめから世界の人々すべてが兄弟のように親しんでいるという理念・理想を詠まねばならなかった。したがって、この歌のみで「世界の平和を希ひ給へる」天皇の心の表れと考えるのは現在ではなかなか難しい。

本書〇八一「さしのぼる」の備考欄に記したように、戦前、明治天皇は完全無欠の「聖人君主」でなくてはならなかった。そして、「よもの海」については、この歌がアメリカ大統領セオドア・ルーズベルトに伝わり、後のポーツマス講和会議斡旋《あつせん》にも繋がったというエピソードが付随して語られていた。険悪な両国間を一首の歌の力により和解せしめたというエピソードは「聖人君主」にいかにもふさわしい。天皇の聖徳《せいとく》をアピールするためにも、戦前において、この歌はあくまでも「正述心緒」の表現でなくてはならなかったのではないか。

実際に、明治天皇には「きたひたるつるぎの光いちじるく世にかがやかせわがいくさびと」のような戦争を支持し兵士たちを督励《とくれい》する歌もある。また、「たか波をけたててはしるいくさぶねいかなる仇《あだ》かくだかざるべき」、「いくさびと力つくししかひありてあだもなかばはまつろひにけり」のように必勝の信念を吐露し、仇・あだ(敵)が「まつろ」う(服従した)ことを喜ぶ歌もある。これらはいずれも日露戦争期に詠まれたものだ。

ただし、「四海兄弟」の理念が天皇周辺に共有されていたことも事実である。皇后の美子《はるこ》にも、同題で「よもの海みなはらからとむつびなば世に波風はたたじとぞ思ふ」(大町五城編『坤徳余光《こんとくよこう》』大日本歌道奨励会、一九一四年)があり、やはり同様の理念を詠んでいる。

【備考】「よもの海」を多くの人々が知ったのは日露戦時下のことであった。ここで、その戦争について省みておくことも無駄ではあるまい。

明治天皇による「露国に対する宣戦の詔勅《しょうちょく》」(明治三十七年〈一九〇四〉二月十日)では、日本側の視点から戦争に到った理由が語られている。

ロシアは「満洲《まんしゅう》に占拠《せんきょ》し益々《ますます》其の地歩《ちほ》を鞏固《きょうこ》にして終《つい》に之《これ》を併呑《へいどん》せんとす。若《も》し満洲にして露国《ろこく》の領有に帰せん乎《か》、韓国の保全は支持するに由なく極東の平和亦素《またもと》より望むべからず」。ここでまず語られているのは満洲(中国東北部)と韓国における日本の権益がロシアにより侵害せられるかもしれないという危機意識である。そこで日本は半年の間、「折衝《せっしょう》を重ねしめた」が、ロシアはかえって「海陸の軍備を増大し以て我を屈従《くつじゅう》せしめむ」とした。こうなれば「韓国の安全は方《まさ》に危急に瀕《ひん》し帝国の国利《こくり》は将《まさ》に侵迫《しんぱく》」されてしまう。ゆえに、日本は「将来の保障」を「旗鼓《きこ》の間に求むる」つまり開戦を選択したのだと言う。(以上、「詔勅」の引用部は読解の便のためカタカナをひらがなに改め、適宜句読点を付した。)

このように戦争は日本とロシアによる満洲・韓国の権益をめぐる争いだった。およそ一年半の戦いの末、日本はロシアを退けたが、それは約八万四〇〇〇名の死者、約十四万三〇〇〇名の負傷と引き換えだった。さらに戦争には約十九億八四〇〇万円が費やされた。当時の国家予算は二億六〇〇〇〜二億九〇〇〇万円ほどであったから、だいたいその七年分の額である。この莫大な戦費は国民への増税、公債・国債、人々の倹約や勤労奉仕によってまかなわれた。

「よもの海」が公にされたのは、戦争が長期化し国民生活が窮迫の度を加えていた明治三十七年十一月七日のことだった。「国民新聞」は一面の最上段に「御聖徳《ごせいとく》の一端」として「よもの海」の歌と「子等《こら》はみな軍《いくさ》の庭にいではてて翁《おきな》やひとり山田もるらむ」、「ちはやふる神のこゝろにかなふらむわが国民《くにたみ》のつくすまことは」の三首を掲載した。そして翌日の同紙面では、歌に現れた天皇の「大御心」を中心に政府、人民、武人、文官、戦闘民、非戦闘民等が「挙国一致《きょこくいっち》」すべきだと説いたのである。つまり、この時「よもの海」は、人々の心を天皇に帰一《きいつ》させ、戦時国民としての一体感を醸成させて、苦しい現実をこらえさせるために用いられた。もちろんそれは極東アジアにおける「帝国の国利」のために、あくまで戦争を遂行したい政府の意向にそむくものではなかった。

「御製」をどう読むか。作者である天皇の心情にフォーカスして歌を解釈するのも一つの方法である。一方で、それがどのような社会的なタイミングで、どのような文脈のなかで人々の前に提示されたか考えてみると、歌はまた別の表情を私たちの前に現してくれるだろう。

【参考文献】平山周吉『昭和天皇「よもの海」の謎』(新潮社、二〇一四年)、山田朗編『外交資料　近代日本の膨張と侵略』(新日本出版社、一九九七年)、古屋哲夫「日露戦争」『国史大辞典』(吉川弘文館、一九七九〜一九九七年)、松澤俊二「明治天皇「御製」のポリティクス」(『「よむ」ことの近代—和歌・短歌の政治学』所収(青弓社、二〇一四年)。

(松澤俊二)

〇八三

くれないの
くれなゐの

マサオカシキ
正岡子規

くれないの
くれなゐの
くれないの（もある）

ニシャク　ノびたる
二尺伸びたる

バラのメの
薔薇の芽の

ハリ　やわらかに
針やはらかに

ハルサメの　ふる
春雨のふる

【出典】正岡子規『竹《たけ》の里歌《さとうた》』（俳書堂、一九〇四年）

【現代語訳】紅色に六〇センチほど伸びた薔薇の芽のやわらかな針に、やわらかな春雨が降るよ。

【作者】正岡子規（一八六七～一九〇二）　本名は常規《つねのり》。獺祭書屋主人《だっさいしょおくしゅじん》、竹の里人《さとひと》とも称した。歌人、俳人。

慶応三年（一八六七）、伊予（愛媛県）松山藩の士族の家に常尚《つねひさ》と八重の子として生まれる。父の兄（佐伯政房）は藩主の祐筆《ゆうひつ》を務めた人、母の父（大原観山）は地域を代表する漢学者で、その家は松山一の「文」の家柄だった。松山中学校、東京大学予備門を経て明治二十三年（一八九〇）に帝国大学文科大学国文科に入学。もとは政治家や哲学者を志していたが、どちらの道もかなわず、この頃には文学者になることを目指していた。

明治二十二年に胸を病んで喀血《かっけつ》、子規と号する。子規はホトトギスの事で、啼いて血を吐く鳥といわれていたためである。大学を中退後、日本新聞社に入社。明治二十八年に日清戦争に従軍し大陸にわたるが帰路に再び喀血。脊椎《せきつい》カリエスを患い、歩行困難となった。その後は母と妹（律）の手厚いケアを受けながら、病の床を創造の基点とした。

子規は幼年時代より身につけた漢学の素養をベースに俳句、随筆、短歌などの諸分野で多くの業績を打ち立てた。俳句では「柿くへば鐘が鳴るなり法隆寺」、「鶏頭《けいとう》の十四五本もありぬべし」などの句が知られる。俳論としては『俳諧大要《はいかいたいよう》』『俳人蕪村《ぶそん》』などを著し平明な写生を特徴とする日本派の俳句を確立した。また俳誌『ホトトギス』を創刊し、高浜虚子《たかはまきょし》、河東碧梧桐《かわひがしへきごとう》ら有力な後進を育成した。

和歌の分野では明治三十一年に発表された『歌よみに与ふる書』がある。これは当時勢力のあった御歌所《おうたどころ》派の歌人らをめがけて、彼らの崇拝する紀貫之《きのつらゆき》、『古今和歌集』の権威を大胆に否定するものだった。伊藤左千夫《いとうさちお》、長塚節《ながつかたかし》らを指導し、「アララギ」派の礎を築いた功績も逸することはできない。子規の「写生」主義と『万葉集』尊重の精神は同派歌人は勿論のこと、後の歌人たちに大きな影響を与え続けている。

　また随筆に『病牀六尺《びょうしょうろくしゃく》』『仰《ぎょう》臥《が》漫録《まんろく》』『墨汁一滴《ぼくじゅういってき》』などがあることも記憶しておきたい。

　子規は学生時代より野球を好み競技の普及にも貢献したことから平成十四年（二〇〇二）には「野球殿堂」にも迎えられた。「今やかの三つのベースに人満ちてそぞろに胸のうちさわぐかな」、「草茂みベースボールの道白し」などの歌句が残されている。明治三十五年九月十九日に死去、墓所は東京田端《たばた》の大龍寺にある。


【語釈】＊くれなゐ…あざやかな赤色。子規はことのほか赤色を好んだようで「天然の色でも其中で最も必要なのは赤である。赤色の無い天然の色は如何《いか》に美しくても活動する事が無い」（「赤」『ホトトギス』第二巻八号、明治三十二年五月）と述べている。＊二尺…約六〇センチ。一寸（約三センチ）の十倍が一尺。＊やはらかに…この形容詞は針と春雨のどちらも説明するものと見ていいだろう。＊春雨…春に降る雨。概しておだやかに降るものとして表現される。


【解説】「くれなゐの」は明治三十三年の「庭前即景（四月廿一日《にじゅういち》作）」という連作に収録された。この連作は、病臥《びょうが》を余儀なくされた子規が家の庭を見ながら詠んだもの。

　四月下旬、春雨の庭に対《むか》う子規のまなざしは薔薇の木の全体を捉え、やがて幹に、芽に、針に次々に注がれていく。温かな雨水が針に染み透ると、その鋭ささえ徐々にやわらぐかのようである。

　連続的に移動する子規のまなざしは、修辞《しゅうじ》としては、繰り返し用いられている「の」によって表現されている。また、「ばら」「はり」「はら」「はる」「ふる」（あえて平仮名で表記した）といったハ（ワ）行とラ行の音からなる語の多用も見逃せない。それらの語の落ち着いた響きが、しんしんとやわらかく降る春雨を連想させはしないか。

　二十坪ほどの庭を、春なら薔薇、朝顔、山吹《やまぶき》、牡丹《ぼたん》、菜の花、百日草などが彩った。秋には鶏頭《けいとう》、秋海棠《しゅうかいどう》、萩《はぎ》、芒《すすき》などが見どころとなった。子規がどれほどにこの庭を愛したのか。その「小園《しょうえん》の記」（『ホトトギス』第二巻一号、明治三十一年十月）を見よう。


　病いよ〳〵つのりて足立たず門を出づる能《あた》はざるに至りし今小園は余《よ》が天地にして草花は余が唯一の詩料《しりょう》となりぬ。余をして幾何《いくばく》か獄《ごく》窓《そう》に呻吟《しんぎん》するにまさると思はしむる者は此《この》十歩の地と数種の芳葩《ほうは》とあるがために外《ほか》ならず。


　下半身不随で外出のままならない子規にとって、庭は「余が天地」つまり世界そのものだった。その場所を彩る草花は子規の詩歌の題材となった。カリエスがもたらす激しい痛みにより「獄窓に呻吟する」（牢獄のなかで呻《うめ》く）ような日々にあっても、小さな庭と美しい花々（「芳葩」）が、その心身をいくらか慰めてくれた。

　ある日子規は、同じ小園において、萩の刈株《かりかぶ》が三センチばかり芽吹いていたことを発見した。その時、今までは病と寒気とに悩まされていた自分が「新たに生命を与へられたる小児《しょうに》」のごとく、これからは「萩の芽と共に健全に育つ」と確信したという。ならば、もしかすると子規は春雨に濡れて紅気《こうき》、芳香をいよいよ鮮《あら》たにする薔薇の芽にも、回生《かいせい》への希望をひそかに託していたのかもしれない。


【備考】子規の弟子筋にあたる「アララギ」派の歌人たちは、この歌をどう評したか。齋藤《さいとう》茂吉《もきち》と土屋文明《つちやぶんめい》による『子規短歌合評』（青磁社、一九四八年）より二歌人の評言を掲載しておく。

　齋藤は、この歌を「庭前《ていぜん》の薔薇の芽が伸びて、赤い色をした若芽がもう二尺あまりにならうとしてゐる。その若芽にある針もいかにもまだやはらかさうである。その庭前の薔薇に今日は春の雨がそそいで居る、といふ意味の歌」と述べ、表現の丁寧さ、感覚の鋭敏さ、滋味《じみ》と秀潤《しゅうじゅん》を称賛している。

　また土屋は、歌の「全体が清く美しい」ことを述べながら、特に「二尺伸びたる」の句に着目し、それが「誇張的形式的の数字」ではなく「写生」の手法により着実に把握された結果であると強調した。ここで、土屋は歌が「写生」の成果だと語るが、その手法を理解することは子規の文学表現を考える上で重要である。次の「いちはつの」の歌（本書〇八四）の備考欄において説明したい。


【参考文献】井上泰至『正岡子規』（ミネルヴァ書房、二〇二〇年）、今西幹一『正岡子規の短歌の世界』（有精堂出版、一九九〇年）

（松澤俊二）

〇八四
いちはつの

正岡子規《マサオカシキ》

いちはつの
花《ハナ》咲《サキ》いでて　我《ワ》が目《メ》には
今年《コトシ》ばかりの
春《ハル》行《ユ》かんとす

【出典】正岡子規『竹の里歌』（俳書堂、一九〇四年）

【現代語訳】いちはつの花が咲きだして、私の目には今年ばかりの春が過ぎていこうとしている。

【作者】前出（〇八三参照）。

【語釈】＊いちはつ…あやめ科の花。同じ科の花のなかで最もはやく咲く。＊今年ばかりの春…明治三十四年（一九〇一）の歌だが、実際には子規は三十五年九月まで生きて翌年の春も迎えることが出来た。＊行かんとす…いこうとする。

【解説】「いちはつの」は明治三十四年の春に詠まれた「しひて筆を取りて」中の一首である。以下、一連の歌全体に触れながら、当該歌についても理解を深めていくことにしよう。

　十首からなる「しひて筆を取りて」は、これも名歌として名高い「佐保神《さほがみ》の別れかなしも来《こ》ん春にふたたび逢《あ》はんわれならなくに」で始まる。「佐保神」とは春を司る女神のこと。今や春が過ぎ去ろうとして、その女神とも別れねばならぬ時が来た。しかも自身の余命を測れば、来年の再会もかなうまい、という。続く二首目に「いちはつの」の歌がある。この歌の主題も一首目と同様に、春との永別を予感するさみしさ、苦しいあきらめの情感が漂う。

　そして、この一連で特筆すべきは、二首目以降、次々と草花の名が詠み込まれていくことである。いちはつの花、牡《ぼ》丹《たん》、山吹《やまぶき》、藤、夕顔、薔薇、萩そして松。残りわずかになった女神との逢瀬の時を惜しむように、子規は、かの神の眷属《けんぞく》とも見える草花と次々に別れの挨拶を交わす。

　「病む我をなぐさめがほ」に咲いてくれたのは牡丹の花であった。「別れゆく春のかたみ」として「藤浪《ふじなみ》の花の長ふさ」をスケッチしたこともあった。まだ足が動いたころは「薩《さつ》摩《ま》下駄《げた》」を履き、杖をついて庭に出、萩の芽をつんだ。そんなことも思い出している。

　しかし、草花の成長や変化は、今の子規にとっては必ずしも楽しみというばかりではなかった。「世の中は常なきものと我《わ》が愛《め》づる山吹の花散りにけるかも」、今まで慈しんできた山吹の花が散ってしまう。その姿からは、この世が無常であることをあらためて教えられた。「くれなゐの薔薇《ばら》ふふみぬ我が病いやまさるべき時のしるしに」、薔薇の蕾《つぼみ》がふくらむことは自分の病がさらに悪化する兆しとさえ感じられた。また、鮮やかな緑に色づきつつ伸びる松の芽（「若松の芽だちの緑」）を見つけた夕方、彼の熱は高くなり病はいっそう昂進《こうしん》した。かつてその美しさによって子規を慰めてくれた草花は、いまや彼自身の滅びの近いことを予覚させる存在となっていた。

しかし、それでも子規は草花を愛しんだ。一連最後の歌は「いたつきの癒《い》ゆる日《ひ》知《し》らにさ庭べに秋草花《あきくさはな》の種を撒《ま》かしむ」、つまり病が癒えて病床から立ち上がる日はしるよしもないが、家族に願って秋草花の種まきをさせたという内容である。以前、子規は「花は我が世界にして草花は我が命なり。幼き時より今に至る迄野辺《のべ》の草花に伴ひたる一首の快感は時として吾を神ならしめんとする事あり」（「吾幼時《わがようじ》の美感」『ホトトギス』第二巻三号、明治三十一年十二月）と書いた。このように草花愛好は子規の天性だが、彼はその生涯の終わる時まで草花に愛を注いだ。だからこそ死を間近に見据えて草花と別れねばならぬことは、春の女神との永別を嘆く内容として、まるで悲恋の結末のごとく詠まれなくてはならなかった。

一連の終わりには「心弱くとこそ人の見るらめ」と短文が付記《ふき》されている。意味としては、心が弱ったものだと人は見るだろうなあ、というところ。読者の目を意識しながら、言い訳のような、己の弱り具合を自嘲するかのような口ぶりである。あるいは、草花との別れを悲恋の物語のように仕立てたことへの照れ隠しだったか。

【備考】それまでの和歌を近代短歌へと発展させるために、子規はいくつもの重要な貢献をしている。一つは「写生」の効用を絵画から学び、歌の表現技法としても応用したことだ。では、子規における「写生」とはどのようなものだったか。随筆『病床六尺』のなかで子規は「写生といふ事は、画《え》を画《えが》くにも、記事文《きじぶん》を書く上にも極めて必要なもの」（六月二十六日）と前置きしつつ、それを「理想」と対比しつつ言う。

理想といふ事は人間の考《かんがえ》を表わすのであるから、その人間が非常な奇才でない以上は、到底類似《るいじ》と陳腐《ちんぷ》を免れぬやうになるのは必然である。（中略）之《これ》に反して写生といふ事は、天然《てんねん》を写すのであるから、天然の趣味が変化して居るだけそれだけ、写生文写生画の趣味も変化し得るのである。

ここでいう「理想」は想像や空想と言い換えてもいいかもしれない。子規は「人間の考を表す」「理想」よりも、「天然」を写しとる「写生」を重視した。それが絵画のスケッチにも近いことは、たとえば「草花の一枝を枕元に置いて、それを正直に写生して居ると、造化《ぞうか》の秘密が段々分つて来るやうな気がする。」（『病床六尺』八月七日）というような一文からも明らかだろう。千変万化する自然をありのままにとらえることで、作品自体をより「趣味」の深いものにしようとしたのだ。

この「写生」は子規没後に弟子たちにも受け継がれ、「アララギ」派の作歌信条、また指導理念ともなっていく。しかしその性格が徐々に変質していったのも事実である。たとえば、島木赤彦《しまぎあかひこ》が「吾人《ごじん》の写生と称するもの、外的事象《がいてきじしょう》の描写に非《あら》ずして、内的生命唯一《ないてきせいめいゆいいつ》真相《しんそう》の補足也《ほそくなり》。表現也《ひょうげんなり》。」（「編輯便《へんしゅうびん》」『アララギ』第九巻三号、大正五年〈一九一六〉三月）と言い、齋藤茂吉《さいとうもきち》が「実相《じっそう》に観入《かんにゅう》して自然・自己一元《いちげん》の生《せい》を写す」（「短歌に於ける写生の説四」『アララギ』第十三巻九号、大正九年九月）と語ったことは、その「写生」理論が、スケッチに似た子規流の「写生」から遠く離れて、写生する当人の生命までも表現しうる手法として拡張されて継がれていったことを示していよう。

短歌史における子規の貢献としては、他に『万葉集』の尊重、「連作」（複数の短歌を連ねて一つの主題を展開させていく表現技法）の重視などがある。「いちはつの」が含まれる「しひて筆を取りて」も連作の一例である。

【参考文献】村尾誠一『和歌文学大系25　竹乃里歌』（明治書院、二〇一六年）、坪内稔典『正岡子規―創造の共同性』（リブロポート、一九九一年）、北住敏夫『写生説の研究』（角川書店、一九五三年）、同『写生派歌人の研究』（宝文館、一九五九年）。

（松澤俊二）

○八五

ゆくアキの
ゆく秋の

ササキノブツナ
佐佐木信綱

ゆくアキの
ゆく秋の

ヤマトのクニの　ヤクシジの
大和の国の　薬師寺の

トウのウエなる
塔の上なる

ヒトひらの　クモ
一ひらの雲

【出典】佐佐木信綱『新月』（博文館、一九一二年）

【現代語訳】晩秋の奈良の薬師寺の塔を見上げると、その塔の上の空にはひとひらの雲が浮かんでいる。

【作者】佐佐木信綱（一八七二～一九六三）　明治から昭和の時代を生きた歌人。国文学者。

「夏は来ぬ」を始めとして童謡や唱歌、軍歌も多く作詞。東京帝国大学文科大学で講師を務めた。号は竹柏園《ちくはくえん》・小鈴。ほかに若い頃には健や磯辺千波の号を用いたことがある。明治三十七年（一九〇四）に佐々木を佐佐木と改める。歌人で国学者の父・弘綱《ひろつな》と母・光子の長男として、現在の三重県鈴鹿市石薬師《いしやくし》町に生まれた。佐々木家は歌や学問を家学とし、信綱は五歳で『万葉集』や『山家集《さんかしゅう》』を暗唱するなど、早くから父より教育を受けた。明治十五年に東京の神田小川町に移り住み、数え年十三歳の時、東京大学文学部古典科に最年少で入学、十六歳で卒業する。十九歳で弘綱との共著『日本歌学全書』（全十二冊）の第一冊を刊行、二十一歳の年に出版した『歌之栞《しおり》』は、作歌の参考書として歌人に広く読まれた。明治二十四年、二十歳のときに父が六十四歳で死去。門人による短歌結社「竹柏会《ちくはくかい》」を組織、二十五歳の時に竹柏会会員で藤島正健の娘・雪子と結婚。明治四十二年に誕生した四男・治綱《はるつな》が後に後継者となる。

歌人としては、明治期の和歌革新運動を担ったひとりであり、明治三十一年に竹柏会の機関誌『心の花』を創刊、最古の短歌結社の機関誌として現在にいたるまで刊行されている。和歌革新運動が進む中、歌人の「自我」を表現することが新しい傾向であったが、信綱は歌を個人の感情や感動の表現にとどめず、歌に対する信念として、「ひろく、深く、おのがじしに」を掲げた。「ひろく」には題材の広さ、「深く」には自身の魂から湧き出る声でありたいという願い、「おのがじしに」には、個性の動くままにという意味が込められている。明治三十六年、三十二歳の年に第一歌集『思草《おもいぐさ》』を刊行、この歌集に収められた一首、「願はくはわれ春風に身をなして憂《うれい》ある人の門《かど》をとはばや」について信綱は、「人の心の深くに秘められた憂悶を晴るけることは、歌道の徳の一つである」という信念から詠んだものだと解説している。こうした「歌道の徳」をも意識する作歌の姿勢は、信綱に一貫してみられる特徴である。大正元年(一九一二)、四十一歳で第二歌集『新月』を刊行した。

明治時代に『万葉集』への関心が高まる中、信綱は他の学者と共に、『万葉集』のさまざまな写本や断片を全国から集め、異同を照合する作業を主導、その成果として『校本万葉集』が完成した。だが、関東大震災により原稿を焼失、かろうじて残された校正刷を基に、大正十四年、五十四歳であらためて『校本万葉集』(全二十五巻)の刊行を成し遂げた。大正十一年から昭和十五年(一九四〇)にかけて、第三歌集『常盤木《ときわぎ》』、第四歌集『豊旗《とよはた》雲《ぐも》』、第五歌集『鶯』、第六歌集『椎の木』、第七歌集『瀬の音』を刊行した。この間に詠まれた歌には、関東大震災や日中戦争という社会的状況、調査や講演で訪れたさまざまな地、『心の花』の歌人の死、子どもや孫との家庭生活なども影響を与えた。昭和十八年、重篤な肺炎に罹《かか》り恢復《かいふく》するが、療養も兼ねて翌年より静岡県熱海市西山に移り住む。戦後は、昭和二十年に第八歌集『黎明《れいめい》』を刊行、そこには昭和十六年の開戦前夜に詠まれた歌や、敗戦後の日本に生きる若人へ向けた歌も含まれている。昭和二十三年、妻・雪子が七十五歳で死去した。八十歳の昭和二十六年、自身がまとめた最後の歌集となる第九歌集『山と水と』を、昭和二十三年から昭和三十一年にかけて『佐佐木信綱全集』(全十巻)を刊行した。昭和三十四年、後継者である治綱が五十一歳で急逝《きゅうせい》した。昭和三十八年、『心の花』七七七号記念号に、自選「竹柏百首」を掲載、同年十二月二日、急性肺炎のため九十二歳で死去した。

【語釈】＊ゆく秋…過ぎ行く秋、晩秋。＊大和の国…現在の奈良県とその周辺を含んだ地域。＊薬師寺…奈良市にある寺院。飛鳥時代後期から奈良時代にかけて建立された。＊塔の上なる…「塔」は薬師寺の東塔。「なる」は「〜にある」という所在を表す助動詞。

【解説】この歌は明治四十一年、佐佐木信綱が三十七歳の秋に奈良を巡った際の歌。「大和の秋」と題して他の歌と共に発表した後、大正元年刊行の第二歌集『新月』に収められた。この奈良巡りで詠んだ歌には他にも、「秋寒き薬師寺の道うすき日はついぢの上の雑草にさす」(「ついぢ」は築土、土塀)と、薬師寺を詠んだ歌がある。

「ゆく秋」の「ゆく」には、季節の移り行くことの他に、信綱が秋の大和を「ゆく」という意味も重ねられていると解釈することも可能である。薬師寺は建立以来、多くの堂塔が失われたが東塔は奈良時代の建築物である。この歌が詠まれた当時はまだ西塔は再建されていなかった。上代の建築様式を具えた美しい東塔、その塔の上にひとひらの雲がかかっている。その景色を仰ぎ見て、過ぎ行く秋に、そして遠い時代へと思いを馳《は》せた歌である。「大和の国」から「薬師寺」、その寺の「塔」、その塔の上に浮かぶ「一ひらの雲」へと、雄大な景色からしだいに一点へと視野を次第に絞っていくことで、広々とした視野の中心に「一ひらの雲」がくっきりと定まっている。そして、作者の心の動きは表現せず、「一ひらの雲」で一首を終わらせることにより、余韻を残しつつ静寂が深まり、その場に佇む作者の感慨も伝わってくる。

この歌には句切れがなく、また「ゆく秋の大和の国の」と「の」が繰り返されていることや、「ゆく」「大和」「薬師寺」と、ヤ行の音で始まる言葉が続いていることにより、なだらかなリズムが生じている。さらに、「あき」、「やまと」、「やくしじ」というア音の音によりおおらかな響きが感じられる。

【備考】この歌が詠まれた四十七年後の昭和三十年、薬師寺に歌碑が建立され、除幕式には八十三歳の信綱も出席した。歌碑《かひ》を前に祝福を受けると「ともするとはふれ落ちそうになる涙を抑え」て感謝の心を述べ、「千二百年の月日を今日に聳《そび》え来ったこの古い宝塔に向って、たまたま一旅人として、明治の末年頃におとずれ、晩秋の日に思いを寄せた諷詠《ふうえい》が、かく久遠《くおん》に遺るということは、夢のような心地がする」と、信綱は後に『作歌八十二年』に記している。

【参考文献】佐佐木信綱『作歌八十二年』(毎日新聞社、一九五九年)、三枝昂之『佐佐木信綱と短歌の百年』(角川書店、二〇二三年)。

(永井　泉)

○八六　春《ハル》ここに

佐佐木信綱《ササキノブツナ》

春《ハル》ここに
生《ウ》まるる朝《アサ》の　日《ヒ》を受《ウ》けて
山河《サンカ》草木《ソウモク》
みな光《ヒカリ》あり

【出典】佐佐木信綱『山と水と』（長谷川書房、一九五一年）

【現代語訳】ああ、今新しい春をむかえている。初日をうけて山も川も草も木も新しい光を受けて輝いている。

【作者】前出（〇八五参照）。

【語釈】＊春…新年。＊山河草木…山や川、草や木。自然の総称。歌集においては「さんかそうもく」と読み仮名が記されている。

【解説】この歌は、昭和二十六年（一九五一）、信綱が生前に刊行した最後の歌集『山と水と』に「新春の歌」として掲載された二首のうちの一首目である。なお、二首目は「初春の眞すみの空にましろなる曙の富士を仰ぎけるかも」である。「春ここに」の歌は、新年を言葉によって祝福する「賀の歌」であり、その典型としては『万葉集』の最後に置かれた大伴家持の歌、「新しき年の初《はじ》めの初春《はつはる》の今日降る雪のいやしけ吉事《よごと》」（本書〇一九）がある。個人の生活に根差した短歌ではない、このような「賀の歌」という領域をも信綱は尊重した。また、この歌が最初に発表されたのは昭和二十三年の『心の花』誌上であり、敗戦後の日本の再生を念ずる想いも込められているとする解釈もある。一首全体を通して、晴れやかで伸びやかな言葉の響きや調べが感じられる、包容力のある歌である。初句と第二句には、「春」、「生まるる」、「朝」とア音を含む言葉が続き、明るい響きで一首が始まる。その響きは、新しい年の新しい朝の始まりをイメージさせる。

信綱は昭和十八年に肺炎に罹り、数日間にわたり生死の間をさまよったほどの重篤な病状であった。恢復《かいふく》後の昭和十九年十二月より、療養のため、そして戦時下の状況が厳しさを増していく東京から離れるため、熱海西山の凌寒荘《りょうかんそう》に移り住んだ。歌集『山と水と』の自序には、熱海の豊かな自然環境について次のように記されている。西と東にはそれぞれ、杉や松の樹の丘が見え、「二つの丘が相対して、ともにすがすがしい色を示し」、「遠くまで見渡せる南には「かたちのよい緑の和田山」が見える。住まいの門前近くには、「むらさき川」が「絶えず潺々《せんせん》（水がさらさらと流れる様子）の響をたてて石の上を越え石の間をくぐり、清らかに奔りくだる」。そして、このように樹木や丘、山を見渡せる緑豊かな景色と、川の流れる音の近くに生活し、「自分の心を、慰めもし励ましてもくれるのは、この山と水である」と述べている。歌集のタイトル『山と水と』もここに由来する。こうした豊かな自然に囲まれて暮らす信綱の眼には、「春ここに」の歌に詠まれているように「山河草木」は新年の光を受けてまさに輝いて見えたのではないかと想像される。

【備考】歌集『山と水と』においては、「生まるる朝」は「生るる朝」と表記され、読み仮名は付されていない。したがって、「うまるるあさ」の他に、「あるるあした」と読むことも可能である。信綱の孫にあたる歌人の佐佐木幸綱《ゆきつな》は「『うまるるあさの』と普通に読みたい」と述べ、信綱に関する論考を著した歌人の三枝昂之は、「あるるあした」と読む方を支持し、その理由について「格調が高く、新しい年を祝福する折り目正しさにふさわしいと感じるからである」と述べている。

【参考文献】三枝昂之『夏は来ぬ』（青磁社、二〇一三年）、同『佐佐木信綱と短歌の百年』（角川書店、二〇二三年）。

（永井　泉）

○八七

野に生ふる《ノにオうる》

与謝野鉄幹《ヨサノテッカン》

※原文の句読点は省略

野に生ふる《ノにオうる》
草にも物を《クサにもモノを》
言はせばや《イワせばや》
涙もあらむ《ナミダもあらん》
歌もあるらむ《ウタもあるらん》

【出典】与謝野鉄幹『東西南北』（明治書院、一八九六年）

【現代語訳】野原に生える草にもものを言わせたい。（野辺に生えているようなただの草の話であってさえそこには）涙（のあふれるような思い）もあるだろう。歌（となるような詩情、詩歌）もあるだろう。

【作者】与謝野鉄幹（一八七三～一九三五）　歌人、詩人。本名、寛《ひろし》。鉄幹の号で知られるが、明治三十八年（一九〇五）に廃している。京都市外岡崎村の浄土真宗西本願寺派の支院、願成《がんじょう》寺住持で国学と和歌に通じた父、与謝野礼厳《れいごん》（一八二三～一八九八）の四男として生まれた。明治十七年寛は大阪府住吉郡遠里《おり》小野村の安養寺の養子となり、仏典・漢籍を学んだ。明治二十年、岡山市外国富《くにとみ》村の安住院にいた長兄、和田大円のもとに寄寓、明治二十二年山口県徳山の徳応寺の次兄、赤松照幢《しょうどう》のもとで徳山女学校の教師を務めた。明治二十五年上京、落合直文《おちあいなおぶみ》（一八六一～一九〇三）に師事、近代における草創期の短歌結社「浅香《あさか》社」創設に尽力した。新聞「二六新報」の記者となり、明治二十七年『亡国の音』を連載、短歌革新運動の先がけとなった。翌年、京城《けいじょう》（ソウルの旧称）にいた鮎貝槐園《あゆかいかいえん》に招かれ渡韓、同年の乙未《いつみ》事変により帰国している。

明治二十九年、最初の詩歌集『東西南北』、翌年『天地《てんち》玄黄《げんこう》』を刊行している。明治三十二年、東京新詩社を設立、翌三十三年四月に機関誌『明星《みょうじょう》』を創刊、浪漫主義文学を展開する。明治三十四年三月、『文壇照魔鏡』による誹謗を受けるが、同年三月には詩歌集『鉄幹子』、翌月に歌集『紫』を相次いで刊行している。六月に鳳《ほう》晶子が堺から上京、内縁関係にあった林滝野と別離し、同年秋に入籍した。『鉄幹子』は、従前の所謂「虎剣調」を承け、「妻《つま》をめとらば才たけて／顔うるはしくなさけある／友をえらばば書を読んで／六分の侠気四分の熱」で知られる新体詩「人を恋ふる歌」を収めている。一方で『紫』は、「われ男の子意気の子名の子つるぎの子詩の子恋の子あゝもだえの子」を巻頭として、同年八月に刊行された晶子の『みだれ髪』と併称される歌風へと変容している。『明星』は、石川啄木・北原白秋・吉井勇らを輩出したが、明治四十一年白秋らが脱退、十一月に廃刊した。翌年、『相聞《あいぎこえ》』、詩歌集『檞《かし》之葉』を刊行している。

明治四十四年渡欧、晶子も渡仏、ともに外遊。翌年、詩歌集『鵜と雨』刊行。同年三月、衆議院選挙に立候補するが落選。大正期には歌壇から距離を置いたが、昭和期にかけ、慶應義塾大学、また西村伊作が創設した文化学院で教鞭をとった。大正十年(一九二一)、第二次『明星』を刊行、昭和五年(一九三〇)には、歌誌『冬《とう》柏《はく》』を創刊している。昭和八年、『与謝野寛短歌全集』が還暦を記念して集成された。昭和十年三月に肺炎で死去。多磨霊園に墓所があり、晶子による「なには津に咲く木の花の道なれどむぐらしげりき君が行くまで」が墓碑に刻まれている。

【語釈】*野…自然の野原。*生ふる…ハ行上二段活用「生ふ」の連体形。生長する。生える。育つ。*言はせばや…言わせたい。「せ」は使役の助動詞「す」の未然形、「ばや」は願望の終助詞で、自分の行動の実現について「(できたら)…したい」「…できたらなあ」と願望する意を表す。*あらむ…あるだろう。「む」は推量の助動詞の終止形。*歌もあるらむ…「歌」は、歌うもの、和歌、漢詩の総称であり、詩歌全般をいう。「あるらむ」は、ラ行変格活用「あり」の連体形に、現在推量の助動詞「らむ」が接続している。

【解説】与謝野鉄幹の最初の詩歌集『東西南北』巻頭、「無題二首」の一首である。初出は『帝国文学』明治二十八年九月「から撫子《なでしこ》」中の「折にふれて」の一首で、渡韓中の詠として寄稿されている。初出には句読点はなく、『東西南北』所収時に付されている。「無題二首」は、「花ひとつ、緑の葉より、萌え出でぬ。恋しりそむる、人に見せばや。」が続いている。『東西南北』は短歌だけではなく、新体詩・漢詩を所収しており、詩歌全般を「詩」と総称している。鉄幹の「小生の詩は、即《すなわ》ち小生の詩に御座候ふ」という宣言はこの「自序」に拠る。

一首は形式上、三句、四句の句切れで、四・五句が対句であるが、鉄幹自身は、「野に生ふる、草にも物を、言はせばや。涙もあらむ、歌もあるらむ。」と、句読点を付している。

野辺の草のような、市井に生きる人々にも自身の物語を語ってもらいたい、そこには心ゆさぶられ詩歌となるような物語がきっとあふれていることだろうから、と読み手を誘う。

この巻頭の「無題二首」は序歌としても解釈し得る。鉄幹自身もまた「野に生ふる草」であり、その「涙」と「歌」を結実させた「花」として『東西南北』を、「見せばや」と世に問うている。『亡国の音』において、鉄幹は「もし仮にも歌ふ所あらむか、そは必や雄大壮観の句自然の風光と一致したるものなるを要す」と「自然」との「一致」を提唱しているが、一木一草に言問うまなざしは、その実践を思わせる。この後、鉄幹は『明星』を創刊し、広く「歌」を求めることになる。

【備考】一首が劈頭《へきとう》を飾る『東西南北』は、短歌革新運動草創期の機運をよく伝えている。師である落合直文、森鷗外のほか、正岡子規、佐佐木信綱らが序を寄せている。鷗外は、「ふる草は、かれがれにして、／／にひ草は、色あさき野に、／たのもしく、芽ぐむ二葉よ」、「その二葉、こたへていはく、／おひさきは、我も知らねど、／あめつちの、ちからのままに、／萌出でて、かくこそ立てれ。」と序詩で応じている。子規は、「鉄幹歌を作らず。しかも、鉄幹が口を衝《つ》いて発するもの、皆歌を成す」、「鉄幹に先《せん》鞭《べん》を着けられたるを恨む」と序し、信綱は「八重むぐらおひ繁りたる草むらにそびえてたかし杉のひともと」と序歌を寄せている。

【参考文献】与謝野寛『与謝野寛短歌全集』(明治書院、一九三三年)、『明治文学全集51与謝野鉄幹 与謝野晶子集 附明星派文学集』(筑摩書房、一九六八年)、『鉄幹晶子全集』1(逸見久美編集代表勉誠社、二〇〇一年)、永岡健右『与謝野鉄幹研究—明治の覇気のゆくえ—』(おうふう、二〇〇六年)。

(加藤美奈子)

○八八

シナノジは　シマギ　アカヒコ

信濃路は　島木赤彦

シナノジは

信濃路は

いつ　ハルにならん　ユウづくヒ

いつ春にならん　夕づく日

イりて　しまらく

入りてしまらく

キなる　ソラのいろ

黄なる空のいろ

【出典】島木赤彦『柿蔭集《しいんしゅう》』（岩波書店、一九二六年）

【現代語訳】**信濃路はいつになったら春になるのだろう。夕日が沈みかかりそめに黄色に染まり輝く西空よ。**

【作者】島木赤彦（一八七六～一九二六）　明治、大正時代の歌人。本名は久保田俊彦《くぼたとしひこ》。旧姓塚原《つかはら》。島木赤彦は『馬鈴薯《ばれいしょ》の花』（大正二年〈一九一三〉）出版以後の筆名である。他に柿《かき》の村人《むらびと》などの筆名がある。明治九年（一八七六）、小学校教員の父塚原浅茅《つかはらあさじ》と母さいの四男として、長野県上諏訪町《かみすわ》（現諏訪市）に生まれた。九歳の時に母さいが没した。十七歳の時には新体詩を青少年雑誌に投稿しはじめる。翌年、長野尋常師範学校に入学し同級生の太田水穂《おおたみずほ》らと交わり、新体詩や短歌の制作に励んだ。在学中（二十一歳）に久保田政信の養子となり長女うたと結婚した。以後、久保田姓を名乗る。師範学校を卒業後、長野県内で小学校教員をつとめつつ、太田水穂、森山汀川《もりやまていせん》らと短歌雑誌『氷牟呂《ひむろ》』を創刊し、そこに自作を発表した。二十四歳の時に新聞『日本』の正岡子規の選歌に短歌一首（「藍毘尼《らんびに》の林の中に光満ちてありたまひし釈迦牟尼《しゃかむに》ほとけ」）が採《と》られた。二十六歳で妻うたが病死し、うたの妹ふじの（筆名久保田不二子《ふじこ》）と再婚した。この間に制作された新体詩は太田水穂との合同詩歌集『山《さん》上湖上《じょうこじょう》』（明治三十八年）に収められた。伊藤左千夫《いとうさちお》に傾倒し、その指導を受けて短歌を根岸短歌会の機関雑誌『馬酔木《あしび》』に投稿した。三十二歳の時に文学に専念するため、教職を辞して養鶏事業を営もうとしたが、事業に失敗し、翌年校長職に復職した。三十三歳でそれまで出していた『氷牟呂』を短歌雑誌『アララギ』と合併すると、左千夫門下の斎藤茂吉《さいとうもきち》、古泉千樫《こいずみちかし》、中村憲吉《なかむらけんきち》、土屋文明《つちやぶんめい》らと旺盛な作歌活動を展開した。三十七歳の時にアララギ叢書《そうしょ》第一篇として中村憲吉との合同歌集『馬鈴薯の花』を刊行し、赤彦の処女歌集となった。左千夫の死後、三十八歳で諏訪郡の視学（教育行政官）の職を去り上京する。淑徳《しゅくとく》高等女学校の講師を勤める傍ら『アララギ』の編集発行人となり、斎藤茂吉、中村憲吉らと写実主義を追究しながら同誌の中心的指導者として発展に尽くす。同年の八丈島行きで生まれた連作は、第二歌集『切《きり》火《び》』(大正四年〈一九一五〉)に収められた。四十一歳の時には長野県の教員向け研究雑誌『信濃教育』の編集主任となり、精力的に教育論を発表した。四十四歳の時に第三歌集『氷魚《ひお》』(大正九年)を刊行し、憂愁感ただよう生活詠によって写生に立脚した赤彦調を確立した。続く第四歌集『太虚集《たいきょしゅう》』(大正十三年)では、『氷魚』から一転し、「寂寥感《せきりょうかん》」のこもった自然詠によって清澄厳粛な歌境に達し、自らの作風を大成した。唯一の歌論集『歌道小見《かどうしょうけん》』(大正十三年)には、「自己の歌をなすは、全心《ぜんしん》の集中」をなす「鍛錬」の「道」であるとする作歌観が語られる。また、大正十一年頃より『万葉集叢書』の刊行に携わり、独自の見地から『万葉集』研究をすすめ『万葉集の鑑賞及び其批評』(大正十四年)を刊行した。大正十五年、胃癌により五十歳で没した。没後、門人の藤沢古実《ふじさわふるみ》らにより晩年の歌を収めた『柿蔭集《しいんしゅう》』(大正十五年)が編まれた。

【語釈】＊信濃路…信濃地方。「信濃」は旧国名で、今の長野県。作者の故郷である。＊ならん…なるだろうか。「ん」は、「だろう」という推量の意を表す助動詞「む」。＊夕づく日…夕日。「づく」は名詞に付き、その状態になっているさまを表す接尾語。＊入りて…日が沈んで。＊しまらく…しばらく。

【解説】この歌は、末期癌に苦しむ赤彦の最後の連作「恙《つつが》ありて　二」二十一首中の一首である。雪に閉ざされた北国で春を待つ人の切なる願いと生へのつつましい祈りをひたむきに詠んだ歌である。信濃で重い病に苦しむ自分が戸外を見ると、日が落ちて、その空には余光がしばらく黄色に残っているという情景を詠んでいる。太陽が沈んだあとの静謐《せいひつ》な静けさと黄色に残る余光がもたらす荘厳な趣きが、「欣求《ごんぐ》浄土《じょうど》」の祈りにも似た生へのつつましい希求と重なり、渾然一体となった世界が表現されている。胃癌を患った作者の病中詠であるという状況が分からなくても十分味わいうる作品となっている。「いつ春にならん」と字余りの二句切れで言い切ることにより、春を待ちわびる切なる思いやいまだ春にならないもどかしさが効果的に表現されている。五句目は字余りと体言止めにより余情が生まれている。赤彦は大正十五年一月、医師に胃癌と診断され、故郷の長野県下諏訪町高木の自宅(柿蔭山房《しいんさんぼう》)で療養していた。詞書《ことばがき》には「二月十三日帰国昼夜痛みて呻吟《しんぎん》す肉痩せに痩せ骨たちにたつ」とあり、この連作が三月二十七日に亡くなるひと月ほど前、病勢が切迫していた状況下で詠まれたことがうかがえる。

【備考】『柿蔭集』は赤彦没後、門人の藤沢古実らにより編集された。『太虚集』以後没するまでの作品三〇九首全てが収録された。また、この短歌は高等学校の国語科教科書『新編現代文B』(東京書籍、二〇一八年)に採用されている。なお、筆名「島木赤彦」の読みを「しまきあかひこ」と記載した辞書も散見されたが、『日本国語大辞典』に準じ「しまぎあかひこ」とした。

【参考文献】斎藤茂吉・久保田不二子編『赤彦歌集』(岩波文庫、一九四八年)。

(石上真理)

○八九

鎌倉《カマクラ》や

与謝野晶子《ヨサノ・アキコ》

鎌倉《カマクラ》や
御仏《ミホトケ》なれど　釈迦牟尼《シャカムニ》は
美男《ビナン》におはす《おわす》
夏木立《ナツコダチ》かな

【出典】与謝野晶子『恋衣《こいごろも》』（本郷書院、一九〇五年）

【現代語訳】（高徳院鎌倉大仏を拝しているこの地）鎌倉よ。御仏であるけれども釈迦牟尼は美男でいらっしゃる。（露座の大仏の周りの緑豊かな）夏木立よ。

【作者】与謝野晶子（一八七八～一九四二）　歌人、詩人。旧姓・鳳《ほう》、本名・しよう。大阪府堺市の菓子商、駿河屋に生まれた。父鳳宗七《そうしち》。後に長兄秀太郎は東京大学工学部教授となり、弟籌《ちゅう》三郎が家業を継いだ。堺女学校卒業後、明治二十九年（一八九六）頃から、『堺敷島会歌集』に和歌を投稿、明治三十二年関西青年文学会の機関誌『よしあし草』（翌年『関西文学』に改称）に新体詩、短歌を発表。同年、与謝野鉄幹（寛、前掲）が東京新詩社を創立、明治三十三年四月に機関誌『明星』を創刊、五月の第二号に晶子の短歌「花がたみ」六首が掲載された。八月、鉄幹が来阪、山川登美子（一八七九～一九〇九）とも相知り、同年秋、三人で京都を訪れている。明治三十四年六月上京、八月に第一歌集『みだれ髪』が刊行された。十月に鉄幹と結婚、翌年一月入籍した。翌年十一月、長男光を出産、大正八年（一九一九）まで十一回の出産を経験、五男六女が成人している。

明治三十七年第二歌集『小扇』、鉄幹との共著『毒草』刊行。明治三十八年一月、晶子・登美子・増田雅子による詩歌集『恋衣』が刊行された。登美子による「白百合《しらゆり》」は、代表歌「髪ながき少女とうまれしろ百合に額《ぬか》は伏せつつ君をこそ思へ」を巻頭としている。明治三十九年歌集『舞姫』、『夢之華』刊行。明治四十一年『明星』は廃刊となるが、歌集『常夏《とこなつ》』、『佐保姫《さおひめ》』、『春泥集《しゅんでい》』、『青海波《せいがいは》』を明治期に刊行している。明治四十四年には、評論集『一隅より』を刊行。同年、平塚らいてうを代表とする『青鞜《せいとう》』創刊号に「山の動く日来《きた》る」で知られる詩「そぞろごと」を寄稿している。明治四十五年より、『新訳源氏物語』を刊行。同年五月、寛の渡欧に次いで渡仏、ロダンを訪問、欧州各国を巡り、寛に先立ち十月に帰国。大正三年（一九一四）、寛との共著の紀行文集『巴里《パリイ》より』を刊行した。

大正期には、詩歌集『夏より秋へ』、『さくら草』、歌集『火の鳥』、『流星の道』、『瑠璃光《るりこう》』他多くの著作があり、大正八年には『晶子短歌全集』三巻（新潮社版）が編纂されている。この時期、小説『明るみへ』、童話集『八つの夜』、古典現代語訳『新訳栄華物語』等、執筆の幅を広げ、評論活動も展開した。『歌の作りやう』、『短歌三百講』などの歌論・評釈、評論集『雑記帳』、『人及び女として』などの著作もこの時期である。昭和期には歌誌『冬柏《とうはく》』に寛とともに旅詠を多く発表、歌集『心の遠景』、寛との共著『霧島の歌』、『満蒙遊記』がある。昭和八〜九年（一九三三〜三四）『与謝野晶子全集』全十三巻（改造社版）が刊行された。昭和十年寛の没後、関東大震災時に原稿を消失し途絶していた『源氏物語』改訳を再開、現在「晶子源氏」として知られる『新新訳源氏物語』全八巻を完成させた。昭和十七年五月二十九日死去。法名「白桜院鳳翔晶耀大姉」、同年九月に刊行された没後歌集『白桜《はくおう》集』により忌日は「白桜忌」と呼称される。

【語釈】＊鎌倉…「鎌倉大仏」は、神奈川県鎌倉市長谷《はせ》にある浄土宗高徳院の本尊。＊や…「…よ」「…なあ」という詠嘆の間投助詞。＊なれど…であるけれども。「なれ」は断定の助動詞「なり」の已然形、「ど」は逆接の接続助詞。＊釈迦牟尼…「釈迦族出身の聖者」の意で、「釈迦」と同義。釈迦牟尼仏のことで、仏教の開祖。＊おはす…サ行変格活用の動詞「おはす」終止形。「あり」「をり」の尊敬語で、「いらっしゃる」「おいでになる」の意。＊かな…感動・詠嘆の終助詞。一首は、初句（詠嘆）・四句（終止形）の句切れである。

【解説】女性歌人三人による詩歌集『恋衣』の内、晶子による「曙染《あけぼのぞめ》」は、「海恋し潮《しほ》の遠鳴りかぞへては少女となりし父母《ちちはは》の家」等の代表歌に続き、六首目に「鎌倉や御仏《みほとけ》なれど釈迦牟尼は美男《びなん》におはす夏木立かな」がある。晶子の代表詩「君死にたまふことなかれ」も、この『恋衣』の所収である。「曙染」の巻頭歌は、「春曙抄《しゅんしょしょう》に伊勢をかさねてかさ足らぬ枕はやがてくづれけるかな」で、『枕草子』の注釈書、北村季吟『春曙抄』に『伊勢物語』を重ね親しむ姿が描かれている。同集の「ほととぎす治承寿永のおん国母三十にして経よます寺」は、『平家物語』における建礼門院の境涯を、大原の寂光《じゃっこう》院に偲んでいる。古典的な情緒、憧憬に実景を重ねた秀歌に、この時期の晶子の特色があらわれている。

実際に鎌倉を訪れて詠まれたかは詳らかではないが、明治三十四年には与謝野鉄幹が早く東京新詩社の社友と鎌倉を訪れ、歌会を開催するなど、『明星』草創期から鎌倉はゆかりの地であった。鉄幹の父・与謝野礼厳《れいごん》はじめ兄達も僧侶であり、堺の寺町近くに育った晶子自身も寺院や僧侶への親和があった。『みだれ髪』には、「うらわかき僧よびさます春の窓ふり袖ふれて経くづれきぬ」のように、若き僧侶の道心をゆるがすような少女の存在が暗示されている歌もある。同じく『みだれ髪』には、一首に先がけ「御相《みそう》いとどしたしみやすきなつかしき若葉木《わかばこ》立《だち》の中《なか》の盧舎那仏《るしゃなぶつ》」がある。「鎌倉大仏」は鎌倉市高徳院の国宝の銅造「阿弥陀《あみだ》如来坐像」であり、「釈迦牟尼」、「盧舎那仏」ではないことは夙《つと》に指摘されているが、短歌としての趣向を損なうものではなく、「仏」としてではない人としての「釈迦」に親和した表現だろう。初夏の「若葉」、「木立の中」の「したしみやすき」仏のたたずまいと一首は重なり合う。

「御仏」を「美男」と親愛する眼差しは、『枕草子』の「説経《せきょう》の講師《こうじ》（経文の要義を説く僧侶）は、顔よき」（三十一段）を思わせる。また、芭蕉の「若葉して御《おん》めの雫《しずく》ぬぐはゞや」（『笈《おい》の小文《こぶみ》』）は、奈良の唐招提寺《とうしょうだいじ》の鑑真和上《がんじんわじょう》像を拝しての句であるが、初夏の尊像への親しみが一首と通う。

【備考】初出は『明星』明治三十七年八月「みづあふひ」で、二・三句が「銅《かね》にはあれど御仏は」で、歌集所収時に「御仏なれど釈迦牟尼は」とされ、以降の全集でも異同はなく、過誤ではなく意図的に「釈迦牟尼」という表現を選択したのであろう。高徳院境内の歌碑は晶子自筆の揮毫《きごう》により「かまくらやみほとけなれど釈迦牟尼は美男におはす夏木立かな」で表記に若干の異同がある。昭和二十七年に鎌倉大仏造立七〇〇年記念事業の一つとして建立された。

【参考文献】平子恭子編著『年表作家読本　与謝野晶子』（河出書房新社、一九九五年）、与謝野晶子・与謝野寛『鉄幹 晶子 全集』3（逸見久美編集代表　勉誠社、二〇〇二年）、堺市編『新訂　与謝野晶子歌碑めぐり』（二瓶社、二〇〇六年）、鎌倉市芸術文化振興財団鎌倉文学館編『恋ひ恋ふ君と　与謝野寛・晶子』（鎌倉文学館、二〇〇六年）。

（加藤美奈子）

○九○

金色《コンジキ》の　与謝野《ヨサノ》晶子《アキコ》

金色《コンジキ》の
ちひさき《ちいさき》鳥《トリ》の　かたちして
銀杏《イチョウ》ちるなり
夕日《ユウヒ》の岡《オカ》に

【出典】与謝野晶子『恋衣』（本郷書院、一九〇五年）

【現代語訳】**金色の小さい鳥の形をして銀杏（の葉）が散るのである。夕日の（光が西方浄土のように美しく照らす）岡に。**

【作者】前出（〇八九参照）。

【語釈】＊金色…「こん」「じき」はそれぞれ「金」「色」の呉音。黄金の色で、特に仏身の色、浄土に往生したものの身の色をいう。＊銀杏…イチョウ科の落葉高木。「公孫樹」「鴨脚樹」とも表記され、近世多く「いてふ」と仮名書きされるが、「鴨脚」の宋音の転で、歴史的仮名遣いでは「いちやう」が正しい。＊なり…断定の助動詞「なり」終止形。一首は四句、五句の倒置により、四句切れである。

【解説】「金色」は仏身の色であり、それを照らす「夕日」の光が西方浄土を思わせる。銀杏の落ち葉は、「鳥のかたち」により命を宿すかのようであり、それらが無数に舞い散る夕刻の光景が、「金色」の輝きにより永劫続くような印象を与えている。「金色」、「銀杏」の表記により、「金」と「銀」とが対照され、「夕日の岡に」「銀杏ちるなり」の倒置により、繰り返し銀杏が散りゆくさまが想起される。

一首は国語教科書等への採録が多く、晶子の代表歌としてよく知られている。「金」の色彩が印象的な晶子の代表歌としては、「劫初《ごうしょ》より作りいとなむ殿堂にわれも黄金《こがね》の釘一つ打つ」が挙げられる。大正期の歌集『草の夢』（大正十一年〈一九二二〉）の巻頭歌で、「劫初」は、仏教語でこの世の初めをいう。「釘一つ」ではあるが、それが美と永遠を思わせる「黄金」であることに晶子の自負がある。大正三年の歌集所収歌に、「わが小指琴《おゆびこと》をたたきて歌《うた》ふらく紫摩《しま》黄金《おうごん》の春とこそなれ」（『夏より秋へ』）があり、この「紫摩《ママ》黄金」は、通常「紫磨《しま》黄金」と表記し「紫磨金《ごん》」と同義で、『今昔《こんじゃく》物語』に、「仏、紫磨黄金の御手を以て」とあるように「金色」と同様に仏の肌を表している。いずれも、「金」の色彩が仏語とともに詠まれ、仏教的なイメージとともに想起されている。

一首は歌集において、「御供《みく》養《よう》の東寺《とうじ》舞楽《ぶがく》の日を見せて桜ふくなり京の山かぜ」（『恋衣』）

に次いで配列され、「日」と「夕日」、山風に吹かれる「桜」と岡に散りゆく「銀杏」が対照され、二首はともに仏の「御供養」の散華、放鳥を連想させる。

【備考】初出は『明星』明治三十八年（一九〇五）一月「春の夜」の一首。昭和期の改造社版の全集では、五句「岡の夕日に」である。前掲「鎌倉や」と同じく『恋衣』「曙染」所収で、「金《こん》色《じき》のちひさき鳥のかたちして銀杏ちるなり夕日の岡に」による。

【参考文献】与謝野晶子・与謝野寛『鉄幹 晶子 全集』3・9・21（逸見久美編集代表　勉誠社、二〇〇二・二〇〇四・二〇〇六年）。

（加藤美奈子）

○九一

夏のかぜ《ナツのかぜ》

与謝野晶子《ヨサノアキコ》

夏のかぜ《ナツのかぜ》
山より《ヤマより》きたり《きたり》
三百の《サンビャクの》
牧の《マキの》若馬《ワカウマ》
耳《ミミ》ふかれけり《ふかれけり》

【出典】与謝野晶子『舞姫』（如山堂、一九〇六年）

【現代語訳】夏の風が山から（今まさに吹いて）来ている。（およそ）三百（頭もいるだろうか、多く）の牧場の若馬が（みな一斉に）耳を（山からの風に）吹かれているよ。

【作者】前出（〇八九参照）。

【語釈】＊たり…接続助詞「て」にラ変動詞「あり」のついた「てあり」が変化した、連用形に接続する助動詞。動作・作用やその結果が引き続き行われている継続、存続を表す「…ている」「…てある」の意と、動作・作用がすでに終わっている完了を表す「…た」「…てしまった」の意がある。ここでは、存続で解釈した。＊牧…牛・馬などの家畜を放し飼いにする所。牧場、まきば。＊ふかれけり…「れ」は受身の助動詞「る」の連用形。「けり」は、今まで気付かずにいた事実に、初めて気付いて驚き詠嘆する意で、俳諧等で「切れ字」として用いられた場合、「…だなあ」「…ことよ」と単に詠嘆する意でも用いられる。一首は、二句「たり」の終止形による二句切れである。

【解説】季節の到来を風によって表現する和歌に「秋来《き》ぬと目にはさやかに見えねども風の音にぞおどろかれぬる」（本書〇三二）がある。この「おどろく」は、「風の音」により秋が来たことに「はっと気付く」の意である。一首の「けり」も「気付き」の語義で解釈した。春の到来もまた、「袖ひちてむすびし水のこほれるを春立つけふの風やとくらむ」（『古今和歌集』・二・「春立ちける日よめる」・紀貫之）と、「風」により詠まれている。

晶子の「夏のかぜ」もまた、初夏の到来を告げるかのように今まさに山から吹いてきている。「夏」という広範な概念から生じる「風」、実景としての「山」が描かれ、そこから三百頭もの馬が放牧されている広々とした牧場へと「風」はいたり、馬の「耳」をそよがせている。馬は「若馬」であり、夏という季節にふさわしく生気に満ちている。「耳」と表現することにより、自ずと夏の「風の音」が響いてくる。馬の群れは一斉に耳を、たてがみを涼やかになびかせていることだろう。

「三百」というのは実数では

ないだろうが、数詞が多くの馬の姿を想起させる。晶子の歌には、「いはず聴かずただうなづきて別れけりその日は六日二人《ふたり》と一人《ひとり》」（『みだれ髪』）、「ほととぎす嵯峨へは一里京へ三里水の清滝《きよたき》夜の明けやすき」（同）のように、数詞の巧みな印象深い表現が初期より見受けられる。同集には、「音」の表現と生き物を描いた、「夕ぐれを花にかくるる小狐のにこ毛にひびく北嵯峨の鐘」がある。小狐の「にこ毛」、柔らかな毛を北嵯峨の寺院の鐘の響きがふるわせるという、繊細で物語的な表現である。「夏の風」では、風の音そのものは表現されていないが、三百頭もの馬の耳へと風はいたり、歌を鑑賞する側も自身の耳にさわやかな風の響きを体感することができる。

一首は旅詠ではないと推測されるが、三好達治が詩「大阿蘇」（初出一九三七年）で、「雨の中に馬がたつてゐる」、「もしも百年が　この一瞬の間にたつたとしても　何の不思議もないだらう」と表現したことでも印象深い草千里浜《くさせんりがはま》の馬を思わせる。同詩は「雨は蕭々《せうせう》と降つてゐる」という雨天ながら無音の静止画の印象があるが、一首は一陣の風の音とともに広がる夏の鮮やかな空間を描いている。

【備考】初出は『中学世界』明治三十八年（一九〇五）六月「夏の香」、『明星』同年七月に「埋草」として再録。『舞姫』所収で、「夏《なつ》のかぜ山《やま》よりきたり三百の牧《まき》の若馬《わかうま》耳《みみ》ふかれけり」による。

【参考文献】三好達治『日本詩人全集21　三好達治』（新潮社、一九六七年）、与謝野晶子・与謝野寛『鉄幹晶子全集』2・3（逸見久美編集代表勉誠社、二〇〇二年）。

（加藤美奈子）

○九二

シラトリは
白鳥は

ワカヤマ・ボクスイ
若山牧水

シラトリは
白鳥は
カナしからずや
哀しからずや　空の青
ソラの　アオ
ウミの　あおにも　カナしからずや（もある）
海のあをにも
ソまず　ただよう
染まずただよふ

【出典】若山牧水『海の声』（生命社、一九〇八年）

【現代語訳】白鳥《しらとり》は哀しくないのだろうか。空の青にも海の青にも染まることなく、真っ白な姿でただよっている。

【作者】若山牧水（一八八五～一九二八）　歌人。旅と自然と酒を愛し、旅先の各地で詠んだ歌、酒を詠んだ歌が多くある。自然主義文学としての短歌を追求した。人を愛し、情熱的な恋愛をした人でもあった。

本名は若山繁《しげる》。明治十八年（一八八五）八月二十四日に、医師である父若山立蔵《りゅうぞう》、母マキの長男として、宮崎県東臼《ひがしうす》杵郡《きぐん》坪谷村《つぼやむら》（現在の日向《ひゅうが》市東《しとう》郷町坪谷《ごうちょうつぼや》）に生まれた。小学生の頃から文学に興味を持っていた牧水は、十五歳の時に旧制県立延岡中学校に入学し、散文や詩歌を作り始めた。やがて地元の新聞や中央の雑誌にも盛んに投稿するようになり、「牧水」と号した。二十歳で延岡中学校を卒業したのち早稲田大学文学科高等予科に入学し、歌壇の中心人物の一人であった尾上柴舟《おのえさいしゅう》を師として本格的に作歌活動を開始した。学友の北原白秋《きたはらはくしゅう》や土岐善《ときぜん》麿《まろ》などとも親しく交流するようになり、牧水は自然主義的歌壇の潮流の中にいた。一方、文壇もロマン主義から自然主義の時代に移ろうとしていた頃で、国木田独歩《くにきだどっぽ》の作品の熱烈なファンであった牧水は、小説家として身を立てようと盛んに短編小説を書いてもいた。園田小枝子《そのださえこ》という美しい女性に出会い、小枝子への思いに身を焦がし翻弄されるようになったのもこの頃からで、明治四十年、二十三歳の時には「幾山河《いくやまかわ》」（本書〇九三）の歌、「白鳥は」の歌を作った。明治四十年前後という文芸が新時代に向かう中、牧水は切なくも洋々たる青春の日々を過ごしたのである。

早稲田大学文学科英文学科を卒業後、自費出版した第一歌集『海の声』はほとんど売れなかったが、明治四十三年三月に詩歌雑誌『創作』を創刊し、四月に出版した第三歌集『別離』によって歌人としての地位を確立した。九月から十一月には山梨、長野を漂泊し、小諸にて「白玉《しらたま》の」（本書〇九四）の歌を作った。初期の牧水短歌の歌風は、園田小枝子との悲恋を背景にした哀愁と憧憬に包まれた浪漫的なものであった。

明治四十五年、二十八歳の時に太田喜志子《きしこ》と結婚。同年の父親の病気と死による帰郷、経済的行き詰まりなどを背景に、第五歌集『死か芸術か』(大正元年〈一九一二〉)、第六歌集『みなかみ』(同二年)では、心の内面を暗鬱に詠んだ重苦しい歌が多くなった。破調や読点の使用など形式的にも破格の作品が増えた。第七歌集『秋風の歌』(同三年)以降は再び流麗な調べを取り戻した。第十三歌集『くろ土』(同十年)、第十四歌集『山桜の歌』(同十二年)などでは清澄で円熟した境地へと進んでいった。この頃には静岡県沼津市に永住することも決めている。

一方、二十代の頃から常軌を逸するほどに飲んできた酒で牧水の身体は次第にむしばまれていった。昭和二年(一九二七)には自宅に引きこもりがちになり、翌三年には第十五歌集『黒松』(没後、昭和十三年九月十三日刊)の原稿整理にあたるも、さらに衰弱が進み病臥。その年の九月十七日の朝、一〇〇ccの日本酒を飲んだのち、末期の水の代わりに酒で唇を浸《ひた》されながら息を引きとった。死因は急性腸胃炎兼肝臓硬変症、享年四十四歳であった。アルコールに染《し》みた遺体は、三日たっても死臭も死斑もまったくなかったという。遺骨は沼津市の千本山乗運寺《じょううんじ》境内の墓地に埋葬された。

【語釈】＊白鳥…初出雑誌『新声』(明治四十年十二月号)では、「はくてう(はくちょう)」とルビがあり、「海の青そらのあを」「たゞよふ」であったものが、翌年七月刊の『海の声』では、「しらとり」というルビが付され、「空の青海のあを」「ただよふ」に改変された。その二年後の第三歌集『別離』にも同形で載る。「はくちょう」に限定されないだけでなく、声調の面からも「しらとり」「かなしからずや」「そら」「そまず」と、サ行音と「ら」の音が共鳴する。＊哀しからずや…「哀し」の未然形に、打消の疑問・反語の意を表す「ずや」が付いたもの。「ずや」は「〜ないだろうか」の意。

【解説】二十三歳の時に発表された牧水短歌の代表作で、白鳥の姿に青春の孤独と悲哀を重ねた歌として今も多くの人々に愛誦されている。二句切れの五七調で、白鳥への呼びかけとも心の叫びとも思わせる一・二句を、三句と四句でいったん受け止めつつ、結句でそれらを否定し白鳥の孤高を呈示して終わる。白鳥は一羽か数羽か、海に浮かんでいるのか、それとも滑空しているのか。そのイメージは読者に委ねられるが、一点の曇りもなく音もない大自然の中にあって、白鳥はその姿を際立たせている。

一般に白は、容易に周囲の色に同化したり、他の色がなければ無へと化してしまう色である。明度は高いが彩度はなく、清浄なイメージを喚起するが、はつらつとした若さや広がりはない。しかし、白鳥の白は染まずただよう。傷つきやすく純粋な青春を象徴するかのような白は、ここでは孤独の象徴ともなっている。

「ただよふ」は、空中や水面に浮かんで揺れ動くという意味である。自在なようでいて、飛んでいるわけでも泳いでいるわけでもない。鳥が自然の動きに身をまかせて、どうするともない漠然とした状態である。このような白鳥の在り方が、茫漠とした青春の悲哀を確かにとらえている。

この歌は、『別離』掲載時には「女ありき、われと共に安房《あわ》の渚に渡りぬ。われその傍《かたわ》らにありて夜も昼も断《た》えず歌ふ、明治四十年早春」という詞書を付した歌群に入れられる。園田小枝子と千葉県房総半島にある根本海岸を訪れたのは「白鳥は」の歌の発表後、明治四十年の暮れから新年にかけてのことであったため、この詞書は明治四十一年の誤記ではないかという指摘もある。一方でこの歌群の歌は、同時期に詠まれたものばかりではないことから、牧水の創作的意図による設定であるとする意見もある。いずれにしても、この詞書によって、根本海岸での一連の恋歌としてまとめられたため、「白鳥は」の歌も恋の歌としても鑑賞され、「白鳥」はカモメのこととされるようにもなった。

【備考】昭和二十二年(一九四七)には、「白鳥の歌」として古関裕而《こせきゆうじ》が作曲し、藤山一郎と松田トシの歌でレコード化されて国民的歌謡となった。

【参考文献】大岡信・佐佐木幸綱・若山旅人監修『若山牧水全集』全十三巻・補巻一巻(増進会出版社、一九九二〜一九九三年)。

(見尾久美恵)

○九三　幾山河

イクヤマカワ
幾山河

ワカヤマボクスイ
若山牧水

イクヤマカワ
幾山河

コえさり　ユかば　サビしさの
越えさり行かば　寂しさの

ハてなんクニぞ
終てなむ国ぞ

キョウも　タビゆく　タビゆく（もある）
今日も旅ゆく

【出典】若山牧水『海の声』（生命社、一九〇八年）

【現代語訳】いくつの山を越え、いくつの河を渡って行ったなら、この寂しさが終わる国にたどりつくのであろうか。いや、どこまで行っても寂しさが尽きることはない。私は今日も旅を続ける。

【作者】前出（○九二参照）。

【語釈】＊幾山河…第三歌集『別離』において「いくやまかは」とルビが付された。＊終てなむ国ぞ…「終《は》つ」は古訓。その連用形「終て」に、完了の助動詞「ぬ」の未然形、推量・婉曲の助動詞「む」の連体形が付いたもの。「ぞ」は係助詞で、文末に置かれて疑問・反語の意を表す。

【解説】牧水生涯の絶唱とも言えるこの歌は、「中国を巡りて」という詞書を持ち、前出「白鳥は」の歌と同じ年の七月に詠まれた。五七調の歌で、第四句「終てなむ国ぞ」で切れる。「今日も旅ゆく」はいわゆるサビの部分で、「終てなむ国ぞ」との間にタメを作って力強く読み出し、余韻を響かせて終止するという形式をとっている。

明治四十年（一九〇七）の六月下旬、牧水は夏期休暇による帰省の途中、岡山・広島などの中国地方を旅行した。未知の土地を行く本当に旅らしい旅であった。牧水晩年の弟子であった大悟法利雄《だいごほうとしお》によると、岡山駅を六月三十日の朝に出発した牧水は、中国鉄道吉備《きび》線で湛井《たたい》駅まで行き、そこから徒歩で高梁川《たかはしがわ》を遡って高梁に一泊、翌七月一日に徒歩でさらに新見《にいみ》まで行き、新見に一泊、翌二日に新見から苦《に》が坂峠《さかとうげ》を越えて哲西町《てっせいちょう》まで行き、二本松峠にある茶屋熊《くま》谷屋《たにや》に一泊、二本松峠を越えて広島県に入り、東城《とうじょう》からそのまま山陽道まで下りてきた。この歌は、哲西町から県境を越える七月二日か三日の作と考えられている。二本松峠は新見と東城の中ほどにあって、ここから東が備中、西が備後という国境であり、人馬の行き交う交通の要衝である。備中・備後それぞれの道と国の果てであり、出発点でもある。大悟法は、のちに恋人となる園田小枝子のふるさとが福山市であったことも、牧水が中国地方の旅を決意した理由の一つではなかったかと推測している。

牧水はこの歌について、「人間の心には、真実に自分が生きてゐると感じてゐる人間の心には、取り去る事の出来ない寂寥《せきりょう》が棲《す》んでゐるものである。行けども尽きない道の様に、自分の生きてゐる限りは続き続いてゐるその寂寥に打ち向《む》うての心を詠んだものである」（「自歌自釈」その五、大正十三年〈一九二四〉）と書いている。心の奥底からわいてくる「寂しさ」は、どんな方法でも取り去ることができない。「寂しさの終てなむ国」とは、「寂しさの失せてなくなる国」であり、そのような国に到ることはないと反語的に述べている。たった一人で自然の中を何十キロも歩いた体験を通して、牧水は人間存在の孤独を直観的に悟ったのであろう。そのような寂しさとともに今日も旅ゆく。旅を続けることでこそ寂寥感や孤独感が磨かれ心は解放されて、自然の中を自由にさまようことができるようになる。寂寥と、「今日も旅ゆく」という遥かな世界への憧れとが交錯する旅の境地を表現し得たこの歌は、自然の中における孤独感や寂寥感という点において、本書〇九二「白鳥《しらとり》は」の歌にも通じるものがある。これらの歌が万人の共感を得たのは、実体験をもとに、流離の哀感や人間存在の寂寥感が、遥かな世界への憧れをもともなって表現されているからであろう。

この歌の「行かば〜今日も旅ゆく」という「行く」の繰り返しは、当時の牧水が常時側に置いていた『唐詩選』にある李白《りはく》や王維《おうい》の旅の漢詩、それらの原点である『文選《もんぜん》』（雑詩《ざっし》上・古詩十九首）の「行々《こうこう》として重《かさ》ねて行々《こうこう》　君《きみ》と生《い》きながら別離《べつり》す」、これらの影響を受けた『和漢朗詠集』（行旅《こうりょ》・源《みなもとの》順《したごう》「山河千里別序」）の「行々として重ねて行々たり〜眇々《びょうびょう》として復《ま》た眇々たり」といった漢詩の表現に拠ると考えられる。表現だけでなく、漢詩から悠然たる自然や旅人の姿のとらえ方を学ぶことで、個人的な旅を普遍的な旅のイメージへと展開させている。特定の場所を示すことなく用いられている「山」「河」「国」といった言葉は、旅の素材の中では極度に単純化された言葉であり、そのような場所を旅人の動く視点でとらえることによって奥行きのある空間が作られている。

後世の我々は、牧水を「旅と酒の歌人」と呼ぶ。旅と酒と詠歌に明け暮れた牧水の生涯にふさわしい呼び名である。牧水自身、中国地方からふるさと坪谷への長旅を通して、旅の哀愁をかみしめ、旅の「本意」（歌論用語で、自然や事物などの本来的な性質・情趣のこと）に迫る感動や寂寥を味わったに違いない。旅では、山も河も、旅人も、寂しさまでもが「行く」ものであった。真実の体験と溢れてやまない抒情が作品に昇華される時、遥かなものへの憧れをともなって歌い出され、漂泊のイメージや旅そのものとでもいうべきメロディーが奏でられたのである。

【備考】先に述べたこの旅の行程は実は推測の域を出ておらず、岡山駅から高梁川に沿って北上し哲西町から広島入りしたのか、それとも岡山駅から山陽道を西に進んだのかを示す記録は残っていない。その当時、文学を志していた一人の青年が、歌人として大成し、「旅の歌人」と呼ばれるまでに至った結果、周囲の人々は作品を作品のままで終わらせてしまうことをさせなかった。牧水没後三十年も経ってから、有本芳水《ありもとほうすい》（歌人・詩人）が、田山花袋《かたい》の『蒲団《ふとん》』（ヒロインは北上説の途上にある新見出身の女性）と関わらせながら、「幾山河」の歌の制作秘話を語り、井伏鱒二《いぶせますじ》、倉敷天文台の本田実らがそれを記録・公表することによって北上説は既成事実化した。こうして「幾山河」の歌は、歌物語的な要素を加えて語り継がれるようになったのである。

この歌にはまた、牧水が常に口ずさみ愛誦していたカール・ブッセの「山のあなた」の詩やボードレールの「旅」と題する詩、西行や芭蕉などの伝統的な寂寥感の影響が以前より指摘されている。漢詩の場合と同じく、直接的な影響というよりも、牧水自身の旅における実体験に、これらの旅の作品に対する素養が重なることで、このような普遍的な秀歌が生まれたとみられる。

（見尾久美恵）

○九四　白玉の《シラタマの》　若山牧水《ワカヤマボクスイ》

白玉の《シラタマの》
歯にしみとほる《ハにしみとおる》
秋の夜の《アキのヨの》
酒はしづかに《サケはしずかに》
飲むべかりけり《ノむべかりけり》　べかりけり（もある）

【出典】若山牧水『路上』（博信堂、一九一一年）

【現代語訳】真珠のような酒のしずくが歯に深くしみ入る秋の夜。こんな夜の酒は、独り静かに飲んでこそのものである。

【作者】前出（〇九二参照）。

【語釈】＊白玉の…真珠のように白くて美しいものの形容。一般的には枕詞のように「歯」にかかるとされるが、ここでは、「白玉の」の「の」を主格を表す「が」と考え、「白玉」とは、そのような名酒のしずくと解した。＊しみとほる…酒と秋の冷気が身体の中まで深くしみこむこと。＊飲むべかりけり…『路上』では「飲むべかりけれ」であったが、のちに「飲むべかりけり」に改められた。

【解説】牧水は生涯のうち三百首を越える酒の歌を詠んだが、その代表作がこの歌である。明治四十三年（一九一〇）の秋、牧水二十六歳の時の作で、「九月初めより十一月半ばまで信濃国浅間山の麓に遊べり、歌九十六首」という詞書を持つ。牧水はこの春、第三歌集『別離』を出版して一躍脚光を浴びた。歌人としての名声は上がったが、東京での生活苦や園田小枝子との不毛の愛などの苦悩を紛らすための乱酒により、心身ともに衰弱していた。この歌は、山梨・長野をさすらい、小諸の病院で静養していた時の歌である。

一首は五七の調べで詠み出されているが、第三句「秋の夜の」は、第二句の「しみとほる」を受けており、同時に五七の調べで第四句の「酒」にかかる。「しづかに」で軽く休止するが、「しづかに飲む」と結句にかかる。このように、五七の調べを保ちながらも言葉から言葉、句から句へと連綿と続くことで、冷気を帯びた体に熱い酒がしみわたっていく感覚が伝わってくる。また、「しらたま」「しみとほる」「しづかに」という「し」音の頭韻により、静寂さと清澄さが際立ってくる。韻律と内容とが緊密に重なり合った歌である。

旅に出た牧水は、心の傷を癒やされたであろうか。あるいは、おのれを見つめる手がかりを酒に求めたのであろうか。酒について後年牧水は、口で味わう「うまさ」と心で噛《か》みしめる「味《あじわ》ひ」を持っていると言う。「味覚を与へるだけでなく」「心の栄養」となり、「乾いてゐた心はうるほひ、弱つてゐた心は蘇《よみがえ》り、散らばつてゐた心は次第に一つに纏《まと》つて来る」（大正十四年〈一九二五〉「酒の讃と苦笑」）。乾いた草木が水を吸い込んで生き返るように、酒の力によって身も心も浄化され、生気がよみがえり、心が満たされる。

このような境地は、閑居して自らの影を相手に酒を飲み、酔っては詩を書いたという陶淵明《とうえんめい》の「飲酒二十首」にも通じるものがある。その序文に、

余閑居シテ寡ナクレ歓ビ、兼ネテ比ロ夜已ニ長シ。偶有リ二名酒一、無シ二夕ベトシテ不ル一レ飲マ。顧ミテレ影ヲ独リ尽クシ、忽焉トシテ復タ酔フ。既ニ酔フ之後、輒チ題シテ二数句ヲ一自ラ娯シム。

（以下略）

（余閑居《よかんきょ》して歓《よろこ》び寡《すく》なく、兼《か》ねて比《このご》ろ夜已《よるすで》に長《なが》し。偶《たまたま》名《めい》酒《しゅ》有《あ》り、夕《ゆう》べとして飲《の》まざるなし。影《かげ》を顧《かえり》みて独《ひと》り尽《つ》くし、忽焉《こつえん》としてまた酔《よ》ふ。既《すで》に酔《よ》ふの後《のち》、輒《すなわ》ち数句《すうく》を題《だい》して自《みずか》ら娯《たの》しむ）

（私は閑居しているので楽しみが少なく、加えて近ごろはもう夜が長くなった。思いがけず名酒が手に入って、毎晩飲まない日はない。影を連れに一人で飲みほし、気がつくともう酔っている。酔ったあとは決まって詩を数句作り、自らの楽しみとした。）

とある。

大伴旅人《おおとものたびと》は、「験《しるし》なき物《もの》を思《おも》はずは一坏《ひとつき》の濁《にご》れる酒《さけ》を飲《の》むべくあるらし」（『万葉集』巻三・三三八「酒を讃《ほ》むる歌十三首」）（何の役にも立たない物思いをするくらいなら一杯の濁り酒を飲むべきであろう）と詠み、独酌してはこの世の憂さを晴らそうとした。これらの詩歌が牧水の飲酒やその表現に与えた影響は大きく、「白玉の」の歌は、酒を見つめ、味わい、酒と対話し、酒を通して内省を深めていった歌と解される。

一時は、「酒樽《さかだる》をかかへて耳《みみ》のほとりにて音《おと》をさせつつをどるあはれさ」（『路上』）（酒樽を抱え、耳のそばで酒の音をさせては躍り上がって喜んでいる。そんな我のなんと哀れなことか）と詠み、酒飲みの自分の姿を自虐的にとらえた牧水であったが、「白玉の」の歌で、おのれの影と向き合えるような酒の飲み方を知ったものと思われる。読者は、たとえ下戸であってもうまい酒を飲んだような気分にさせられ、陶然として酔いしれることができる。

【備考】牧水は少年のころから酒飲みの父の相手をさせられ、「酒仙」「酒聖」と称されるほど酒を愛したと言われる。沼津の千本松原に居を構えた晩年でさえ、朝二合、昼二合、晩酌六合の合計一升を最低の量と決めていたというから、最盛期にはどれだけ飲んだか想像もつかない。「幾山河」の旅が伝説となったように、酒の飲み様においても牧水は伝説的な歌人であった。

牧水の七歳年長のいとこである若山峻一は、「牧水について」（『創作』若山牧水追悼号、昭和三年〈一九二八〉十二月号）において、牧水が母親に向かって「私は酒を廃《や》めたいと思ふ」と言ったところ、母親は「お前の身体は酒で焼き固めてあるから廃めてはいかんぞ」と答えたという。そして、「（牧水が）酒を好んだのは、彼自身のせいといふよりか、彼の父母血統が遥かに当つてゐる。私たちの系統は飲まなければならないやうに仕組まれてあるのである」と書いている。こうして、良きにつけ悪しきにつけ、牧水の酒量はどんどん増えた。大正十四年（一九二五）の九州旅行では一日平均二升五合、五十一日間の旅で約一石三斗を飲んだという。普段でも一日一升までと決めた酒量をしばしば越えていた。

主治医の記録によると、病床にあっても酒が薬のように効いており、亡くなる二日前には合計一〇〇〇ccの日本酒、前日には嗜眠状態の中で合計一三〇〇ccの日本酒を飲んでいる。末期は本書〇九二【作者】欄に記したとおりである。牧水没後、机上にあった雑誌『創作』の裏表紙の欄外に、「酒《さけ》ほしさまぎらはすとて庭《にわ》に出《い》でつ庭《にわ》草《くさ》をぬくこの庭草《にわくさ》を」（『黒松』）（酒欲しさをまぎらわそうとして庭に出た。私は庭草を抜くのだ。今はこの庭草を抜くのだ）という歌が赤インクで書かれていたという。

尊い命と酒を引き換えにした牧水であったが、生涯を通じて、酒は牧水の心を浄化し、牧水の歌を磨いた。読者は、牧水の歌を知ることで酒の味わいが一層深くなることに気づくであろう。そういう意味において、牧水は酒の味までも磨いたと言えよう。

誰よりも酒の力を知る牧水が酒に命を落とすことは悲痛ではあるが、至福の最期であったのかもしれない。

（見尾久美恵）

○九五 東海の《トウカイの》　石川啄木《イシカワ・タクボク》

東海の《トウカイの》
小島の磯の《コジマのイソの》　白砂に《シラスナに》
われ泣きぬれて《われ　ナきぬれて》
蟹とたはむる《カニと　たわむる》

【出典】石川啄木『一握《いちあく》の砂』「我《われ》を愛する歌」（東雲堂書店、一九一〇年）

【現代語訳】極東《きょくとう》の小さな島国であるこの国の、波が打ち寄せる磯の白砂の上に、自分はひとり涙を流しながら蟹と戯《たわむ》れているよ。

【作者】石川啄木（一八八六～一九一二）　本名一《はじめ》。明治後期の歌人。明治十九年（一八八六）、岩手県岩手郡日戸《ひのと》村に生まれる。父一禎《いってい》（曹洞宗日照山常光寺の住職）、母カツの長男である。翌年、父が北岩手郡渋民村にある万年山宝徳寺《ほうとくじ》の住職となり、家族も転居したため、啄木がふるさととして懐かしむ場所は渋民村《しぶたみむら》と言ってよい。二人の姉と妹との間に、ただ一人の男児として生まれた啄木は両親に溺愛《できあい》されて育ち、盛岡尋常中学校に進学する。

後に有名な言語学者になる金田一京助《きんだいちきょうすけ》は中学校の先輩で、啄木に詩歌雑誌『明星』（与謝野鉄幹《てっかん》主宰）を紹介した。明治三十五年、卒業を目前に中学校を中退した啄木は上京して与謝野家を訪問、鉄幹、晶子と会い高揚した日記を書いている。だが、イプセンの戯曲を翻訳して生活しようという夢のような計画はすぐに破れて帰郷を余儀《よぎ》なくされる。『明星』に詩を投稿して注目されると、明治三十七年、詩集刊行のために再び上京。ところが上京中に父一禎が宗費の滞納のために住職を罷免され、啄木と新婚の妻節子《せつこ》、両親、妹の五人は盛岡市内で暮らし始めた。啄木は父の復職のために運動し、明治三十九年には母と妻を伴い渋民村に帰って代用教員となる。初めて書いた小説『雲は天才である』の中に、青年教師啄木の姿が生き生きと描かれている。

父の復職運動が失敗した明治四十年、啄木は母と妹、妻子を伴い北海道へ渡る。『明星』で活躍する啄木を畏敬《いけい》して迎え入れたのは函館の文学グループで、宮崎郁雨《みやざきいくう》もその一人であった。啄木は主として新聞社に記者として勤務しながら、函館、札幌、小樽、釧路を転々としたが、四十一年春、母と妻子を宮崎郁雨に預けて上京する。

上京した啄木を金田一京助は自分の下宿に迎え、経済的にも精神的にも支え続けた。啄木は小説を書こうとしたが書けず、書いても売れないという状況の中で、「頭がすつかり歌になつてゐる。何を見ても何を聞いても皆歌だ」(日記)という歌興に襲われた。それらは歌稿ノート「暇《ひま》ナ時《とき》」に「六月二十三日夜　五十五首」「六月二十四日午前　五十首」「六月二十五日夜二時まで　百四十一首」となって残された。

一方で函館の母と妻への送金は滞《とどこお》りがちで宮崎郁雨に頼ったまま明治四十二年を迎え、二月、東京朝日新聞に校正係としての入社が決まった。

六月、待ち切れなくなった母と妻子が上京し、啄木は下宿を出て本郷区弓町《ゆみちょう》の理髪店二階に一家で間借り生活を始めた。四十三年に刊行された歌集『一握の砂』が、宮崎郁雨と金田一京助に捧げられたのはこのような二人の献身に報いようとしたものである。

明治四十四年、幸徳秋水《こうとくしゅうすい》らの「大逆《たいぎゃく》事件」の判決が下る。『明星』同人には被告らの弁護人となった平出修《ひらいでしゅう》がおり、啄木は社会的な関心を深めていく。明治四十五年三月、結核により母が逝去、第二歌集の刊行を見ることなく、啄木自身も結核のため明治四月十三日に永眠した。

【語釈】＊東海…東洋の海。先例として土井晩翠《どいばんすい》の詩「富嶽《ふがく》之歌」に「嗚呼《ああ》東海の君子国《くんしこく》」の使用例などがある。晩翠が第二高等学校教授となって仙台に帰郷していた時、啄木が訪問したことがある。＊たはむる…戯《たわむ》れる。

【解説】歌集『一握《いちあく》の砂』は五五一首を収め、明治四十三年、東雲《とううん》堂書店から発行された。一見して分かる特徴は三行書きである。同年十月に啄木が東雲堂と契約した折の歌集名は『仕事の後』で全歌一行書きだったが、その後、歌を入れ替えて三行書きに改め、歌集名も『一握の砂』とした。

歌集を手にして分かる特徴は章立てがされていることで、「我を愛する歌」「煙(一、二)」「秋風のこころよさに」「忘れがたき人人(一、二)」「手套《てぶくろ》を脱ぐ時」の五章構成になっている。短歌を行分けする例は与謝野鉄幹にもあり、章を立てて物語を構成する例は晶子の『みだれ髪』が知られていて、啄木が明星派の影響下にあることは言うまでもない。

だが、啄木が歌集の序文を依頼したのは、勤め先の東京朝日新聞社会部部長、渋川柳次郎(筆名、藪野椋十《やぶのむくじゅう》)だった。渋川は啄木の歌に理解を示し、明治四十三年九月に「朝日歌壇」を新設して啄木を選者に抜擢《ばってき》した人で、序文は「さうぢや、そんなことがある、斯《こ》ういふ様《よう》な思ひは、俺にもある。」という軽妙な談話体で書かれている。

標題歌は歌集『一握の砂』の巻頭を飾る歌。「東海の小島」と鳥瞰《ちょうかん》して歌い始め、「磯の白砂」にいる「われ」と「蟹」へと焦点を合わせていく視点の移動がある。「東海の小島の磯の」と「の」で繋《つな》がれることがその移動を滑《なめ》らかにしている。しかし、大きなスケールで歌い出された先にいるのは英雄でも志士でもなく、「泣きぬれて蟹とたはむる」という情けない「われ」である、というところに近代的な抒情を見ることができる。

海の青、白砂、その中の小さな点のような「われ」、その指先により小さな蟹の赤という色彩も思い浮かぶであろう。

続く二首目には「頬《ほ》につたふ／なみだのごはず／一握の砂を示しし人を忘れず」(＊のごはず…拭《ぬぐ》わないで)と、歌集名が含まれている(以下、歌の中の改行を／で示す)。啄木には「一握の砂」と題した随筆もあり、「閃々《せんせん》と前に落ち後に去る『今』こそは、まことにこれ『永遠』の瞳なるべき也」とあって、「砂」が瞬時に消滅する時間(生命)の比喩として使われていることが分かる。これを踏まえて標題歌に戻ると、磯の「白砂」は永遠の時間を表すようにも思わる。

歌集冒頭の十首が「砂山十首」と呼ばれているのも「砂」が時間(生命)の比喩であるためだろう。六首目には「砂山の砂に腹這《はらば》ひ／初恋の／いたみを遠くおもひ出《い》づる日」という、よく知られた朗誦性の高い歌がある。

【備考】啄木の歌(○九五～○九八)の表記は、本書の目的に鑑み、原文の三行書きでなく、他の作者と同様の体裁をとった。

【参考文献】上田博『石川啄木歌集全歌鑑賞』(おうふう、二〇〇一年)、木股知史『一握の砂』(和歌文学大系77　明治書院、二〇〇四年)。

(古澤夕起子)

○九六

たはむれに《たわむれに》

イシカワタクボク
石川啄木

たはむれに《たわむれに》
母《ハハ》を背負《セオ》ひて《いて》　そのあまり《そのあまり》
軽《カロ》きに泣《ナ》きて
三歩《サンポ》あゆまず《あゆまず》

【出典】石川啄木『一握の砂』「我を愛する歌」（一九一〇年）

【現代語訳】ちょっとした遊び心から母を背負ってみたら、その余りの軽さに、これまでかけて来た苦労が思われて泣けて来て、三歩も歩けなかったことだよ。

【作者】前出（〇九五参照）。ここでは啄木の家族を紹介して、それにまつわる歌を引用する。（以下、歌の中の改行は／で示した。）

啄木の母カツは弘化四年（一八四七）南部藩の下級藩士工藤《くどう》條作の三女として現盛岡市に生まれた。兄葛原対月《かつらはらたいげつ》が盛岡市の龍谷寺に住職となった時、手伝いとして寺に入り、役僧だった石川一禎《いってい》と結ばれた。カツ二十九歳、一禎二十六歳。二人の間にサダ、トラ、一《はじめ》（啄木）、光子《みつこ》の一男三女がいる。

『一握の砂』の中に家族の肖像を探してみよう。父一禎は「父のごと秋はいかめし／母のごと秋はなつかし／家持たぬ子に」と喩《たと》えられたように母ほどは甘くなかったようで「よく怒《いか》る人にてありしわが父の／日ごろ怒《いか》らず／怒《いか》れと思ふ」（＊日ごろ…ここ数日来）の歌がある。一禎が一人息子に寺を継がせようとした形跡がないのは不思議である。宝徳寺の住職を罷免された理由は宗費の滞納で、滞納金は啄木の上京費用に充てられたとされているが、後日啄木たちが再住（復職）運動をしているように決定的なものとも思えない。息子と同居しづらくなると師僧（妻の兄）のもとに家出をし、妻と息子夫婦の没後は次女の嫁ぎ先に身を寄せて昭和二年（一九二七）に没した。生活力がなく、世間をうまく渡れない父と息子は似ていたのかもしれない。

姉サダは結核のため明治三十九年（一九〇六）、秋田県鹿角《かづの》郡で五人の子を遺して没した。三十一歳。「私の一番大きい姉、私の一番世話になりたる姉」（友人宛書簡）とあるように十歳上のこの姉は啄木の世話をし、節子との恋愛にも好意的であったという。「かぎりなき智識の欲に燃ゆる眼を／姉は傷《いた》みき／人恋《こ》ふるかと」の歌がある。

妹光子はもっとも長く啄木と共に暮らし、兄を回想した著作も残している。「わかれをれば妹《いもと》いとしも／赤き緒《お》の／下駄など欲《ほ》しとわめく子なりし」と地団駄《じだんだ》を踏む妹が回想されている。利《き》かん気《き》で才気のある妹は兄啄木にそっくりであったが、幼い頃は兄を贔《びい》屓《き》する母に抑《おさ》えられ、長じては父の罷免によって盛岡女学校を中退しなければならなかった。「朝早く／婚期を過ぎし妹《いもうと》の／恋文めける文《ふみ》を読めりけり」「船に酔ひてやさしくなれる／いもうとの眼《め》見ゆ／津軽の海を思へば」(＊見ゆ…自然に目に浮かぶ)の二首には、不甲斐《ふがい》ない父兄のために婚期を逃し、北海道にまで渡らなければならなかった妹への愛情が湛《たた》えられている。光子は小樽で受洗し、婦人伝道師となって自立、牧師三浦清一と結婚して神戸愛隣館を運営した。

妻節子は旧姓堀合《ほりあい》、現盛岡市に生まれた。啄木と同い年で、盛岡女学校時代に盛岡中学校の啄木と知り合い、十三、四歳からの恋愛の末に結婚した。結婚式に姿を見せなかった啄木に対しても「愛の永遠性を信じたく候《そうろう》」と手紙を書いている。啄木が単身上京してからの一年余、節子は幼い娘京子《きょうこ》と姑カツとの三人で函館に残された。この間の啄木とのすれ違い、カツとの軋轢《あつれき》は上京後も節子を苦しめた。「わが妻のむかしの願ひ／音楽のことにかかりき／今はうたはず」「友がみなわれよりえらく見ゆる日よ／花を買ひ来て／妻としたしむ」の歌がある。節子は啄木が焼くように遺言した日記を守り、遺児房子《ふさこ》を産み、一年後、結核のために没した。

『一握の砂』は二番目の子の出産費用のために刊行された歌集である。原稿を出版社に渡したのは長男真一《しんいち》の生まれた日であったが、二十四日間しかこの世に居なかった真一は巻末の歌八首となった。「おそ秋の空気を／三尺四方《しほう》ばかり／吸ひてわが児《こ》の死にゆきしかな」「かなしくも／夜明くるまでは残りゐぬ／息切れし児《こ》の肌のぬくもり」

【解説】本書〇九五に記したように、歌集『一握の砂』は「砂山十首」と呼ばれる歌で始まる一編の物語のように編集されている。砂山をさすらった男は、家族を残して単身東京へと出て行き、うまく行かない日々の中で時には自死を思いながら、両親や妻子、故郷の自然と人を回想することで癒《いや》されている。男は限りなく啄木自身に近いが、伝記的に解釈するだけでは物語が楽しめなくなってしまう。その辺りを塩《あん》梅《ばい》しながら味わっていこう。

砂山十首に続いて父母の歌が配置されている。

目さまして猶《なお》起き出でぬ児《こ》の癖《くせ》は／かなしき癖ぞ／母よ咎《とが》むな

ひと塊《くれ》の土に涎《よだれ》し／泣く母の肖顔《にがお》つくりぬ／かなしくもあるか

灯影《ほかげ》なき室《しつ》に我あり／父と母／壁のなかより杖つきて出《い》づ

たはむれに母を背負ひて／そのあまり軽きに泣きて／三歩あゆまず

最初の二首は、「蒲団《ふとん》の中にぐずぐずとして母をてこずらせる子ども」、「土遊び」、「涎《よだれ》」といった幼児性の強いもので構成されている。「かなしき癖」は今なお続いているが、「母よ咎《とが》むな」(とがめないでください)と呼びかける母は傍《そば》にいない。また、土に水や涎を混ぜて遊んでいたら「母の肖《に》顔《がお》」になったというのは幼い頃のことであるが、その肖顔《にがお》が母の泣き顔だったように思えて、「かなしくもあるか」(まことに悲しいことだなあ)と感じているのは下宿に独りいる今の自分なのである。

三首目の「灯影なき室」は下宿の部屋。今日も終日職を求めて歩いたが徒労だった。帰って遅くまで机に向かったが原稿は書けない。明りを消して眠ろうとすると、安普請《やすぶしん》の薄い壁から老いた父母が現れたというのである。扶養《ふよう》の責任を果たせない申し訳なさ、自分の肩に家族の生活がかかっているやりきれなさ、そして懐かしさ。遺歌集『悲しき玩具《がんぐ》』に「もうお前の心底《しんてい》をよく見届けたと、／夢に母来て／泣いてゆきしかな。」の歌があり、「灯影なき」と併《あわ》せて鑑賞するとよいだろう。

標題歌「たはむれに」が続いて配置されている。母に背負われて母と一体になっていた幼い自分が、おとなになって母を背負ってみた。こんな「たはむれ」は余裕のある渋民時代のものか。その時の思いがけない母の軽さが今の自分に甦《よみがえ》って来て泣けるのである。誰よりも自分を愛してくれた母に報いることの出来ない不甲斐なさが結んだ映像であろう。

カツは明治四十五年(一九一二)三月七日、結核のために永眠した。啄木が同じ病で亡くなるのは、わずかひと月後の四月十三日のことだった。

【備考】「たはむれに」の歌について研究者の間では「あり得ない空想を即興的にうたったもの」、「事実にもとづく告白ととらえないほうがよい」(木股知史)とする解釈が一般的である。

【参考文献】上田博『石川啄木歌集全歌鑑賞』(おうふう、二〇〇一年)、木股知史『一握の砂』(和歌文学大系77　明治書院、二〇〇四年)。

(古澤夕起子)

○九七

やわらかに
やはらかに

イシカワ・タクボク
石川啄木

やわらかに
やはらかに
ヤナギ　あおめる　キタカミの
柳あをめる　北上の
キシベ　メにミゆ
岸辺目に見ゆ
ナけとごとくに
泣けとごとくに

【出典】石川啄木『一握の砂』「煙(二)」(一九一〇年)

【現代語訳】柳が芽《め》吹いてやわらかな緑の糸となり、雪解《ど》けの豊かな水が流れる北上川の岸辺を彩《いろど》っている様子が目に浮かんでくるようだ。心置きなく泣きなさいと私に言っているかのように。

【作者】前出(○九五参照)。ここでは渋民村や盛岡での啄木の少年時代を紹介して、それにまつわる歌を引用する。(以下、歌の中の改行は/で示した。)本書○九五【解説】で触れたように『一握の砂』は五章に分かれている。

本書○九五「東海の」、○九六「たはむれに」の二首は「我を愛する歌」に、○九七「やはらかに」、○九八「ふるさとの」の二首は「煙」の章(二)にある。

「煙」は自伝的な回想歌を集めており、盛岡中学校時代を主とする(一)には「不来方《こずかた》のお城の草に寝ころびて/空に吸はれし/十五の心」(*不来方のお城…盛岡城)のようなよく知られた歌があり、(二)はより幼い渋民時代に遡《さかのぼ》って回想されている。

貧乏と借金とが付き物のように言われる啄木だが、渋民村宝徳寺時代には豊かな自然の中で「小貴族のように」育ったことを、二歳違いの妹光子が次のように書き残している。

岩手県盛岡の城下を北に五里、坦々《たんたん》とした国道に沿った寂しい農村、東に姫神山《ひめかみさん》、西には岩手富士の雄姿を望み、北上川《きたかみがわ》の清流をまえにして静かな瞑想に耽《ふけ》っているような部落、それが私たちの生いたった渋民村である。その渋民の村はずれから一町《ちょう》ばかり東に田んぼに沿った細い道をいくと、古い杉や檜《ひのき》の大木に囲まれたかなり大きい寺があって、これが私たちの幼い時をすごした宝徳寺という禅宗の寺である。自然をほしいままにとりいれた美しい山のふもとの寺―本堂に近づくと、右も左も杉や檜の古木が数え切れないほど立っていた。それにつづいて林檎《りんご》畑、また左手には地蔵さんから墓地、その上に、これもお寺所有の万年山とよんだ雑木林《ぞうきばやし》が境内《けいだい》につづいている。(「幼き日の兄啄木」)

庫裡《くり》をめぐる広い庭園、その中の二間《けん》(約三メートル半)四方は「兄の庭」と呼ばれ啄木が自由に草花を植えた。池畔《ちはん》にはカキツバタや真白な大きなツツジがあり、啄木鳥《きつつき》や閑《かん》古鳥《こどり》が訪れたという。

渋民村には高等小学校がなかったため、啄木は盛岡に出て母方の伯父や伯母の家から盛岡高等小学校に通い、つづいて盛岡中学校に入学する。一二八名中十番の好成績であった。休暇には、従兄弟《いとこ》や何人もの学友が寺に遊びに来て「石川ホテル」の様相を呈《てい》し、啄木は「僕の家には何もごちそうはないけれども、岩手山と北上川がごちそうだ」と言っていたことも光子が書き留めている。

【語釈】＊北上…北上川。岩手県の中央部を北から南へ貫通し、宮城県石巻《いしのまき》で海に注ぐ一級河川。東北地方の河川の中では最大で、上流に啄木所縁《ゆかり》の盛岡市、中流に宮沢賢治所縁の花巻《はなまき》市がある。＊目に見ゆ…自然に目に浮かんでくる。

【解説】初句「やはらかに」は柳を修飾して、みどり色に芽吹いた柳のやわらかさを表すと同時に、一首全体にもやわらかな感触をもたらしている。「やはらかに」「やなぎあをめる」とヤ音を繰り返し、「きたかみの」「きしべめにみゆ」とキ音を繰り返すことで、記憶の底から故郷の情景が浮かび上がるさまを表現する。五句は倒置《とうち》法によって「泣けとごとくに」目に浮かんでくるよと強められている。

渋民村は決して豊かとは言えない村であったが、光子の回想にあるように、啄木は寺の子として特別扱いされる権利を享受していたと言えるだろう。それだけに父一禎の住職罷免と、復帰運動の失敗とが啄木に与えたダメージは大きかった。

今一度その経緯を整理すれば、明治三十七年(一九〇四)末に父が住職を罷免された時、啄木は詩集刊行のため上京中で、翌三十八年三月に家族が宝徳寺を出てから父の処分を知らされたと言われている。六月には盛岡市内で、両親や妹と同居しながら節子との新婚生活を始めるが、文学で食べて行けるはずもなく生活は次第に困窮《こんきゅう》する。

明治三十九年三月、啄木は父の住職復帰運動のため帰郷して渋民尋常小学校の代用教員となる。しかし父が滞納した宗費弁済《べんさい》の見通しはつかず、一年後の四十年四月、高等科の生徒たちを扇動《せんどう》して校長排斥《はいせき》のストライキを行い、啄木は免職、一家は永久に渋民村を離れることになった。

歌集中に「石をもて追はるるごとく／ふるさとを出《い》でしかなしみ／消《き》ゆる時なし」と詠まれたのはこのことであろう。歌集ではこの歌の次に「やはらかに柳あをめる」の歌が置かれて、消えることのない「かなしみ」を癒してくれるものが、北上川の情景であることが示されている。

【備考】啄木の歌碑は全国に一八〇基余りあるとされるが、大正十一年(一九二二)四月、第一号歌碑に選ばれたのが標題歌「やはらかに」である。渋民村の北上川沿いに設置された。岩手出身の大学生らが啄木の業績を残そうと「啄木会」を作って歌碑建立の運動を始め、同郷の宮沢賢治も名を連ねている。歌碑のある場所は現在渋民公園となっており、石川啄木記念館にも近い。

【参考文献】三浦光子「幼き日の兄啄木」(『啄木全集』第八巻、筑摩書房、一九七六年)、上田博『石川啄木歌集全歌鑑賞』(おうふう、二〇〇一年)、木股知史『一握の砂』(和歌文学大系77　明治書院、二〇〇四年)。

(古澤夕起子)

○九八

ふる」さとの　イシカワタク・ボク
ふるさとの　石川啄木

ふる」さとの
ふるさとの
ヤマ」に　ムカいて」　イうこと」・な」し
山に向ひて　言ふことなし
イうこと」なし」(もある)
ふる」さとの　ヤマ」は
ふるさとの山は
ありがた」き・か」な。
ありがたきかな
ありがた」きかな(もある)

【出典】石川啄木『一握の砂』「煙(二)」(一九一〇年)

【現代語訳】ふるさとの村や人の有り様《ありさま》は何もかも大きく変わってしまったけれど、毎日仰《あお》いで育ったふるさとの山だけは変わらない。そんな山に向きあえば言葉は失われてしまう。ただただありがたさに頭を垂《た》れるだけである。

【作者】前出(〇九五参照)。ここでは啄木の最晩年の交友を紹介して、それにまつわる歌を引用する。(以下、歌の中の改行は／で示した。)

父の住職復帰運動のため啄木はいったん追い出された渋民村に戻って代用教員となった。啄木は熱心に生徒たちを教えたが、父の復帰が叶《かな》わないとなるや高等科の生徒たちを扇動し校長排斥《はいせき》のストライキを行わせたことは本書〇九七の【解説】で述べた。

こうして故郷を追われた啄木が、北海道を漂泊した末に単身上京する時、海路を採って横浜に上陸したのも、おそらくは故郷を避けてのことである。明治四十一年(一九〇八)四月に上京してから啄木は死ぬまで故郷の土を踏むことはなかった。にも関わらず歌集『一握の砂』では、主人公の男は故郷に帰ったかのように描かれていて、標題歌はその代表的な歌のように鑑賞されている(詳しくは【解説】に譲る)。

ここでは『一握の砂』(明治四十三年十二月)刊行後、最晩年の交友について述べておく。明治四十四年(一九一一)二月、慢性腹膜炎のため帝国大学附属病院に入院。期間は四十日に及んだ。当時啄木は東京朝日新聞社の校正係だったが、退院後は自宅療養が続き出社することはなかった。窮状を知った社内の有志から翌年正月に見舞金三十七円余りが寄せられている。

同じ頃、読売新聞記者の土《と》岐善麿《きぜんまろ》(号、哀果《あいか》)と知り合い意気投合する。土岐は啄木の第二歌集刊行のために尽力し、啄木は死ぬ四日前に東雲《とううん》堂《どう》から原稿料二十円を受け取っている。啄木の没後、歌論「歌のいろ〳〵」の中の「歌は私の悲しい玩具《おもちゃ》である」より歌集名を『悲しい玩具《がんぐ》』(明治四十五年六月刊行)と命名したのも土岐である。

浅草にある真宗大谷派等光寺の次男で、その縁により明治四十五年三月の啄木の母カツ、四月の啄木の葬儀は等光寺で行なわれた。

今ひとりは若山牧水である。牧水は明治四十四年二月に原稿依頼のため小石川区久《ひさ》堅町《かたちょう》の啄木宅を訪ね、一年後には図らずも臨終の床に啄木を看取ることとなった。「はつ夏の曇りの底に桜咲き居り衰へはてゝ君死にゝけり」（牧水）。因《ちな》みに土岐、牧水、北原白秋の三人は早稲田大学以来の友人である。

啄木の遺骨はしばらく等光寺に置かれ、翌年三月、妻節子が函館の立待岬《たちまちみさき》に墓地を定めた。現在の「啄木一族の墓」は宮崎郁雨《みやざきいくう》により大正十五年（一九二六）に建立されたものである。

【語釈】＊ふるさとの山…岩《いわ》手山《てさん》、あるいは姫神山《ひめかみさん》を指すが、ここでは固有名詞を使わないことで、懐かしいふるさとの山という普遍性を持つ歌となった。＊句切れ…三句切れ＊かな…詠嘆を表す。〜であるなぁ。＊三句目、四句目が字余り。

【解説】『一握の砂』には「ふるさとの山」を詠んだ歌が標題歌を含めて七首ある。

二日前に山の絵見しが／今《け》
朝《さ》になりて／にはかに恋し
ふるさとの山

かにかくに渋民村は恋しかり／おもひでの山／おもひ
での川

汽車の窓／はるかに北にふるさとの山見え来《く》れば／襟《えり》
を正《ただ》すも

ふるさとの山に向ひて／言ふことなし／ふるさとの山
はありがたきかな

（以上「煙（二）」）

目になれし山にはあれど／
秋来れば／神や住まむとか
しこみて見る

神無月《かみなづき》／岩手の山の／初雪
の眉《まゆ》にせまりし朝《あさ》を思ひぬ

岩手山《いわてやま》／秋はふもとの三方《さんぼう》
の／野に満《み》つる虫を何と聴
くらむ

（以上「秋風のこころよさに」）

ここでは前四首について歌集『一握の砂』の物語の中で鑑賞してみよう。

「二日前に」見た山の絵が「今朝」になって突然蘇り、にわかに「ふるさとの山」が恋しくなったのである。母や家族もふるさとのことを口にするようになる。望郷の思いが深まる中で、「かにかくに渋民村は恋しかり」（＊かにかくに…ともかくも）とふるさとの村の名が登場し、「北上の岸辺目に見ゆ」と川の名も明示される。ふるさとのあの人、この人の思い出と今のありさまとが次々に歌の形をとって点描される。

次に固有名詞が登場するのは「霧ふかき好摩《こうま》の原の／停《てい》車場《しゃば》の／朝の虫こそすずろなりけれ」（＊すずろ…何となく心ひかれる）である。好摩駅は渋民村の最寄り駅で、男が上京、また帰郷の際に使った駅である。

駅は次に来る「汽車の窓」に繋がっていく働きをして、男はふるさとへと向かう汽車に乗っている。「はるかに北にふるさとの山見え来れば／襟を正すも」と、はるか遠くに見えただけでも、姿勢を正し、気を引き締めさせる力が「ふるさとの山」にあることが示される。ましてや駅に降りて、ふるさとに足を踏み入れ、大きく迫っている「ふるさとの山に向」き合ったならば……。

標題歌では「言ふことなし」が六音で字余りながら、三句切れで「なし」という言い切った響きが勝《まさ》る。出郷にまつわる弁解の言葉が出ないのは言うまでもなく、帰郷の喜びさえも言葉にすれば薄っぺらいものになるという心の内を示している。続く四句目も「ふるさとの山は」と八音の字余りにして、山のゆったりと落ち着いた威容をイメージさせる効果がある。卑小な自分を包み込む「ふるさとの山」、ありがたさに自《おの》ずと頭が下がるのである。まことに「煙（二）」の章の幕を引くのにふさわしい歌と言える。

渋民村、北上川、好摩駅といった固有名詞は、歌集中の男を限りなく啄木に近づける働きをする。しかし、ここまで啄木の経歴やエピソード、歌集の配列の意図などをお読みいただいた上で、いったん啄木を離れて「ふるさとの山に向ひて／言ふことなし／ふるさとの山はありがたきかな」を味わい直してほしい。あえて岩手山とか姫神山とかいう固有名詞を使わないことで、どこの誰でもが心の内にもっている「ふるさとの山」という普遍性を帯び、山はどっしりとその姿を現わしてくるに違いない。

【備考】牧水による啄木の回想三編は『若山牧水随筆集』（講談社文芸文庫、二〇〇〇年）に収録されている。

【参考文献】上田博『石川啄木歌集全歌鑑賞』（おうふう、二〇〇一年）、木股知史『一握の砂』（和歌文学大系77　明治書院、二〇〇四年）。

（古澤夕起子）

○九九

夏《ナツ》は来《キ》ぬ　吉井勇《ヨシイ イサム》

夏《ナツ》は来《キ》ぬ
相模《サガミ》の海《ウミ》の　南風《ナンプウ》に
わが瞳《ヒトミ》燃《モ》ゆ
我《ワ》がこころ燃《モ》ゆ

【出典】吉井勇『酒ほがひ』（昴発行所、一九一〇年）

【現代語訳】夏は来た。相模の海で南風に吹かれる時、私の瞳も心も燃え立つほどに、青春の喜びと焦がれるような想いが高まるのだ。

【作者】吉井勇（一八八六～一九六〇）　明治から昭和の時代を生きた歌人。劇作家。小説家。「いのち短し恋せよ乙女」で始まる「ゴンドラの唄」などの歌謡曲も作詞した。明治十九年（一八八六）、海軍軍人で後に捕鯨《ほげい》会社の社長や貴族院議員を務めた父・幸蔵と、鹿児島藩士猪飼家出身の母・静子の次男として現在の東京都港区高輪に生まれた。祖父・友実《ともざね》は薩摩藩士で維新の志士の一人。明治維新後も複数の省で国事に携わり、後に枢密顧問官《すうみつこもんかん》を務めた伯爵である。祖父の死去に伴い、父・幸蔵が爵位を継いだ。

明治三十三年、東京府立第一中学校（現在の日比谷高校）に入学後、落第により攻玉《こうぎょく》中学校に編入、明治三十八年に二十歳で卒業した。間もなく肋膜《ろくまく》を病み、鎌倉で療養生活を送った。中学時代から短歌や俳句を作ってはいたが、この療養生活の間に短歌に情熱を傾け、与謝野鉄幹主宰《しゅさい》の「新詩社」に入社、同社が発行する文芸誌『明星』に短歌を発表し始めた。翌年からは、新詩社の歌会にも参加するようになり、社友の北原白秋や石川啄木らと知り合った。

早稲田大学文学部高等科予科に入学しその後政治経済科に転科するが、明治四十一年に中退する。同年、白秋や木下杢太郎《もくたろう》らと共に新詩社を脱退し、芸術サロン「パンの会」（パンとはギリシア神話の牧羊神）を発足、隅田川河畔《かはん》をパリのセーヌ川になぞらえて文学者や芸術家が集い、美は快楽の中にこそあるという「耽美《たんび》派」の拠点となった。翌年、耽美派は森鷗外らの監修で雑誌『スバル』を創刊、勇は短歌の他に戯曲も続けて発表した。

明治四十三年、二十五歳で第一歌集『酒ほがひ』を刊行、酒と愛欲、人生享楽の世界を詠んだ歌で独特な歌風を形成した。歌集や戯曲集のほか、大正から昭和にかけて小説や歌物語、『伊勢物語』や『源氏物語』など古典の現代語訳や再話も発表した。大正十年（一九二一）、三十六歳で伯爵柳原義光の次女・徳子と結婚した。大正十五年五月には、父の隠居に伴い家督を相続し伯爵となった。

　生前に単行本として刊行した歌集は三十二冊ある。時代の風潮にとらわれることなく、一貫して艶情や哀愁を帯びた人間の歌、人生の歌を平明でおおらかな調べで詠んだ。そのなかでもいくつかの転換期がみられ、昭和五年（一九三〇）に刊行された歌集『鸚鵡杯《おうむはい》』には、「われすでに四十路を過ぎて思ふことやうやく寂し春は来れども」などの歌があり、寂寥感や孤独感の深まりがみられる。その頃から放浪の旅に出ることを好み、一時は高知市に仮寓《かぐう》した。昭和九年に徳子と離婚、翌年の歌集『人間経』には、爵位を返上し高知県の山里でひとり隠棲する勇の、「死」を近くに思う心情も詠まれている。昭和十二年に国松喜三郎の長女・孝子と再婚し、その翌年には京都北白川に移り住んだ。その後も転居をくり返したが京都を離れることはなかった。

　昭和二十三年、宮中歌会始の選者および日本芸術院会員となり、同年に歌集『残夢』を刊行、妻と二人、戦後の貧しくも静かな生活を送る中で、妻をいとしむ心情や深まる寂寥感が詠まれている。その後八年を経て昭和三十一年に刊行した歌集『形影抄』は生前にまとめられた最後の歌集である。世俗を離れて静かに暮らす日々に詠まれた歌には哀調が著しいが、過去の「パンの会」やかつての遊興の地である祇園《ぎおん》を回顧する歌も目立つ。自身の歌業について勇は、「元来私は『酒ほがひ』を出版した時代はそうでもなかったが、その後はずっと歌壇よりは文壇、文壇よりは多くの民衆を相手に詠歌をして来た」という言葉を残している。昭和三十五年に胃癌のため胃の大部分を摘出する手術を受けるが、すでに癌が肺に転移しており、同年の十一月十九日、肺癌により七十五歳で死去した。

【語釈】＊相模の海…ここでは鎌倉の海岸から望む相模湾。

【解説】この歌は、明治四十二年八月号の『スバル』に「夏のおもひで」という題で発表された一連の短歌の冒頭に置かれた歌であり、翌年刊行の第一歌集『酒ほがひ』に収められた。勇は『明星』に短歌を発表し始めてから半年ほど後、明治三十八年末から翌年の初めにかけて「海洋」を主題とする男性的な歌を多く詠んでいる。たとえば、「船頭に立ちて海見る人も似るそのかたはらの大き錨《いかり》に」、「眠りたる顔に微笑もうかび来ぬ密漁船の船長のゆめ」など、船乗りたちの様子を詠んだものもある。漁船に乗って海に出た経験のない勇がこのような歌を作ったことには、海軍軍人を経て後に捕鯨会社を営んだ父の影響がある。父が語り聞かせた海洋の話を基に、自由に想像を広げてこのような物語性のある歌を詠んだ。

　他方、この「夏は来ぬ」の歌を冒頭におく一連の「夏のおもひで」は、夏の相模の海が舞台であるものの、恋愛を詠んだ艶美《えんび》で哀愁も感じられる一連である。この「夏は来ぬ」の歌の他には、「海風は君がからだに吹き入りぬこの夜抱《いだ》かばいかに涼しき」、「漁火《いさりび》にまたも心をさそはれぬふたり浜辺に夜もすがら寝る」、「ちかふらく都にゆかばまた会はむひと夏のみの恋ははかなし」などの歌がある。恋愛の享受が文学的に表現され、頽唐《たいとう》（道徳心や健全な思想が衰えすたれていること）派歌人としての最初の豊かな実りであり、勇の独特の歌風が開花した一連である。「夏は来ぬ」の歌は、夏の海という開放的な気分に満ちたなかで、南風に掻き立てられるかのように、青春の喜びや情熱、恋情が強く高まっていく心を詠んでいる。「夏」、「海」、「南風」という言葉がおおらかなイメージを伝え、また「わが瞳燃ゆ我がこころ燃ゆ」という第四句と結句は、「燃ゆ」が繰り返される対句を成しており、感情がいよいよ高まっていく情熱的な心の内を表現している。

　第一歌集のタイトル『酒ほがひ』は「酒を寿《ことほ》ぐ」という意味であり、酒、恋、旅などのテーマによって構成されている。耽美的享楽的な境地をおおらかな調べにのせて詠んだ歌により、独自の歌風を確立した。この歌集が出版された頃は、北原白秋や木下杢太郎らとともに発足した耽美的な芸術家のサロン「パンの会」の全盛期であり、歌集の口絵は杢太郎が描いた。この口絵について勇は「多勢の日本人が南蛮船を迎え、抱き合ったり躍り上がったりして喜んでいるという図柄だったが、いかにもこれはその当時の私たちの生活を思わせるものがある」と述べている。享楽的でヨーロッパの文化への憧憬《しょうけい》に満ちていた当時の「パンの会」が、この歌集の誕生に大きな影響を与えたことを伝える言葉である。

【参考文献】『私の履歴書　第八集』（日本経済新聞社、一九五九年）、木俣修『吉井勇―人と文学―』（明治書院、一九六五年）。

（永井　泉）

一〇〇

かにかくに
かにかくに

ヨシイ イサム
吉井勇

かにかくに
かにかくに
ギオンは こいし　ヌるときも
祇園はこひし　寝るときも
マクラのシタを
枕の下を
ミズの　ながるる。
水のながるる

【出典】吉井勇『酒ほがひ』(昴発行所、一九一〇年)

【現代語訳】とにもかくにも祇園が恋しい。寝るときも枕の下で鴨川《かもがわ》のせせらぎの音がしていた。

【作者】前出(〇九九参照)。

【語釈】＊かにかくに…ともあれ、とにもかくにも。＊祇園…京都市の八坂《やさか》神社(通称、祇園)一帯の総称。平安時代末期より発展、江戸時代以降は遊里として知られるようになった。＊水のながるる…京都を流れる鴨川(賀茂川とも表記する)のせせらぎ。「ながるる」は「流る」の連体形。連体形で終止することにより余情が生まれる。

【解説】この歌は、明治四十三年(一九一〇)六月の『スバル』に掲載され、同年刊行の第一歌集『酒ほがひ』に収められた。歌集のなかでは「祇園冊子《そうし》」という一連の冒頭に置かれている。この歌集は、歌壇における勇の位置を定めた歌集であり、そこには耽美的《たんび》享楽的《きょうらく》な美の境地を、おおらかな調べにのせて詠んだ独特な歌の世界が展開されている。明るく楽しい酒の歌も多い。なかでも、祇園を詠んだ歌は『酒ほがひ』の中でも独自性の高いものとして注目され、特にこの「かにかくに」の歌は、作者の初期の代表作の一つである。勇は「私の履歴書」において、明治四十三年、雑誌に掲載された戯曲の原稿料十円を携えて京都へ行き、「四条小橋のかたわらで万屋という宿屋をやっている金子竹次郎君に伴われて、祇園、島原、宇治などを遊び歩いた。はじめて祇園の歌を作って『スバル』に載せたのも、この時の旅の収穫である」と述べており、「かにかくに」の歌もその時に作ったものであると回想している。祇園を詠んだ歌には、他にも「加茂川の水は浅かりかくてまた西のをとめは情《なさけ》あさかり」、「あかつきの光のなかになまめくは雑《ざ》魚寝《こねね》寝起《おき》の細帯のひと」、「われをかし祇園に入りてあはれにも昼なき人となりにけらしな」などがあり、情痴《じょうち》の世界を詠んでいても切実感や自虐性はなく、ほれぼれとした豊かな気分で、遊里の風物とそこに生きる女性との関りを享楽している。

この「かにかくに」の歌は、「かにかくに祇園はこひし」という率直な言葉で、切に祇園を懐かしみ恋しく想う気持ちを表現している。「枕の下を水のながるる」の伸びやかな調べが、鴨川のせせらぎの音とともに、祇園へと流れて行く作者の憧れの想いをもイメージさせる。また、作者が享楽に浸った祇園を詠んだ歌であるものの、川のせせらぎの音によって、この一首からは明るさや清らかさも感じられる。それは、作者の心に秘められた純情さをも想像させる。

【備考】昭和三十年（一九五五）、勇の古希を祝い祇園白川河畔にこの歌の歌碑が建立された。発起人には志賀直哉や谷崎潤一郎、湯川秀樹などの名がある。歌碑の立てられた十一月八日は、現在でも「かにかく祭」が行われている。この歌は、勇の代表作の一つであるとともに、祇園を詠んだ短歌として最も人口に膾炙《かいしゃ》した歌であるといえる。

【参考文献】『私の履歴書　第八集』（日本経済新聞社、一九五九年）、木俣修『評論明治大正の歌人たち』（明治書院、一九七一年）。

（永井　泉）

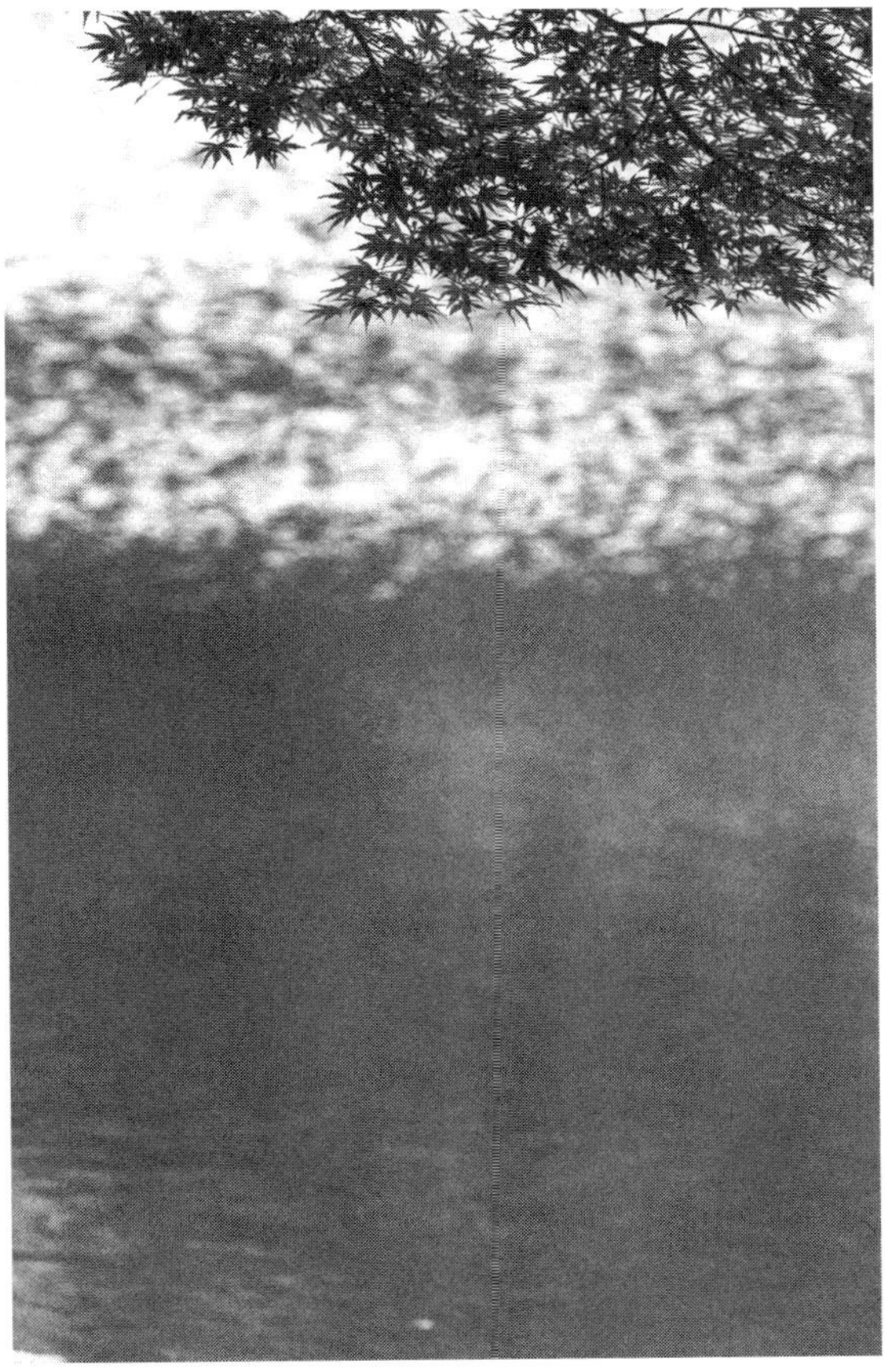

初句索引

（アイウエオ順）

ア行

カ行

サ行

タ行

作者索引（アイウエオ順）

参考文献（複数の解説において参照されたもの）

【古今和歌集】

片桐洋一
『古今和歌集　全評釈』上・中・下
（講談社、一九九八年、のち講談社学術文庫、二〇一九年）

高田祐彦訳注
『新版古今和歌集』
（角川ソフィア文庫、二〇〇九年）

室城秀之・高野晴代・鈴木宏子
『小町集・業平集・遍昭集・素性集・伊勢集・猿丸集』
（和歌文学大系18、明治書院、一九九八年）

【新古今和歌集】

田中裕・赤瀬信吾校注
『新古今和歌集』
（新日本古典文学大系11、岩波書店、一九九二年）

峯村文人校注・訳
『新古今和歌集』
（新日本古典文学全集43、小学館、一九九五年）

久保田淳
『新古今和歌集全注釈』一〜六
（角川学芸出版、二〇一一〜二〇一二年）

久保田淳
『新古今和歌集全評釈』第一〜九巻
（講談社、一九七六〜一九七七年）

【その他】

小田勝
『百人一首で文法談義』
（和泉書院、二〇二一年）

渡部泰明ほか校注
『歌論歌学集成』第七巻
（三弥井書店、二〇〇六年）

吟詠専門委員会

委員長
徳田寿風　臥風流吟詠会本部会長
河野鶴聲　吟詠道鶴洲流　宗家
清水錦洲　錦水流錦洲会　会長
和田彩楓　北辰神明流日本修道舘修箔会　会長
田畑水姫　詩道楠水吟詠会総本部　会長
藤原光伶子　淡窓伝光霊流日本詩道会　副会長
池田菖黎　（公社）関西吟詩文化協会奈良地区連合会　会長
前山紫峰　紫虹流吟剣詩舞道北陸紫虹会　会長

公益財団法人日本吟剣詩舞振興会　事務局

会長　沼崎富
専務理事　池内賢二
事務局長　大田直樹
業務課長　大塚政暢
総務課　森谷文子
総務課　新居紀重
業務課　堤由美

吟剣詩舞道和歌集
2025年4月10日発行
定価：2,200円（本体2,000円＋税10%）
発売：株式会社舵社
〒105-0013 東京都港区浜松町1-2-17ストークベル浜松町
TEL：03-3434-5181

編者：公益財団法人日本吟剣詩舞振興会 吟詠専門委員会
発行所：公益財団法人日本吟剣詩舞振興会
〒105-0001 東京都港区虎ノ門3-4-10虎ノ門35森ビル
TEL：03-6721-5950
FAX：03-6721-5960
https://www.ginken.or.jp
発行人：代表者 沼崎富
助成：日本財団

印刷：株式会社シナノパブリッシングプレス

ISBN978-4-8072-6416-2